上卷

步步娇
三城雪

余姗姗 著

新世界出版社
NEW WORLD PRESS

图书在版编目（CIP）数据

步步娇·三城雪 ： 全2册 / 余姗姗著. -- 北京 ：
新世界出版社, 2018.12

ISBN 978-7-5104-6621-2

Ⅰ.①步… Ⅱ.①余… Ⅲ.①言情小说－中国－当代
Ⅳ.①I247.5

中国版本图书馆CIP数据核字(2018)第241962号

步步娇·三城雪（上下册）

作　　者：余姗姗
责任编辑：黄　倩
责任印制：王宝根
责任校对：宣　慧
出版发行：新世界出版社
社　　址：北京西城区百万庄大街24号(100037)
发 行 部：(010)6899 5968　(010)6899 8705（传真）
总 编 室：(010)6899 5424　(010)6832 6679（传真）
http://www.nwp.cn
http://www.nwp.com.cn
版 权 部：+8610 6899 6306
版权部电子信箱：nwpcd@sina.com
印　　刷：北京亚通印刷有限责任公司
经　　销：新华书店
开　　本：880mm ×1230mm　1/32
字　　数：350千字　印张：13.5
版　　次：2018年12月第1版　2018年12月第1次印刷
书　　号：ISBN 978-7-5104-6621-2
定　　价：69.80元(全二册)

目录 CONTENTS（上册）

第一章　合欢篇/ 001

第二章　胭红篇（上）/ 029

第三章　胭红篇（下）/ 049

第四章　阑珊篇（上）/ 097

第五章　阑珊篇（下）/ 147

第一章　合欢篇

我这一生有过三个名字——阮九、胭红、顾阑珊。

我刚刚踏入启城的城府，做城主夫人身边的侍女，那时候我叫胭红。

当时的我自然想不到，这个名字会成为三城日后的诅咒。

故事还要从四年前说起。

那时候的启国，位于明日国、天启国、云州国三国之中，与之合称西秦四国。西秦之外还有东、南、北，但那都是千里以外的地方了。

启国虽小，五脏俱全，饭庄、花楼、赌坊一应俱全，这里有四国最美的花魁，也有四国最肮脏的乞丐。由于地理上的便利，这里又云集了四国最全的特产，是四国贵妇首选的旅游购物胜地。但旅游胜地大多有一个弊病，那便是全国人民都把钱花在了游山玩水、吃喝玩乐上了，谁还有闲情去参军、去报国。面对着山明水秀诗兴大发，胸中自然只留儿女情长，所以启国也是诗人的速成首选之地。

花前月下，船灯点点，贵妇、诗人、客商川流不息，眉来眼去，渐渐地，启国也从旅游胜地变成了恋爱胜地。

而我，就生在这个复杂多变的胜地里。

1

还有三天便是我的十八岁生辰，合欢说要私下帮我办得风风光光，我笑她不懂什么叫“风光”。她反问我：“莫非你懂？”我笑笑道：“自然，风光便是像咱们城主为夫人做寿的那般才称得上。”合欢立刻露出一副荒唐的表情说：“你真是疯了。”我俩一阵打闹，真是少年不识愁滋味，为了两个字也能笑一晚上。

说起启城城主和夫人的爱情故事，没有哪个大姑娘不羡慕的。

他们相遇在启城最大的湖畔上，夫人弹琴，城主吹箫，琴瑟和鸣，比翼双飞，城主不介意夫人是全启城最大花楼里的花魁，毅然决然地将夫人迎娶进门，还不惜以性命为代价和老城主对抗。

老城主给他两条路选：一是江山，二是美人。

城主冷笑一声，当着所有城府官员的面指向辛夷。

城主和辛夷自此流浪天涯。

再后来，就在所有人都以为江山将易主的最后一刻，城主又被老城主找了回来，还带着身怀六甲的夫人。

所有人都说这是因为父子血缘，老城主始终放不下亲情。然而我却觉得，这只是因为老城主膝下只有一子，又没有兄弟姐妹，若是不将宝座传给城主，实在是无人可传。

由此可以看出，启城的历代城主都是一脉单传，兄弟姊妹缘凉薄。为了保住夫人腹中的一滴血脉，少城主不惜采用多种办法，但前呼后拥、一呼百应的夫人仍是当着众人的面流掉了腹中骨血。听产婆说，是个尚未成型的男胎。

这说明女人生育是否顺利也不在于有多少人伺候，该走的始终要走，人多也只能显现送走胎儿时的隆重。老城主下令追查，但追查许久也不得要领，因为历朝历代宫妃流产大多因为宫斗太入戏，可少城主专宠夫人，并无妾女，夫人想斗也无人可斗，所以这件事也无处可查。据老城主分析，这应该是祖宗作孽太多，报应追不上祖宗仙逝的脚步，只好留下来祸延子孙。

老城主的迷信造就了启城的一个传统，每逢秋收那日，一定请邻近的三位城主共聚一堂，谈些老百姓们听不懂的国家大事，大抵是探讨来年如何发展以及总结往年的经验教训吧。

听合欢说，老城主之所以敦亲睦邻，也是因为不知道多少代以前的启城城主曾经谋算过其他三城的城主。

那时候，西秦以外战乱不断，还没有形成现今的朝廷，西秦仰仗一隅偏安而渐渐形成四个小国。那一代的城主也不叫城主，叫国主；国主的宅邸也不叫城府，叫宫。

四国各有一套政策，通商往来，直到启国国主投靠了西秦以外刚刚形成的朝廷，以受命于天为由充当说服其余三国归安的朝廷派来的使者，三国不肯，朝廷立刻派兵镇压。三国不敌，只好投降，自此西秦再无国家，只有城。

皇帝说，西秦情况特殊，可以延续以往的政策，但朝廷也会派兵驻扎，且每年要上缴赋税财帛。

三城城主忍辱负重，默默将这股冤枉气记在启城城主头上。

多少代过去了，具体多少代连西秦八卦无不知的合欢也算不清楚。直到这一代，老城主为了再建昔日的邦交，不惜倾家荡产筹办每年一度的秋收宴，愿与三城共享繁荣。

夫人的流产就在第一年秋收宴的一个月前，这更加速了老城主迷信的速度，他将这件事的责任归咎于未能早一年举行秋收宴，并期盼到阴德积满的那一年，夫人能生下继承人。

这一年，已经是秋收宴的第十三个年头，老城主已经仙逝，夫人的肚子也依然没有消息。

哦，忘了自我介绍，我叫胭红，和大我八岁的合欢是夫人的贴身侍女，但由于我进宫不满三年，尚未见识过秋收宴的魅力所在，所以合欢除了要负责照顾夫人，还要负责管教我的言行，真是忙不胜忙。

合欢是夫人身边最贴心的侍女。她的贴心主要是贴在伺候夫人多年却没有越过夫人陪城主睡觉的野心，不可谓不难得。

听说，合欢刚进宫的时候由一个叫春秋的侍女带着。春秋是当时夫人最喜欢的侍女，后来还以姐妹相称。

但春秋却因此消沉数日，只因这种结拜仅限于名义上，春秋并没有因此摆脱奴籍。

一日，夫人游湖，春秋突然腹痛不止不能陪同，只好由合欢伺候。不巧游到半路，夫人也腹痛不止，只好打消游湖念头，打道回府，正撞见寝室内纱帐环绕烟锁重重中隐约透着两个人影，一男一女，无媒苟合。

夫人气得当场吐血，城主连忙奔出将几欲坠地的夫人搂进怀中，一脸焦急之色。

春秋奔出时，被城主一脚踢出，倒地不起。

再后来细想为何春秋和夫人先后肚痛，多半是一个找借口，另一个发现不对也用了同样的借口吧，真是古来多少姊妹同心，就有多少姊妹同睡。

后来有人传说是春秋扮成了夫人，就着室内昏暗和迷香环绕迷奸了城主。但传说归传说，不是从当事人口中说出的，也只能是传说。

夫人这次吐血之后就成了不孕症，更没人知道春秋的下落。有人说，春秋被扔到湖里了，但是一直没见浮尸；还有人说，春秋被带出宫嫁人了，但那之后几年，启城都没嫁出过一个名字里带春或秋的女人。因为春秋的胆大妄为，启城内外但凡名字里有春或秋的女人都纷纷改成了夏和冬，连媒婆说媒也避忌这二字不谈。

合欢就是在这样的环境下陪伴了夫人十年。直到现在，合欢已经二十六岁了，不得不出宫嫁人了，只好再从宫外亲自挑一个心细乖顺的女孩儿接替，这个人便是我。

合欢说，心细不是重点，只要经她调教，再粗心的女孩儿也能出师，关键是乖顺，安分守己。

我想，这大抵是暗示我不要步了春秋的后尘吧。

此后，我花了近两年的时间学习合欢的言谈举止，希望临摹得淋漓尽致，但始终不得法。

因为合欢实在太老了，再不出宫恐怕真无良才可嫁，这是我最不愿看到的，所以我的成才也意味着合欢的幸福。虽然合欢从不催促我，但我知道，她比我还心急。

听说，一直在宫外等候合欢的少将军已经娶了四房小妾，他的心允许他为合欢留下正室的名分，可他家里不允许，所以时至今日，这位少将军膝下已有三子，而合欢也在这时送去一纸恩断义绝书，写得声情并茂、催人泪下，就此断了对方的念想和自己的初恋。

合欢说，全启城年过二十五岁还未娶正室的男子也都有了妾室。

我说，那便嫁一个比自己年纪小并且无妻无妾的男人。

她叹道，这样的男人又怎么会看得上她一个大龄女呢，只好从鳏夫里找一个合自己心意的吧。

于是我们就娶妻成灾的现象讨论了一夜，最终得出一个结论：男子娶妻娶妾多半是因为延续香火，也许他们都惧怕城主的诅咒会降临在自己身上才会多多益善，但不承想启城的妻妾们越生越多，多生多育，且儿子多于女儿，难免成年以后争夺家产，就此酿成分家败家的局面。

等儿子们长大后，儿子又要娶妻妾，可那时的启城女子已经日渐稀少，数量不足以匹配，只好向外城寻找。外城娶妻又牵扯了籍贯和政治信仰的问题，势必造成夫妻立场不合，生的子女因为与生俱来的双籍贯又要缴双份的人头税，实在是一损俱损。

百姓和高官们的担忧最终也成了城主和夫人的担忧，城主下令实行一系列的移民政策，希望多多吸纳家中女儿多于儿子的外城人到启城安居乐业。但又怕另三城误解这是买卖人口的行为，于是只好大量地送物、送钱、送美人，终于获得邻国的谅解。

由此可见，城主虽然膝下无子，但爱民如子，建树颇丰，始终将百姓们的疾苦当作自己的疾苦，为民分忧。

而买卖人口之所以会被判定为买卖人口，多半是因为人口费和实际市价不成正比。

可叹的是，百姓们却不能将城主的疾苦也当作自己的疾苦。政策实行之后，百姓和高官们的夫人没了忧虑，便开始闲磕牙。话题总是围绕夫人的肚子，因为她们的肚子都很争气，是她们毕生炫耀的武器；而夫人的肚子一向不争气，只除了她有一张我见犹怜的脸蛋和身为城主的丈夫，这是民间夫人们无法比拟的，所以她们更愿意拿自己的长处比较城主夫人的短处，背地里笑话她是一只不会下蛋的母鸡。

据说，连那位少将军的妾室也私下传说，合欢的确是不能生的，少将军英明所以早早娶了她们。

再据说……

真是还有很多据说，可据说得多了，也终于离题了，于是言归正传。

这一年的秋收宴之前，合欢一直在对我普及四国的文化差异，因为我是没去过他国的，出生之后只去过两个地方：一个是我娘家，自我爹去世我娘改嫁后，娘家已经被地产商买走改建成了花楼，所谓娘家，真是娘嫁了便没了家；二是城主的城府，所见所闻都是城府里的家长里短，所以听合欢提起邻国的风土人情，立刻心生向往。

在发型上，四城的男子大多为长发，但云州城和天启城的男人多半束发，而明日城以这届城主的随性而流行起了散发风，所以若是见到席间有散发的男子，就是明日城的城主师然。

我问:“那如何区分云州城和天启城的城主？”

合欢说：“云州城城主喜爱白色，天启城城主喜爱紫色，往年他们都会分别穿着白色和紫色的斗篷。”

我又问：“三位城主哪一个比较帅气？”

合欢沉默良久，被我这个古怪的问题难住了。

我一直双目灼灼地瞪着合欢，等待她的答案，但直到睡下了都没等来答案。

第二天一早，合欢顶着两只熊猫眼把我叫醒，告诉我，在她失去初恋的日子里，曾经暗恋过云州城的城主别云辛。但别云辛一向只喜欢奇女子，所以自惭形秽的合欢只好死心，转而暗恋明日城的城主师然。又可惜师然身边有个拖油瓶，还有个冷艳高贵的妹妹，若是嫁过去难免要先学会如何跟叛逆的小孩子和难缠的公主小姑子周旋，也只好放弃。

所以，现在的合欢正暗恋着天启城的城主莫珩。因为莫珩无父、无母、无兄弟姐妹、无亲朋好友、无妻、无妾，真可谓是孑然一身，生来就是让女人疼惜的命格。

听说，初见莫珩的那一日，合欢身着一身白衣。

他们在花园交错而过，微风拂过莫珩紫色的衣衫，就着花园中弥漫的花香，毫不客气地在合欢的心湖上撩了一把。

合欢捂着心口走开很久，险些以为自己得了绝症。后来问过夫人才知道，这是害了相思病。

合欢十分困扰，她甚至都想不起莫珩的长相，却为这样一个人害起了相思病。

后来，合欢还写了一篇名为《莫珩的紫》的文章，她对莫珩的情根从这年更加深重，脑海中残存的那抹紫色也变得越发绚丽。

所谓近朱者赤，近墨者黑，每日听合欢描述莫珩的可人怜和可人疼，我也不由得春心荡漾，整日白日做梦幻想莫珩的悲与愁，甚至因为看了合欢撰写的《莫珩的紫》以后，也不由得效法她写了一篇《莫珩与紫》，但我的文章始终不能超越合欢，追根究底是因为她是着重写实派，我只是抽象。

后来很多年过去，再仔细想想，倘若合欢口口声声赞许的是别云辛，那么所谓胭红和别云辛的故事也许会改写个结局吧。

可惜，世上什么都有，就是没有倘若，倘若，倘若。

2

我还记得那天的天色极蓝，几朵云彩淡淡点缀，真是笔墨难以形容的美。

合欢癸水来了，按照城府的福利，她可以带薪休息一整天。我在纸上写下合欢要做的工作，揣进怀里，先到负责内务的大人那里领了夫人的衣物，又匆匆赶去夫人房伺候。

走到半路花园里，正见一蓝一紫两抹身影，一个披发背对着我，一个束发面对着我。

当我想起合欢对莫珩的形容时，人已经傻呆呆地立在原地，直到紫衣的那位公子发现我，摇着手里的折扇对我笑。

我低垂了头，缓缓从他们身旁经过，脚步极轻，听力也突然变得无比灵敏，连紫衣公子扇风的声音都能收入耳内，甚至觉得他正瞧着自己，这应该就是所谓的自作多情吧。

走出十几步后我才想到，若是我以尽地主之谊为借口带他们游玩花园，那简直就是最完美的相识。

只可惜，当我走出去三十步后，身后也没有人唤我回头，莫非这便是擦身而过的遗憾？

夫人宽衣的时候，夸我学得越来越好了，要不了多久，就可以取代合欢。

我真替合欢高兴，巴不得尽早将这话告诉她。但我又怕合欢以为我是急于替代她而多想，所以这个念头很快就作罢了。

夫人兴致很好，梳头的时候不停地讲她和城主的故事，虽然我已经听了不下十次，但依然能表现得兴致勃勃。

夫人说：“那天在湖上，我弹着琴，他吹着箫，我们的船就那样擦过彼此。开出一段距离后，我感到很惆怅，本以为城主根本没注意到我，哪知身后的箫声越行越近，待我转头一看，城主的船已经追了上来……”

我不得不插嘴道：“夫人，那假如城主没有回头呢？”

夫人顿了一下，也许是没料到这个可能性，也许是不敢相信这种可能性会发生在她身上，说道：“若没有回头，那就是缘分不够吧。可能是我的琴声不够动听，也可能是我这个人不足以令他驻足。”

夫人的话充满惆怅，惆怅她自己的“可能不幸”却正中我的死穴，我想到方才的紫衣公子，心里一阵唏嘘。

夫人瞅着梳整齐的发髻，道：“胭红，你想过改名吗？”

我眨眨眼：“奴婢没想过。”

夫人轻笑着：“那若是我要你改呢？你觉得‘绮罗’如何？”

我没说话，只是笑，透过铜镜我看到自己的表情，那真是最贴切的狗腿奴才状。可我总不能告诉夫人，不管是叫胭红还是绮罗，都是美女的附属品，没有自己的灵魂，只是为了凸显别人的美而美，所以我只能笑。

也不知道合欢是怎么和夫人沟通的，当我得知夫人同意将合欢介绍给莫珩时，心里不免失落。

说是介绍，其实就是借着秋收宴众目睽睽之下，将她当礼物送了，这是惯例。几位城主每年都要互赠礼物，以往大多是物，今年夫人要破例送个活人。

我曾经无数次地问自己，为什么夫人不选我呢？我想可能是因为合欢模样俊美，又一直自律良好，没有和城主近水楼台先得月吧。而夫人可能因为蹉跎了合欢的青春年华而感到愧疚，又怕逼急了合欢最终和城主日久生情，步上春秋的旧路，只好用这种方式圆了合欢的念想吧。

而后转念又一想，若是夫人选了我，那合欢就要再等下一个合意的宫女进宫，如此年复一年，合欢实在有望向嬷嬷的道路上发展，成为全启城最有资历的侍女头。待数十年后被人偶然提起，也会说昔日风华绝代的城主夫人身边有一位亲信，为了启城曾立下很多功劳，被夫人赐予了一生荣华。但人们绝不会说昔日风华绝代的夫人身边还有一位美艳绝伦的侍女，只可惜太过忠心不二，所以终身不嫁。因为历朝历代的风华绝代的主子身边，都是貌不惊人但能力惊人的精英女子，但凡容貌出众的都很快也成了夫人了。

这样一想，我心里顿觉舒坦。遂自我安慰道，倘若那日在花园里被莫珩叫住，现在的我和合欢大抵要换个角色了；可莫珩没有叫住我，所以这些畅想想到最后也是枉然，这就是命。

自从我认了奴才命后，便致力于有朝一日成为启城有史以来最没野心且最尽忠职守的侍女头。所以秋收宴当日，我伺候完了夫人，便匆匆赶去为合欢梳妆。

合欢掩不住满脸的笑意，双颊酡红，看在我眼里真是恋爱中的女子最美丽。

她对我承诺，等她和莫珩回了天启城安顿好，终有一日会为我筹谋一个良人。启城的达官显贵大多一夫多妻，不如往天启城发展，而且移民风潮正在流行，天启城是大热之一，地大物博，要嫁也要嫁到他国去。

我念着“终有一日”，忽而觉得这个期限实在令人难以等待，并为合欢的崇洋媚外而担忧，刚要说“假如你这次没能嫁去他国该怎么办”，话到嘴边又变成了“希望姐姐一生幸福安康”。

合欢摘掉了我为她戴上的玉钗，换上了珍珠钗环：“今天戴珍珠的，听说莫城主喜欢珍珠，而且洁身自好，从不随便和女子有染，到现在也没有纳过妾室，正室之位也空着。”

我不懂莫珩喜欢珍珠和他不好女色有什么直接关系，但我认为像莫珩这样的当权者之所以至今没有妻妾，要不是因为他一心向政，心无旁骛；要不就是在等命中注定的女人吧，而合欢绝不会是这个女人。

我惊讶自己会有这个笃定的想法，再一想，可能是出于嫉妒，也可能是出于了解，因为合欢除了美貌也实在没有更突出的优点了。

当然，男人和女人看事的角度不同，越是有权力的男人越害怕聪明的女人，只希望合欢的简单可以博得莫珩的喜欢。

听夫人说，城主对将合欢送给莫珩的提议甚是赞同，这样不仅能拉近两城的距离，还可以首创启城和另三城通婚的先例。

说到这里，我不得不赞叹启城作为另三城的咽喉要道居然从未和亲通婚，每每只看着另三城嫁来嫁去，该是什么心情。

就这样，天时、地利、人和都搭配得天衣无缝，我实在想不出有什么因素可以阻拦合欢嫁入他国，但我的预感却又告诉我，这件事成不了。

秋收宴上，我和合欢是唯二被允许就近守在夫人身边的人，上首坐着城主，下首分别是那三位城主。

他们长得都是一表人才，合欢是这么对我形容的。

酒过三巡后，城主已然微醺，夫人朝下首身穿紫衣的莫珩笑了笑，辗转提到她身边有一侍女，生得极好，做事周全，是经由她一手调教出的，全启城找不出第二人。

我是瞧不清下首几人的表情的，只能看到我身边的合欢一脸娇羞，双手垂在下面不停地玩着手帕，紧张得关节泛白。

但见那紫衣身影站了起来，低沉沙哑的笑声传了过来："夫人指的可是身后那位白衣姑娘？"

由于我的视线正投在合欢身上，所以在我表示惊讶之前，已经目睹合欢的脸色从绯红转为苍白。她豁然抬头望向莫珩，又转头看向我，满脸的不敢置信。

别说是她，我也不敢置信，尤其不敢置信莫珩接下来的话。

他说："在下那日在花园见到这位姑娘，便想问其芳名，又怕唐突佳人而作罢，事后真是万分后悔，想不到夫人今日突然提起……"

再后来的话，我是半句也听不进去了，因为合欢忽然昏倒，我下意识地托住她全身的重量，摸着她发凉的指尖，心里是说不出的空落。

我的预感终于灵验了，可是不能宣之于口。因为即使我什么都不说，也已经被推向了风口浪尖，不仅夫人和城主看我的眼神有异，就连渐渐在我怀里醒来正眯着眼瞧我的合欢，眼里也透出了刺骨的冰寒。

在这之后，很多细节我都不记得了，只记得我和几个侍女匆忙扶着合欢离开后，又有侍女前来通知我夫人忽觉不适，已经回去休息了，只叫我守在合欢身边，听候差遣。

我陪了合欢两个日夜，足不出户，眼见合欢好似一下子就憔悴了十年的面容，心里的滋味难以言喻。

她的眼泪流也流不完，我深怕再这样下去会患上比我还严重的眼疾，但我又不能劝她别哭，因为这时候的我，说什么都是错。

合欢的唇被咬出了血痕，又娇弱又坚强地看着床上一角，念叨着她和莫珩的故事，都是有关近十年来秋收宴的。因为只有在那时，她才能远远见他一面，一眼就已万年，何况十年乎。

然后话锋一转，合欢看似轻瞟来的一眼，却透着我从未见过的陌生，那是连我们第一次见面时也没有过的生疏。

我忽然明白了，这一眼，不仅是我们重新认识了彼此，也重新认识了自己。

“你从没说过你们见过……为什么我的十年光景却比不过你和他的一面之缘。”合欢哽咽地问我，也是自问。

其实，这也是我要问的问题。为什么那次他不唤我停住脚步，那样我或许会先一步向夫人提出嫁入他国的请求，那么也许就不会演变到如今的境地了。

但后来很多年过去了，我才明白一个道理，其实有些人一眼就够了，有些人一辈子都是折磨。一见钟情从来都没有逻辑可循，就像天外忽来的陨石，你不知道它会砸向哪里，但若是偏偏砸中你，也不要问为什么，只能自认倒霉了。

3

在陪伴合欢的第三日，我想通了整件事。

我想我和合欢纠结的最初，全是源于合欢喜欢莫珩，于是整日对我念叨莫珩的优秀，绝口不提他的缺点。对男人认识有限的我，只好耳濡目染地认为像合欢口中的莫珩才是值得托付爱情的男人。然而那时候我却没想到，这仅仅是因为出于我对合欢的信任，而非少女情怀。

假如合欢口口声声只说莫珩的缺点，也许我也会同仇敌忾地认为莫珩是负心汉，当然情人眼里往往是看不到缺点的。

又假如合欢虽然喜欢莫珩，却怕也被我喜欢，于是口中总是赞美师然或别云辛，我也许就会移情师然或别云辛，再趁此让夫人给予我嫁入明日城或云州城的机会，那么这日后的许多悲剧也便不会发生了。可是说到底，合欢之所以对我毫无保留、心口合一也是因为出于信任，只可惜，女人之间的信任往往敌不过心上人的一句话，或一个选择。

假如得越多，回归现实时越失落，这就是徘徊在幻想和现实中人们的悲哀，而我最近也常常陷入这种悲哀，只盼望莫珩尽快改变主意带合欢离开，还大家一个清静。

可惜，女人之间的斗争往往是不能清静的，那只会逐渐加剧，直到鱼死网破的那一日。

第四日清晨，我被从窗缝透进来的晨光惹醒，右手习惯性地去摸床头，触手一片冰凉，抬头一望，合欢已经不知所踪。

走出门问了侍女，侍女摇摇头，说她们也在找合欢，还说已经通知了夫人。夫人也已经派人四处去寻，就怕合欢一个想不开，投了湖了。

我心里一咯噔，顾不得梳洗，急忙奔向城主为客人安排的住所，经过随从通报终于见到在厅内用膳的莫珩。

莫珩见我微微一笑，笑窝点缀得恰到好处："我正要去见你们夫人，你……"

我打断他："合欢呢，她来过吗？"

我睁大眼望着他，希望他能给我一个希望。

他说："一个多时辰前来过，让下人转达了些话，不过她说得不清楚，下人并没有听全。"

我急忙又问："那个下人呢？我能见见吗？"

莫珩叫来下人，转述了合欢的留言："帮我问上一句，倘若城主和自己的兄弟同时喜欢上一个女人，城主是退让成全呢，还是坚持到底？又倘若那个女人并不爱城主，城主是宁为玉碎不为瓦全呢，还是相信天涯何处无芳草？"

我心里好似被人狠狠一撞，猛地抬头："然后呢……她去了哪儿？"

随从只道："合欢姑娘好像丢了魂似的问奴才，是选择爱还是选择恨。奴才说奴才没经历过爱和恨，从小就是孤儿，家中也没有妻儿，不知道该怎么选，然后她就念念叨叨地走远了，好像在说'既然不能……不如同归于尽'什么的。"

莫珩蹙眉听完，淡淡劝我。但他说了些什么，我一个字也没听进去，心中忽然浮现出一个想法，那年的春秋也是这样不声不响地消失了……

这日晌午，我听侍女说找到了合欢，只是那已不再是合欢，望我有个心理准备。

我听着心里钝痛不已，浑身的血液仿佛一下子被人抽干，首次感觉到失去亲人的痛苦。当年爹去世时我还小，不懂悲伤，只是后来长大了回想起来，觉得未能在懂得悲伤的时候为亲人流下一滴眼泪而遗憾。

而如今，当我意识到何谓悲伤时，却又希望一辈子都不要懂。

在赶去见合欢的路上，我对老天许愿，只要能让合欢睁着眼对我笑，能呼吸，能说话，就算是倾尽我所有的幸福，也是值得的。

可当我亲眼见到亭亭而立在那儿的合欢时，我突然又只觉得自己的许愿很可笑。

淡黄色的绣装，襟口装点着点点彩蝶，华丽而端庄，这是身为夫人应有的体面，可装在这身行头里的人却是合欢。

她的眼眉不再冷淡，朝我笑着："胭红，你来了，我方才还差人找你。"

我望着随着她轻笑的动作而摇摇晃晃的玉质钗环，眼前阵阵发晕："合欢，你一早就不见了，我四处找你，怎么找也找不到。"

合欢一脸惊讶，忽而又笑："真是心有灵犀，咱们都在找对方，居然都错过了。"

我尚来不及琢磨话里的意思，却听身后一个细微的动静，回头望去，只见苍白着脸斜靠在侍女身上的夫人抖着指尖指向合欢，厅里的侍女跪了一地，我也跪下，只除了合欢。

夫人挥开侍女的搀扶，挺起她最后的尊严缓缓上前，尽管她看上去随时都有可能晕倒。

夫人的妆容永远那么完美，但是今日没有我和合欢的伺候，她的气质和脸上的妆显得极其不符。但这样的缺失只有我和合欢看得出来。在外人眼里，夫人依然仿佛从画中走出的明媚。可我想，即便全天下人都看得出来这个缺失，夫人也不希望被合欢看出。

试问又有哪个女人愿意在情敌面前示弱呢？

合欢浅笑地微微屈膝，盈盈行了礼：“姐姐，妹妹正想着过去给您请安呢。”

离夫人最近的我，明显看到她身躯一震，摇摇欲坠地踉跄一步。我急忙站起身去扶，夫人搭上我的手，紧紧抓住，指尖就像那日晕倒在大殿上的合欢一样的冰凉。

合欢上前两步，笑意融融：“姐姐，妹妹有些话本想留在临行前说的，但缘分这回事真是很奇妙。现下你我境地已不同于以往，当时想说的话现在也记不得了，倒是有件事要置喙一声。妹妹请求城主赐住烟形阁，邻近姐姐的居所，方便你我姐妹就近照顾，姐姐孤单了这许多年，如今可觉得欢喜？”

我看着合欢的神态，盯着她的眼睛，只盼着她望我一眼，让我看进她的眼底，看透她的心思，好让我推翻心中越堆越高的恐惧感。但合欢自始至终只瞧着夫人，一副好似蛰伏城府十余年，如今修成正果终于可以王对王的姿态。

我的耳朵嗡嗡地不断告诉自己，这不是合欢。却听夫人清清淡淡地说了一句：“既然妹妹飞上枝头，以往的名也该改改了。”

合欢好似听到多么好笑的笑话，咯咯乐道：“那么就请姐姐赐个名吧。”

夫人似是叹息道：“不如就叫绮罗吧。”

合欢再次行礼，坦然接受，忽而又道：“哦，对了，城主还在等绮罗。绮罗就不陪姐姐了，往后咱们有的是时间相处。”随着侍女的搀扶缓缓走出殿外，合欢又好似想到什么，回过身来，望着夫人，又望望我。夫人没有回身，我却回头去看，死死地盯住她那双曾经黑得耀眼的眸子。那是她脸上最夺目的一道风景，如今已经看不到半丝光彩，徒留一片晦暗。

合欢脸上的血色渐渐褪尽，声音略带沙哑：“绮罗本以为幸福远在天边，强求不是福，如今千帆过尽才醒悟，其实它早在唾手可得的地方，只是我从未理会。现在好了，所有人都求仁得仁，各得其所，真是妙不可言。”

望着合欢渐行渐远的背影，只听夫人在耳边呢喃：“那还是合欢吗？”

我张了张嘴，说不出话，脑中晃过一幕幕画面，正紧锣密鼓地回放着。

那日艳阳高照，飞鸟成群，我随着侍女走进了这座城府，远远就见玲珑屋檐下立着一个少女，蛋黄的罗裙，随风微拂，她伸出白皙却有力的手拉住我，掌心是那样的温暖。她说：“妹妹的手可真冷，想来府外日子不好过吧，往后跟着合欢，保你有吃有喝。”

我失手打翻夫人极喜爱的一只羊玉瓶，当着夫人的面，合欢当即跪下，轻轻说道：“夫人，您说会赐合欢一个生辰礼物，合欢日思夜想也想不出该求什么，只希望夫人能饶过合欢这一次，合欢定会感恩戴德绝不辜负夫人。”

当时的我吓得两腿发抖，“扑通”一声跪了下去，也忘了是因为受惊还是因为愧疚，伏在地上一句话都说不出。

癸水初来的那日，我肚痛如刀绞，在床上翻滚着叫唤。合欢见了，一手攥住我的手，一手拿了一个微热的布包贴在我的小腹上，低声告诉我，什么是癸水，什么是成人的里程碑，什么是上天赐予女人生儿育女的使命。

后来，合欢也来了癸水，我想效法她，却不知那个可以止疼的布包里装了些什么。

合欢说，那是红豆。我便立刻去找了来，照猫画虎地贴在她小腹。合欢缓和了神色告诉我，红豆有助于止疼，意为相思。

再后来，合欢得了夫人赐婚的承诺，脸上整日挂着笑，就像冬日最明媚的一道暖阳，映在我心里也是暖烘烘热腾腾的。当时的我真想告诉她：“合欢，你是我见过最好看的姑娘。”但由于以往我赞她好看的次数实在太多了，合欢每每都会掏掏耳朵，又刮刮我的鼻子说：“傻丫头，又有事求我吧？”

所以我渐渐地总将对合欢的赞美藏在心里，就是那夜合欢拉着我同榻而眠频频嘱咐我当她走后，我应处处小心行事，切莫行差踏错，待她终有一天接我去天启城再姐妹团聚。

而如今正如合欢所说，千帆过尽，一切仿若黄粱一梦，我不知该哭还是该笑，一时间尚不能从看似简单的合欢突然摇身一变成复杂难测的绮罗这项认知中醒悟过来，只好说：“夫人，那是绮罗，城主新纳的侧夫人。”

夫人几不可闻地叹了一声，软倒在我怀里。

4

正式行侧夫人进门礼那日，我又一次见到了莫珩，客厅内外下人来来往往，看样子是在准备返程。

莫珩一脸笑意地望着我，我心里却只觉得无比安宁。

他缓缓问我，可愿随他一同回天启城。

我还以为这件事已经在夫人和莫珩的默许下达成了共识，尽管我不愿去：“奴婢的去留，奴婢从来都做不了主。”

“你可以。”莫珩浅笑，“你自然可以做主，我同你们夫人说好了，只要你点头，其他的都不是问题。”

我也回以微笑：“条件呢？莫城主接受了夫人的礼物，又该回送什么？”

莫珩良久道：“只是些物资罢了。”

我再度笑笑，实在想不透用些物资换取一个只会消耗无限物资的活人的必要性。

我委婉地拒绝莫珩时，他的神情是那样惊讶、失落，好像被伤到一样眼底透出一抹痛色。但我只能这样安慰自己，像莫珩这样的天之骄子多半是想要什么便有什么，从未尝到过被拒绝或失去的滋味，所以一时之间难以释怀，可能一辈子都难以释怀，让我有幸成为他一生中唯一的遗憾吧。

“唯一”二字对女人的吸引力是致命的，就像我宁愿当莫珩心底唯一的遗憾也不愿离开城府一样，这真是没事找事自找虐恋的开始。

三位城主离开启城的当夜，天黑压压的不见星斗，月亮却亮得出奇，独揽风采，以往我和合欢共用的寝室只剩下了一张榻，坐在上面，心里凉得不见底。这是合欢用过的，侍从来整理屋子时，我叫他们收了我的那张，留下这张，留个念想。

合欢登门时，见到以前的榻，愣了一下，再看看我，带上门，缓缓走过来：“我来最后看一眼，怎么不留着自己的床？”

我皱眉抬头：“这还重要吗？睡在哪里不都是在城府吗？”

合欢扯出一抹笑，笑得那样生动：“听说你没有随莫城主回去，你该随他走的，这是个好机会，要不然留在这里，什么时候才是个头？”

我说：“合欢，为什么你不求夫人将你我一起送给莫珩？还是你觉得，留在这里当个侧夫人更合心意？”

合欢微微皱眉：“怎么不叫我姐姐了，或者夫人，就算是叫名字也是绮罗。”

我说：“我想叫你合欢，以后别人都叫你夫人，城主会叫你绮罗，那么，我就还叫你合欢。”

关于“绮罗”这个名，我曾想了想，觉得夫人赐名大抵是出于文人相轻美女也相轻的心理吧。胭红是陪衬，绮罗也是陪衬，因为一个连笔墨都难以形容的美人通常是心高气傲、眼高于顶的，很难过自己心里那道坎的。而我们既然身为侍女，就该认这个命，作为陪衬也要做得锦上添花。

合欢一阵恍惚：“哦。”

她临走前，站在门口，看着月亮背对着我，语丝呢喃地告诉我，她何止请求过夫人将我们两个一起送给莫珩，她甚至跪在夫人面前几个时辰，但是夫人的答案只有一个：启城收下莫珩的礼物，只够换一个人的。而夫人身边也不能同时少了两个好帮手，既然莫珩喜欢“胭红”，那便留下“合欢”。

然后她说：“其实城主并不像咱们平日见的那样严肃，他也是个令人心动的男人。”

再后来，合欢又说了些什么，我已经听得不真切了，只知道夫人的那些话终于将合欢逼上了退无可退的路。合欢也终于选择了春秋的选择。

可能合欢突然想通了，认为既然将来只有终身当侍女这一条路，为什么不放手一搏当个侧室也好。倘若生下一儿半女将来也有个依靠，倘若不能也能利用有限的生命投入到无限的荣华富贵中。

最主要的是，夫人的话等于间接断了合欢最后一丝希望，替合欢做出了最认命的选择。合欢又是一个看似认命实则最不甘于被命运摆布的神奇女子。这样的女子往往口上不说，却会在关键时刻做出出人意表的选择令大家都感到意外且难以接受，用事实证明你瞎了狗眼看错了人，再让你重新认识认识她，真是防不胜防。

由此可见，一个人若是叛逆且不受传统礼教束缚，平时便该带点儿相，让人觉得你不好惹，千万别惹你，否则你要玉石俱焚了。

在这之后，我又听城主那边的侍女说，曾在合欢进门前听见她和城主的谈话，离得稍远，听不真切，但大抵是说城主终于意识到他将日渐衰老，夫人也将年华不再，百年之后启城便成了无人可继的空城。

他们的爱情或许是令人钦羡的，可是爱情不能延续国家。国家是需要生命延续的，这个生命既然不能诞生在夫人腹中，那便只好……

听了这番话，我真不知作何感想，只觉得城主身为一个男人可以一生只爱一个女人，却又被政治所迫不能一生只爱一个女人。倘若合欢的肚子不争气，城主或许还会去娶第二个、第三个，永无止境地娶下去。又或者直到太医宣布城主也不能生育时，这件事才会作罢吧？这说明当政者宁愿让国家毁了爱情，也不愿让国家毁于爱情，若是前者那便是明君，千古流芳；若是后者那便是昏君，臭名万世。

而合欢，她只是不甘愿一生为奴，宁为玉碎，不为瓦全。

相比合欢，夫人就是宁为瓦全，不为玉碎的信徒了。

几个月后，侧夫人房里传来喜讯，启城城府将会迎来十几年来的第一个小生命，大家都很高兴。夫人也很高兴，因为她是当着我的面真真切切地又哭又笑的。她笑得眼角露出了细细的纹路。她一向是不允许自己如此放肆的，接着眼眶微红，那是感伤的征兆。

我很难理解夫人复杂的心情，到底什么是又高兴又悲伤，多半是高兴城主后继有人，又悲伤自己造人无能吧。

我问夫人："倘若城主先去了，侧夫人尚能依附子女，您怎么办？"

夫人说："城主去的那日，我也不会独活。"

她就那样轻轻巧巧地说了这句话，接着抿了口茶，听在我耳里就好像我问她"今天该梳什么发髻"，而她回我"你看着办吧"一样轻巧。

我想，或许这般看破生死的念想是我这辈子都不会拥有的。因为我一向把人命看得比什么都重，认为只要活着就有希望，钱没了可以赚，男人没了可以再找，爱情没了更可以激励我活下去的欲望……于是白日梦做了这么久，这一切的一切都必须要建立在“活着”的基础上。

这世上有这样一种人，他接近谁谁就倒霉，他爱上谁谁就完蛋，他恨谁谁就不得好死，这种人大多被算命的叫作天煞孤星。而且据说，天煞孤星的嘴巴是很灵验的，俗称乌鸦嘴。我虽不是天煞孤星，但也是出了名的乌鸦嘴。

话说就在合欢有孕的一个多月后，那孩子就没了。怎么没的没人知晓，倒是有人提过，前几日我曾念叨过一句“要是能保住便好”之类的闲话。城主便派人来调查，我只好承认，因为我不认为这话有任何问题，但不想却被当场拿下，关进了我来了城府两年多唯一一个没有去过的地方——监牢。

听传话的人说，侧夫人悲恸欲绝，几度昏死过去，但言语间却透露着不信此事与我有关的意思，所以城主已经缓和了态度，打算关我几日就放出去。

我又问来人，夫人怎么样了。

来人说，夫人恐怕自身难保，因为连傻子都想得到这件事里最大的获益人是谁。

再后来，事情发展得额外迅速，真是赶上了日新月异的速度，仅仅是阔别七日，世间已经天翻地覆。

把我带出牢房的人是城府的老侍从，我想他应该是全启城活得最久的人。因为他在找我时，是直接把脸贴在我跟前才分辨得清我是谁的。我真不明白为什么城主要找一个看不清人的侍从来接我。

出了牢房，我本以为会见到耀眼的日光，早已做好半遮着眼睛以免眼疾更严重的准备。一路慢慢悠悠地回到夫人那儿，装作若无其事地问她一句："您今天要梳什么头？"

可万万没想到的是，我只看到沉浸在阴暗天空下的一座死城，四周没有一点儿人气，只有风声，遍地的蝗虫尸骸和黄土，令我讷讷不能成言。

老侍从说，启城历经了一场蝗害，但启城并没有足够的存粮给予百姓，仅余的那些都已经分光了。城主连夜召集大臣们商议，也拟了求救书送到另外三城和朝廷那里。可惜就在前一日，城主忽然暴毙在自己房间内。而夫人尚存一丝性命。秉承城主的遗愿苦撑大局，以期等到三城的救粮，但却在一日后听到三城哄抬物价、紧闭物资运输的消息。启城的百姓人心惶惶，死的死，逃的逃，连大臣们也在一夜之间少了一多半，剩下的大多是年迈体弱一时间走不远的。

夫人终于明白大势已去，也无力再拼，一心想着找城主团聚，遂挥退了侍女，找来一条白绫，撒手人寰了。

我张了张嘴，说不出话，踉跄两步急忙往侧夫人房奔去。那老侍从在我身后喊着："侧夫人临去前命老奴放姑娘出来。"我又连忙跑了回去，抓着老侍从摇晃了几下，急道："什么临去前，侧夫人去哪儿了？"

老侍从说："侧夫人早在城主暴毙的第二日，也在城主床前饮毒自尽了。"

我一下子跌在地上，心里空得好似再也填不满了，空得连眼泪也流不出一滴。我抚上面颊，好似不能接受自己冷酷无情的事实，但无论怎么摸，都是干涩一片。类似的场景曾在我娘身上看过，当传话的人告诉她我爹去世时，她也是一脸死灰但却不哭不闹，六神无主之余也不断告诉自己这不是真的。直到她目睹我爹的尸体才崩溃地哭了出来，因为理智已经不能说服更多，唯有相信现实。

我问："合欢去前，还说过什么？"

老侍从交给我一块琉璃，那是合欢的贴身物："她说，留给她的妹妹，还说其实她并不记恨莫城主，也不嫉恨她的妹妹比她幸运。只是一直不甘心生为奴才就要一生为奴的命运，总想着打破，可没想到打破了命运，也打破了身边亲人的心。她很后悔，更不愿放下城主和夫人，知道夫人早晚会跟上来，所以先一步过去为他们打点好一切，希望在阴间继续为奴补偿生前欠下的一切。哦，还有，她说如果有可能，希望她的妹妹不要再为奴为婢。”

离开启城前，在老侍从的帮忙下，我们简单处理了城主一家三口的尸首，尽量将他们都放上一张床。

看着合欢的脸，我终于哭了。哭了多久已经忘了，只记得在哭的时候，眼前是黑压压的，大约快要失明了一般。

我终于能理解我娘为何把眼泪留到最后了。因为事实摆在眼前，活人已退无可退，斯人已矣，再没什么可失去的。活人却要承受言语难以形容的悲痛。难怪老一辈人总说亲人去后，活人也会折寿五年，那五年多半是被哭掉的。

我爹去世的时候我没哭，我娘改嫁的时候我也没哭，倒是合欢去了，我一次哭了个够。后来想想，这是因为血缘上的亲人还不如合欢来得亲吧。毕竟我和爹娘感情淡薄，合欢身上便倾注了我所有的亲情，所以这一哭，便意味着我已经没有亲人了。

老侍从问我：“城府的人都跑光了，姑娘打算怎么处理后事？”

我恍恍惚惚地站起身，环顾四周，张了几次嘴才发出声音：“哦，那便烧了吧。”

这时我才明白当初为何没有和莫珩走，上天安排我留下来为他们了结后事，因为老侍从一个人实在是无能为力。

不多时，启城最高处染了红霞，煞是好看，好像是这座即将死去的城池最后一次燃烧了生命。

许久许久后，见城门那儿走出两人，一老一少，一男一女，两人回头望着天边红霞，身躯映在红光内，形成了一种难以言喻的美感。

不得不提的是，在启城灭亡的过程里，天朝那边没有采取任何援救措施，可能是路上传信耽搁了，也可能是天朝认为启城招安另外三城已经完成了历史任务，早该灭亡了吧。正所谓狡兔死走狗烹，飞鸟尽良弓藏，少了启城，余下三城更容易形成三足鼎立的局面，互相牵制。毕竟古往今来多少吵架都是双数掐，单数和，就好比两口子总会吵架，多了一个孩子就会和睦些的道理一样。

之后，我和老侍从一起上了路，沿着国道往天启城走，途经的人都在谈论城主三人先后殉情的传奇佳话，好似启城的灭亡还抵不上爱情的殉葬来得津津乐道。

老侍从问我："为什么选择在天启国从头开始？"

我说："哦，没什么，就是想问问莫城主为什么不救启城吧。"

说起莫珩，我又想起了合欢，也许这种条件反射将会持续到我生命终结的那一日。

而合欢到底喜欢城主多一些，还是莫珩多一些，这已经成了永远的谜。

我只能说，莫珩是合欢的遗憾和潜藏在心里的梦。这个梦是瑰丽的，只除了最后那一道美中不足的裂痕。这世间本没有完美的人或物，所以我也相信合欢是可以原谅这种美中不足的。而城主是合欢唯一经历过的男人，就算不是最爱，也因他付出了她唯一一次的生命。自古殉情都高于爱情，所以就算他们之间没有爱，也有理解、关怀和一路相随的默契。

到底在这样一个女人心中，是国家的爱更崇高，还是儿女私情更可贵，答案不言而喻。早在若干年前，她已经辞去了一段初恋，又何况心里从未实现过的梦呢。

第二章　胭红篇（上）

当我和老侍从一起抵达天启城下时，眼见通关口检查严密，我们便决定就地结拜成异姓爷孙，方便对外介绍。

老侍从姓连，年轻那会儿叫连城。后来许多年过去了，知道他姓名的人都老死了，再没人叫他连城，只叫他连伯。

活得久的人都爱说一句话，我吃的盐比你吃过的米还多，所以遇到这种人，我一向是不争辩的，因为我确实才疏学浅，只好多听忠言，并不会以为自己就是意外中的例外。

于是听见多识广的连伯说，像这样的通关口往往都有潜规则，要不给钱，要不给摸。长得寒碜的给钱，长得漂亮的给钱也没用。

可是直到我们过了关走出了老远，已经远到我吃完了两串糖葫芦又喝了一碗清茶后，也不见有半个天启人上前搭讪。连伯后知后觉地呢喃着："莫非天启的男子只好男色？"

女人的外貌是不能受到挑衅的，不管挑衅的男人多大岁数，我告诉他，天启城的莫城主曾经对我示好，还三番两次地说要接我入府。

连伯将信将疑地看着我，忽然转移了话题，提议找一个栖身之所，先把温饱问题解决了。

我立刻同意了，于是拉他走进天启城最大的一间客栈，同掌柜的要下厨娘的差事换取吃住。

1

连伯问我为何不去找莫珩，我说送上门的不值钱，不如自力更生。

连伯叹服，说他年轻的时候也遇到过三个女子，都很有骨气，所以最后谁也没跟他走到一起。

我问是哪三个。他说是少年时期住他隔壁的小青，青年时期与他一见钟情的小可，以及中年时期遇到的侍女小全。

于是在客栈下人房住下的第一晚，连伯把他的三段爱情故事讲给我听。

小青自小倾心于连城，但连城则不只倾心于小青，在经过几番情侣之间的误会和周折后，小青终于含着怨恨嫁给了别人。临走前告诉连城，像他这样的男人一定会孤独终老的。

当时的连城自然不信，但多年过去后，小青的诅咒却成了现实。

失去小青后，连城没有颓丧而是更积极地直面惨淡的人生。在偶然的机会下救了一位要投河自尽的夫人，便是小可。小可一看就是有钱人，但连金钱都不能挽留她自尽的决心，却被连城的三言两语耽搁了上路的脚步。

小可声称从未见过像连城这样的男子，而后一问才知她自小养在闺中，除了父兄、丈夫和家仆，再没见过其他男人。所以一遇连城便不知如何是好，心中小鹿怦怦乱撞，不知不觉地就陷入要对连城以身相许的念头里。

我想，这可能是因为每个女人心目中都有一个英雄救美的典故吧。

连城问她何以要自尽。小可说她是侧室，虽不愁吃穿，心里却过得辛苦，实在找不到活下去的动力。

小可暗示连城带她远走高飞，解救她的心灵。

连城犹豫了，因为拐带妻女是重罪，便说需要三天时间考虑，趁此时间问清小可的来历送她回去。但不想三天不到，小可的夫家便寻了过来。

临走前，小可留下一封介绍信，帮着一直游手好闲的连城找了个差事。

连城带着信函踏进了启城的城府，成为一个最普通的侍从，一干就是三年。

三年后，连城荣升，终于有资格见到当时的老城主和夫人，也顺便见到了老城主的妾室小可。

也不知道为什么，在那段只能见面不能相认的日子里，连城很快也陷入了要爱不能爱的虐恋情深中。后来一想，这大抵是因为求而不得才是最美好的吧。

于是连城开始计划如何带小可私奔。但要从城府里带走一个活人远远比在外面拐带一个活人难得多，所以这番计划也密谋了很久，久到小可终于难产去了，他们也没能互诉衷肠，只靠眉目传情聊表相思。

连城还记得小可去的那天，天阴阴的，沉沉的，明明是春末夏初，空气里却弥漫了刺骨的冷。只见侍女端着血盆子从小可房中走出，接着就听一声惨叫，稳婆跌跌撞撞地冲了出来，叫道：“侧夫人不行了。”

连城躲在树后咬牙切齿却不得而入，只能不停观望，直到太医匆匆而入，又摇头叹气地走了出来……

几日后，侧夫人大祭……

一晃十年过去了，连城已经成了副总管。城府里迎来了一批新侍女，其中有个叫小全的，眉目长得极像当年的小青，气质则像极了小可。

连城不禁自问，倘若当初娶了小青，或是毅然决然地带小可远走，那他的人生也不会如此凋零。但倘若了半天，这世间也没有时光倒流回去。

小全没来由地信任连城，为人外向，做事主动，时常对他或明示或暗示自己的心意，令连城再度有了活过来的感觉。

可惜，一个人经历得越多顾忌也便越多，就好比说因为连城的多情而气走了小青，连城悔不当初于是变得专一。却又在人生最专一的时候遇到了小可，但连专一也不能将他们联系在一起。身份的差异又使得他们阴阳相隔，于是连城不仅变得专一还变得谨慎。

这时，小全出现了。连城既不愿意耽误了小全的青春和前程，又不愿意再次遭受同样的感情挫折，只好将小全拒于千里之外。

也许不爱就不会被伤害。

连城只想着不爱小全便不会被伤害，却没发现当他产生这个念头时，爱情已经降临了。

小全深得夫人的喜爱，夫人同意为她说媒。小全本可嫁给连城，但一想到连城的决绝便转而选了他人。假如小全人生经验够丰富，便会从连城的眼神中看到纠结的痛苦，那么她便会明白自己并非单恋。只可惜小全太年轻了，年轻得诚如当年的小青，只懂得用嫁作他人妇来报复连城。

再之后，小全嫁给了外城人，然后就杳无音信。

杳无音信便会让人产生很多联想，最大的联想就是死亡。连城无论如何也打听不到小全的消息，便将此看成了永别。后来也再没有喜欢过任何一个女人。

很多年过去了，老城主和夫人也去了，昔日叫他连城的人都死了，留下的只有很多年前小青含泪的诅咒。

我想，连伯并不是没有机会娶妻的。以当时老城主和夫人对他的信任，定有大把大把的机会赐婚，可连伯却立志不要，这或许全是为了要赎清他在感情上犯下的罪过吧。

连伯说，听了我拒绝莫珩的事，便觉得我和他是一类人——注定一生背负感情的债。因为我们都太执着于因果报应和命理循环之中，都是太过聪明，所以总会被聪明误的人。

我对连伯表示没有听懂。他拍拍我的肩说："你早晚会懂的，希望等你懂的时候不要后悔。"

没多久，我做的带有异乡风味的菜肴很快就博得了满堂彩，这家客栈很快就击垮了隔壁几条街的对手，成为天启城的地头蛇。

掌柜的给我加薪升职，还要安排两间干净舒适的客房给我和连伯。

于是我一炮而红，慕名而来请我过府掌厨的比比皆是，大家都叫我连老板。

连老板的名声终于享誉天启，惊动了城府。城府的管家亲自请我过府煮几道小菜恭贺莫城主生辰大喜。

本来一切相安无事，我也以为只要做了菜就可以溜之大吉，但不想前厅的客人对我的厨艺赞不绝口，非要莫珩请鼎鼎大名的连老板出来一见。

管家连忙来找，我也连忙躲进了小花园，因为我实在没想好面对莫珩该说些什么。

不想这一开溜竟撞见一个不该在此撞见的人。

当时天色低垂，小花园里灯火熙攘，雨后弥漫着浓稠的芳草味，翘角屋檐被洗刷出了光泽，坠着滴滴答答的雨水。

我就这样踩着湿漉漉的石子路闯进了被层层薄纱笼罩的凉亭里，薄纱中传出细微的动静，我转身一看，只见一抹人影。正要离开时却听那人说："是谁？"

我压低了声音道："奴婢迷了路，这就退下。"

"慢着。"那人肯定道，"你的声音我似乎在哪儿听过。"

说话间，那道影子已经来到跟前，我来不及冲出凉亭已被来人握住手腕，当场擒住。

他的力气不大，却也挣不开，我只好腹诽了请罪的台词，回过头去望向来人，要说的话却噎在了喉咙里。

青黑色的袍子，襟口点缀着普通人家负担不起的金丝图腾，浓重的眉宇间透着困惑，眸子又冷又黑，深不见底，他居高临下地看着我，而我的视线微微上扬时，却只能看到他淡而无色的唇。

这个人我见过，在秋收宴上，当时他和现在一样，披散着发，远远望去只能见到如瀑的乌黑，看不清清冷的眼，也望不见近乎冷漠的神情。这样一张好似生来就不会笑的脸，竟是如此好看。

他便是师然，明日城城主。

2

西秦的人都知道师然是谁，他的名声远远不如莫珩或别云辛响亮，甚至被谈论起的次数，也比不上启城城主和夫人的那段风花雪月。但没来由地，人们往往会记住这样一个神秘人物。

而人们探究有关师然最多的秘辛，便是他那个凭空冒出来的儿子，但即便集合起西秦所有智者都不能挖掘出这个男孩儿的生母是谁。于是众说纷纭，至今没有答案，成了一个悬案。

我垂下眼，微微挣脱手腕，本以为挣不开，不想师然也松了力。

师然走开几步，神色缓和："哦，原来是你。"

我望着他的侧脸，一时间不明白这句话的意思："师城主怎么会在天启城？"

一问完便想起今天是莫珩的生辰，以他和师然、别云辛的交情，他们会出现在天启城并不奇怪。

师然扯扯嘴角："请姑娘给莫珩带句话。"

我插嘴道："我正准备走，还是请师城主自己去说吧。"

师然漆黑的眸子里浮现疑惑："你不是……"

"不是。"我再次插嘴，不知道打哪儿借来的虎胆，"如果师城主是问我是不是被我们夫人送给莫城主了……不是的，我拒绝了。"

师然嘴角微翘，隐含着若有似无的笑意，但并非善意："那你又怎么会在此出现？"

是啊，我为什么在此出现，难道告诉他我虽没有答应莫珩，却立志要成为天启城第一号厨娘，所以不远千里迢迢追来莫珩的大本营，再闯出一番名堂，终于凭自己的能力走进城府，就连你刚才吃的那些菜也都是我做的，要是你惹我不高兴，我就下毒让你拉个三天三夜?

我的话还没出口，就听身后有一厨房伙计叫我："连老板！原来你在这儿，莫城主说请连老板到前厅见见客人！"

我抿抿嘴，被抓个现行自知躲不过去，然后仰头看向师然。

他正垂着眼定定看着我，依旧是不见底的冷，但又好似清澈了些。

在这样的眼神下，我说："今儿个师城主没见过我，我也没见过师城主。"

我分明看到他的睫毛轻眨，好似应了我的话，但那一瞬之后，又好似只是我的幻觉，我笑了笑，转身走出凉亭，脑中竟还留着方才那一幕，乌发覆盖之下，肩膀被雨水沾湿，长袖下修长的手指正握着一颗珠子——纯正的黑，闪着光泽，就像镶嵌在那张脸上的那双眼，看人时，不显一丝温度，让人猜不透他的心思。

很多年后我想，也许只有这样的人才能完美地伪装和隐藏，身为一城之主，总该是像这样不显山不露水的吧。

前厅内，宾客尽欢，莫珩端坐首座，一手执杯淡淡微笑，见到我时，神情一顿，接着浮现笑意，道："胭红？"

我缓缓抬头，一时之间不知作何感想，身旁的侍从立刻说："这位就是连老板。"

莫珩眯眼看我，脸上醉意蒙眬。

我垂了头，缓缓跪下行礼，却在膝盖落地前被一股力量撑起，那双手的指尖泛着红，是酒气，温度滚热并且有力。顺着看上去，是泛着光泽的紫色缎子，沾了酒渍的前襟，接着便是莫珩的笑脸。

他托起我的手说："胭红，你是不是改变主意了？"

我还没来得及说话，莫珩已经令侍从收拾厢房，好好招待连老板，快得令人猝不及防。

我被侍从带下去的时候，在回廊处远远就见凉亭里的那道身影，青黑色的衣衫映衬在水雾和薄纱中，仿佛只是一抹幻觉。

我在天启城城府的厨娘生涯就此展开了，每天的辰时、午时、酉时，城府的侍从会来小厨房取走饭菜。若是莫珩吃得开心，侍从也会来传话；若是莫珩有事外出，侍从会将饭菜原封不动地端回来。

在城府的日子很清闲，这里和启城城府截然不同。除了下厨，我整天没事可做，唯一的消遣就是在院子里发呆。但我再没见过师然，也没见到前来做客的别云辛，听说他们已经返程了。

来这里七天，我见过莫珩三次。

第一次，莫珩匆匆走过院子，见到大树下发呆的我，顿了一下，说："你变了很多，胭红。"我还没来得及站起来行礼，他便又急匆匆地走了。

第二次，莫珩叫人找我去见他。除了他，我还见到一碟菜，他说这是他做的，请我吃。

我吃了，真难吃，生生咽下去的时候眼泪差点儿飙出来："君子远庖厨，这话说得真好。"莫珩不语，以后也再没吃到过他做的菜。

第三次，莫珩将一纸契约交到我手里，这是我打工的那家酒楼的经营权。我还给他说："胭红不会经营酒楼，胭红只会玩耍柴米油盐。"

然后我问他什么时候才能走。莫珩说："既然你不会经营，回去了也没意思，就留下吧。"

我张了张嘴，又说："义父年老，又有眼疾，胭红总不能留他一人在那儿。"

莫珩从善如流道："那也接过来吧。"

就这样，我和连伯的栖身之所换成了城府，昔日我们是城府的下人，现在我们是城府的贵宾，真是事易时移，始料未及。

连伯对我预感，莫珩早晚会找我谈婚论嫁。我说我的出身不好，莫珩要不就是看走了眼，要不就是别有目的。

连伯问我为什么面对莫珩可以如此冷静地分析。

我说因为合欢。一想到合欢，就想到莫珩；一想到莫珩，就想到合欢。合欢就像是一味醒酒药，什么都能打醒。

连伯感叹着说，也不知道我这是多愁善感，还是太过理智，还说身为女子，不管是前者还是后者都不好。

我告诉他，合欢是我见过最多愁善感的姑娘。她生前除了一块琉璃也没能留下什么给我，死后却将这个性子灌输了来，表作纪念。

连伯问我以后的打算，是继续留在这里，还是离开。

我反问他留下来如何，离开又如何。

连伯说，留下来只有两种结果：一种是终身为厨娘，一种是飞上枝头变凤凰。

我考虑了很久，难以回答这个问题，倒不是我纠结是当厨娘还是变凤凰，而是苦恼为什么选定一个身份就要选定一辈子。

我说："我想先当几年厨娘，腻了就走。天下这么大，西秦以外的地界我没去过，很想去看看，最好多学几道菜，再在四十岁的时候开一家南北酒楼。"

我当时的梦想真美好，自然万万想不到几年后嗅觉顿失，唯有替人收尸，不知不觉走上仵作的道路。

连伯笑我太过理想，还说理想是难以在现实中实现的。我若是在这里当了几年厨娘，恐怕也难以走出这座城府了。

这个道理我是明白的，试问一个熟悉城府内部结构又深知城主口味的人，怎能随便被放出去？

我说："嗯，我真是太过理想了，我想咱们还是趁早走吧。"

就在我和连伯决定向莫珩请辞的那天，莫珩先派人叫我过去谈话。

临去前，连伯嘱咐我说他有种不好的预感，叫我一定要先发制人，否则要是被莫珩抢了先机，我们恐怕就走不了了。

我怀揣着这份嘱咐去见了莫珩，正要说"我是来请辞的"，却不料莫珩的话已经伴随我刚跨入门槛的脚拽了过来，他说："胭红，你可想过以后吗？"

我说："我……"

他插嘴道："你想的以后和我有关吗？"

我张了张嘴，看着莫珩一脸期许，仿佛有璀璨流光在他眼里流转，竟不忍心说："和你没关，一点儿都没关，真的。"只好说，"哦，我还没想过以后。"

莫珩一笑："那正好，我已经替你想好了。"

我不语，走过去坐下，在桌下攥紧拳头，对他规划的"以后"实在没什么预感。

莫珩为我倒了一杯茶："我这座城府说大不大，说小也不小，再养活一二百人也是可以的。我今年二十有三，尚未娶妻，也没纳妾，身家清白，父母早年都去了，平日里我可能会有些忙，毕竟天启有许多政事要料理，但晚上基本不外宿，准时回府吃饭、睡觉。你……"

我刚端起茶杯的手被他这番话吓得一滑，茶杯"咣当"一声掉在桌上，打断了他的话尾。

我立刻说："城主，您到底想说什么，是想胭红帮你寻摸个合心意的夫人吗？胭红不才，见过的女子不少，能善解人意辅佐城主的却不多，思来想去，只有合欢，可她……已经死在了启城。她说她是为了启城而亡的，是陪葬，是追随。我身为她的妹妹却不能鼓起同样的勇气，所以至今不能释怀。"

莫珩不动声色地扶起茶杯，又续满茶："你是在怨我吗？"

我说："不，我是怨我自己胆小怕事。我这个人没什么志向，只想着三顿温饱，一路到老。"

莫珩笑看我："真好，我也有这个心愿，这是不是就叫作白头偕老。"

我蒙了，实在不知道怎么从他们家能再养活一二百人一路演变到白头偕老的。正在暗自着急的时候又被莫珩抓住了手，打开了我紧握的拳头，慢慢抚平。

我看他望着我的掌心，刚想问"城主还会看手相吗"，却被他翻过了手背，一路抬起，凑到嘴边，轻轻一吻。

我登时惊了，抽回了手，连忙站起身后退两步，又被身后凳子绊得踉跄出去。

莫珩不急不忙地伸手一拽，把我稳住，接着站起身将我揽在身侧，声音从我头顶传来："怎么这么不小心，你这样怎么与我白头偕老。"

我哑口无言地望着他，心想这人太狂妄了。

他则低头笑道："方才还没说完，我晚上是基本不外出的，准时回府睡觉、吃饭。若是碰到推不开的应酬，大抵就是一年一度的府宴吧。只是以往每年的府宴都独缺了女主人，你，可愿意补上？"

我不答反问："城主，我能问你个问题吗？"

莫珩含笑不语，我又说："当初为什么你要拒绝合欢？"

莫珩一怔，笑意渐敛，松了手，再度坐回桌边。我也坐了回去，一眨不眨地望着他："希望城主给我一个合理的答案，这也是合欢想问的，这件事改变了她的一生。"

莫珩沉吟道："我给你的答案，你能接受吗？"

我说："只要是城主说的，我应该可以接受。"

他抬头看我，轻笑一声："胭红，你真是个较真的姑娘……你们夫人说合欢喜欢我很多年，我却感受不到。我甚至记不得谁是合欢。但那日在启城城府的花园里，我却闻到经过我身边那个小姑娘身上的淡淡糯米香，后来中午吃的糯米糍和你身上的气味一样，我想那一定是你做的。而你说的合欢，我只记得在秋收宴上她身上的香味最突出，只是太浓郁了，并不适合我。"

我皱起眉："我并不是不擦花香，只是整日在厨房忙活，不想嗅觉被其他气味干扰。"

莫珩说："这就是了，其实我的鼻子有些敏感，闻不得脂粉味，还好你只是叫胭红。"

原来合欢的幸福竟是葬送在她特制的花香上。我还记得那天清晨，我为合欢整理妆容，她捧着一盒百合香粉轻轻嗅着告诉我，从收集到打磨再加入药材一同制成粉末，足足花费了一年的时间。她平日舍不得用，就是在等今天，还叫我拿着粉盒不停对她吹气，以保证她的身上可以均匀吸收香气。

那天早上我打了十八个喷嚏，揉着鼻子看着眉飞色舞的合欢。她说不管秋收宴上有多少女人有多少花香，她的百合香粉都能脱颖而出。她果然脱颖而出了，只是料不到会是这个结局。

3

我告诉莫珩，我需要时间考虑。他爽快地答应了。

回了房，我先找了连伯。连伯说我顶着一个哭丧脸准是被人欺负了吧。

我问："被人告白不是该小脸绯红，喜不自胜？"

连伯问我从哪里得来的看法，我说是街边买的小人书里说的。

连伯说："被喜欢的人告白是那样的，可你又不喜欢莫城主。"

他一针见血，我半晌缓不过神。

我说："不对啊，我记得我是喜欢莫城主的。那时候合欢一说起他，我就心跳加速，不过我好像总会喜欢合欢喜欢的人和物……"

连伯说："所以现在合欢去了，你就没有参照物了。"

他又一针见血了，我有些黯然了。

我问连伯，喜欢一个人是怎样的心情。连伯说就像你说的那样，小脸绯红，心跳加速，双眼熠熠生辉，手脚颤抖……我立刻呆住，并且陷入沉思。

我可以很肯定、很负责任地告诉自己，我对莫珩没这些反应，但也不否认在见到帅气逼人的莫珩时，精神难免振奋。

当我将这个看法告诉连伯后，连伯表示我们的前途很堪忧。

我问为什么。他说要是一个有身份、有地位、有名望、有长相，又是城管的男人，在同一个女人身上遭受到两次拒绝，多半是会想不开的，不是撕了对方，就是和对方一起死。

我问，这是不是就是传说中的要么毁了她，要么同归于尽。

连伯拍着我的肩膀说，孺子可教。

我立刻表示很慌张，拉着连伯的袖子问怎么办。

连伯分析道，若是落荒而逃，我们没那个轻功；若是客气请辞，莫珩恐怕不会轻易罢休；若是条件交换，除了肉体也没有其他更有价值的……

我更慌了，表示不愿意肉偿，连伯一拍脑门，告诉我还有一个办法，那就是我可以帮莫珩完成一件心愿，就当作抚慰他心灵的表示。

三天后，当我将连伯的建议告诉莫珩时，他着实愣了很久，脸上的失落久久不能退去。他沉默地望着我，仿佛只要望着我就能让我把方才的建议忘了。

莫珩说："我好像还没有什么心愿未了。"

我一想也是，他都是城管了，一呼百应，若有未了的心愿，还愁没人去做吗？我说："那什么……"

他突然插话道："但如果胭红姑娘不嫌弃，能不能帮我走一趟云州城，找一个人问一句话？"

我眨眨眼，搞不清楚找一个人问一句话为何非要我去，以莫珩的能力，就算是找十个人问十句话也是信手拈来的事。我想，这应该不是一句话那么简单吧。

见我犹豫，莫珩又说："这个人你也见过，他叫别云辛。"

我登时一愣："他和你不是朋友吗？"

莫珩说："就因为是朋友，所以有些话才不方便问出口。"

连朋友都不能说出口却要假他人之口的话，一定不是什么好话。

我说："这个恐怕……"

莫珩又将我打断："我先给你讲个故事吧。"

故事很简单，出场人物有三，别云辛和他的弟弟别云州，还有莫珩的妹妹莫媛。

莫媛本是养女，是作为莫珩的童养媳带进城府的，从小就被教导得知书达理，诗词歌赋样样精通。所有人都以为莫媛会是将来的城主夫人。直到莫媛十六岁那年，随莫珩头一次外出参加启城的秋收宴，一眼就看中了风度翩翩的别云辛。

莫珩疼惜莫媛，回了天启城便下了礼聘。不出一个月，莫媛就坐上了云州城抬来的花轿，心花怒放地嫁去了异地。

又过了一个月，莫媛捎来一封信，信里婉转透露出她的痛苦。大抵就是她原本爱上的是别云辛，但不想嫁过去洞房花烛后第二天才发现身边的丈夫叫别云州。日日见到别云辛在自己面前晃悠，又不得不对别云州夜夜承欢，内心痛苦万分终于酿成心病，不忍对外人提起，更不忍质问别云辛，只好写书一封送回娘家求助。

算算日子，莫媛已经嫁过去两年了，莫珩派去的御医都被莫媛遣了回来。因为莫媛自小就是按照城府夫人的教育制度被养大的，很早就养成了多疑且不能轻信旁人的性子。

说到启城，我便不得不问："莫珩，我能问你个问题吗？"

莫珩惊讶地看着我："你还是头一次叫我的名字，想问什么就问吧。"

我说："哦，其实也不是什么了不起的问题，纯属我个人好奇，我就是想知道在启城最危难的时刻，其他三城为何按兵不动，眼睁睁地看着一个城走向毁灭，你们晚上睡得着吗？"

莫珩面无表情地审视了我好一会儿，眼里透不出他的想法，我只能凭空猜测。

最后他说："胭红，你知道什么是国家吗？维系国家的是政治，不是恻隐之心。"

我说："我不懂政治，我也没有恻隐之心，只是觉得三城为了自己而牺牲了启城，是很不人道的。那不仅是一个城，里面还有很多生命。"

莫珩笑笑："你真是个好姑娘，胭红。"

我也笑笑，皮笑肉不笑。

莫珩拉着我坐下，极有耐心地跟我说了天启城的背景。天启、明日、云州一向是互相赖以生存的，邦交友好，没有人敢打破这个平衡。因为一旦有一家倒台了，势必会牵扯另外两家。正所谓一荣俱荣一损俱损，说的就是这回事。所以启城遭难时，只要有一家决定袖手旁观，另外两家为了维系三城的平和，也会做出同样的选择，只能说启城太不会选时候出事了。

我问莫珩，当初提议袖手旁观的是谁。

莫珩说，是云州城的别云辛。

我开始讨厌别云辛，理由很简单。假如别云辛提议说"咱们一起加点儿赋税吧，最近缺钱花"而得到另外两个城主的呼应，我会觉得别云辛是一个很会花钱的城管。假如别云辛提议说"城府的美女不够多，咱们引进点外国妞儿吧"而得到另外两个城主的呼应，我会觉得别云辛是一个很好色的城管。

不管别云辛是贪财的还是好色的，别人也无权指责，那是身为一个有权有势的男人的资本。而且从外表看，别云辛就像一个喜欢带头闹事的人。

我告诉连伯我的这番想法，还有接下来的去处。

连伯表示担心，劝我不要去。他认为我一定会报复别云辛。我说如果有能力，我或许会报复；但我根本没有能力，所以一切都是枉然。

连伯说："一个女人若想报复一个男人，总会做到的。"

我不接话，反问："连伯，依你看，什么才是合格的当权者？"

连伯说："像别云辛那样，在他治下从未加过一分赋税，也没强抢过民女，至今未婚，一心向政，爱民如子。"

我又问："那咱们启城的城主呢，他就不合格吗？"

连伯说："咱们城主太优柔寡断了。他的仁慈不会延续国家的生命，只会加速灭亡。"

也许连伯是对的。作为当权者，别云辛是出色的；可是作为一个人，我是瞧不起他的。

记得来天启城前，我心里装着两个问题：一个是莫珩为什么不选合欢，一个是莫珩为什么不救启城，现在都得到了解释，我也要离开天启城了。很想尽早赶到云州城，想问问别云辛，若他能预见启城的惨淡下场，是否还会坚持当初的提议。

我相信，很快就能知道答案，但我却不知道当知道答案后会怎么做。

连伯说，一个连自己接下来要做什么事都没把握的女人，是最可怕的女人。

临行前，莫珩将莫媛的所有生活习性巨细无靡地跟我说了一遍，我这才想起问他："莫珩，你说叫我去见一个人问一句话，就是莫媛吗？你要我问什么？"

莫珩沉吟良久后说："不，我是希望你能开导莫媛，倘若不能也不便强求。至于那个人，我是想你借由照顾莫媛之便，见一见别云辛，帮莫媛问一句，他对莫媛是否没有半点儿情意……若是没有，我希望你能转达给莫媛，让她早点儿死了这条心。"

我想莫珩的意思是让莫媛早点儿死心便能早点儿解脱出来。但是按照莫珩的叙述，莫媛应该是个世间少见的死心眼姑娘，否则也不会为了昔日的一见钟情要死要活了两年。

别云辛和别云州是双生兄弟，莫媛既然能爱上别云辛的脸，相信别云州的脸也是一样可以喜欢的，到底她是如何分辨两兄弟的不同还非要分出个高下呢？也许最好的办法就是让其中一个消失，没有了复制品，莫媛也许就不会苦于不能两者兼得了。

我说："莫珩，你有没有想过，莫媛最大的苦恼就是为什么她爱上的不是一个人，或者是为什么她不能两个都嫁？要是别云辛告诉我，他也是爱着莫媛的，莫媛会不会被逼疯？要是别云辛心里根本没有莫媛，你让莫媛死心的同时，会不会也逼死她的人？为什么不让莫媛永远生活在吃着碗里看着锅里的境界中，那样她或许能为了一个问不出口的答案坚持活下去，要知道，人只有有希望和有遗憾才有活下去的动力。咱们还是不要抹杀这一切吧？"

莫珩考虑了半晌，说："你说得有理，可是据人汇报，莫媛她已经快不行了，她只是想在有生之年得到一个答案。"

我说："哦，那咱们是该圆了她的梦。"

莫珩皱着眉，一副痛苦状，叹了口气，说："圆了莫媛的心愿，这就是我对你的唯一要求，等你回来，咱们便成亲。"

然后他向我伸出一只手，白而修长的手指，令人着迷。

我说："你有一双好看的手。"接着我低头看向我的手——粗糙、干燥，指甲还有裂痕。

他没有答我，只是微笑，唇角有浅浅的酒窝。

可惜这样美好的一张脸，我却没有独占的欲望。

我说："莫珩，你是想补偿我吗？也犯不着赔上自己的一辈子。"

莫珩沉默了会儿，说："本来只是想试试你，没别的意思。"

我："……"

第三章　胭红篇（下）

就这样，我离开了天启城，赶去云州城。

国道上人烟寥寥，行驶了许久许久，久到我已经有些口渴，忽然听到前方不远处传来阵阵铿锵声，应该是有武林高手在厮杀。

我将马车停在路边，心道等声音完全落下再过去。但又等了很久，那边依旧此起彼伏。不得已，只好下车猫腰躲在路边树后，一点一点蹭过去。

若是有人问我为什么这么好奇，我只能说好奇是大部分女人的通病，没有好奇便不成书。

1

中间那个唯一穿着白衣的男人正提着一把长剑，姿态卓然，剑眉星目，淡淡扫向周围的这一圈人，仿若雪地里的苍松，舒展着枝干，胸有成竹地面对周围几十个杀手。

所有人都在气喘吁吁，看得出来他们刚刚厮杀过一场，地上的尸首和斑驳的血渍就是最好的证明。现在，手上动作虽停，架势却仍在，敌不动我不动，以眼斗眼，谁也不肯放松。

居中的白衣男子冷冷一笑，我这才想起他就是别云辛。

身份刚刚确认完毕，一个不怕死的已经先一步出手。别云辛反手一刺，那人便被刺中。

接着，同伴们纷纷提剑围攻，一个倒下一个又起，层层叠叠，络绎不绝。我看得眼花缭乱，实在跟不上他们的速度，但那关键的一幕却没有漏下。

只见别云辛忽而一转身，白色衣衫随风扬起，血渍围绕周身仿如飞花。就在这一瞬间，手中长剑一分为二，一柄横扫划过正面上前的三人喉咙，另一柄背在身后扫过后面两人的下身，血肉四溅血花漫天，差点儿晃瞎了我的眼。

忽然四目相对，发现我躲在旁边观摩的别云辛面露一丝惊讶，但在这关键时刻，任何分神都是致命的。

我立刻大叫：“小心！”

别云辛闪身一躲，仍是慢了一步，让人钻了空当儿，回身反攻时，背后的白色上衣已经染了赤红。

地上尸首越叠越多，大抵有三十来个，余下两人一左一右，面面相觑，互使眼色，好似在规划怎么一起攻破别云辛。

但我想，连你们三十几口都不能完成的任务，余下两个又如何能完成，不如趁机逃走再苦练二三十年，他日江湖再见，比的是谁活得久，不是谁死得快。

但那两人却不这么想，互看之后一同击向目标，却听两声哀号，已双双把命归。

我以为这便落下了帷幕，站起身上前，又听别云辛沉沉甩来一句：“别过来！”

我立刻止住脚步，只见他走过每一个尸体，又一人补了一刀，刀刀落在颈部大动脉。有一个尚在挣扎的也因为这一刀抽搐了片刻，很快咽气。

我想，杀手也是人，别云辛不忍见他们死得太痛苦所以施以援手，真是仁慈，于是问道：“这样做，他们是不是死得更快？”

别云辛扫了我一眼：“这样做，他们再没有还击的能力……”

我点点头，斩草要除根，他这么说也对，果然智者千虑。

料理完所有尸体，别云辛脚下也终于晃悠了两下，以剑支地的手霍然一松。还不等我赶过来，他已单跪在地。

我赶到别云辛身边时只来得及撑住他的手臂。但他力量实在太强，我撑住的同时也被他拉在地上，双双跪地。他的血沾在我身上，也染了一地，脸色苍白得有些吓人，但嘴唇微动仿佛还有力气留下遗言。

我凑耳过去，心想着云州城最大的秘密将要落在我耳朵里时，却听到一句：“告诉云州，城不能一日无主。”

说罢，他双手一垂，陷入了深度昏迷。

看来眼下的情况是，有人想给云州城制造个大麻烦，所以便雇了三十来个杀手围攻云州城城主。但不想杀手们纷纷报销，却留了别云辛的一口气。云州城或许不会有什么大麻烦，有麻烦的是我。因为若是我不救他，我就是云州城的罪人，也是莫媛和别云州的仇人。若是我救他，我就不得不先把他搬上马车再快马加鞭赶去最近的医馆。但要拖行这么一个大男人回马车，他就算不流血而死也会被我拖死。

想了想，我先搜他的身看有没有伤药。要是身为剑客的别云辛自负剑术高明不带伤药，我再去搜刺客的身；要是连刺客也视死如归认为不用带伤药，那就是天要亡别云辛了，与人无尤。

但事实证明，不该死的，始终不会死，不仅别云辛身上有药，在场杀手人人有药，粗略统计一共七十多瓶，这是天意。

清风淡淡，当空明月，这是一个诗情画意的夜晚，但别云辛和我这个救命恩人完全没有诗情画意的念头，真是暴殄天物。

我靠坐在一棵大树底下，看着一脸面无表情的别云辛，撇撇嘴咬了馒头，又喝了口水：“你真不吃？”

别云辛看都不看我一眼：“不。”

从他苏醒以后就摆个臭脸。按照我的分析，他是因为本来就打算英勇就义被后人传颂，以一敌三十终于力竭而死，却不忘将重任和未完成的梦想交托于二弟别云州，不想被我从中作梗将他从鬼门关拉了回来，所以愤愤不平。

当我将这个看法暗示给他后，他的脸就更臭了：“姑娘想得太多了。”接着就像现在这样，完全不把人放在眼里，连句谢谢也不说。

我托着腮打量他：“你说要是我不带你走，你能活着回云州城吗？”

这句话的回应就是别云辛不声不响地闭上眼，歪在地上假寐。

我又说："我是不想带你走的，但是又不得不带你走，除了因为赏银以外，我还受了莫珩的托付要去找一个人。"

话音方落，明显见到别云辛身形一顿，接着慢慢睁开眼，看向我，眼波静静流转。

我扯扯嘴角，咧嘴一笑："莫珩相信我能治好莫媛的心病，你信不信？"

别云辛微微蹙眉，但我没给他说话的机会又道："我自己也不信，可若是我真的治好了她，也许你和别云州都会很麻烦。"然后又是一笑。

小风阵阵，飕飕的，别云辛竟然开口说了话："那就麻烦姑娘了。"

我提醒道："我叫胭红。"

他说："哦，胭红姑娘。"

开诚布公后，别云辛的态度缓和了许多，也许他终于发现我并非贪图他美色而来的吧。我们返回到云州城的那天，天色不太好，水雾很重，迷蒙着眼看不清路，潮气裹了一身，真想一脚踹别云辛下车再换件衣裳。但碍于他是伤者，所以一路上我都对他礼遇有加。

临进城前，就见一辆马车拦路，马车夫彪悍健硕，默默地看着对面的我，又回头和身后交代了一声。便见车里跳下一个男人，容貌俊朗，双眸漆黑有神，和我身旁的别云辛有九分相似，任谁一看都会说这是一个人，但是在这两张相似的面孔上，却透露着不一样的味道，简单地说，就是一个冷，一个热。

别云州自然而然地用肩膀撑住别云辛，挪到了他的马车里，这才回头看我，露齿一笑："这位姑娘如何称呼？"

我说："胭红，替莫珩来拜访莫媛。"

别云州明显一怔："是媛儿的朋友？"

我笑笑："我是个大夫，来治她的心病。"

别云州不语，看我的眼神换了种意味。

实话实说，我很为莫媛担忧。

若我是她，定不会找双胞胎兄弟的其中一个结婚。因为双胞胎之间很容易发生心灵感应，或许弟弟在新婚之夜的一举一动，哥哥也能感受得到；又或许弟弟喜欢的东西，哥哥耳濡目染也会喜欢。

于是这么一想，我脑中立刻蹿出许多假设。

假设莫媛把别云辛当作了别云州，而别云辛一向沉默寡言也不提醒，便从善如流地被莫媛推倒，两人成就好事实在悔不当初，却又难耐偷情的亢奋，于是决定将关系进行到底，自此以后别云州便时常被安排外出，渐渐铸成了一女侍二夫的美谈。

这一路，我沉浸在假设中难以自拔，连到了云州城城府都恍若未觉。

直到别云州提醒我该下车了，我才晃晃悠悠地随侍从走了进去。被安排了住所，吃完了小菜，听人来报莫媛要见我时，我还没有做好心理准备，只是想，她到底是个怎样的美女呢？

当我见到莫媛时，有了结论：她是一个美貌和内涵并重的美女，所以在因太过美貌而自负的同时也总会被太过丰富的内心世界所困扰，所以说红颜多薄命，不是没道理。

此时的莫媛正端坐在桌边，请我坐下后亲手为我倒了一杯茶，声音淡淡地告诉我这盅茶是专门为我而泡的，是采用了什么山的什么水搭配什么地方的什么茶。水温刚刚好可以饮用，茶叶也刚刚好入味，我进来得更是刚刚好，正巧能品评一下她的手艺。

我喝了一口，眯着眼状似很有品位，接着不动声色地打量莫媛。

黑漆漆如瀑布的头发，像她这样的已婚妇女还能整日披头散发如此雅致的也实在不多。冷冷的眼、冷冷的笑容、冷冷的味道、冷冷的声音，这简直就是女版的别云辛。若说他们是亲兄妹，我一点儿也不怀疑，因为气场本来就是一种难以言喻的玩意儿。

我说："莫珩说……也许我能救救你，或者替你还了心愿。但是，这件事我并没有把握，希望你能明白，这世上的很多人和事都是不能强求的。就像我小时候怕鬼，长大却并不怕而改怕人一样，因为人会害人，鬼只会在人的心里。"

莫媛依旧冷冷地看我，冰块儿似的美人，难见喜怒："有劳了。"

我张张嘴，想再说点儿什么，毕竟我才长篇大论过一番却只得到三个字，心中着实不甘，但我还没来得及再开口，门口已传来一道声音将我打断："媛儿，怎么在这里吹风，天气凉，进屋去。"

别云州不由分说走了进来，拿起一旁的披风裹住莫媛，握着她的肩膀将她带起身拥着走进内室，声音甩在身后："请胭红姑娘一同进来吧。"

我跟了进去，正听见别云州怀里那清清淡淡的嗓音说："我没病，想出去走走。"

别云州将莫媛安置在软榻上，掖好了披风的边角，侧坐在旁握着她的手轻语："别犟了，大哥说一会儿再来看你，前面来了人，正在忙政务，我也要过去了，他们还在等我。"

莫媛微微颔首，眼里的光彩一刹那活了起来，很快又归于平静，晃得我眼晕，搞不清是不是幻觉。

别云州走后，室内一片寂静，莫媛不说话，只是垂着眼，好似在她内心世界里又发生了什么值得耐人寻味的东西，令她一时难以重回现实。

我也静静坐着，随手拿起旁边小桌上的书册，翻了几页，竟看得入了神，并非是内容多丰富，而是旁边用小篆写的注释和观感，着实精彩。想来能写下这些话的莫媛确实不是什么空脑袋，也确实有足够的本钱能令世间的男子驻足追逐。只可惜，偏偏深陷双胞情谊，自虐为乐。

“我……可以叫你胭红吗？”莫媛突然出了声，不咄咄逼人的询问，透着腼腆和为难，看来她是习惯了发号施令和被人发号施令吧，很少和人客气平等地对话。

我说：“哦，好，那我能叫你莫媛吗？”

她嘴角翘起，笑得极美：“嗯。”

我说：“知道了彼此的名字以后，就可以做朋友了。”

她的眼里闪过一丝防备，接着化为乌有：“是吗？”

我耸耸肩道：“如果你不能拿我当朋友，我也不能走进你心里开导你。”

她不语，我继续道：“我对你毫无企图，也没有令你企图的东西。我只是替莫珩办件事，当是还他的人情，要是事情办砸了，这个人情我便要一直背负下去。所以我的出发点很单纯，就是解决你的问题，而你只需要接受我的帮助，你说呢？”

她轻叹了口气：“离开天启后，已经很久没人和我说这么多了。”

我眨眨眼问：“你相公呢，他好像很健谈。”

她垂了眼，缓缓嘲弄：“那是对别人……他的演技一向不错。”

2

莫媛的话让我很无语，无语的原因是不知道该接什么才好，所以我只好保持缄默。

但是莫媛似乎料到了这个话题只有她自问自答，于是她只是扯扯嘴角，抬眼看向我身后的一角，说：“我和云州很少聊天。他总是早我先起身，晚我再睡下。所有的事都有下人帮我处理，我若有什么要求多半也是叫下人去传话，因为我总是见不到他的人。反而是大哥，偶尔会问我一句。”

莫媛透露的关系有些复杂。别云州冷落莫媛，别云辛看不过去偶尔插手。莫媛幽怨被别云州冷漠，于是便感激别云辛偶尔的关心。

相信不管任何女人站在莫媛的角度上，都难免忍不住会移情于看似冷酷却外冷内热的别云辛，因为人与人之间细微的关怀是连伦理和道德底线都难以阻隔的。但眼下最大的问题是，别云州到底为什么这样对待如花娇妻。

我张张嘴，委婉道：“那你和他之间的问题，是从什么时候开始的？”

莫媛的视线对上我的，渐渐有了焦距，眼里全是讽刺：“什么时候？打从我嫁过来的第一天起吧……他一直都很讨厌我。”

莫媛怎么会这样说。相公厌恶妻子，多半是因为妻子不忠或是相公搞外遇，但外面传言别云州一向洁身自好，府内又没有二房或小妾。莫媛感激别云辛也是从他们冷战后开始，究竟问题出在哪里？

莫媛好似看出了我的疑惑，语不惊人死不休地说：“你能想象得到我们的洞房之夜是发生在我嫁过来一个月后吗？”

“哗啦”一声，我手里的书册掉在了地上。但我还来不及捡起来，便听门口又传来一丝细微的动静，站在门口一脸尴尬的男人，正是别云辛。

我忽然有种错觉，好似生活在云州城城府里的三个主人各自心里都装着一个人。只可惜心里装着的那个人并不能陪在自己身边，阴错阳差之下，日日相见，日日痛苦，夜夜难成眠。

莫媛站起身，脚下的裙摆滑开优美的弧度，忽而展颜，露出一抹不深不浅的笑，看着别云辛，亲切而疏远：“大哥，我没什么事，只是云州太过小心了。”

别云辛垂下眼：“哦。”复又抬眼看向我，“明日要来个客人，我和云州都抽不开身，若是有怠慢的地方，请胭红姑娘见谅。”

我也站起身：“不用管我，我随意就好。”

别云辛走后，莫媛的心情格外地好，苍白的面颊泛出了血色，衬得整个人也如沐春风。

不知道打哪来的神来一笔，令我问出一个荒唐至极的问题：“莫媛，你刚才说你和你相公的洞房之夜是发生在你嫁过来的一个月后，在此之前是不是还发生了什么事？莫不是因为别云辛？”

莫媛面带惊讶地望了我一会儿，苦涩的笑容渐渐浮现在脸上，恰到好处地应验了我的猜测。接着，她用一种事不关己的态度轻轻描述了那天的来龙去脉。

事情大概是这样的。

那时莫媛随莫珩一起赶赴启城的秋收宴，茫茫人海中，远远一瞥只瞧见了那个冷目白衣的男子。莫珩轻轻在耳边告诉她，那就是云州城的城主，别云辛。

别云辛投来一笑，深深印在莫媛心口。

此后许久，莫媛口中总是喃喃念叨那三个字。直到坐上花轿的那一日，她露出了一生最美的笑容。下人看呆了说，您真是这世上最美的女子。

长途跋涉抵不过心里的一丝期许，接连赶路都没有让莫媛感到半丝疲惫。当她端坐在大红的软榻上，静静等候着心里的那个男人为她掀开盖头时，心里想的便是要像来时那样对着他笑，让他看到自己最美的一面。

然而，盖头掀开后，她的笑容却在那人的一句话中土崩瓦解：“我不是别云辛，我是别云州，你说要嫁给今年秋收宴上的‘别云辛’，那次去的其实是我，我大哥因病未能前往。”

从短暂的震惊中回过神，莫媛站起身靠向别云州，轻声道：“不管你是不是叫‘别云辛’，我要嫁的就是在秋收宴上的……”

莫媛正要靠向别云州，别云州却先一步抽身，任她扑个空。

莫媛呆愣地抬头正撞进一双冷得刺骨的眸子里，听他说：“夜深了，你睡吧，我还有事。”

一阵风划过，别云州已经闪身出门，彻夜未归。

在知道自己嫁的男人不是别云辛而是别云州之后的第三天，莫媛便振作起来。她想当初的一见钟情不过是被皮相所扰，既然上天能创造两个一模一样的人，便等于给她一个重新选择的机会，她愿意服从上天的安排。

这样乐观的一个人，原本是上天的宠儿。

有了这个想法后，莫媛决定既来之则安之，对于相公时常早起也归类为他政务确实很繁忙。虽心里黯然，面上却不表现。莫媛并不常在脸上涂抹胭红，每日清晨独自起身，踏过层层门廊伴随晨雾绕行花园一周，佳人晨曦真是赏心悦目。偶尔碰上阴雨天，不免独坐窗前闷闷发呆，想着什么时候相公会回来，什么时候能说上一句话。

如此日思夜想，莫媛变得越来越沉闷孤僻。试想一下，一个从小就不轻信别人的女人，到了一个陌生环境，除了自己的相公还能相信谁呢？可就连她的相公也忽略她，她便成了一个活死人。

可是从小就坚强内敛的莫媛并没有怨天尤人，毕竟当初是她主动请嫁，他们纵使一时不熟，也有一辈子的时间相处。

但不想在一个月后的某一天撞见了神龙见首不见尾的别云辛，那一刹那，莫媛后悔了。

她一眼就看出这个人不是自己的相公，更一眼看出这个人就是当初令她一见倾心的男人。莫媛突然活了，醒了，大彻大悟了，也心碎了。

自这一次撞见后，撞见的次数便开始叠加，不知道是不是偶然，两人总能在同一时间出现在花园的同一个角落。他们从开始的点头到偶尔说一两句话，一路发展到互相交换了人生里仅有的几个笑话，前后还不到五天。

某一天，别云辛正说到云州城城府里已经很久没听到过小孩子的啼哭声了。莫媛一下子白了脸，涩涩一笑告诉他，她和别云州未曾圆房。

莫媛当时的心理活动是想用这个秘密试探别云辛，要是他也对自己有意，知道自己仍是清白之躯，说不定这桩婚事还有转圜的余地。但是莫媛忽略了一点，别云辛、别云州自小相依为命，别云辛又一向谦让，除了城主的位子以外，只要是别云州喜欢的，别云辛一概放任。所以莫媛冒险捅破这层窗户纸的代价便是稍后亲历的雷霆之怒。

那晚，别云州提早回了房，满脸愤恨，红血丝挤满了双眼。从头到尾，他只说过三句话。这三句话在此后化作了莫媛此生最大的梦魇，午夜梦回时不断回放。

别云州将莫媛甩到床上，巨大的阴影铺天盖地地笼罩下来，一只手已经能压制住莫媛上半身的挣扎，另一只手捏住她的双颊，声音低低沉沉："你为什么要把这件事告诉大哥？"

莫媛惊恐地望着他，倔强得不肯流下眼泪。天启城大小姐的尊严是不容践踏的，这是她曾受过的最深刻的教育。

衣衫被甩落在地上，一件接着一件，如凋零的娇花，脆弱得经不起任何风吹雨打。床幔仍是大红色的，戏水的鸳鸯，缠绵的凤凰，就着这样的锦被绣枕，在别云州眼中幻化成了魔鬼："好，你想洞房，我就给你，只是你不要后悔。"

莫媛高声呼救，却无人敢踏进这座大门紧闭的小院。当他冲进她身体的刹那，混合着喘息声，他沉声告诉她："别云州从不受人威胁……你尽管试试。"

这一晚的呼吸声深深印刻在莫媛心口。此后两年，莫媛时常在半夜惊醒，总是蜷缩在床的最里端，捂住双耳，对于流窜在黑暗中的呼吸声有种莫名的恐惧，尽管她也不确定是否真的听到。

此事过去不到一个月，别云州再次提前回了房，二话不说便将莫媛压在身下。莫媛的挣扎只是以卵击石，留在别云州面上和身上的抓痕也被他轻笑带过："若是明儿个大哥问起，我便说是你我闺房之乐。"

莫媛哭得声嘶力竭，把眼泪往肚子里咽，有苦无人说，渐渐成了心魔。

这一晚的事被别云州屡次复制，数月之后，莫媛摸出了规律。她记得最初的那次，别云州曾请了大夫为她把脉看诊，似是测算了她最容易受孕的日子，于是每月那几日别云州总会很早回来，遣走下人，关上院门，再折磨她到天亮。

在最痛苦的刹那，她的脑中总会浮现最美好的那一幕幻觉，清晰得仿佛可以洗涤所有侮辱。那时莫珩介绍说"这是家姐"，别云辛投来淡淡一笑，她双颊燥热地垂下了头。

不知过了多久，又到了别云州早归的日子。

纠缠之时，莫媛挣扎着从枕下掏出一把匕首毫不留情地刺向他，却偏偏刺偏了寸许。别云州应声倒在她身上，赤红的血染在她胸前。她哭着喊着将他推开，躲进床角，最终却仍是叫人进来救他。也不知是不忍见他血流而死，还是因为不想担负起杀人犯的罪责。

病床之上，脸色苍白的别云州嘲讽道："没想到你也敢杀夫，想想我该怎么告诉大哥？"

故事告一段落，莫媛的脸已经布满泪痕，泣不成声。

我久久不能成言，不敢置信别云州如此变态，也不敢置信莫媛如此忍耐。倘若是我，那一刀下去该是断了别云州的子孙根吧，毕竟一切罪孽都是从它开始的。

我说："要是你有了孩子，也许就不必再承受这样的折磨。"

莫媛低下头，声音冷冷的："孩子，本来有过，后来流掉了，再也没能怀上。"

我抖了一下，正想问她是人为的还是造化使然，便又听她说："这样也好，再好不过了，若是生下了他的子嗣，将来长大了也要去糟蹋别家的姑娘吗？"

我接不上话，看来，这样一对夫妻的确不适合传宗接代。

想了这么许多，我觉得应该说点什么表示安慰，台词在脑中一过，便道："莫媛，其实人生大抵都是如此，不是被人强暴便是被生活强暴，人会强暴你的身体，但生活会强暴你的精神。你自小生活无忧，大概不知道民间百姓疾苦。上天不忍心给你疾苦，便会换一种方式让你辛苦，酸甜苦辣，每一个人都要走过一遭，每踏过一个门槛，还会有下一个。许许多多的门槛就在眼前，就需要我们无数次地超越。倘若放弃了，便连踏过去的机会也没了；倘若不放弃，人还能活。只要活着，就总有希望。"

莫媛望了我许久也不发表意见，不知道听懂没有。

我有些焦急，本想长篇大论地解释一番，她已做出了回应："哦，那你说，若是我杀了他，是不是就代表跨过了这道门槛呢？若是这样简单，我那次便不该仁慈……原来竟是我自己放弃了机会吗？"

我张着嘴，说不出话，但我知道我必须阻止，因为她已经往最偏激的路上走了。

莫媛却忽而一笑，笑得让我顿时发冷："要不，我再杀他一次。杀了他，解放我自己，如何？其实当寡妇也不是不好。"

我支吾两声，道："杀了他，你也要陪葬，他们不会放过你。"

她别开眼："我不如赌一次。"

我皱眉想劝她，她已拉住我的手恳求道：“胭红，你愿意帮我吗？”

冷冰冰的脸上挂着两行泪，眼里闪着决绝和凄苦，苍白的唇上有道咬破的血痕。那是她脸上唯一的一抹色彩，触目惊心的美。

此时的莫媛，是让任何人也说不出反对的话的，我只能哑口无言。

3

得知莫媛的故事后，我的心情是格外沉重的。我得承认莫媛已经把我完全感染了，所以当我提笔准备写下给莫珩的第一封汇报信时，压力也是不可谓不大。

试想一下，倘若当初莫珩不是因为爱妹心切，就不会顺了她的恳求向云州城求亲。或许莫媛这一生心里都会装着别云辛昔日的一笑，但也许要不了多久，她和莫珩的婚姻便会将此淡化，最终烟消云散。真是一步错满盘皆落索，一步天堂一步地狱。

我这么写道：“莫珩，我已经找出莫媛的心病，但冰冻三尺非一日之寒，我需要一段时间慢慢解开她的心结。你不如及时让人捎来些她小时候最喜欢的东西，希望她想起往事时能换得些许的精神欢愉。”

将信封好，第二天，我向别云辛借了一个可靠的门人将信送了出去。

听说信是给莫珩的，别云辛问我，可是找到了莫媛的病根。

我皱着眉打量他，见他一脸坦然与关怀，说：“我还以为你多少能猜到点儿。一个人要活得开心，和周围环境是分不开的。没有人关心她，她连笑都不会了。”

别云辛一怔，面上一阵恍惚。

我看着他的脸，想看出些什么，但别云辛实在很擅长掩饰，所以我也什么都看不出来，只是没话找话地问：“城主昨日说将有贵客临门，不知是什么大人物经您劳师动众。”

他说：“是明日城主，师然，我两家也算是世交，友人来访，自当款待。”

听到这话，我正玩着腰上坠饰的手不禁一抖：“哦。”

这一年的冬天来得似乎特别早，云州城的百姓都忙活着存冬粮、缝冬衣。对大官家的事并不上心，却也耳闻了两件大事：一是明日城主前来会晤，二是云州城城主别云辛终于要小登科了。

明日、天启、云州三城历代都在联姻，亲戚关系有些复杂，若是严格来说，师然也算是别家两兄弟的远房表哥，但具体有多远那还要翻了家谱才知道，在此不一一细说。

到了这一代，莫珩的义妹嫁入了云州城。而师然尚有一妹待字闺房，名为师欣颜，早年因聪慧端雅而享誉西秦，皇帝听说后觉得这么多年来除了收税也没为西秦做过些什么，意识到长此以往实在不妙，于是便借师欣颜为由赐了个公主的头衔，封号明日。自此以后，西秦多了一位公主，本就乏人求婚的师欣颜，更是孤寂冷清，试想整个西秦又有谁配得上“公主”二字呢。

好在明日有个师欣颜，云州有个别云辛，男未婚女未嫁，这不是明摆着给对方留空缺吗？可偏偏别云辛一向无心婚事，专心致力于城市建设，素有云州城历代城主中最恪尽己任的城管称号。

云州城却不能无后人继承。二城主别云州的夫人一连流过两次胎，听大夫说很难再有身孕，师欣颜绝对是三城最佳的人选。于是，连百姓家的小孩子都知道，明日城主这次莅临，多半是为了联姻。

听说在师然来前，云州城城府已经做足了十天的准备，所有礼仪规矩均按照明日城的风俗走，还特意从明日城雇人加强训练，仅仅是为了让师然有种衣锦还乡的感觉。有人猜测，这些准备并非一时之用，指不定在不久的将来，它们都会因城府有了女主人而派上用场，所以可以想见，城府有多忙碌，莫媛就有多怨怼。

我没见过师欣颜，莫媛也没见过，但连皇帝也能慕名册封的，多半是笔墨难以形容的绝代佳人吧。师欣颜是城主的妹妹，莫媛也是城主的妹妹，一个是血脉嫡亲，一个是民间收养，一个被封了公主，一个默默无闻。将来要是进了一个门，一个是嫂嫂，一个是弟妹，身份地位孰重孰轻，可见一斑。也难怪莫媛心里不平衡，但我总以为，莫媛的反应多半是因为准新郎是别云辛吧。

我还记得在莫媛准备去前厅迎接客人前，特意先让下人叫我去她房里。

我见到她时，她正在桌前，虽是面无表情，但不停缠绕手帕的手却出卖了她。几次之后，她负气地将手帕扔到地上，让我陪她一起前去。

我说："我听说这次明日公主没来……你到底在怕什么？"

莫媛咬住唇，垂下眼久久不语。

我想她多半是怕听到什么不想听到的话，于是便安慰她道："我陪你过去，见了面以后你就装晕，我趁机扶你回来，如何？"

莫媛蹙眉望着我，好似在犹豫。我正在反思是不是提了一个馊主意时，她忽而露出一抹笑："好，就这么定。"

说话间，她的双颊泛起兴奋的红晕。

我和莫媛赶到时，师然颀长的身影已经立在了前厅，依旧是青灰色长衫，对襟处点缀着抽象的图腾，表情不冷不热，眼神波澜不兴，仿佛一切都是淡漠。

师然的眼神随着我们的走近而流转，仿若最上等的黑曜石，黑色中闪着说不清道不明的银灰，一闪而过，快如流星。

我扶着莫媛，双手不自觉地用劲儿。这原本是我们之间说好的暗号，我一使劲儿，她便要作势晕倒。但我使劲儿的时间实在太早，一时之间又不能告诉莫媛我只是突然抽筋儿。

莫媛反应极快，脚下一软便往我身上靠来，我手忙脚乱地要扶她，自己却也吓得腿软，只好一起跌倒。

还好在几声惊呼之下，我和莫媛都没能跌倒。她被别云州一手撑起。我注意到别云州扶在她腰间的手格外用力。莫媛的脸霎时白了，竟也不敢晕在那人怀里。

而我……

我顺着扶着我手肘的那只大手望去，袖口缠绕着精密的金线，青灰色的料子显得很有质感，低垂望着我的眼深不见底："没事吧？"

我终于发觉为何今日的师然不同以往，他束起了发，五官不再被遮挡，冷漠的气息更重。

我抽回手："多谢。"

眼前一阵发花，我好似看到师然的嘴角几不可见地微微翘起。

我们就这样重逢，在始料未及的情况下。

听别云辛的意思，师然果然是为了婚事而来。我注意到当时的莫媛脸色很差，却不能分辨是因为她身边紧挨着别云州，还是因为别云辛大婚在即。我相信，倘若能阻止这场婚礼，莫媛将不惜一切代价。

午后花园里，我又一次见到了师然。当然，我是事先知道他在那里才会去的。

逆着光，我望不清他脸上的表情，虽然他很有可能是面无表情，我却突然有种念头，不知道要是拿走他最喜爱的东西，他会不会稍微露出一丝不悦。可是我却不知道他最喜爱什么，所以这个念头实在荒唐。

他的周身被日光点缀了一层光环，连声音仿佛也透着暖意，不知是不是错觉，他说：“听说姑娘是来云州城为二夫人看诊的？等这件事情过后，不知你是否愿意随我去明日城。”虽是询问，却是笃定的口气。

我说：“我叫胭红。”

他笑笑，轻声道：“胭红。”

我想我一定是脸红了：“咱们去明日城做什么？”

他说：“现在还不方便说，以后我会告诉你。”

我想了想道：“好，我也想去看看。”

我不知道这样一种承诺算不算私奔的开始，只是心中怦怦乱撞，兴奋莫名。

莫媛叫人找我过去时，我在半路遇到了别云州，他的笑容十分客气，倒不似莫媛所说的癫狂。

他问：“胭红姑娘，可否借一步说话。”

我本着心病还需心药医的宗旨，和他一起走向背风的角落，见他一脸为难，便先开口说：“二城主，找我是不是为了尊夫人的病？”

想着眼前这个人也许将要死在莫媛的屠刀下，就难免唏嘘。但我也实在没有阻止的办法，只能自我安慰地想，好在别云州是二城主，死了他还有别云辛；也好在莫珩只让我治好莫媛，并没有说不可以见死不救，这么一想，分外心安理得。

但听一声叹息，别云州好似下定了什么决心一般，说：“不瞒姑娘说，莫媛……她并不是普通的心病。我曾试过带她四处游历，也试过陪她聊天解闷，但府内事务也实在……总之一切都是我的疏忽。起先我还不以为意，但最近几个月，她的幻觉越来越多，如今已经和现实错乱。可能她会和姑娘说些不着边的话，希望你不要介意，能看在莫珩的面子上多帮帮她。”

我一时没了想法，这和我所知道的事实严重不符。我才刚刚从莫媛讲述的故事中感动过来，这时候却听到另外一个人截然不同的陈述。

这种心情就好比当一个女人已经做好嫁人的心理准备，大红花轿将她抬进门，拜堂了，盖头被掀了，交杯酒也喝了，她嫁的男人却突然告诉她说："我不是你要嫁的那个男人，我是他弟弟。"这样的心情就和我现在一样，感觉被人耍了。

可恨的是，我的情感告诉我莫媛说的才是事实，然而理智又告诉我，像莫媛这样长期受压抑的女人，很有可能会在不知不觉间将事实夸大。

但别云州又长得实在诚恳，让我不由自主地认为像他这样一个帅哥，是不擅长撒谎的；倘若他擅长，就必定是个妖孽，是该被人道毁灭的，否则他将会毁灭更多无知少女。

于是思来想去，我只好去问别云辛。

当别云辛听到我的说辞时，只是一眨不眨地看着我。良久良久，久到我几乎以为要被他爱上了，他才表情复杂地转过头，低叹了一句："他们夫妻的事，我本不该插手……这件事的内情，我也不甚了解。"

知道在这世界上，比好色的丑男更讨厌的是什么人吗，就是眼前这种长得帅但是做事优柔寡断的极品男人。

眼前有两种可能性：第一种是莫媛没有撒谎，但是令她痛苦的恨不得同归于尽的男人正是别云辛的亲弟弟。别云辛爱弟心切，自然不能对我证实别云州确实以折磨莫媛为乐，所以只好保持缄默，让我大海里捞针。第二种是莫媛撒谎，别云州没有撒谎。但是莫媛是莫珩的义妹，又是别云辛暗恋的对象。别云辛眼见莫媛痛苦地游走于他们兄弟二人之间不能自拔，终于酿成心病而愧疚万分，所以也只好保持缄默，让我大海里捞针。

不管是哪种可能性，最忙活的都是我。便让我认为，如此奔波还不讨好之后是有权利生气的。

于是，我对别云辛说："城主，也许你觉得只要两边都不帮就可以粉饰太平。其实你有没有想过，正是因为你的优柔寡断和瞻前顾后，才会将事情一路推向今日不可收拾的境地？一个是你的亲弟弟，一个是你的……亲弟妹，你自然要不偏不倚。但是事到如今，你还不选定立场，倘若发生了难以挽回的局面，你是不是仍能这样淡定到底？我真不能想象，你这样一个人怎么能治理好云州城，甚至提议三城对启城见死不救。对一个国家，你尚且狠得下心，怎么偏偏在这件事上……"

别云辛打断我："我提议三城对启城见死不救？"

我看向他："难道不是吗？"

别云辛眼里闪过一丝恍然，半晌后道："哦，是啊，是我提的。"

我说："我真后悔救了你，这是我这辈子做过的最错的事。"

别云辛扯扯嘴角，苦笑道："是啊，我是不该被救回来。"

我忍了忍，又想说话，却被身后突然闯入的一道声音打断："打搅二位。"

回头望去，随着清风拂面，师然不温不火的声音正迎了过来："云兄，我有些事要请教胭红姑娘。"

我缓缓向别云辛拜别，同师然走了出去。路经花园，师然侧首看向一棵大树，脚下一转，走了过去，我便跟了过去。

走到树下，阴影遮面，师然垂目看我，微眯的眼不见喜怒："他作为一城之主，很多事身不由己，就算心中有数，也有力不从心的时候。"

我说："哦，你的意思就是我不该逼他。"

他不语，我又说："你说身不由己，是说他，还是说你自己？"

他眼波一转，默默平息。

我说："也许我是没有立场质问，但是莫媛只嫁过来两年，他们于心何忍。你……你们当初对启城见死不救，又于心何忍。"

说罢，我转过身去："不过事到如今也没有追究的必要了。"脚下刚走出三步，便被一股力道拽了回去。师然握着我的小臂，蹙眉望我，我也不得不回望他。

他说："若是所有事都能预料到后果，很多悲剧都不会发生。"

我不语，琢磨他话中的含义，他可是想告诉我，倘若他能预见启城的灭亡，便不会见死不救吗？这样的预见真是倾一生所有都不能达到的境界。

迟了许久才见到莫媛，莫媛已经心急火燎。她揪住我的袖子央求我嫁给别云辛。我愣在当场，言语不能，脑子嗡嗡的，只能勉强听到她说："若是要师欣颜嫁过来，我宁愿他娶的是你。"

我问莫媛："你怎么会有这种想法，我也是个女人，将他交给别的女人和将他交给我，不是一样的吗？"

莫媛辩驳道："自然不同，我是相信你的，也相信他。"

我说："你的意思是，我们都不会背叛你，是吗？"

莫媛坚定地点头。这真是让人无可奈何的信任，几天之前我还在惆怅如何取得莫媛的肯定，要让病人打开心结唯有先令她将我视为心腹，但不曾想被视为心腹的代价如此巨大，竟要牺牲我的肉体和后半辈子的幸福。

我说："莫媛，是这样的，我已经有了喜欢的人了。"

她打断我道："是谁？"

我清清喉咙说："是谁不重要，重要的是别云辛他是城主，我只是个普通人，门不当户不对，这……"

她又一次打断我："也许可以呢？"接着又说，"你喜欢的人到底是谁？"

被她如探照灯一般的眼睛紧紧盯着，我实在支撑不住，倘若不硬搬出一个人，这件事恐怕不会善了，于是只好脱口而出道：“哦，是你哥哥，我也许会成为你的嫂子，你总不会拆了我和你哥哥的姻缘吧……”

她说：“可是据哥哥的来信说，来帮我的女孩儿是个靠得住的人，并不贪慕他的地位，也曾拒绝过他的求婚。”

我一阵干笑：“哈哈，是吗，是啊，好吧，我喜欢的人是师然。”

莫媛不语，打量我许久，仿佛在辨认我话中的真伪。

莫媛没有再强逼我，一语不发地呆坐在一旁，我叫了她很久都不作声，只好出门去透口气。本以为这件事会就此了结，但不出三日，我便被别云辛请去了会客的小厅，进门时正撞见师然的眼神，我心里一抖，莫名地心虚。

4

你是否尝试过谎言被当场拆穿的尴尬，抑或体会过被人误解却用言语难以解释的痛苦？我曾这么告诉自己，如果我有，那我就是个幸运儿，因为只有遭人妒才会被误解，也只有碍了人家的路，才会被人拆穿。可是时至昨日，我都没能有机会当一回幸运儿，难免为之遗憾。

直到此时此刻，我面对两位城管的双双注目，却首次感受到将被人拆穿抑或是被人误解的危机感，一时百感交集，真不知道该喜该忧，哑口无言，只能默默回望，但他们又实在坐得太开，一东一西，我一时之间也来不及速成眼珠分离的绝世境界，只好东看看西看看。

但我不得不承认，我看别云辛的时候比较多。别问我为什么，连我自己也不知道为什么不能正视师然太久。

最先打破沉默的人是别云辛，但他看上去并不情愿，也许他终于认为比不过师然惜字如金吧。

他说："胭红姑娘，今日请你过来，是有一事相求。"

我眨眨眼，不自觉地站起身，对城管的请求瞬间肃然起敬："城主别这么说，这个，若是我能做到的一定帮忙。"

我想别云辛是没能理解我话里的意思，他果然提出一个我虽然做得到却万分不愿意去做的请求。

他说："在下，能不能请姑娘嫁给我？"

顿了一下，他意识到这话太唐突，又说："哦，只是权宜之计，如果姑娘害怕有损清誉，自可换个名字。"

我皱起了眉，脑中一团乱麻。来前我就听莫珩和连伯委婉地告诉我云州城很乱，却没有说它是治安混乱还是关系很乱，更没有说它是从上到下的乱，还是从中心到四周的乱。如今眼见为实，感叹莫名，却也不得不说，云州城的乱，就是乱在这两兄弟对男女关系的处理上了。倘若我能全身而退，定要将此事记录在案。

我终于说道："哦，城主，您是想我成为第二个莫媛吗？我看这事成不了。男欢女爱是要两情相悦，若是有一方不愿，势必你追我逐，分外辛苦；若是两方都不愿，就像你和我这样，折磨别人，又恶心自己，何必呢？"我的口才一定不是第一天练出来的，这么犀利直白，实在不好意思。

别云辛愣了愣，许久不语，找到语言后说道："胭红姑娘，我方才说一切只是权宜之计，你也不必反应过激……等事情了结后，在下也不会多留姑娘。"

哦，言下之意就是我想高攀也没门，人家是权宜之计，我是自作多情。

别云辛清清喉咙又说："虽然姑娘倾心于在下，但在下也实在……"

他的话被我打断："停，城主，咱们是不是有什么误会？"

别云辛说："不是姑娘亲口对弟妹她说的吗？"

所以说，女人多八卦。

我清醒地说道："城主，当时的情况是这样的。二夫人见我年纪大了也没找到婆家，就像城主这样，所以便有意将你我二人撮合。我自知配不上城主，自然不敢高攀，便谎称心仪于'她的兄长'。但也许二夫人没有听清，以为我说的兄长是你。但实际上，我也并没有心仪于莫城主，一切都只是误会。"

想了想，我觉得这番话破绽甚多，但事到如今再说什么也是枉然。我说不曾暗恋两大城管，两大城管自然不会信，连我自己也不能相信。

我微微行礼后，便要转身出门，余光且瞄见师然将手中的茶杯放下，顺势站起了身，几缕长发轻轻掉到胸前。于是我心中一痒，脚下一顿，侧目望他，只因一直沉默不语作壁上观的他也正望着我。

他对别云辛说话时，依然看着我："云兄，不如开门见山。"

别云辛张了张嘴，好似有口难言。

我问师然："到底什么事？"

他对我微微一笑："诚如云兄所说，迎亲之事只是权宜之计，因为一些不得已的原因。云州和明日必须联姻，最起码要让外面的人如此认为。但是小妹欣颜和云兄都无此意，我们希望能找一人代替，只是走个形式，形式一过……"

我打断他道："咦？形式？那你们是认为我最合适吗？"

别云辛说："你对三城了解颇深，又是莫兄和弟妹的好友，也不算是外人。"

我又问："哦，原来我这样的出身也可以将就？"

别云辛顿了一瞬，道：“这个，我们可以为你改换一个身份。”说罢便将手边小几上的书册递给我。

我翻开一看，正是一个陌生人的户籍资料，顾阑珊，年十八，明日城人，未婚。

我看向师然：“顾阑珊是谁？”

他说：“一个不存在的人，将来我会收她当义妹。”

我看着他那双深不见底的眼，心里想的却是另外一件事。师然也并不催促我，只是静静地任我打量，同时他也打量我。

直到半盏茶的时间过去了，我也终于整理出一番头绪：“我有三个条件，如果你们不能答应，今天的事就当没说。”其实说完这句话我就后悔了。我可以当没说，他们却不能，他们之间的协议被一个不愿意合作的外人知道了，势必要灭口。

这么想时，却见师然好似轻眨了一下眼：“好。”

我仿佛吃了定心丸：“第一，既然你可以认一个不存在的人当义妹，也可以收‘胭红’当义妹，我希望我能以胭红的身份嫁进来，等事情了结后我就是顾阑珊，胭红不再。”

宛如清风拂过，师然笑道：“这条依你，那第二呢？”

我抿抿嘴说：“第二，你能否保我平安？”

他说：“举手之劳。”

我松了半口气：“那么第三，你能否遵照当初的约定，带我去明日城？”接着补充道，“既然顾阑珊是明日城人，就该在那里找到新的开始。”

说话间，我目光炯炯地盯住他，希望能从他脸上看出些什么，但我还来不及看到，已经听他轻轻吐出一个字：“好。”

好——多么好听的一个字。

那天晚上，当莫媛知道这个消息时，先是震惊得白了脸，接着愤怒地青了脸，最后手中的杯子摔落在地，尸骨无存。尽管她后来告诉我，那只是她一时手滑。其实这样的第一反应总是最诚实的。莫媛口上不能承认喜欢别云辛，心里也不允许自己承认，但是她的条件反射却把她出卖了，快得连她自己也没弄明白怎么回事，所以只好归咎于手滑。

我想，她再这样下去是很不妙的。

我说："莫媛，我希望你能明白，这场婚姻只是一次交易。事成之后，我会离开这里。你若是愿意跟我走，我有信心治好你的病；你若不愿意……"

后面的话我实在不知道如何启齿：你若不愿意，就是给自己找了一条死路。

我想，莫媛自然知道不愿意的后果。

果然，莫媛很决绝地告诉我："不，我不走。"然后垂下眼，神情难辨，"我就算死，也会死在这里，不悔，不怨，这是我最后的骄傲，再不能失去了。"

莫媛说得真好，听上去很崇高，古来今往多少名流都是死于自己的骄傲。但其实在那些已经为骄傲而死的人里，一定有很多还不明白什么是他们该有的骄傲，于是在糊里糊涂的情况下就去了。但若是每个人都看得太明白也便不会为此而死。

几日后，别云辛宣告结束单身生涯的消息传遍了三城。群众里有很多云英未嫁的姑娘表示愤慨。她们认为她们的出身不输给任何人，也认为明日城城主的义妹一定貌不惊人只是会投胎而已。但我想说，这与投胎完全无关，只是因为我一直记着合欢的遗言。她叫我做个普通人，不要再做奴婢。可是"胭红"打从走进启城城府便是奴婢，这就是我的终身标签。而师然既然能提供给我一个改头换面的机会，我也理应珍惜。可见，合欢在死前还对奴婢的翻身自救抱有强烈幻想，她不能完成的便希望我完成。

再后来听说姑娘们组织了示威游行，在城府门口叫嚣，白布标语上写着："还我城主。"

别云辛没有派兵镇压，师然解释说要不了几天她们就会散去，因为天气实在太热，姑娘们的白皮肤都变黑了。

姑娘们散去的时候，还很愤愤不平，纷纷诅咒我和别云辛不能白头偕老。我非常能理解她们的心情，就像当初合欢对莫珩的执着一样。她们执着于心中的偶像，自然不会让神话破灭。但我想，要是给她们一人一次取代我的机会，她们都是乐意被诅咒的。

于是这些天，我一直没有走出城府，一来是我很怕死；二来是我以前也懒得走出去，如今便更不想走出去。

值得一提的是，师然的棋艺很好，我时常找他下五子棋。他曾委婉地对我表示其实围棋和象棋也非常有趣。而我则认为，我的五子棋不能赢他，别的也不会赢。

下了三天棋，还不见城府内张灯结彩，我提出疑问："不是说很快要大婚吗，怎么没人挂红绸？"

师然说："云兄希望低调处理。"

我说："哦，因为是假的，所以准备得太隆重也不好，还是把仪式留给真的那位吧。"

师然却说，别云辛的作风一向如此。他喜欢搞些神秘，越是神秘的事越要大肆渲染，越是大肆渲染的事越要高度神秘。只要一直保持神秘，敌人便不能摸透他的底细。这是兵家的战略，不是我一个小姑娘能懂的。

我皱起了眉，撂下棋子："其实我懂，这叫障眼法。就算我不懂，你就不能多讲点儿，讲到我懂为止吗？"

师然抬眼看我，轻笑道："哦，那你还有什么不懂的？"

我说："自然有很多，你愿不愿意一一解答？就好比说为什么你妹妹不愿意嫁过来，而你们又必须促成两城的联姻？"

师然想了一下说："这个，以后再慢慢告诉你……"接着落下一子，"看，你又输了。"

自此以后，我对"又"这个字真是又爱又恨——恨是因为它是复数，是一次又一次失败的堆积；爱的是它一次又一次诞生于我和师然之间，这真是让人难以言说的羞涩。

5

新婚在即，所谓在即，算算日子，竟然还有一十五天，这个在即可真是急。

师然说，新婚当天就会带我走，但要留下来喝一杯喜酒，沾沾喜气。我却认为这是他非常任性的地方。试想一下，在新娘大婚之前日日见面，从不避忌，嘴上还保证会在新婚之夜带新娘私奔，又嘴馋地说要贪杯喜酒，这种行为真是难以用语言表达。可悲的是，准新娘听后竟也跃跃欲试，真是彻头彻尾的奸夫淫妇。

师然还说，为了让我看上去更像一个明日城人，除了户籍上的改变，还要在言行上彻头彻尾地改头换面。我问他如何改变，他没有回答我，而是从那天起每日给我讲述一个连明日城的小孩子都知道的风俗或惯例。

比方说，明日城的婚礼不似其他城，明日城老祖宗就定下来新人要穿黑衣行礼的规定。

我问："那办丧事的时候穿什么颜色的？"

师然扫了我一眼："自然是白色。"

我想，我真不该多此一问。

师然解释说，之所以信奉黑色，是因为老祖宗夫妇相遇时便双双穿了一袭黑衣。在那阴风阵阵的黑夜里，伸手不见五指，无月无星，黑暗中只能隐隐听到两柄利剑交错的唰唰声，那是同样身为刺客的他们首次交锋，最终打成了平手。

我实在不明白两个蒙面的男女，在一个即使不蒙面也看不清对方嘴脸的黑夜里，究竟如何能一见钟情？

当我把这个想法提出来时，师然又扫了我一眼："谁说他们是一见钟情的？"

我说："哦，因为小说都会这么写，因为这么写会开门见山地吸引读者，还因为这么写才能表达宿命是连蒙面都不能阻挡的。"

师然一阵沉默后，继续道："你再打断我，我也不会再讲第二次。"

我愣了愣说："那我不是会被急死吗？"

他笑笑，眯着眼，第三次扫向我。

我心想，真是要急死我了。

后来我没再打断师然，他也很快将故事讲完。简单地说就是老祖宗夫妇在一年之中连续相遇了十三次，这是个惊人的数字。连后来撰写这段历史的史官也不能相信他们不是故意的，所以还在最后补充了一句："师×夫妇相约在每月十五，只有一次是不期而遇。"因为历史实在太久远，当时的史官又不敢直呼明日城城主的名讳，所以便以×表示，时至今日，明日城的创始者究竟叫什么，无人得知。

在多次相遇后，老祖宗夫妇之间产生了暧昧，他们通过肢体交流发现对方的性别，又屡次挑下对方的面巾，以至于后来很多次不期而遇都自觉地摘下面巾，轻轻一笑。

不出三个月，夫人就怀孕了。

为了下一代，师×向夫人保证，他们的日子将会越过越好。于是花了一百两银子买下一片光秃秃的地，在这片土地上搭建了一间木屋，围上了篱笆，养起了猪。

几个月后，来了一些受难的陌生人，夫人便将些许空地送给他们，再让他们立下字据——在此地上安居乐业后要每年上缴他们夫妇一笔感恩钱，后来逐渐发展成赋税。

一传十十传百，迁居于此的人越来越多，很快就形成了村落。村落之后就有了城，又挖了池，并以夫人的名字“明日”为名，便形成了现如今的明日城。

故事讲完后，我久久不能言语，径自沉浸在师×夫妇白手起家的传奇故事里，便不由自主地也希望自己能遇到同样的浪漫。但转念又一想，三城圈地严重，西秦再无空地，即便我遇到那个人，也难以创造那个国。除非我们起兵造反，但又难免被冠上千古骂名。所以空想到此，只是一场白日梦。

师然接着说，师×以后第三代，终日荒淫无道，好色成性，终于应验了那句“富不过三代”。但此人有一好处，便是比较专心，说不问政事便一句都不问，全都交给他那望族出身的嫡夫人。夫人天生劳碌命，不爱吃醋爱江山，对于政事一手包办，省了丈夫的心，圆了自己的皇帝梦。如此下去几十年倒也相安无事。直到他们的亲生独子终于长大成人，完全继承了父亲的好色以及母亲的专政，也终于忍不住夺走了母亲手中的政权，并强娶了当时一个村子里的村花。

三代以后再见曙光，新继任的少年城主励精图治，竟将明日城一路发扬光大，执政短短三十年，领土扩张了三倍。

我感叹道：“为什么当权者一定要好色呢？有没有一个明君是既专一又勤政的？”

师然说：“明日城历代城主里，但凡对社稷贡献颇丰的，皆非一夫一妻。”

我说：“哦，那么你也会这样吗？”

师然笑道：“我对社稷毫无建树，自我以来，并无拓展，也没有值得史官记录的政绩。”

我眨眨眼说：“你谦虚了，打江山者未必能坐江山。江山稳固无事便是好事，便是建树，更值得史官记上一笔。”

他侧首望我，眼底竟然融入笑意。

如此被普及知识数日，我已经将明日城的历史听了一遍，暗暗记在心里，并时不时思索一个问题。万事都有起因，师然说故事的起因在于要我尽早认识明日城，但不知为什么他所说的故事大多来自明日城城府内部，其中还掺杂不少不为外人道的秘辛。请容我大胆假设一下。假设师然对我有意，势必要知己知彼。他熟悉我的过去，却又怕我对他一无所知，难以进一步培养感情，所以便有意无意地对我灌输他的生活背景。

合欢说过，在任何一段幸福的爱情故事里，男方都一定是用心良苦的。因为女人本就心细，所以总怪罪男人粗心，说些“你不爱我了”“你对我不上心了”“在你心里到底还有没有我”这类感情用事的话。就像启城城主对夫人用心多年，最终造成膝下无子的晚景。倘若他稍微分心，说不准早就开枝散叶。

这可以直接解释为，师然在不动声色地对我用心。我要珍惜。

想了这么许多，不知不觉地，我竟然已经规划起了我和他的未来。可见爱情来得如此迅速，真是如滔滔江水挡也挡不住。

若你要挖掘我对师然上心的具体过程，我只能说好似因为最初的一笑。因为一年当中最美的景色莫过于春回大地万物复苏，而一个男人身上最美的景色则莫过于清浅一笑时眼波流转，让你沉浸其中，甚至回头一想连他是否笑过也不确定。真是笑不留痕，涟漪却漾在心坎里。

于是，在心里确认未来走向后，对于师然要在新婚之夜带我离开云州城一事便不再羞赧。我开始将此视为理所当然。只可惜有人不这么想，那人便是莫媛。

莫媛对我将要嫁给别云辛的事始终耿耿于怀，对我的态度也越发冰冷，我想这是因为婚期越来越近了吧。

当我将别云辛和师然的计划告诉她时，她神情难辨地望了我许久，而后才吐出一句："若是你走了，他们又将如何对外解释新夫人为何无故失踪？"

我说："自然有个说法，反正百姓计较的并不是城府给的答案真伪，只是一场热闹罢了。热闹过后，他们茶余饭后闲聊几天，很快便会淡忘。"

莫媛仍是半信半疑："你就真的不稀罕这个位置吗？"

我说："倘若你心中有一个期望，便会朝这个方向努力。云州城不是我的期望，我自然不会留下。"

我本想说，我的期望在明日升起的地方，但又觉得实在矫情，便没有说出口。

不知道为什么，在我和莫媛误会冰释后，她依然很惆怅，却不再针对我。我想，她一定还在惆怅如何宰了别云州。但碍于几日之后就是别云辛大喜之日，红白相冲，实在大忌，所以才迟迟不能下手吧。

她惆怅她的，我惆怅我的。她惆怅如何要一个男人的命，我惆怅如何要一个男人的心。

我虽以为师然对我有意思，但毕竟是以为。以为多了害怕就多了，于是午夜梦回总是担忧这只是一场单恋。

要和一个男人确立关系，首先要确认称呼。

我和师然的称呼关系是这么确定的。

一日，风和日丽，具体如何风和日丽，我只能说当一个人心情雀跃的时候，就算下刀子雨也是无惧的。

我问师然：“还记得我叫什么吗？”

他说：“胭红，我记得。”

我低下头将脸侧的发别向耳后：“哦，可我没听你叫过我。”

他顿了一下说：“我记得我叫过，胭红。”

我抬起头道：“你再叫一次？”

他说：“胭红。”接着笑道，“要不了多久就要改口阑珊了。”

我立刻说：“哦对，那你还是别叫我胭红了，以免叫多了改不过口。”话一说完，我便开始脸红。脸红得莫名其妙。

他忽然说：“既然这样，你也不必总叫我城主，你可以随欣颜一样叫我哥哥。”

我皱起眉：“我不能叫你师然吗？”

他一愣，看住我，我被看恼了，立刻又说：“师然和‘喂’，你自己选一个。我没有哥哥，也不习惯叫人哥哥。”

师然拗不过我的无礼，同意了称呼上的改变。其实这本就没什么可犹豫的，名字生来便是被人叫的，倘若不叫，就失去了它存在的意义。

6

和师然确定了称呼关系后，我又陷入了彷徨。原因是在之后的三天里，我一共叫了他七次“师然”，而他从未叫过我“胭红”或“阑珊”。所以我突然感悟到，和一个男人确立任何关系都不难，难的是如何将这个关系进行下去。

我在心里对自己说，要是再过两天还不见好转，就要再重提此事。但是怎么提又是个问题，提得不巧他会觉得我啰唆，提得不妙他会觉得我没事找事。

思来想去很久，也不知道该怎么办，于是便想，称呼是身外物，与其要一个身外物，不如要些实质的承诺。

于是，又是一天阳光明媚，我和师然坐在凉亭里下五子棋。

我说："师然，你的棋艺这么高，是谁教你的？"

师然望了我一眼，又专心看棋盘："和我下棋的人都曾教过我，输了很多次，输出了经验。"

我说："也是，狗急了还跳墙，人急了就发挥了潜力。"

师然又看了我一眼，不语。

我立刻说："我这话不是讽刺你，是真心的感叹。有多少人都是死在失败中的，只有少数的人可以从失败中走出来。成功可能就发生在下一刻，却没有人知道下一刻何时到来。"

叹了口气，我撂下棋子："我又输了，我到底什么时候才能赢你？"

师然说："等我输的时候，你就赢了。"

我说："那若是我赢了，我可以要求你替我做一件事吗？就当是奖励。"

他勾了勾唇角说："好。"

看着师然的笑容，我忍了忍，最终没有将心里的话说出口。我本想说，师然，你这样轻易答应别人的请求是很危险的。因为你是城管。你有能力和权力，还有魅力和体力，有心图谋的人会利用你的能力和权力，消耗你的魅力和体力。

但转念一想，若是坦言相告，师然没准就会收回方才的承诺，而我又不能发毒誓保证我确实对他没有企图，于是为了私心只好作罢。

而我和师然的五子棋战役，依然在如火如荼地进行当中。所有经过的下人都纷纷侧目，也许是在吃惊他们城主的准夫人天天和另外一个男人勾搭，并且就发生在城主眼皮子底下。城主居然还能淡定自若地对我们谈笑风生吧。

其实我想说，很多时候，好事和丑事只是一线之隔，关键看理由充不充分。就好比说我找师然下棋的理由永远是“我今天一定能赢你”。虽然我知道我一定会输，并且万分担心假如一个不小心赢了，明日该找什么样的新理由。

直到今日，在得到师然的口头承诺后，我便又想，倘若赢了第一次，便要赢第二次。数次之后便可以说“今天你一定能赢我的，到时候我会答应你一件事”，但这样的想象毕竟没有现实为基础，实在遥遥无期。

婚礼的筹备似乎进展得很顺利，我想这主要是因为准新娘没什么要求，既不要求聘礼，也不要求排场，心中勾勒的全是当夜私奔的蓝图。这件事告诉我们，任何事没有成为过去式以前，都不要掉以轻心，因为暴风雨来临前都是格外平静且荡漾的。

突变发生于大婚的前一天，莫媛前来找我，瞅着我床边摆放的大红喜服，一眨不眨。

我想她是想摸摸，于是便让她去摸。

她摸了以后爱不释手，我便又想她是想试穿，于是就让她去试穿了。

莫媛对着铜镜照来照去。

她拉着我的手说：“这件衣服真是太适合我了。”

脸上闪现了我从未见过的光彩，真是美，美得让我移不开眼。可想而知两年前满怀美好憧憬的她穿着这件喜服时，是如何地风华绝代。

莫媛又说：“你真是个幸运的女人，很多民间女子嫁人的喜服都是租来的，而你这身一看便是量身打造，既适合你，也适合我。”

我想她话里的亮点主要是在最后半句。我笑着迎合道：“民间姑娘们太穷了，一生只嫁一次人，要是定制一件只能穿一次的衣服未免太奢侈了。”

其实我想说，莫媛啊，喜服店的衣服都是百搭的，既适合二十岁的姑娘，也适合三十岁的姑娘。就算是个男人，也能穿得合身。真正精心打造的喜服应该只适合一个姑娘。

莫媛抚摸着细密的针脚说：“真好看，比我当初那件好看得多。”

我问：“你那件不是定制的吗？”

她说：“我那件是不祥的。”

我说：“哦，其实啊莫媛，这件就是你当初那件，可能你不记得了，我只是借你的穿穿。”

她说：“是吗，想不到过了两年，它反而给你带来了好运。”

我无言以对，心想也许她是想告诉我，同样一件东西在不同的人身上就会发挥不同的作用吧。可是再往深一层去想，其实在莫媛的心里祥或不祥不在衣服，而在脱下这件衣服的男人。

别云州是不祥的，所以这件衣服当初就是不祥之物；别云辛是祥的，所以它现在也祥了。

我虽然想到了这层，却没有想到莫媛也想到了，这样的后果是很可怕的。

第二天我醒来的时候，头痛欲裂，究竟有多疼，大抵是类似于湿着头发吹了一天冷风，又被人闷头打了一棍那般地疼吧。通常这样的头疼都是来源于失眠后遗症。但这一次则不一样，我是被人迷晕的，所以是迷药后遗症。

迷晕我的人肯定是莫媛，因为最不想这场婚礼成功的人只有她。但莫媛必定是善良的，她只是迷晕我，而没有杀了我。

我被关在一间柴房里。我身边还有一个人，也昏迷不醒。

我一脚踹过去，把他弄醒了。就着光线，我看清了那个人是别云辛。

为什么不是别云州而是别云辛，这个问题把我难住了，我发现我真的不懂莫媛的心思。

我问："你为什么也在这里？"

别云辛扶着头，皱着眉："这是哪里，我这是怎么了？"

我说："莫媛把我关在这里我能理解，因为她做梦都想和你拜堂。再说，她当初本就喜欢的是你，谁知道却嫁给了别云州。其实她要是和我好好说说，也许我会愿意答应呢，谁愿意吃迷药啊……"

别云辛打断我道："你说什么，莫媛？"

他闭了闭眼，想了一下，又说："我想应该不是她迷晕了我，晕倒前我正在和二弟商量明年赋税的事。"

我良久不语，实在不知道该怎么品评这对夫妻，连关人的地点都想到一起去了，果然不是一家人不进一家门。

然后我和别云辛不约而同地想到一个问题，吉时已到，莫非别云州和莫媛又拜了一次堂？

我和别云辛逃出柴房的时候……别问我们是怎么逃出去的，总之不管这个地方多么森严身为主角也总会逃出去，既然早晚都要走这一步便不如早点走。

我们逃出去的时候，正听到前面传来一道声音："夫——妻——交——拜！"

我和别云辛一起停下脚步，看向对方，并在对方眼里看到了紧张，于是又再度冲向喜堂。

我们一边跑一边对话。

我说："完了，救不了了，拜得太快了。"

别云辛说："一次错满盘皆落索，连着错两次，也不知道她受不受得住。”

我很明白别云辛的意思，两年前的第一次拜堂，莫媛嫁错了郎，但她生性高傲并且富于改革精神，于是决定来第二次扭转命运。倘若让这样一个有能力、有思想的女人发现自己又错了一次……怕就怕，第一次是毁了她自己，第二次要毁了一座城。

我们快要赶到喜堂之前，再度发生了变数，这就应验了那句“不怕一万就怕万一”。现在，万一发生了，真是不知如何是好。

几十口子黑衣人从我和别云辛的对面先一步杀入喜堂，别云辛脚下一顿，回头忙对我说了一句：“你先找地方躲起来。”接着便冲了进去。

喜堂里传来噼里啪啦的厮杀声，我躲在外面的草堆里默默听着，脑中闪过师然的脸，也不知道他现在是否安好。

喜堂里厮杀了很久，让我觉得杀手的生涯就是牺牲别人和被别人牺牲，他们为了钱而过着牺牲生涯，却不论那一天是红事还是白事，而是立志于将红事变成白事，将一件白事凑成两件白事。所以这样的职业是极其遭人恨的，恨的同时却防不胜防，因为谁也不知道谁会被人花钱买走自己的命。

记得曾有家棺材铺这么宣传：“买一送一，买大送小。”听者都很愤慨，因为人命的便宜没有人愿意贪。当时有一户人家去置办棺材听到这句话，当下和店家理论，店家振振有词道：“我这是防患于未然，棺材又不会放坏，指不定哪天你家就用上了，到时候小店却不一定还有这个优惠了。”几天后，店家躺进了棺材里，听好事者传说，那副棺材正是前一天售出的赠品。

说时迟那时快，只见黑衣杀手的尸体被一个一个扔了出来，越堆越多，在差不多到了四十五个的时候，已不再有人被扔出来。

我心安地想，没有被扔出来的人就是还活着的人，于是又暗暗数了十个数，便顺着小路潜到喜堂边，透过窗户一看，正见到师然立在当间。

他手中的剑滴着别人的血，乌黑的发遮住了部分表情，但依然无法遮挡住那冰冷刺骨的气场。可见心上人就是心上人，不管遇到什么情况他都是让你第一眼就能看到的人。

我顺着他的目光看向喜堂内的一角，心里蓦然一震，连想都来不及想，脚下已经奔跑起来，很快冲了进去。

在距离师然五步远的地方，我停了下来，清晰地望见师然眼中的难过，接着又看向跌坐在旁的别云辛，以及倒在莫媛怀里的别云州。

我这才明白，别云州之所以没有被扔出去，那是因为杀死他的人已经被先一步扔出去了。

悲剧最可怕的地方不是夺取什么人的生命，而是在夺取生命的同时也给活着的人造成终生难以磨灭的灰暗记忆。就好像别云州的死去，会影响到在场的每一个人。预感来得这样急促，你明明预感了，却不能阻止。

别云州已经咽下了最后一口气，他是被谁杀死、死前说过什么话、做过什么事，我全没参与到。直到事后问过师然，他一五一十地对我讲述以后，我哭了，庆幸自己并未亲眼目睹，也遗憾自己不能参与见证。

但我的遗憾只是这里面最小的，远远比不上莫媛的。

事情过程是这样的——

当时别云州和莫媛正在拜堂，厅内只有师然、喜官和三五个侍从。因为这是一场虚假的婚礼，所以越少人知道越好，没有宴客，没有铺张，只有简单的仪式和略显凄凉的气氛。师然作为这场婚礼的见证人也是有一定道理的。他是城管，一言九鼎，说出的话自然有信服力。所以只要师然对外说别云辛娶了妻子，妻子却不幸病逝，相信外人的注意力也只会集中在别云辛怎么这么倒霉和她是得什么病死的，而不是别云辛到底娶没娶妻子。

当喜官喊道“夫妻交拜”时，蒙着盖头的莫媛顿住了身子，颤悠悠的声音透出来：“你，不是别云辛，你是谁？”

气氛一下子僵住了，喜官看看师然，插不上话，却听那新郎轻叹了口气，回了她：“你也不是胭红，我自然也不会是大哥。”

莫媛抖着指尖扯下盖头，精致的妆容衬托出一张美艳绝伦的脸。她木着脸，好似从不认识那人一般：“为什么你会知道？”红盖头顺着她的指尖落到地上，“为什么我只是想圆自己的心愿，你也不愿成全。”

别云州皱着眉上前，一把扯住她的腕子：“圆了你的心愿。你的心愿就是给我戴绿帽子，睡着了也要叫着我大哥的名字，连他成亲也要李代桃僵，这就是你的心愿！有哪个丈夫会成全妻子这样的心愿？”顿了顿，声音放得很轻，“除非他并不爱自己的妻子。”

莫媛一僵，好似用尽了全身力气憋出一句话：“你确实不爱我……你不是恨我入骨吗？”

别云州低喃着：“原来你是这么想我的。”

莫媛张张嘴，脸上浮现怒气：“你以为我该怎么想你，你是如何对我的，我还能怎么想？”

当杀手们训练有素地杀进来时，喜堂中的各位谁也没有料想到。他们手无寸铁，穿着既拘束又喜庆，就站在喜堂的最中央，倘若杀进来的不是杀手，而是类似于天女散花那样的扫射暗器，相信他们都躲不了。因为在这样的良辰美景中，在这样守卫森严的云州城城府里，谁也不知道他们是怎么冲进来的。

杀手们呼啸而来，随从们挡了几下就英勇牺牲，那些杀招再无阻拦，针对别云州而去。

别云州一推，将莫媛推出包围圈，莫媛又慌又乱地目睹这场断杀，精神还没从方才的事里醒过来，就已经看到漫天血花飘在眼前。

师然很快加入战局，和别云州两人五五分账，很快就处理掉三分之一。

假如能再来一个高手，他们会轻松很多。可惜别云辛赶来的时候，别云州没能如虎添翼，却恰恰分了神，许是没料到别云辛这么快就醒了，目光下意识瞟向莫媛。莫媛也正在望着别云辛，这样的彼岸相望看在别云州眼里，也不知道是何滋味。

杀手们互相使了眼色，就趁这万分之一秒的分神，齐刷刷地向莫媛攻去。倘若大家都有先见之明便会知道这只是假动作，但大家都没有先见之明，所以大家都以为莫媛将要成为箭靶子。

别云州挡住攻势反击的同时，声东击西的钢刀已经从侧方逮着了空隙，一剑刺穿要害，并不用浪费多余的力气补上第二刀。

于是白光一闪，莫媛眼前一花，就听一道好似利器刺进肉里的声音响在耳边。

别云州倒在莫媛身前的那一刹那，一向冷淡且恪守仪态的莫媛头一次不顾仪态地冲了过去，只来得及撑住别云州的半个身子，随着他的重量一同跌坐在地上。

莫媛自然没有注意杀手们得手以后准备逃跑的动作，也自然没有听到他们死在师然和别云辛刀下的声音。她触手都是温热的血，染了一身，渗透在大红色的喜服里，显得越发夺目。

莫媛再也说不出诅咒别云州的话，颤抖着唇慌乱道：“怎么办……怎么办……”她的手拼命捂住别云州身后的伤口，听着他粗重的喘息声，眼泪再也忍不住地夺眶而出。

别云州缓过气后的第一句话便是：“可能我死了，你就幸福了。”脸色越发苍白，唇角微微扯出一抹弧度，“我那样对你，你恨我也是应该的。”

莫媛拼命地摇头说："不，别说这些。"抚摸他面颊的手又冷又冰，"我只是气急了，那并不是真的。"

别云州却好似很平静，仿佛解决了人生中最重要的一件事："在我心里，你处处都好，就是忘了我和你在天启湖畔相遇的事。那年你十四岁，我便想再等两年就……哪知几年后得到消息，竟是你请嫁大哥……大哥什么都让着我，这件事自然也不会同我争……我若是早料到……也不会出此下策……是我对不起你，媛儿。"

别云州咽气的时候，很安详地闭上了眼，周身漫开的血渗进地砖里，顺着缝隙蜿蜒出诡异的图画。红色的喜服衬着他的脸苍白无痕，点点泪水滴落在上面，留下最后的温度。

莫媛泣不成声地扑在他身上，摇晃着，哀号着，却说不出一句完整的话。

所有人都知道，当一个人的生命燃烧殆尽后，无论活着的人如何哭喊都不能唤回死者的一丝意识。在这世界上没有人比已经死去的人更可怕，因为他们再也不会失去任何，而活着的人纵有千言万语，也永远不能让死者明白。

我赶到喜堂的时候，别云辛已经颓然跪地，血色褪尽，目光呆滞地看着和自己有张相同面容的胞弟。眼睁睁地看着"自己"倒在那里，这个打击是普通人无法理解的。都说双胞胎有心灵感应，却不知道别云辛能否感应到别云州死前的想法。

见我走近，师然默默地看了我一眼，遂闭上眼，扔下手里的钢刀。钢刀垂落在地上，刀剑染满了鲜血，那是杀手的刀，流着杀手的血。

我走近莫媛，因为此时此地只有我一个是女人，我是明白莫媛的伤痛的。我这么对自己说，说什么都好，哪怕就是说一句"节哀顺变"也不能让莫媛再这样痛哭下去。

走近莫媛的身边，我听到她断断续续地说了一句话："我不记得天启湖畔，我本该记得……倘若我记得……你能不能醒过来……我不恨你，一点儿也不，只是以为你恨透了我，也恨透了你大哥……我现在告诉你这些，咱们能不能重新来过……”

我不知道莫媛十六岁那年在天启湖畔发生了什么事，因为唯一对那件事有记忆的当事人没有交代清楚始末，以后也不会再有机会交代了，而莫媛也毫无印象。

可能这都是上天的愚弄，特意安排了那次初遇，在别云州心里留下刻骨铭心的一页，却连淡淡的涟漪也不留给莫媛，反而选在几年后的秋收宴上，让莫媛记住了别云辛。

我实在不明白为什么同样一张脸在不同的时候遇到了莫媛，会产生不同的印象。这个不明白将会成为莫媛此生中最大的遗憾，她将会恨透了自己的糊涂。

也不知过了多久，直到莫媛终于哭不出声音的时候，她才仿佛接受了这个事实。放下了别云州，抬头望我，又望了望师然，说：“可否请你们出去一下，我想和我相公独自待会儿。”她无声地说完这句话，我们竟然都听懂了。

师然架起呆滞的别云辛往外走。别云辛恍若初醒，似要反抗，却被师然一个手刀劈下，晕了过去。

我跟在他们身后来到院子里，看师然将他放下，从衣袍中摸出一瓶药，顺着别云辛的嘴角滴了进去。

我问：“那是什么？”

他低低回道：“是让他失去痛苦的药。”

我说：“有这样的药吗？除非让他忘记所有的一切……”

师然站起身：“他会忘记的。”

我还没琢磨透他的意思，已经被喜堂内的火光惊住，紧闭的门里闪着妖艳的火，它跳得凶猛，刺着看者的眼，噼里啪啦地张扬着炙热。

我大叫一声要冲过去，反被师然一手拉住。他将我拉近身前，制住我的行动，说："活着对她来说，比死了更痛苦。"

我顿住，喉咙紧得说不出话，眼睛被火光晃得又疼又涩，终于惹出了眼泪。我宁愿相信这眼泪是被熏出来的，也不愿相信是为了莫媛和别云州。因为一旦相信，便意味着我又送走了两个朋友。

我回过头不忍再看，却好似望见师然眼中漾着同样的遗憾。

耳里嗡嗡，隐约传来来自过去的回响。

"我不是别云辛，我是别云州，你说要嫁给今年秋收宴上的'别云辛'，那次去的其实是我，我大哥因病未能前往。"新婚之夜，他对她如此说。

莫媛却漾出最美好的笑容："不管你是不是叫'别云辛'，我要嫁的就是在秋收宴上的……"

关系破裂时，别云州惹出了莫媛来云州城后的第一次眼泪："好，你想洞房，我就给你，只是你不要后悔。"

她哭着捶打他，却阻挡不了如暴风雨般的掠夺，以及他在耳边说："别云州从不受人威胁……你可以尽管试试。"

当她的利刃刺进他的身体里时，他一脸轻慢："没想到你也敢杀夫，想想我该怎么告诉大哥？"

提起那些往事时，莫媛这么问我："要不，我再杀他一次，杀了他，解放我自己，如何？其实当寡妇也不是不好。"

我想即便是莫媛当时那样恨着别云州，也不能预设正成为寡妇的那一刻，竟是如何地天崩地裂。

当我告诉她，杀了别云州，她也会受到制裁时，她并不在意道："就算别人放过我，他也不会放过我，既然这样，我不如赌一次。胭红，你愿意帮我吗？"

谁也没有料到，结局竟然如此戏剧性，别云州也放了她，是她没有放过她自己。我本想帮她，然而心里的魔咒是任何人也帮不了的，他们不是死在刀下或火海里，只是死于对方的魔咒。而当你找不到比悲剧更圆满的结局时，悲剧就是最圆满的归宿。

第四章　阑珊篇（上）

1

离开云州城的那一天清晨，我和师然一起走在晨曦之下，当时我就在想一定要说点儿什么人生感悟，好让师然觉得我不是一般的女孩子。因为越是与众不同的男人越会爱上与众不同的女孩子，师然就是这样的男人。

我说：“师然，太阳真是晃眼啊。”

师然说：“你把纱帽上的纱放下来就行了。”

我说：“那我就看不见太阳了，它多好看啊。”

师然不语。

我一想，坏了，立刻又说：“想不到别云州和莫媛会是这样的结局。”

他说：“嗯。”

我说：“如果是你，你会怎么做？如果你是别云州，你会宁为玉碎，不为瓦全吗？”

他说：“应该不会。”

我追问他：“那你会怎么做？”

他说：“宁为玉碎，不为瓦全，倒不如成全。”

我一阵无语，强烈感觉到在还没有让师然觉得我不是一般女孩子以前，我已经越发觉得他不是一般的男人了。

途经第一家驿站，师然租了一辆马车，然后对我说：“去车里睡会儿吧，我来驾车。”

我躺进车里，说：“那怎么好意思，你是个城主，我只是个百姓。”

他说：“到了明日城可别忘记，你是顾阑珊，城主的妹妹，不是百姓了。”

我想了想，还是觉得不妥，说：“除了妹妹，难道不能换一个身份吗？”

透过车帘，他问我：“换成什么？”

我顿了顿，本想说“不能换成女朋友吗”，但转念一想又觉得不够含蓄，只好说：“不能换成义妹吗？就说是结拜来的妹妹，你看我孤苦无依于是可怜我。实际上我也确实是孤苦无依。”

师然应了一声表示同意，然后说：“睡吧。”

我就睡了。

我做了一个梦，梦里有个女人是我的假想情敌。在回廊层层帷幔围绕的最深处，她身着一袭红衣，缓缓而矜持地走向对面的男人。

我看不清男人的脸，但我感觉那就是师然。

我想，要是她再这么走下去，一定会走进师然的怀里，这很不好，非常不好。

接着我就醒了。

醒来的时候，马车正停靠在路边，掀开帘子一看，师然正靠坐在车上浅睡。

我说：“师然，这是哪儿？”

他依然闭着眼：“路还长着，你再睡会儿。”

我瞅着他披散在肩头的发，看着他眼底的阴影，心道，其实他也是彻夜未眠啊。然后我凑过去，从后面轻轻把头靠在他肩上，感到他身躯一震。

我说："那你靠着我睡会儿吧。"其实是我靠着他睡会儿。

他"嗯"了一声，头微微向我倾斜，我们便靠了一起。

真是日有所思夜有所梦，这才刚靠了一次，我便又做了一个梦。

梦境里依旧是那个女人，背对着我走向面对着她的那个男人，我也依然看不清男人的脸，却感觉那就是师然。

有所不同的是，这回我不仅感觉那是师然，还感觉那女人就是我，所以我没有阻止她走过去，却要看看他们到底会不会抱在一起。

但这个梦又被打断了，惊醒我的是马儿的叫声，它在催促我们。

师然跳下车，上前搂着马脖子安抚了几句，我坐在车上嫉妒地看着。

然后他回头对我笑笑，说："咱们上路吧。"

我点点头，坐回车里，听着马车吱吱呀呀地继续前行，竟有了哼小调的心情。我哼唱了一首启城的民间小调，一边哼着一边想到了合欢。这个调是她教我的，她说每当哼起它，就会想到家乡。

我当时问她："家乡不就在咱们脚下吗，用得着想起吗？"

她说："咱们总有一天会离开的，现在多练练，以免到时候忘了词儿再跑回来问人就不好了。"

我一想也是，便又问："那咱们什么时候会离开？有的人一辈子都没离开过。咱们离开了干吗去啊？"

合欢白了我一眼说："咱们该离开的时候就离开了。那些人一辈子没离开就是因为不该离开，离开以后该干吗干吗去。"

哼完了一整首，师然问我："这是什么调？"

我说："启城的民间小调，你没听过吗？"

他的声音里透出恍悟，说："听过，但好似不是这么唱的。"

我说："那你唱一个。"

他顿了顿，哼了两句，停下："是这么唱的。"

我说："这有什么不一样的？"

他说：“有的，调不一样，你跑调了。”

我说：“我这是变调版的，你不是启城人，你不懂。”

帘子那边传来笑声，笑得我脸红。

我想，坏了坏了，又跑题了，还没让他觉得我人不一般，倒让她先觉得我唱歌不一般了。

我还没想好展开什么样的新话题，师然先说话了。

他说：“你在进城府以前，家里情况如何？”

我说：“哦，不如何，只是一般的家庭。我爹去世了，我娘撑了多年终于撑不住了，要改嫁，便把我送进城府。我家那个地方后来还被当地城府收走改建了。”

他问：“后来就没有联系吗？”

我说：“没有。有没有联系都不重要了。她改嫁了，也不需要我的照顾了。我也不用将每个月的月俸寄给她，自己存好了，将来好做嫁妆。可惜月俸也没了，我从启城出来的时候，和连伯一起攒了一点儿只勉强够我们撑几天。”

说到连伯，我便道：“师然，等到了明日城，你能不能派人去一趟天启，帮我送一封信。就说我一切安好，帮我和莫珩说一句‘对不起’。”

师然问我：“还有别的吗？”

我说：“没了，就是肚子有点儿饿。”

我们赶到第二家驿站的时候，饱餐了一顿。懒坐在驿站最角落的桌边，我托着腮看着来来往往的人，感叹着有得忙真好。

我问师然：“到了咱们家，我该做些什么好？”

他问：“你想做什么？”

我说：“我想好好睡一觉，我从来没有睡觉睡到自然醒，我想试试。”

他笑看我："醒了以后呢？"

我说："醒了以后就吃，我也没吃过十成饱，就是那种撑得走不动路的境界。"

他颔首，接着又问："再然后呢？"

我说："再然后，我得到院子里晒晒太阳养养神。咱家有躺椅吗？"

他没答我，只是皱着眉说："你说的好像是在养猪。"

我脸一红，连忙抢白："那你说到了那里我该做什么？"

他似笑非笑道："你可以和欣颜多多相处，还有云儿。"

说起师云，就不免想到师云的娘。问题是，没有人知道师云的娘是谁，也没有人知道师云是打哪儿来的。只是总会自相矛盾地想，倘若师云是师然的亲生骨肉，那么他是在何时何地和何人生下了师云？倘若师云不是师然的亲生骨肉，那么他又为什么要收养别人的孩子？

再说师欣颜，也是一个怪人。在西秦这个地方，身份地位最高的莫过于三位城管。三城联姻，数代如此，到了这一代也理应如此，师欣颜若是不嫁给莫珩或别云辛，也无人可嫁，更何况他两人无妻无妾，也是摆明了等师欣颜嫁过去吧？

当我将这番看法告诉师然后，师然平静地抬头看我，说："你怎么会这么想？"

我说："难道我猜错了吗？"

他说："欣颜有她自己的想法，我从未干预。"

我说："哦，你这是放养式教育，给她足够的自主权就等于给她自由。难道你没想过吗，也许她不需要自由，需要的是亲人的关心？"

师然没有出声，我感觉我的话说中了。

正当这时，驿站走进了几个陌生人。只是这几个不是一般的陌生，他们长得和西秦人一样，却又不同于西秦人的气质。究竟是什么气质我也说不清，大抵就是更为粗犷些吧，却也不蛮。

我戳戳师然的手肘，说：“你看他们，是不是外来的？”

师然默默垂下眼：“时间不早了，起程吧。”

我“哦”了一声，觉得他避重就轻的功夫真是好，便跟着他一起往门口走。

还没到门口，那几个陌生人中为首的那个将我们叫住：“请问再往前走还要多远才能到明日城？”

驿站的伙计跑来搭话：“还要过七个驿站！”

师然扫了那人一眼，拉上我的手继续往外走，走出门口又被叫住：“咱们能不能结伴同行？”

师然轻道：“我内子身子不适，不太方便。”

我被师然拉上车的时候，还没琢磨过来我怎么成了他内子，说道：“那个男人对你好像很感兴趣，明明我才是女人，他怎么老追问你呢？”

师然驾上车，一腿弯曲，一腿伸长，慢悠悠道：“我记得莫珩也对你很感兴趣，你怎么也老追问我呢？”

我被噎了个正着，也不知道他这问题是不是一语双关，一时之间竟不知道如何是好，只好干笑一阵，讷讷地问：“可我对他没兴趣啊。”

我想，只要师然问我：“那你感兴趣的是谁。”我便说：“我感兴趣的是你啊。”

然而，师然什么都没问，只是专心地驾车，好似对驾车最感兴趣。

2

抵达明日城的那日傍晚，我坐在车里许久不曾说话，心里想了很多。

我这样告诉自己说，任何人都是有心结的，合欢死于心结，莫媛死于心结。我明明看到她们纠结的所在，却不能伸手去解开。可怕的是，我明明可以很清楚地看到别人的心结，却苦于不能看到自己的，自然也不知道如何解开。

我只能说，喜欢上师然是一件很简单又很难的事。简单在于——他生来俊雅，为人淡定，笑不露齿，不温不火，说话有条不紊，心思缜密如丝。这样一个男人，我怎能不喜欢？难就难在——他实在很难聊，而且往往以我的失败而告终。每每无力时，我却不能否认在这样的挫败感中，我越发地兴趣盎然。

我问师然："你有个儿子叫师云，他今年多大了？"

他沉吟道："大概六岁吧。"

我说："大概？他到底是不是你生的？"接着又说，"哦不对，他不是你生的，他是他娘生的，你自然不能生了他。"

师然扫了我一眼，静待下文。

我清清喉咙说："她娘，美吗？叫什么？你们怎么认识的？怎么没成亲呢？后来她是怎么……嗯，分开的？"

夕阳下，他眼眉微敛，发披了一肩，唇色淡淡，嘴角不着痕迹地微微上扬，侧首看着我时，眉毛轻挑，说道："你一口气问了这么多，到底想知道什么？"

我低下头，想了想，问："如果我告诉你我想知道的，你就会让我如愿吗？"

不等他答话，我连忙又说："算了算了，你别告诉我了，我什么都不想知道。"

我就这样别开脸，两颊燥热，心想，他怎么能这样看我？

夕阳渐沉的时候，我们的马车终于抵达了明日城的城门下，前来迎接的女子容貌姣好，笑意融融，甜蜜之余似有一丝矜持，明眸大眼就那样时时瞄向师然，看得我心里阵阵不悦。

女人的直觉告诉我，她是我的情敌，她不是师欣颜。

师然一边与她交代，一边回头看我。两人如此说了数句，那女子便跟着师然向我走来。

我僵着笑，从车上往下一跳，不料左脚着地的时候触动了麻筋，左腿立刻软了下去。师然一手将我撑住，缓缓拉起，并不放开，直到我活动脚踝完全可以自己站直，才松了手。

抬头时，那女子仍维持着笑容："云姿见过小姐。"

我说："哦，你好，我是顾阑珊，你可以叫我阑珊。"

云姿笑说："主仆有别。"

确实是主仆有别，她让我觉得她才是主。

我会这么感觉是有原因的，这要从云姿的身世背景说起。

话说美女出身多坎坷，就算出身不坎坷，际遇也一定坎坷；就算际遇不坎坷，过了几十年脸上也会变得很坎坷。云姿就是那种出身坎坷、际遇也坎坷的女人。

云姿的娘出身富户，与邻家的哥哥两小无猜，青梅竹马，成年后便顺理成章地走到一起，生有一女。云姿的娘生性随和，遇事多忍让，几次三番撞见丈夫与不知名的野女人无媒苟合，已是眼泪往肚里吞，有苦无处说。娘家在这时候经商失败，家道中落。云姿的娘在夫家更加地位不保，眼瞅着就要被夫家扫地出门，无计可施之下，只好求救曾经追求过自己的表哥。

一般遇到这种情况，这位表哥多半是余情未了的，否则也不会答应伸出援手，更不会有后面的剧情发展。

云姿的娘带着云姿改嫁给表哥，日子过得尚可，她们娘儿俩很满足，可是表哥不满足。表哥认为，身为男人要做一番大事业，励精图治，光耀门楣，所以很快表哥便对云姿的娘表示，他要北上发财。云姿的娘很担忧，这种担忧是有一定根据的。她爹当初就是北上发展才发展出第二春的，曾经也对她娘海誓山盟矢志不渝，但最终也没能遵守。可见，誓言往往不能轻信的。

云姿的娘将这份担忧告诉表哥，表哥也表示希望她能相信自己，倘若不能相信，便枉费了他们相知一场。这话一落下，云姿的娘便知道大势已去。你看，男人要追求事业的时候，女人千万不要阻止，你阻止的不是事业，是男人高飞的梦想。可你不阻止，却也难免会因此成全别的女人跻身二房的梦想。一边是丈夫的梦想，一边是情敌的梦想，要不一起阻止，要不一起成全。

一年后，表哥归家，带了二房，二房大着肚子。听开过天眼的道士说，那是个男胎。

这段往事是我听明日城城府的丫鬟今今讲的。

今今能对初来乍到的我如此挖心掏肺，可见是个热心肠。于是我便从善如流地问起下文，顺便问了问今今有没有什么梦想还没实现。

今今说："奴婢小时候就随爹在书场说书，爹说的书大家都喜欢，可惜后来爹说书把嗓子说哑了，连话都说不出了。奴婢本想代爹去说，可是年纪太小，又是女孩子……至于梦想，谈不上，只希望有朝一日赚够了钱帮我爹治好嗓子。"

由此可见，只有遭遇过坎坷才能验证是不是孝女。

我说："今今，你就不想嫁个好人家吗？到时候再把你爹一起接过去，一起享福。"

今今摇头道："奴婢不信那些。"

我说："那你信什么？"

今今说她从小就听书听多了，书里的那些女子大多容貌惊人，但是下场都不好。既然像她们那些美女都不能找到好归宿，平凡普通的她也不能。

我感叹着，今今真是一个有自知之明的好姑娘，倘若合欢能有今今的心思，可能早把莫珩忘了吧……但转念一想，又推翻了这个假设，因为合欢是美女，美女多被美貌所累，自然以为自己与众不同。直到美貌不再才会明白：女人过丑，生活坎坷；女人过美，爱情坎坷。

今今见我半晌不说话，只是叹气，好似有些急了："主子，你还听不听，奴婢准备了一晚上呢！"

我看着她："今天是你第一次说书？"

今今一乐，露出两颗虎牙："是啊，奴婢头次登台，特别紧张，就怕说得不好，你不让我继续说……"

我恍然地张了张嘴说："哦，那你快继续吧。"

于是，今今继续唠叨，故事继续讲述。

二夫人的胎没有保住，据说是因为年纪幼小的云姿贪玩惊着了二夫人。二夫人饱受惊吓后喝了安胎茶，也未能奏效。当家的自然要将这个罪责推给云姿。就算当家的不推，二夫人也会推，因为若是怪罪老天爷不开眼，也不好向老天爷问罪，所以只好找一个就近的顺手的好折磨的对象下手，况且云姿还不是当家的的亲骨肉，自然不必姑息。

出于这种心理，当家的便要去拿问云姿。但是那边早已人去楼空，云姿的娘带着云姿第二次出走了。

云姿的娘很快就找到了可托付终身的男人。

不帅，不高，不厚道，没钱，不是好人——曾为乞丐，而后落草为寇。云姿的娘带着云姿上了山，当起了压寨夫人。为了保全云姿长大以后不受土匪们觊觎，还特意拉拢了寨主的小儿子，将两人结成了娃娃亲。

年仅十岁的云姿不肯，对她娘说："女儿只喜欢顶天立地的大英雄，那个人不可以打家劫舍。"

云姿的娘笑笑说："咱们连自己都养活不起，不打家劫舍还劫富济贫不成？你记着，孩子，劫富济贫的大英雄都是钱多得没处扔的那些人。一分钱逼死英雄汉，你见过有哪个英雄去和人抢烧饼的吗？"

云姿不语，但心中仍是不服，此后到现在，心里始终只有"大英雄"。

听到这里，我难免称奇。因为按照云姿母女的际遇，云姿早该成长为现实少女一枚，别说梦想，就是对于爱情的期待，也早该在她娘的生活哲学中被毁灭。怎么会像如今一样天真可爱，大眼眨眨，将芳心暗许全写在了脸上。由此可见，这世界上总有那么一种人，记吃不记打，好了伤疤忘了疼，摔倒一次再爬起来，再在同样的地方继续摔倒，为的还是在同样的地方再爬起来。这种坚持不懈，令人叹服。

云姿的娘没能活过三十岁，留下十二岁的云姿。

云姿不想在山寨上继续待下去，主要是因为小寨主再强大也总归只管一个山头，而云姿的野心是十座山头也难以装下的。

云姿偷偷摸摸地潜下山，在附近的村落里躲了三个月，终于摆脱掉土匪们的追查。这么多土匪也没能找到一个云姿，除了因为云姿躲得巧妙，还因为土匪们下山以后饱餐秀色，多带了十几个姑娘回了山。

那时候，师然正带着年仅三岁却身中剧毒的师云疾奔明日城。

究竟为什么师云会在外中毒，又中了什么毒，被何人下毒，谁也不知道。大家只是知道当时的师云浑身紫黑，若不是师然一直用解毒草为他续命，恐怕早就去了奈何桥赏花弄月了。

若这故事的立意点在江湖，师云走过这么一遭，日后多半会百毒不侵，可惜这里不是江湖，所以师云危在旦夕之时，恰被云姿所救。云姿带着师然、师云父子俩去见了村里的一位隐士。听说隐士年轻时害死不少人，也因此身患毒疮，虽不致命，却也不能根治，只好隐姓埋名在此为村民们看病，借此赎罪。

隐士治好了师云，师然感谢隐士。隐士表示，他不需要被感谢，只希望身边这个小姑娘可以有个安身立命的去处。小姑娘指的就是云姿。可见，好心是有好报的，云姿的好心换来了她此后三年的好生活。

云姿入了明日城城府，因得到隐士的教导而负责伺候师云的日常起居，一来防止师云再被人害，二来也是因为一城之主的身边总需要有一两个能人辅佐。

偌大的城府里，云姿平日接触最多的只有两个男人——师然或师云，他俩都拥有一座城，能装下这个连十几个山头都装不下的姑娘。按正常逻辑，她一定会选择暗恋师然，并将师然的喜好一一铭记于心，以期将来成为让师然爱不释手的女人。

听今今说，云姿是这里最得宠的侍女，还有一条最牛的名言——大意就是说要让一个男人喜欢你，首先要喜欢他喜欢的一切并且变成那样的人。等他喜欢上你后再慢慢改变他，让他一辈子都能以你的喜好为喜好。

说到这里，今今停了下来，喝了一口水，问我："小姐，你说，云姿说的话对吗？"

我看着今今，心道，今今之所以会问我，是因为此时实在无人可问，还是一眼就看出来我是一个能答疑解惑的智者？

思来想去一番，我觉得她是因为后者。

我说："哦，也对，也不对。"

今今连忙问为什么。

我拍拍今今的肩说："你看啊，首先要先变成那个男人喜欢的样子，这一点已经很勉强了。狗改不了吃屎，你说人能改掉本性吗？就算是一时改变，也难以保证一辈子改变。倘若将来变了，又凭什么保证对方会喜欢自己的改变，还会慢慢将自己的改变视为他的喜好？这不仅强人所难，而且太过绝对了。"

今今一脸茫然："小姐，我没听懂。"

我搓搓下巴，琢磨了一下，说："哦，那我举个例子吧。比方说，云姿根据师然的喜好，认为他今晚会想吃桂花糕，于是做了一盘送过去。但是我觉得师然不会吃桂花糕，会吃我做的糯米糍，因为我喜欢吃糯米糍，师然因为喜欢我也会陪我一起吃糯米糍。那你说，最后师然到底会吃哪一样呢？他要是选择一边吃桂花糕，一边看着我吃糯米糍，不能说明他喜欢云姿，却可以说明他喜欢看我吃东西；若是他不吃桂花糕，而陪我一起吃糯米糍，也只能说明他喜欢我。可万一他要是让我和云姿一起陪他吃，他也两者都吃，那只能说明他两个都想要，吃着碗里的看着锅里的，保不齐将来会把我俩都娶了，再看我俩宅斗斗个她死我活，或是我活她死。这出戏没准比戏台上的戏还好看，比你说的书还动听。"

说完了这么多废话，却见今今更是一脸茫然，我心想，真是个笨丫头，不料今今想了一下，提出了三个问题，反而把我问倒了。

她说："小姐，为什么听你说这些，让我觉得将来您一定会弄死云姿呢？云姿和您都喜欢城主难道不好吗？这城府里好多人都喜欢城主，要是喜欢一个您就弄死一个，那不是太造孽了吗？还有，城主原来喜欢吃桂花糕，我记得城主是不吃点心的……"

我说："我只是随便举个例子，举例你懂吗，它可以是事实，也可以是假设。我这个就是假设，假设的东西不要认真计较，认真你就输了。"

今今顿了一下，似懂非懂道：“我只是明白了一点，小姐是喜欢城主的。”

我拍拍她说：“乖，你理解得不错，我就是这个意思。以后云姿那边的动静记得及时汇报，还有你们城主平时喜欢什么、讨厌什么，也要都告诉我，这叫知己知彼。”

今今：“哦。”

云姿的能干让我想起了昔日的合欢，她们一样狡黠聪慧，手脚麻利，事事想在主子前头，先主子而忧，后主子而乐，审时度势，真是每个成功人背后的最佳助手。我要是师然，也会看重云姿，因为她真是朵解语花。

就好像那天晚膳过后不久，云姿便来到我住的小院里，笑容恰到好处地绽放在脸上，多一分则谄媚，少一分则冷淡，真是怎么看怎么好看。

她说：“小姐，屋里的东西都是奴婢亲自为您选的，还有没有什么不周到的，奴婢一一记下来，明天就补上。”

我说：“还差了一个牌位。”

云姿笑容一僵，该是千算万算算不到我这么晦气吧。

我说：“牌位上就写‘家姐合欢之位’吧。”

云姿面带惊讶道：“合欢？可是启城城府的长侍女合欢？”

我说：“是啊，就是她，你也知道她？”

云姿一脸感慨地说，别说是她一个，云州城和天启城的侍女们也都知道合欢的事迹。她琴棋书画样样精通，还生了一副我见犹怜的好相貌，又是所有侍女中最争气的，能嫁给启城城主当个侧室，一生荣华富贵自是不愁。只可惜，启城城主去得太早，启城灭得太早，合欢的荣华也只能过早地破灭了。云姿还说，自合欢去后，三城所有城府里的侍女们都常把合欢挂在嘴上，她开创了侍女业的先河，冲破了奴籍的枷锁，是她们所有人争相效仿的楷模。

我问："你既然知道合欢，那你也一定知道胭红吧？"

云姿脸色一变，赫然严肃了许多："胭红，那更是个传奇人物，奴婢虽然识字不多，却也知道一二。听说胭红姑娘本也是侍女出身，曾在秋收宴上蒙受天启城城主莫珩的垂青，可胭红姑娘早已芳心暗许云州城城主别云辛，自然不会贪图莫城主的荣华。莫城主也有成人之美，在启城破灭后收留了胭红，并没有强留，反而放她自由。几经周折后，胭红终于和别云辛走到一起，才子佳人比翼双飞，可……却不料，哎，一场大火……"

我托着腮帮子听云姿如何赞美我，心里真是小鹿乱撞。若我是个当权者，一定会找云姿当我的马屁精，被人捧上天的滋味真是让人心醉，啧啧。

我正准备说点什么夸夸云姿，表示礼尚往来，却不料云姿的结尾句竟是："合欢、胭红，这对姐妹花凭着自己的努力都找到了极佳的归宿，偏偏红颜薄命……外面人都传，这是因为启城的女人都生来不祥，命硬克夫，难有白头郎。"

我一阵哑然。

要是我告诉云姿，我就是胭红，云姿一定不会信，因为她长得比我美，她不了解那段往事，不明白当局者迷的心酸。在云姿这样的美女看来，像我这样的平凡人是难以参与传说的，要是连我都可以缔造传说，兴许她今晚就会打师然的主意……

如此一想，我便决定将"我是胭红"的秘密永远烂在肚子里。

我问云姿："云姿，来这里前，你是哪里人，那时候过得好吗？"因为传说总会有误，所以我还是希望云姿能亲口说说她的身世。

可云姿说得极其简单。她说她娘命不好，去世得早，她一个人流落在外，幸好遇上帅然和师云，这才有机会进来城府。为了报答他们的知遇之恩，她决定尽心侍候，以效犬马之劳。

我说：“可你终归是个姑娘家，姑娘家的归宿到底还是夫家，你就没想过要嫁给一个什么样的男人吗？”

云姿望着我，双眼幽幽：“奴婢不敢想。”

可她的眼神分明告诉我她敢想。

我说：“哦，那你可以从今天开始想想，好好想想，是嫁给一个教书先生，还是嫁与商贾？”

云姿说：“奴婢才疏学浅，恐怕配不起教书郎。奴婢也不懂算盘，嫁入商家，恐怕力不从心。”

我说：“难不成你要嫁给种地的？你的手这么嫩，也不适合做农活。”说罢我抓起她的手，捏在手里叹着。这哪像是做奴婢的手，当初的合欢和我都自愧不如。所以说，一个人平日干不干活，光听她说没用，摸摸她的手就一清二楚了。

云姿缓缓将手抽回，说：“奴婢觉得现在这样挺好的，奴婢没什么野心，只要安于现状就很知足了。”

我琢磨着她的言下之意，笑着点点头，又挥挥手，说：“好吧，那我也没什么可操心的，假如将来你要出嫁，筹谋不到好人家，大可以找我……哦，还有，合欢的牌位请你帮我选择最好的木头，最好是防火的。”

云姿应着声退到门口，末了回了头，闪着水光的盈盈秋目正望着我，声音嘤嘤的煞是好听：“小姐，您也是个姑娘家，有没有想过要嫁给什么样的人呢？是饱读诗书的圣贤人，还是家财万贯的一方首富？”

云姿可真是会说话，她把我所谓的教书先生和云云商贾抬高了几个台阶，反用我的逻辑来提问，也不知道这是不是挑衅。

我说：“哦，我觉得只要比现在过得好就行了，要是不能，倒不如安于现状。你瞧，咱俩可真是想到一块儿去了。”

我“咯咯”乐了几声，云姿也只好陪着乐，但是笑容却并不真诚。

这天晚上，我睡得很晚，主要是因为初到异地，兴奋莫名；也因为初遇情敌，战斗力正在不断攀升中。

合欢的遗言是叫我不要再做奴婢，她有这个想法，说明她有着不同凡人的灵魂。

思及此，我便格外感激“顾阑珊”，因为再不会有人将“胭红”的历史套用在我身上，作为顾阑珊，我的历史只是师然在外结交的义妹。

而云姿，则和“胭红”一样，即便将来成为别人口中的传说，也摆脱不了曾为奴婢的历史，大家或许会赞叹她，但真心崇拜她的人，只能是和她一样身份的人。说起来，云姿也算可怜，因为她总能令我想到合欢。

可惜，合欢只有一个。

第二天一早，在今今的巧手下，我花了很久的时间才梳妆整齐。

今今说：“小姐，我给你梳个蝴蝶髻吧。”

我摇头说：“我喜欢简单利落的发型。”

今今说：“那不如多戴点钗环吧。”

我说：“戴多了显得庸俗，一支就行了。”

今今很不同意我的看法，说若是她有这么多首饰一定全戴在头上。

我说：“今今啊，假如你是开米仓的，你能把米都装进你的肚子里吗？”

今今说：“要是我是开米仓的，米已经在我的米仓里了，就是我的了。”

我被她的逻辑打败了。

折腾许久后，我提着裙摆去见师然。

师然的目光落在我脸上：“这么一打扮，倒像是变了个人。”

我一时没反应过来，一时没分清这是不是赞美。若是的话，师然的赞美真的是很含蓄，稍微缺乏点内涵的姑娘还真听不出来。

我俩走进院中，身后十步远跟着今今和师然的侍从。

抬眼望望身前的大树和它枝丫上的白色小花，我问师然，这是什么树。

师然也抬头望去，微眯着眼：“这……是一棵只开花的树。”

我一怔，仰头望他，他也正低头望我，此时风景恰如其分，微风拂过，小白花扑面而下，撒了我一身、他一身，那画面唯美得令我心颤。

我说：“你低下头来。”

师然缓缓低下头，头上的几朵白花正掉在我伸出的掌心，清丽而妖娆。

我一抬手，摘掉他头上的最后一瓣，捏在指尖，在他眼前晃了晃说：“这花很香，要是用来做糕点，应当不错。”

师然挑眉道：“我倒忘了，你厨艺甚好。”

我一喜，刚要接话，不防师然又说：“云姿也曾试过以这花瓣入膳，味道尚可。”

我“哦”了一声，按捺住心里的烦躁，说：“你喜欢吃糯米糍吗？”

师然张张嘴，被我以话打住：“我也知道你不爱吃点心，但是我做的糯米糍，你吃过吗？”

他微带惊讶地望了我一眼，沉吟道：“我记得在今年秋收宴上吃过几个，当时只是尝尝，没想到味道极好，原是你做的？”

我说：“是啊。”那一瞬间，我分明看到他漆黑的眸中滑过一丝涟漪，又说，“你要是喜欢，我再做点儿给你。”

他淡淡一笑，应了一声。

看见他的笑容，心里一慌，我连忙低下头，小声说：“那要是你喜欢，我以后都给你做……”

却听他问：“什么？”

我微微抬头，说：“算了，天天吃，恐怕要腻了。”

话音落下，脸上更红，我脚下一动，急忙就要转过身去，不防被他一手拽住斗篷，一本正经道：“天天吃，恐怕是要腻了，既然这样，你可以多换几个花样。”

我一怔，仿佛不敢置信所听到的话，下意识地转头看他，却见曜黑的那双眸子里正映出一张惊讶慌乱的脸，一下子看了进去。

我更加着慌，心道这个男人怎么这样，平日冷冷淡淡，突然就许下个承诺，也不管我是不是接得住。

正在这么想，指尖被轻轻托起，他的手留着淡淡的温，我的却有些凉。

我低头看着这双手，并不细腻，有些厚茧，却足够大，足够包容，我说：“我曾经也注意过莫珩的手……”

他指尖一动，微微使力：“如何？”

我笑着伸长五指，用自己的掌心贴住他的掌心，五根手指头怎样也够不着那个高度，只好一根一根塞入他的指缝里，轻轻握住那片手掌：“不如何。他的手不适合与我对弈。”

他也一用力，反手握住我的，眼睛静静地看着我。

我托起另一手中的花瓣：“这花没有名字吗？不如咱们给它取一个。今儿个是初九，不如就叫它九九花……下个月初九，嗯，正巧是我的生辰。”

他手心一紧，垂下眼：“可有什么心愿？”

我偏头笑笑，说：“想你以后都叫我阿九。”

他重复着：“阿九？”

我说："是啊，这是我的乳名，太久没人叫了，我都要忘了。"

当他第一次叫出："阿九。"我抽回手，踮起脚尖，伸长手臂去遮他的眼。他的睫毛贴在我手心轻轻眨动，仿佛在生命线上滑过的悸动。

我说："你再叫一次？"

他勾起嘴角，轻而缓地唤我："阿九。"

然后放下手掌，让他看见我笑得最美的一幕。

有没有这样一种感觉，当你遇到一个对的人，在你认为对的时间，你们都向对方走出了对的一步。身体的距离那样近，心里的距离那样近，当生命线交错时，心底也被刻上一个名字，当时不觉痛痒，此后却时常惦念，世人用四个字将这种感觉框了起来："刻骨铭心。"

而感到刻骨铭心的我，有这样一个私心，只将乳名告诉我认准的那个人，只有他知道，只有他能叫，就似情人之间的昵称。简简单单的两个字，足以道尽无数心事。

我想合欢是对的，她对莫珩的感觉也是对的。即便莫珩不能同样对她，合欢也有权利永远喜欢这个人。她喜欢的是那份感觉，只有一个人可以带给她，若是失去了，她便了无牵挂，自此男婚女嫁各不相干。我心痛地对自己说，倘若师然对我不能如我对他一般，我的心也会失去……我简直不能想象那种场景，他的视线越过我，看向另一个女子，我看着他，可他看不见我。如果这样，我倒宁愿挖去他的眼睛，或者挖去自己的。

我之所以会有这番想法，大约是因为我和师然都向对方走近了一步吧。倘若没有这一步，心也不会被填满，自然不觉得失落。对于别人，一步只是一步；对于情人，一步就是万里。所以，因为爱情而想不开的人，大多是经历过爱情绽放时的璀璨，却想不到下一步便是摧残，要是在最初萌芽时掐灭情苗，也无所谓伤心吧。

我想，爱情之所以迷人，是因为它能让我快乐。想到师然，我快乐；听他叫我阿九，我快乐；当他对我笑时，我快乐。但当我快乐的同时，也希望他能有和我一样的感受，希望我的一举一动也能令他快乐，这也是我的快乐。

那天，我们并肩走在院子里，我对师然说："师然，我想我知道我的要求了，假如我下棋赢了你，你能帮我实现它吗？"

师然似笑非笑道："好，你说来听听。"

我说："嗯……其实也不算什么难事，我只是希望，你能把我当作一个女人看待，可以吗？"顿了顿，补充道，"我所谓的……不是说性别，是……是独一无二的意思。"

师然问："只是这样？"

只是这样，我点头道："假如……你能做到吗？"

师然审视着我不安和祈求的姿态好一会儿说："你怎么会这么要求，我一直都把你当一个女人看待。"他拉住我的手，眼里星光璀璨，"你从没感觉到吗？"

我傻傻地说："没有啊，你一直没对我说过喜欢，也没有……我还以为在你心里，我和云姿一样，和莫媛一样，和合欢一样，只是个过客。"

师然含笑地插嘴道："你刚才说……也没有什么？"

——"也没有……亲过我。"

我咬住唇，含含糊糊地吐出这几个字，脸上的温度已经烧开了。

我不敢看师然的神情，不敢望着他的眼睛，只是突然觉得一道阴影压过。接着，我的下巴被轻轻托起，咬住的下唇也覆上了一抹温度。

甜甜的，暖暖的，他的唇抵住我的，轻语着："阿九，我喜欢你。"

一个女人最大的快乐是什么？是在她最美丽的年纪遇到最正确的人，他们共同做出了最恰当的决定，他们是最适合在一起的人。

男人和女人，有个词，叫圆满。

3

我永远忘不掉第一次见到师欣颜时候的场景。

当时我正和师然在一起，却听到下人回报师欣颜登上了明日楼。

我问师然，什么是明日楼，因为他的脸色很不好。

师然二话不说，拉着我奔出门口。

不知道跑了多久，我看到了那座高楼，大概有十层那么高，比城墙还要高，远远就见楼上立着两道身影，一抹蓝色，一抹红色。

我和师然冲上楼的时候，正听到那身着红色衣裙的女人说："阿蓝，回来吧，跳下去你就什么都没有了。"

已经一脚踏出栏杆外的女人回过头，一笑已是倾国倾城："欣颜，我终于明白为什么当年你会站在这里了，只有站在这里才能找回自我。现在，我也找到了。你怎么不恭喜我？"

被唤欣颜的女人应该就是师欣颜，她声音慌乱道："好，好，你找到了，那你现在可以回来了，来……"

师欣颜伸出手，阿蓝却别开脸，望向天空，喃喃道："当年，你为什么不跳下去呢？"

在场的我们只来得及听完这句话，便是眼前一花。眨眼的工夫，那抹蓝色已经不见了。我恍恍惚惚地站在原地，看着师然上前搂住跪坐在地上的师欣颜，听着从她口中发出的尖叫声，这说明，那个阿蓝已经跳下去了。

这样惊心动魄的一幕，就是师欣颜给我的第一印象。

而那个叫阿蓝的女子，正是明日城里最大的那座花楼的花魁。

我不知道所谓“当年”是哪个当年，也不知道师欣颜在那个当年为什么要站在这个随时都会掉下去的位置。就算她不想跳，却也不能保证脚下站不稳失足掉下去。因为按照一个正常人的思路，都不会没事找事地站在那里跟阎王爷挑衅。所以，当年的师欣颜会站在那里，一定是因为和阿蓝一样的原因吧。所以阿蓝才会说“我终于明白了”。由此可见，公主和花魁是可以互相理解的，她们对死亡的诠释也是没有分别的。

我想，能让师欣颜连死都不惧怕的事，多半只会是和爱情有关的事。因为师欣颜有的是钱，不需要为财而死，她也没有绝症，所以她只可能因为爱情。试想一下，一个衣食无忧又美貌绝伦的女人，一身才华，绝世无双，还顶着皇帝御赐的“公主”称号，究竟因为什么会拒绝嫁给西秦最能匹配她的别云辛呢？多半是因为心里早已住了另一个人吧。

在这世界上，要打败师欣颜这样一个女人，除了爱情也别无他法。她或许会因为生活太好了、太安逸了、太顺遂了而没事找事地爱上一个不可能的男人，尝一尝虐恋情深的刺激感，就是不会爱上一个同样生活得太好了、太安逸了、太顺遂了的男人。这就是为什么自古以来公主的命运都是坎坷荆棘的，因为她们即使不被作为政治的牺牲品，也会被自己的突发奇想所牺牲，在这一点上，公主和花魁永远是对立的，花魁追求安逸，公主追求冒险，其实她们本该换一换，世界就和谐了。

但在心理的承受能力上花魁远不如公主。因为公主没了爱情还有安逸的生活和不得不背负的责任。而花魁早已一无所有，所以才会将忽然降临在眼前的爱情视为生命中唯一的灿烂，而当这个灿烂成为她生命中唯一的灰暗时，花魁也不知该何去何从。

所以，阿蓝有跳下去的勇气，因为她再也没别的可失去了。而师欣颜有活下来的勇气，因为她除了爱情别的都没有失去。

可见，不管是公主还是花魁，都会被爱情所累，在爱情面前她们平等，不平等的只是爱情离开后的境遇。

启城、天启城、云州城、明日城，我一路走来，一路死人，死的都是女人，还都是美女。我于是这样问自己，她们到底为什么而死？为什么死的不是男人？答案是，她们为男人而死，因为她们死了，所以男人便不用死了。只有别云州例外，他是为了爱情而死。而我没有死，大抵是因为我不是美女，所以只有赖活着的权利吧。还因为，我是这些朋友的见证，只有我，能将他们的故事流传出去。

因为师欣颜的事，我从师然身上感受到从未有过的哀伤，虽然他依旧对我笑，也依旧牵着我的手，我却看到他心里有个结。

我问师然，欣颜为什么不嫁人呢？

师然说，在欣颜心里，她早就嫁过人了。

我说，哦，那她嫁过的男人是谁啊？

他说，没有人知道是谁。

我总感觉，所谓没有人，只是别人眼里的“没有人”，并不包括师然。但见他一脸欲言又止，我也不知道从何问起。

都说解铃还须系铃人，师欣颜的心结一定还在她自己身上。要从一个只见过一面的女人身上套取消息是多么地困难，又是多么地简单。有的人相处一辈子还觉得陌生，有的人只需要见一次面就等于一辈子，我希望师欣颜是后者。

那天晚上，我问师然，将会如何对师欣颜和师云介绍我。

师然想了想说：“那自然是我未过门的妻子了。”

我愣住……我不能不愣住，因为剧情发展是如此之快，在我们刚刚定情不久之后，竟然就订婚了。

我傻傻道：“未过门的妻子？咱们什么时候订了婚？”

师然眨眨眼说：“两情相悦不是该在一起吗？”

我被问住了，张了张嘴说：“那……咱们有媒妁之言吗？”

师然说：“咱们是郎情妾意。”接着拉起我的手，把我拽近他身边，又道，“我倒还没有问，你是否愿意？”

我实在说不出任何话，主要是心里波涛汹涌地夺去了我说话的能力，要不是和师然相处过一段时间，我会以为他是个情场老手。他真是我见过的最浪漫的男人，从骨子里流露出来的浪漫。

师然就像他事先所说的那样，对师欣颜说：“这是阑珊，顾阑珊，以后也将会是你的嫂子。”

师欣颜抬头看我，我从她的脸上看到了不符合这个年龄的沧桑。记得合欢去的时候，连伯也曾看着我很久，说我似乎在一夜之间长大了。这种沧桑就和我当时的那种一样，但相比起来，师欣颜的沧桑中还多了一分高傲。

她缓缓地说：“顾，阑珊，不就是代我嫁给别云辛的女人？”

这话噎得太好了，让我如鲠在喉。我简直不知道该回什么，她真是很懂说话的艺术，一句话就能让别人溃不成军。

代她嫁给别云辛的女人，言下之意便是，这样的女人怎能再嫁给师然？

师然蹙眉道：“那只是形式，你应该知道。”

师欣颜垂下眼，淡淡地说：“知道，只是没想到城府将有喜事，一时之间适应不了。”

师欣颜的阴阳怪气真让人无所适从，于是我认为此时真是忍无可忍无须再忍，上前一步，说道：“欣颜，你可以叫我阿九。”

师欣颜看了我一眼说：“你不是叫胭红吗？”

我说：“哦，胭红已经不在了，你可以叫我阿九……在云州城的时候，我和莫媛相处过一阵子，是莫珩叫我去的，叫我去开导他的妹妹。”

然后我对师然说：“我现在明白为什么你当初要叫我和你一起来这儿了。”意思便是，你妹妹也需要别人开导，她简直就是个叛逆的小鬼。

女人都有种天生的直觉，尤其是在面对敌人或是有可能变成敌人的潜在分子时，比方说师欣颜，比方说云姿。这种直觉男人是没有的，男人只有在自己的所属物也同时被别人觊觎时才会摆出架势准备开打。所以男人永远不能理解女人的直觉是多么地灵敏，我也不期望师然能理解。

我面对师欣颜，远远比面对云姿要来得谨慎。云姿只是个侍女，除非她有合欢一样的本事，除非我有夫人那般的隐忍，否则我们之间的战争是很难开始的。但是师欣颜不同，她是这座城府里的半个女主人，要是一辈子都不嫁出去，就是一辈子的半个女主人。这个认识让我很不舒服。虽然我是后来的，但我是个自私女人，到了一个属于自己的地方就要捍卫主权。凡是威胁主权的别的女人，不管是老的还是小的，都一样难以共存。由此可见，找一个父母双亡的男人结婚是那样地符合实际。

我问今今，师欣颜和云姿关系如何？

今今说：“她们很少说话。小姐话不多，对云姿也是不冷不热的。”

我点点头，这和我想的一样，师欣颜不喜欢我，自然也不会喜欢云姿。也许她根本不喜欢任何一个踏进来半只脚或是意图踏进来的女人。

我说：“我听说她是皇上封的公主，号明月，知道是为什么吗？”

今今说：“奴婢只听说小姐在受封的那年生了一场大病，一病就是三个月……”今今左右看了看，附耳又道，“奴婢还听说，小姐曾经很爱很爱很爱一个男人，但是那个男人走了，小姐才因此生的病，病愈后整个人都变了……”

我恍然地点点头，这又和我想象的一样。

我说：“为什么那个男人要走？”我实在想不出这世界上会有男人放弃师欣颜那样的女人，她美丽，有权，有钱，集合了男人穷极一生所要追求的所有条件。

今今的声音更小了，还带着几分不确定：“好像……那个不是咱们这里的人。”

我说：“就算是朝廷来的，西秦也不会排斥的。”

今今道：“不，也不是朝廷的，听说……是异族的。”

我不自觉地挑起左眉，彻底悟了。

在西秦的西北面的西北面，有一个神秘的族群，他们称自己为冃（Yuan），冃族人高大，粗鲁，野蛮，杀烧抢掠，集合了所有所谓异族的特征。

异族的野蛮是有一定道理的，他们居住的环境就决定了他们的野蛮。因为要不是被大自然野蛮，就是野蛮大自然。他们的文化也决定了他们的粗鲁。他们对抗外界的一切就是粗鲁，那是天然的保护壳。他们杀烧抢掠，因为只有杀烧抢掠才能得到更多。

但令人奇怪的是，一直受到良好教育的师欣颜，居然会爱上一个冃族人，这是不是就是传说中的魔鬼和天使的组合。正是因为自己没有，所以才会渴望。

我问今今，那个男人后来去哪里了，他和师欣颜彻底分手了吗？

今今说，当时师家的大家长还在世，还曾经亲自带人把和那男人私奔的师欣颜抓了回来。

再问下去，今今也摇头说不知了，于是我打算去找师欣颜，打开她的心结，就等于帮我自己一个大忙。

我虽然做好了准备这将不会是一场愉快的谈话，却没有事先预料到不愉快的程度。或者应该说，我没有预料到师欣颜的刁难程度。这样的挫败感是很重的。你要刁难的人先刁难了你，这种感觉就像是你饿了三天以后好不容易发现一锅红烧肉却被别人抢先吃光，堵得慌。

我的开场白是这样的："欣颜，我能打搅你一下吗？"虽说是打搅，我却没打算听到拒绝的话，于是很快走进屋，占据有利地形，坐在八仙桌边上，面对着师欣颜。

师欣颜还是那么漂亮，简直就是绝色，单是这么看着她就是一种赏心悦目。

可惜，美女说话实在没艺术："我是皇上封的公主，就算是大哥也不能随便直呼我的闺名。"

我愣愣地望她，见她露出一种和气质极其不符的讥诮，于是说："哦，那以后我们叫你欣颜，你不要答应就好了。名字不就是被人叫的吗？若是不叫，要来干吗？"

师欣颜抿抿嘴，好似受不了我这么粗俗："你平时对我大哥也是这么说话的吗？"

我说："不，你大哥这人很通情理，也没什么架子，我想说什么他都不会介意的。其实我想你也是不会介意别人谈吐的人，只是独独针对我吧。"

师欣颜冷冰冰地瞪着我："既然你有这个自知之明，我就不送了。"说罢她站起身，脚下一转就要往内室走。

我连忙说道："难怪你不喜欢别人叫你的名字，你的名字起得是不太好，欣颜，心眼，你的心眼只有这么一丢丢，实在不该这么叫你。"

话音一落，师欣颜立刻掉转了头，涨红了脸，指着我口不择言："你！"

我啧啧有声地走出门，边走边念叨："难怪都说美女难伺候，真是好好说话也不行，不好好说话也不行。”

带着一肚子的郁闷，我回了自己的房间，正见到收拾床铺的今今。今今一见我就笑道：“小姐，是不是碰钉子了？”

我问她怎么知道。

她说：“这府里的客人没有人没碰过的，奴婢们也都很怕大小姐。”

我“哦”了一声，问：“那你说，要是这世界上的人都像你们大小姐一样太过在意别人的谈吐，这样对吗？”

今今反问我：“奴婢不敢说对，也不敢说不对。但是奴婢和那些市井之徒也是没话聊的，奴婢说什么他们听不懂，他们说什么奴婢也难以沟通……小姐，您就不介意吗？”

我觉得今今这么说是有大道理的，什么阶层的人就和什么阶层的人相处，跨阶层挑战的不是被说“高攀”就是被说“堕落”，九成以上的人都是这么看的。

我说：“哦，我不介意谈吐，我只介意别人随地吐痰。”

今今一愣，令我意识到我说了一个冷笑话。我哈哈一笑，立刻转移话题：“我看你们大小姐是公主病。其实她也不是不能相处的，只是习惯了用冷酷和不近人情伪装自己吧。”

今今问我什么是公主病。

我说：“就是公主得的病，总以为自己和别人不同，于是对自己特别另眼相看，却对别人一视同仁。简单地说，就是师欣颜是公主的身子，公主的病，这是最合理的关系，怕就怕丫鬟的身子得了公主的病。”

今今表示似懂非懂。

我拍拍她的肩膀说：“公主的世界你不用懂。”

也不知道是师欣颜向师然告状了，还是师然听到了什么风声，就在我和师欣颜不欢而散后的第二天，师然以我该多读点书为理由，将我安排进女眷书房，和师欣颜一起学习。

前来授课的夫子据说也是当年师老夫人的夫子，师老夫人已然作古，老夫子却依然活得坚挺。

我和老夫子打了招呼，以“顾阑珊”的身份坐在师欣颜左手边。老夫子对我笑笑，叫我自我介绍。我一边数着他脸上的纹路到底是双数还是单数，一边说道：“夫子，我叫顾阑珊，来这里和夫子学习前什么都不懂。我没读过任何学说，也没立过歪门邪说。我的意思是，我是这样地无知，连瞎话也不会编。希望在和夫子学习以后，我也能给后人留下点什么，这样我就心满意足了。”

老夫子嘴角一僵，勉强点了点头，然后叫我和师欣颜翻开桌上的书。

4

从头到尾，师欣颜都没拿正眼瞧过我，只是用余光扫了我几次，嘴角始终挂着冷笑，似乎料准了会看到一出好戏。

师欣颜的愿望没有落空，而且实现得很快。老夫子一连问了我三个问题，我都没能答上来。我确实是不会答，就算是会答也不会如老夫子的意。因为他的问题都是摆明了刁难我，就好像我抓住一个不识字的小乞丐逼他写出自己的名字一样，小乞丐是无论如何都不能满足我的。

于是，同样也不能满足老夫子的我，只好无辜地望着他，说：“夫子，我真的不会，您还是别问了。我要是全都能答出来的话，我就不会向您讨教学问了。学问，学问，有学有问，您还没教我学习呢，怎么就提问了呢？我想就算是欣颜跟着您学了这么久，也不见得能答得出来的。所以，您硬要我回答，只会让我觉得学海无涯苦作舟……”后面的话我没有说下去，我觉得要是说下去一定会被老夫子轰出去的，我本想说，“学海无涯苦作舟，您要把一个不会游泳的小孩子扔进大浪里，那就是要成心淹死他。”

老夫子摸摸胡子，指了指师欣颜，问：“她说那几个问题你也答不出来？现在老夫问你，你能回答吗？”

师欣颜愣了愣，接着摇头，又低下头，很是惭愧：“徒儿不能，请夫子指教。”接着又恶狠狠地斜了我一眼。

老夫子说：“有学有问，说得不错，今天老夫就跟你们说道说道这三个问题……”老夫子全神贯注地开始讲课，我和师欣颜也聚精会神地聆听。我想，经过这件事，师欣颜一定是恨死了我的狡猾了吧。我只是想让她明白，和一个狡猾多端的嫂子相处是很不容易的，不是将她变成自己的朋友，就是被她毁灭，二选一的选择题，聪明人都知道怎么办。

第一节课就在我认为的愉快气氛中过完了，我乐呵呵地抱着家庭作业装作一脸不会地跑去找师然。

师然正在书房处理公事，见到我在门口缩头缩脑的小样儿遂笑了笑，对我招招手，我赶紧凑过去。

双肘撑在桌面上，两手托腮，我说：“师然，你当城主这么久，著过学说吗？比方说如何将城市建设得更和谐啊，如何扩张领土啊，还有如何稳定增长人口和粮食产量啊……”我话还没说完，就被师然打住了。

师然插嘴道：“你今天怎么这么多问题？”

我说：“哦，没什么，就是我的灵感突然告诉我要从侧面认识一下什么是一个身为男人的城主，哦不对，是一个身为城主的男人。老夫子今儿个说了，学学问不能只学表面，要知其所以然，所以我想多研究研究你。”

师然哑然失笑，摇了摇头，又伸手揉了揉我的头发，说：“研究出来了吗？”

我沉吟道：“没有，你比较深奥。我估计……我得多花点儿时间研究，没准就是一辈子。”

说完这句话，我就跑了，羞答答地跑了。

回屋以后，今今又一次看出了我的脸色不对，我不禁自问今今以前是不是研究面相学的。

今今说：“小姐，你的脸好红，是不是刚从城主那儿回来？”

我羞愤难当地说道：“谁说的，不许胡说！”然后立刻又补充道，“你是怎么知道的？”

今今说，每次云姿刚去见过城主，也是一脸绯红。

不知道为啥，因为这个推断，我……突然很讨厌“脸红”这两个字。

我说：“那你知不知道城主都和云姿说些什么？”

今今说：“奴婢凑巧听到过一次，也没什么特别的……就是城主夸奖云姿活儿干得不错。”

我说：“哦。”

今今问我：“那城主都和小姐说了什么？”

我说：“他啊，也是在夸我，夸我学问做得好。”

今今立刻一脸崇拜：“小姐您还会做学问啊！”

我说：“是啊，是啊，男人和女人怎么相处的那些学问，都是我要研究的。”

今今脸一红，连忙道：“小姐……您真是……”

我猖狂地一笑，扭进内室换衣服，脑子也没歇着，始终盘旋着云姿的问题。在一个屋檐下，有两个女人会因为同一个男人而脸红，这样的存在就是火药，就差一个火引子了。

天启城、明日城、云州城之所以可以共存至今，那是因为它们是三座城，还因为它们有一个共同的针对者——启城。现如今，启城灰飞烟灭了，三城形成了三足鼎立，这样的和平共存是一个外力不容易摧毁的三角架，却没有人可以保证它们的长此以往关系会不会被内力所啃食。这就像是我、师欣颜和云姿的关系，我们都同时和一个男人有联系，却不能长此以往地将这种关系维持下去，就像三城也迟早会变成两城，然后是一城，只是不知道三合一的时候会是哪一代。

由此可见，一山不容二虎。我在明日城立足的首要条件就是改变现状，我只能拉拢师欣颜，排挤云姿，再找机会找名目把她送出去。因为师欣颜是不能敌对的，所以云姿，算你倒霉了。

于是那之后的三天，我一直犯愁于如何排挤云姿，并且拉拢师欣颜的阴谋论课题中。我假设了不下于十五种的策略，总结归纳以后简直可以著一本书了。我当时就想，如果云姿的忍耐力超乎寻常，又如果她愿意给我机会和时间将这十五种一一实行，我是一定能整死她的。但是事实证明，我的各种想象都是幻想，因为有关拉拢师欣颜这个部分，师欣颜完全没按照我的计划走，她太有主张了，也是令人最难以预测的一张牌。

在这世界上什么人是最难防范的？就是那种表面看上去太过正常的人，就像师欣颜这样的。当你永远以为她是端庄的高傲美人并且会一辈子端庄并高傲下去时，她却偏偏能做出一件连青楼女子都不敢轻易做出来的事，你说她可气不可气？

最可气的是，我又被牵累了……

事情是这样发生的，那天晚上月黑风高，在这样的氛围下，当我自以为城府是最安全的地方就算是最牛的刺客也杀不进来的同时，我亲眼见到这一幕——师欣颜被一个黑衣男子拉着手向前奔走。

他俩奔跑的速度相当快，我躲避的速度也相当快，因为我霍然想到曾发生在云州城的那一幕。当时也是在我以为绝不会发生那些事的情况下发生了那些事，莫媛和别云州为此失去了生命，成全了爱情，我成了他们爱情的见证，心里遭受过一次很大的摧残。任何人在我当时的位置，都不会想再尝试一次了。所以当我见到师欣颜和野男人私奔的刹那……也用了连我自己都不敢置信的速度飞扑进了草丛。

可惜的是，我躲得还是不够快，我不但被他们发现了，还被他们一起抓走了。

抓我的人是随后跟着他们的随从。随从也是一身黑衣打扮，揪着我的衣领毫不客气地把我当麻袋一样扛起。

师欣颜自己跑着，我有人代步，表面看上去我很轻松，但实际上，是师欣颜被男人带去奔向新生活，而我是被绑架的，并且过程很痛苦，胃部受到激烈的挤压，吐了随从一身。

我吐完了以后，我们四个人已经来到了城郊，随从把我扔在地上。我气若游丝地看着师欣颜，心道，红颜祸水，祸水红颜，她是红颜，我就是被祸的浑水。

拉着师欣颜的男人向随从使了一个眼色。那随从就从身上拿出一把弯刀，那是円族的刀，是用来杀人的刀，我闻到了很浓重的血腥味。

而现在，它就明晃晃地亮在我眼前。

它被擦得很亮，我几乎能从它的抛光面看到自己惊慌的嘴脸，然后我不敢置信地望着那个随从的眼睛，却什么也没看清，只好再望向师欣颜。心想，坏了、坏了，铲除异己就在此时，我要是她就会把我往死里整……这本是我对云姿的计划，不想这么快就被还施彼身了。

5

我想我必须说点什么，哪怕是遗言，也不能死得不明不白。可能师欣颜不会将我的遗言转述给师然，也可能她会转述并且只会添油加醋地乱转述，但此时此刻，我已经顾不了那么许多……

我说："刀下留人，我有话要说！"

刀子直劈而下，眨眼的工夫，刀柄处已经被一只手挡住，那是师欣颜。

师欣颜冷着脸："你还有什么要说的？"

我道："人之将死其言也善，你能不能帮我把遗言记录在案？"

师欣颜反问我："我为什么要帮你？"

我说："哦，我和你哥哥情投意合，我就这么走了也没交代一句，他心里可能会介意吧。你就当为了你哥哥，只是一句话的事。"

师欣颜说："我可以告诉他，你贪慕虚荣，跟人跑了。"

我说："你哥不会信的。"

她说："你就这么自以为高尚？"

我说："我不是高尚，因为我要是贪慕虚荣就等着嫁给你哥哥就行了，干吗要走？再说了，要走的人是你，照你这个说法，贪慕虚荣的也应该是你吧。"

师欣颜脸上一红，指着我："你！"

我说："你看，其实你也否认了这个说法。"

此时此刻，我和师欣颜都需要有第三者的介入，因为我们之间的气氛实在太僵硬了。

于是，蒙面随从插了话："主子，干吗和这个女人废话，不如……"

却见那蒙面主子抬了抬手，说："慢。"然后看向师欣颜，问道，"她刚才说她和你哥哥……"

师欣颜抢白道："她胡说！"

我看了看蒙面主子，又看了看师欣颜，也抢白道："我没胡说，你哥屁股上有个胎记，我没说错吧！"

师欣颜先是一愣，很快说："我怎么会知道！"

其实我也不知道，我要的只是声东击西的效果。

果然，蒙面主子的眼神浮现了狐疑，就见他对师欣颜说："先带她一起上路……若是杀了她，只会加深我和你哥之间的误会。"

师欣颜皱皱眉，咬咬嘴角，最终别开脸，一脸不快。

这个举动等同默许，也意味着我又将被当成货物一样被那随从扛上肩头。

连续三次将前一天吃的东西吐在蒙面随从身上以后，他终于忍无可忍，趁着大家休息的时间劈了一棵树，赶做了一张小木椅，又用不知道从哪里找来的绳子绑实，背在身后，又背着身蹲到我跟前。

他说："上来。"

我挑挑眉，会意了，就一屁股坐了上去，他就像古代书生背着书篓一样背着我。我沿路看着风景，沿路想着对策。

蒙面主子也不知道什么时候找来了一头驴，将师欣颜放在驴子上。

师欣颜本是不愿意的，但蒙面主子硬是把她放上去，还用仿佛带着笑意的声音说："走了一夜了，你也累了，听话。"

师欣颜立刻一脸娇羞状。

我想，其实蒙面主子是不懂师欣颜的，换作我是她，也是不愿意骑那头驴的。公主的坐骑也该是驸马，而不是蠢驴。

我决定尽早逃出师欣颜和她奸夫的魔爪，尽快回归师然的怀抱。这个想法才刚刚落实，我便得来了逃跑的机会。

当时师欣颜说要解手，我觉得机会来了。

我坐在一棵大树下，望着草丛，真希望草丛里能出现一条蛇，或者一只蜈蚣，再不然一只蜘蛛也行，只要能吓得师欣颜跳脚，蒙面主子必然是会跑去偷看的——明为保护，实则顺便偷看。到时候，就是我逃跑的最佳时机，我只要给蒙面随从一脚，将他踢得人仰马翻，再顺着我们来时的路飞奔回去……

正在这么想着，就听草丛那边传来师欣颜的尖叫声：“啊！有蛤蟆！”

哦，原来是蛤蟆，也是五毒之一。

女孩子都是怕五毒的。蒙面主子二话不说飞奔而去，基本和我想象的一样。

蒙面随从微微站起了身，也往那边瞧着。这一瞬间，我脑中忽然有一个想法——莫非蒙面随从明为关心主子安危，实则也想偷看吗？

就在这个想法冒出头的同时，我知道这是我唯一的机会了。

我二话不说就飞腿向随从踢去，不料被他一手握住脚踝，挡住了攻势。

我有些傻眼，心中万分后悔踢的是他的面颊。要知道，脚抬高到一个男人面颊的高度是需要时间的。而对于一个高手来说，时间就是机会，我错失了逃跑的机会，反而给了他反击的机会。

我等着蒙面随从将我打晕在地，却见他迟迟没有反应。

他的眼睛仍在往草丛那边瞄着，透过蒙布的声音却说：“还不快走！”

我“哦”了一声，脚下一转，说着就要跑，但跑了几步又折了回来，跑到他面前，说：“谢谢啊！英雄！”

蒙面随从仿佛又要说话，说些催促我“时间不够了，快点跑吧”之类的话，我却在这时候一把抓下他的蒙布，和他本尊照了个正面。

啊，这个人我认识，他正是莫珩！

我还来不及问莫珩怎么有兴致兼差当绑匪的帮凶，就听见草丛那边传来的隐隐说话声，内容听不真切，但听那个语气应该是师欣颜已经被安抚，癞蛤蟆已经被消灭，蒙面主子英雄救美成功了吧。

莫珩再次催促我：“有问题以后再说，赶紧走……”

我说："好，你保重啊，莫兄！"

就在我转身跑出十几步远的时候，就听见身后一阵惊呼："她跑了！"

我回头看去，见到莫珩再次蒙了面，倒在地上，装作一副被人打死的模样，而师欣颜正指着我，蒙面主子也顺着她的指向牢牢地盯着我……

我心想，肉票的生涯果然不需要解释。

再次成为肉票之后，我的心里格外平静，一来是认了，二来是因为知道我不是一个人，四个人两两一拨，谁输谁赢还是未知数。

只是不知道莫珩为什么会在此出现。若说莫珩是为了救我，那又为什么将我虏来；若说莫珩是为了协助师欣颜和奸夫私奔，又为什么而协助？

我双手抱膝，蹲坐在一棵大树下，微微一抬眼就能对上师欣颜的眼神，但我就是不抬眼。左方是莫珩，他立在一棵树后，左右环顾，摆出一副很称职的随从的姿态。而那个蒙面奸夫，目前不知去向。

我捡起一枝树杈在地上画着人物关系图，小红代表师欣颜，小黑代表蒙面奸夫，小灰代表莫珩。

很明显红与黑是奸情早注定了，小灰乔装成随从只有三种可能性：一是他暗恋小红，二是他暗恋小黑，三是他无聊得多管闲事，却怎么也料不到我会在那个时候出现，又不好装作看不到我，只好挟持我一同前往，再找机会把我放走，以免坏了他的计划。

正在这么想着，师欣颜走了过来，指着地上的图问："这是什么？"

我说："我家乡的吉祥图案，可以保平安。"

师欣颜半信半疑地看着我。我抬头回望："不信吧？其实是我胡说的。"

师欣颜立刻冷了脸："真不明白我哥哥怎么会看上你！"

我说："别说你了，我也不明白。"

说话间，远远走过来一个人，没见过，一身的黑衣便装，黝黑的脸上挂着肃穆的威严，双目炯炯有神，哦，这不是那个蒙面奸夫吗？

嗯，师欣颜的奸夫果然是円族人。

这个奸夫叫阿睦，师欣颜是这么叫他的。阿睦带了几套衣服给她。师欣颜自己换上了一套红色的便装，莫珩也换上了不起眼的灰色粗布褂，摘掉了蒙布。

师欣颜冷笑着望我："没想到吧，帮我逃出来的朋友也是你认识的人。"

我望了望莫珩，又望了望师欣颜，说："失敬失敬，原来莫城主的兼差是媒人来的？"

莫珩清清嗓子道："既然脱离了明日城的管辖范围，不如放了她吧。"

阿睦扫了我一眼："莫兄可否保证她只字不提？"

莫珩不语。

我立刻举手表决："我能保证！"

师欣颜瞪了我一眼："谁会信你！"

莫珩接话道："那不如……先让她随我回天启城，待数日后你们安全抵达境外，再派人告诉我一声，我再差人送她回去。"

师欣颜张了张嘴，似是犹豫，没准也是觉得将她哥哥的心上人放在别的男人家里不太合适吧。

我说："莫城主，这恐怕不好，知道的人以为是他们两个追求幸福，不知道的人还以为我移情别恋有意逃婚呢。万一传了出去，你、我、师然的名声可就都毁了。再说，你是师然的朋友，却帮着他妹妹跟人私奔，还要扣押他的未婚妻半个月，你觉得师然会怎么看你？你和师然的友谊、天启城和明日城的友谊，总不好因为我一个女人而毁于一旦吧？"

莫珩道："说得是，是我考虑不够周全了。"

不知道为什么，莫珩让我觉得有些害怕。若你问我原因我只能说，一个让你没来由发抖的人，多半都不是善茬儿。

到底如何处置我，这是个问题，他们三个商量了一天也没得出结论。从旁观者的角度去观察师欣颜的神情，不难发现她是不放心我的，尤其不放心将我交给莫珩。可她又不能叫阿睦送我回去，所以左支右绌之间，才会没了主意。

最后还是阿睦建议，先送去一封信请师然到附近镇上的客栈里接我，再由我的嘴转达师然，师欣颜已经找到幸福并且会永远幸福地生活在円族的事。

我刁难道："你怎么就肯定我会把你们幸福生活的消息转达给师然？"

师欣颜说："你是这世界上最不忍心看我哥难过的人，见他为了我的安危而担忧，你会不理吗？"

我恍然地说："哦，你说得也对。"

这时候我就想，师欣颜走了也好，在那座明日城的城府里就只剩下云姿一个眼中钉了，只要除了她一切便尘埃落定。我也会告诉师然说，你妹妹在一个遥远的地方活得无比滋润，她身边躺着她的丈夫，她丈夫身边躺着一群孩子，他们的幸福只会永无止境地延续下去。

这是阿睦和师欣颜的愿望，也是我此时的愿望。

6

只可惜，这种愿望往往会被命运打碎。

这天晚上，我们四个人在附近镇子上的客栈里住下了。师欣颜和我住一屋，竟然头一次对我露出了笑脸。

见我谨慎地看着她，她说：“反正就一晚，不如咱们聊聊，我把哥哥以前的事告诉你，就当我送你们的新婚贺礼吧。”

这个贺礼真是不错，我承认我好奇了。

我凑了过去，漾出了笑容，刚要接话，却听门外一阵响动，叩叩叩三声：“欣颜，是我。”

师欣颜上前开门，正是阿睦。

阿睦闪身进来，身后还跟了一个女人，蜜色皮肤，深棕色的发色，娇艳如花，却带着野性，身高身形都比师欣颜大了一号，这是一个円族女人。

直觉告诉我，她是阿睦的女人。

别问我怎么知道的，是女人都能感受得到那种气场，那是发生过奸情的男女才会有的气场。我想师欣颜也发觉了，所以她的眼神才会一直瞟向那个她，一脸的不确定，应该也是头一次见。

阿睦没注意到三个女人之间的互相打量，只顾着拉着师欣颜的手说：“家里出事了，我必须先赶回去……你现在不方便和我走，事态紧急，我来不及和你解释了。你在这里等我，安心地等我，我一定会赶回来接你。”

师欣颜一手扣住他的腕子：“什么事这么严重，让你必须现在就走，你叫我等你，到底叫我等你多久！”

师欣颜仿佛压抑着将要崩溃的情绪一般，连我听了都感到心里发慌。记得今今说过，师家大家长还在的时候，师欣颜就曾与人私奔过一次，没成功，自此性格大变，沉寂了几年，直到如今。

这之中到底隔了几年我不知道，但我知道一个女人的青春是没有几年的，阿睦这一去究竟是几年我也不知道。但我也知道正是因为不知道才让师欣颜失了方寸。对于一个你不知道他什么时候会回来，究竟会不会回来的男人，女人到底该不该等下去？

师欣颜颤抖着声音：“要是你这一去不回怎么办，要是你……”

阿睦抢白道："不会的！我一定回来！但是倘若我有什么不测……我也会让染娘给你捎个信。"说着，一直站在阿睦身后的女人走上了前，这就是染娘。

染娘不瞧师欣颜，只是对阿睦说："时间紧迫，该走了。"

阿睦闭了闭眼，叹了一声，遂松开师欣颜的手，大跨步往门口走去，跟在后面的染娘一声低呼，引得阿睦立刻回了头看。

染娘的右侧袖子正在滴血，阿睦一蹙眉，二话不说从身上撕了一块布下来，三两下就为染娘包扎好，看得我和师欣颜一愣一愣的。

染娘笑笑说："我没事，赶路要紧。"

阿睦仍是一脸担忧，拍拍染娘的肩："辛苦你了。"

染娘搭上肩膀上阿睦的手，真是笑得无怨无悔。

我终于忍不住了，忍住戳瞎自己狗眼的冲动，插话道："你们是什么关系？"

师欣颜在我身后使劲儿地拉我，我虽看不到她此刻的神情，但也料得到她一定是欲哭无泪的吧。这个问题师欣颜一定很想知道，虽然她心里早有了答案，却仍然自欺欺人地不听不问，却不防我是个凡事都要讲个明明白白的人，偏偏替她问出了最想知道又最不想知道的那一句。

阿睦蹙了蹙眉，仿佛我问了一个很奇怪的问题："染娘是我的女人。"一脸的坦然。

我"哦"了一声，说："你的女人……"然后用手比了比他们，"哪种女人？是给你生孩子的女人？"

阿睦刚要说话，被染娘打断："不，只有帐主才能为主人生孩子，染娘没有资格。"然后看向我身后的师欣颜，露出了笑容。

我恍然了，帐主，大抵就是正室的意思吧。

阿睦和染娘走后一个多时辰，师欣颜只字不语，白着脸坐在床头。

当我第四次挑起话题的时候，她才稍稍搭理了我。她告诉我，冂族看待男婚女嫁比西秦开放得多。西秦的三妻四妾虽然也是司空见惯的事，但妻妾之间也免不了争权斗狠。冂族由于常年生活在地理环境十分恶劣的地域，温饱都是问题，哪还有闲情逸致争宠。冂族的女人多，男人少，往往要三四个依附一个男人。等帐主生下了继承人，其余的妾室们才被获准受孕，若是女孩，自己抚养；若是男孩，将过继给帐主统一教育。

获悉冂族的传统，我直呼不可思议，然后说："我还以为你是反对三妻四妾的……"

师欣颜说："我是反对，可是反对有用吗？"说着抬眼望来，那里浮现一片水雾。

我想，就算师欣颜一早知道冂族的传统，在此之前也应是自欺欺人地认为阿睦是不同的吧？我本想问她，到底还会不会等阿睦，会不会有第三次私奔。但后来转念一想，心里竟然有了答案，不由得也对师欣颜多了一分怜悯。

毕竟，她最珍贵的就是骄傲。

翌日一早，莫珩托人送信给师然，对为什么阿睦下落不明，而师欣颜却还留在客栈里一事只字未提，估计他也是心里有数。

我本以为师然会隔日才到，不料信件前脚送出，我和师欣颜后脚就被人迎上了等在客栈门口的马车。

师然正坐在里面，一脸疲惫，却并不生气，一手拉着我，一手拉着师欣颜，道："玩够了吗，回家吧。"

师欣颜"哗啦"一声哭出了声，抢先一步扑进师然的怀里，让我半扑的动作停在了当间，显然她是训练有素的。

师然一面拍着师欣颜的肩，一手向我伸过来，弯起食指刮了一下我的鼻子，嘴角一勾，仿佛在说什么宠溺的情话，真是羞涩。

我红着脸，乐着拉着他的手贴在脸庞，心里琢磨着找个机会探探师欣颜的口风，将师然的过往一五一十地挖出来才好。最主要的是，师云他娘到底是个怎样的人呢？

我认识师然不过是这些月的事，他之前的生活我来不及参与，自然不能阻止他和他前妻之间的那些事。哦，说前妻也不恰当，因为在明日城有记录的历史中，师然一直是独身，也没有任何白纸黑字指出他曾有外出嫖妓的记录，那些八卦传闻不算。

在返回明日城的路上，师欣颜并不再对我冷着脸，应该是想通了觉得我是个好人吧。你知道，当你感受到别人对你的好感时，总会愿意将自己的人品刻画得更好一些，这叫加深印象。所以我对师欣颜的态度也是从未有过的热络。

我和师欣颜不再针锋相对，最欣慰的是师然。一次绑架，一次私奔，竟然让我们姑嫂二人握手言和，实在是可喜可贺，但我们都希望这样的事仅此一次。

师欣颜将师云的喜好一五一十地告诉给我听，我也巨细无靡地将它们记录在案。根据师欣颜的表述，师云这孩子和我想象中是差不多的，贪玩，叛逆，有个性，哦，还有，他长得很祸水。

女人长得祸水，那叫红颜祸水，就是被男人祸害以后再等着被栽赃一个祸害男人的评价。男人长得祸水，那叫祸害，就是祸害很多红颜以后再将罪名栽赃给女人的大人物。

由此可见，师云从小就具备了“大人物”的素质。

我问师欣颜：“师云这孩子不好哄吧，我想他一定很难缠。”

师欣颜面上露出一丝惊讶：“嫂嫂是怎么知道的？”

她叫“嫂嫂”叫得自然，我也听得舒心。我说：“我要是从小就有花不完的钱，有值得显摆的权势和后台，再长得帅，生得聪明些，自然也会心高气傲的。”

站得那样高，自然要先学会用鼻孔看人，再学会怎么礼下于人。在这一点上，我是很欣赏师然的，因为在我和他相遇的最初，我只是一个侍女。

师欣颜叹了口气，仿佛有什么难言之隐，顿了顿，只是说："我想等嫂嫂见过云儿以后就会明白了，云儿的难缠并非来自于这些……"

我搓着下巴看着师欣颜，不语，对于她三言两语的描绘很难勾勒出师云的具体形态。

我说："那你给我分析分析吧，你觉得我具备一个当娘的样儿吗？哦，我的意思是说，当师云的娘，我够资格吗？"

师欣颜也学我搓着下巴，望着我良久良久，从上望到下，从下看回上，意味深长地说了一句："嫂嫂的特立独行，倒没准能投云儿的缘呢。"

我双眼一亮："哎哟，这么说云儿还挺有性格的！"

懂得欣赏我的人，多半是很有性格的，我一直这么认为，从未被撼动。

但当我见到师云后，却忍不住暗骂师欣颜，敢情她所谓的投缘，说的就是眼前这个自闭的孩子？

当着师然的面，我露出和蔼可亲的笑容，师云扫也不扫我一眼，也没有扫师然或师欣颜一眼，目中无人地坐在一张软椅上，看着他手里的那本书。

师欣颜说，师云一用功就是废寝忘食的，六亲不认。

我"哦"了一声，觉得和一个六亲不认的孩子混下去是没有前途的，便随着师欣颜去了她的房间，以串门为名准备打听些师云他娘的事。

但师欣颜实在是个啰唆的姑娘，我光是等她换衣服、洗漱、补妆，就等了半个多时辰，稍稍有些不耐烦，但一想到我是求人来的，便又淡定了些许。

师欣颜步出里间，见我还在外间嗑瓜子，顿时一愣，道："我还怕嫂嫂等烦了先走了呢。”

我说：“不烦不烦，要当好这个家，先要学会当别人的妻子，再学会当好别人的娘。哦，还要学会怎么当你的嫂子。”

师欣颜倒了杯茶给我，被我推开：“不能再喝了，有点儿胀肚。”

师欣颜笑笑，悠闲自得地抿了一口：“师云他娘的事倒是说来话长。”

我说：“你可以长话短说。”

她说：“这事长话短说不了。”

我说：“哦，那你就长话长说，慢慢来。”

师欣颜还没开口，就听门口响起细微的动静，回头一瞧，正是云姿。

云姿款款行了礼，真是怎么瞧怎么讨喜，她是来传膳的。

要开饭了，我和师欣颜的话题只好告一段落，虽然我们还没开始一个段落。

踏出门口，我便往反方向走去，云姿在后面唤我，提醒我饭厅在另一边。

我回过头，朝她乐乐说：“我叫云儿一起去。”

若是我没看错，云姿嘴角上扬的弧度仿佛带了讽刺。

我再次踏进师云的房间，见他依旧保持着半个多时辰以前的姿势。

我走了过去，蹲在他身前，笑笑说：“我叫顾阑珊，是你的后娘，准后娘。”

师云不望我一眼，仿佛后娘于他来说不过和花园里的花花草草一样，有生命力，但没有杀伤力。

我凑过去看着师云手里的书，说：“我会讲故事，讲的比你看的这些故事都精彩。”

师云翻了一页书，将头轻轻歪向一边。

我顿了一下，又凑了过去："我敢打赌你的屁股已经麻痹了，你保持这个姿势太久了，对血液循环不好，呃……对男孩子的那个发育也不好。"

师云仿佛一怔，接着抬头看我，好似并没听明白。

我咧嘴一笑，又随便讲了一个笑话。

笑话讲完，我立刻乐倒在地，师云依然一脸平静地看着我，眼里仍写满了困惑。

我站起身，动了动酸软的腿，居高临下地瞅了师云一眼，他正仰头望我，我说："你要不要站起来活动活动，和我一起去前厅用膳，若是你愿意我以后每天都给你讲个故事，若是不愿意你就继续看你的书。"

师云表示愿意。他表示愿意的方式很简单，他放下了书，伸手拉住我的衣袖，双眼漆黑如墨眨巴了一下。

我觉得，师云这孩子也不是不能沟通的，就像师欣颜说的一样，也许我们会很投缘的。

我拉着师云的手走进饭厅的那一刹那，分明听到了云姿那厢传来的抽气声，接着又迎上师欣颜惊讶的目光，以及师然迷人的笑容，一不小心，就把我迷了进去。

我让师云坐到我和师然的中间，将筷子递到他手里："自己吃。"

师云扫了一眼桌面，就着跟前的白斩鸡夹了一块，却放到我的碗里。

我眨眨眼，挑了一块鱼肚子上的肉，夹到师然的碗里。

云姿款步上前，细声提醒道："府里的规矩是，要先等城主开菜……"

我望向师然，师然勾着嘴角，依样画葫芦地夹了一只虾给我：

“一家人吃饭，随意就行，规矩都是其次。”

云姿白了脸退下去。

但云姿的脸蛋是不是白，我是不关心的。我记得今今说过师云当初身中剧毒是多亏了云姿相救的，所以师云对待云姿总是稍稍不一样些。但依我看这种不一样也只是一种错觉。就好比说云姿日日叫师云到饭厅用膳，师云日日不到，只好由下人将膳食端进他的屋里。而我仅仅是讲了一个登不上大雅之堂的笑话，师云便乖乖跟了过来。

由此可见，治好一个人身上的病，是不如解开他心里的症结的。

第五章　阑珊篇（下）

1

后来的后来，从别的侍从嘴里听到我的传奇故事的今今也忍不住了，问我到底是如何打动师云的意念，我便将那个笑话原原本本地又讲了一次，今今表示没有听懂。

我说："哎，你这个姑娘还是涉世未深的。"

而后不禁自问，论说年纪，我也不过大了今今几岁，怎的思想境地相差如此大？再仔细一分析，不难得出结论，今今的世界就只有这座城府，而我在来到这里之前，已经经历了许多个世界。严格来说，我也算是历尽沧桑，或是看尽别人历尽沧桑。

那天晚上不知道为什么，久久难以入眠，于是叫了今今到我屋里来闲聊。今今仿佛对我和师欣颜在外面的遭遇很有兴趣。当然，也可以说是整个城府的侍女们都对此很有兴趣。

我问今今为什么，主要是想知道为什么女人天生爱八卦，就像当初我和合欢一样，永远自以为是不同的，但自以为不同的同时，也止不住八卦别人不同的心理。

今今道："几年前大小姐和人私奔的时候，今今没来得及目睹。这一次今今就在城府，还是没来得及目睹，自然觉得遗憾。我想，别的姐姐们都是这么想的吧。"

可见，每个少女都希望在短暂的人生中遭遇些什么，就算没机会遭遇也要找个机会参与，就好比朝廷的那个皇帝选妃，最终被选中的人不过三五个，然而报名的人却数以千计。大家为什么纷纷踊跃，还不是想博得个参与的权利嘛。

我想，一理通百理明，这些事的内在联系大多是一样的。

我叫今今拿着扇子给我扇扇风。扇了半天也不觉得冷，可见是天气开始回温了，于是只好叫她停下，继续方才的话题。

我说："是不是每个女孩子都渴望私奔一次呢，不管对方是张三还是李四？"

今今表示反对，她说："对象还是要挑的。"

我带着疑问的语调"哦"了一声，接着道："那我问你，假如是云州城的别云辛和别云州，两个人都说要带你私奔，你会选择谁？"

今今一脸茫然："他们是双胞胎，今今想应该是一样的吧。"

我摇摇手指，说："看上去他们是复制品，实际上还是有原创性的，不过你选不出来也不怪你，莫媛也选不出来，何况是你。"

我换了一个坐姿，继续问："那么，假如是莫珩和师然呢，他们都说要带你私奔，你会选择谁？"

今今涨红了脸，手足无措："奴婢不敢说不选咱们城主，但是奴婢曾经远远见过莫城主一次，那……那个……"

我了然地拍了拍她的肩膀："我知道了。"

可见，私奔也不是不看对象的。

我忽然明白了师欣颜追求爱情的心理，大抵就是因为追求与众不同吧。因为她从小就与众不同，自然要一如既往。但其实，女人私奔并不稀少，稀少的是终身不嫁的女人。

我虽然这么想，却不敢这么做，更没想到这种想法竟被师欣颜贯彻始终，可见师欣颜是比我大胆得多的，自然，这都是后话了。

接下来的日子，师欣颜都很忙，我却不知道她到底忙些什么，师然也很忙，我去找他的时候，他正在书桌前对着一张图纸皱眉。

我靠过去，靠在他肩膀上，一手搭在他的袖子上："你在看什么？"

他的目光从图纸上抬起来："我总觉得这个设计图有些瑕疵。"

我眨眨眼，望向那张图纸："哦，我倒觉得挺好的，但倘若在室内弄个浴池什么的……这是什么图？"

师然笑道："我之所以会觉得它有瑕疵，主要是因为不知道你的喜好。你觉得放个浴池会好些吗？"

我点点头："洗澡会方便很多吧。依我看能建得起这个院子的人，也是不在乎多建个池子的，这是谁的图？"

师然将我拉到膝上坐稳，圈着我的腰，缓缓道："是咱们的。"

我僵直了背，惊讶地望进他眼里。

他问我："假如让你在这里住一辈子，你可愿意？"

我在他的世界里，理所应当地存在，却这样傻呆呆地接不上话。口才对于我就像呼吸一样简单，像骗人一样出于本能。但是不知道从什么时候开始，有这样一个男人，让我开始有种言语都是多余的感觉。此时无声胜有声，仅仅看着他的笑眼，好似就是一生。

一生若是如此美好，那便是幸福。

我张了几次嘴，都说不出愿意，自然也不代表不愿意，只是缓缓伸出手，轻轻盖住他的眼，却留了一道指缝，与我对望。

师然拉下我的手，忍俊不禁："你做什么？"

我说："你的眼睛太好看了，太不真实了，我要把它藏起来。"

吻，轻轻地落在我的食指上，指尖上传来的酥麻感很快蔓延至全身。

他问："阿九，你可愿意？"

愿意，自然愿意。

院子动工的那天开始，师然拉着我的手来到后院那块空地，我捧着图纸，按照他的解说傻傻地笑，在脑中描绘着蓝图，仿佛它已经落成于眼前。

我微微闭着眼，抬起左脚，踏过第一道门槛，走进一片由假山石圈起的花园中，站在老榕树下轻嗅植物的芬芳，然后掠过秋千走进长廊，顺着某种牵引穿过层层隔断，来到最里面的小院。手一推，门缓缓被打开，经过层层纱幔，我来到那个男人的跟前，在他勾起嘴角的同时投进他的怀里。

师然抬起我的下巴，瞅着我的眼："你刚才在干什么？"

我抬起眼，咯咯一乐："只是按照图纸上的线路走一遍罢了，我闭着眼也能找到你，你就在这里。"

他也笑："我就在这里。"

我满足地把脸埋进他怀里："嗯，你就在这里。"

我和师然的婚期被公布天下了，短短半个月内，我就接到来自四面八方的各种贺礼，虽然不认识这些送礼的人，但是却能欣然接受每一份祝福。我知道，他们都是冲着师然和明日城女主人而来的，不是冲着我，不是冲着阿九，或胭红。但于我来说，明日城的女主人也不过就是一个身份，我要嫁的人不仅是明日城城主，也是师然，这两者并无冲突。

合欢在世的时候——请允许我在即将大喜的这段日子里再次甚至多次地想起合欢。合欢就是我唯一的亲人，但她已经去了，我也没有了唯一。亲人，尤其是已经过世的亲人，往往会在你最开心和最难过的时候走进你的脑海里。实际上他们只是撩起了你的回忆，但你在清醒地明白他们不会再回来的同时，却又会一次又一次地以为他们还在，在天上的某一个角落里蹲你的哨，看着你的一举一动。所以当你开心或难过时，你都认为他们是在和你分享的，这就是我为什么总能想起合欢。偌大的天下，我认识了这么多人，除了师然以外，我只愿意和合欢分享，这是孤独，也是幸福。

于是感性了这么许多，言归正传。

合欢在世的时候，她总是言传身教地告诉我什么叫女人，什么叫男人，什么叫男人和女人，什么叫男人和男人，什么叫女人和女人。我感觉，男人和女人就是师然与我，男人和男人就是别云辛与别云州，而女人和女人，是我与合欢。可惜的是，日后世上只有“别云州”，不再有别云辛，就好像只有我，不再有合欢一样。但我和“别云州”将会带着不在的他们继续走下去。

合欢是那样地世故与老练，又是那样地痴傻和糊涂。合欢曾告诉我说，假如有个男人愿意给你买衣服，给你买首饰，给你买房子，甚至愿意为你以后的每一顿饭买单，那便是最完满的爱情。因为它超越了贫贱夫妻百事哀的诅咒。但是不久后，合欢又告诉我，其实爱情是超越金钱和生活以外的存在，婚姻需要果腹，爱情只需要精神的支持。

我当时托着腮望着自相矛盾的合欢，心想，也许对于女人来说，婚前只拥有爱情，婚后也没有柴米油盐酱醋茶，那便是幸福的定义吧。

带着合欢生前的教诲，我打定了要一辈子幸福下去的主意，对于师云的娘到底是谁一事也不再执着，只是认为那毕竟是过去。每个人能被生下来都是因为有一个娘，没有娘哪来的孩子，所以我计较这些。师云的存在就已经证明了他娘的先一步存在，而我苦苦计较于一个先一步存在的人是没有用的。除非我回到过去，杀掉那个存在，那一切就都不存在了。

于是自我矛盾了这么许久，我终于认为当师然觉得可以告诉我的时候，他就会告诉我吧。便是这样，我也放弃了庸人自扰的权利，静静等待嫁给师然那一天的到来。

但是我怎么都想不到，师云的娘竟是与我有关系的。

我相信任何人站在我当时的立场上都会被吓一跳的，这种感觉就好像是初出江湖的毛头小子，身负血海深仇凭借自己的努力找到了杀父仇人，却在手刃仇人的下一秒得知，刚刚死去的才是亲人一样。

那天，我正在试赶制的喜服，云姿端着一些首饰走了进来。她用一种仿佛那些首饰是她亲手打造的专业素养对我详细地解说这些首饰的来历、制作过程、用料之稀有等，听得我一阵头疼。

我一一试戴，末了又放下，不是我看不上它们，主要是见过的好东西实在太多，这般太过奢华的物件也实在不衬我的脱俗，所以试来试去也试不出最满意的效果。

云姿却拿起其中一件蝴蝶簪，那是用纯金打造的蝴蝶形底托，上面缀满了大大小小的宝石。

她在我头上比画了一会儿，叹了口气，放下，说："都说物似主人型，为何这些物件好似不认识主人一般。"

我透过镜子扫了她一眼："云姿，你不像是说半句留半句的人，在我面前玩心眼对你也没好处。"

云姿露出恍然的神情："奴婢倒忘了，小姐要登门了，是不该得罪的。"

我不语，等她的下文，她果然继续道："我知道小姐很好奇小城主的身世。"

我问："你知道？"

她道："奴婢怎么会知道？"

我翻了个白眼，潜台词就是，那你还在这里放什么屁。

她笑笑说："但奴婢听过一个故事，是与小城主有关的。"

那一瞬间，我忽然有了一种预感，预感这个故事可能会和我有关，因为一路走下来，我似乎都在听故事，但听到最后又难免会介入那些故事。所以根据以往的经验，这一次，可能也不会幸免，但我希望这个故事是好的。

我在心里对自己说，不管故事的结局是什么，不管故事里掺杂了怎样不为人知的秘辛，那都与我将来要过的幸福日子无关，与我和师然的世界无关——这是一个曾失去太多的女孩儿心底最后的执着。

2

我直直地望着云姿的眼睛，毫不掩饰我对她的讨厌，然后说：“你只有一次打击我的机会，这个机会是我愿意给你的，因为你的话确实成功地引起我的好奇了。我希望你的答案真的能达到某种预期的效果，否则……”

我冷笑一声：“我入门后的第一件事，就会与你有关了。”

云姿的脸上如我想象的那般浮现一抹狼狈的色彩，似乎她真的怕了我的恫吓，语气不稳地说：“既然你早就决定对付我，我也不跟你卖关子了。”

我不接话，默默地等着，等她给我一个痛快。

云姿深吸一口气：“事情是这样的，在我来明日城之前，一直流落在外，在民间也听过不少关于皇帝那儿的传闻，只是不知道进过这么多张嘴，那传闻究竟变了多少样。”

云姿的故事充满了疑点，严格来说，那根本算不上一个故事，只是一个悬而未决的谣传。

据说，在遥远的中原皇宫里住着一个皇帝。

当今皇帝庙号宗和。宗和帝有个十分宠爱的妃子，叫今酒，今朝有酒今朝醉的今酒。

每个皇帝都有最宠爱的妃子，所谓最宠爱的表现方式大抵就是将最昂贵稀有的宝贝送给她，将最美味的佳酿赏赐给她，用最豪华的金屋圈住她，如此吧。

这样集万千宠爱于一身的今酒怎能不让人嫉妒呢？被人嫉妒自然要被人陷害，被人陷害得多了便只有两个下场：一是成为弄权高手，二是成为冤魂。

今酒没有成为弄权高手，但也没有冤死，她很幸运地逃出了宫，哦，不，是被宗和帝送出了宫。宗和帝认为爱一个女人就要让她平平安安地过一生，甭管她是否富贵，因为富贵也换不来生命。

一个女人在宫外生活是多么地艰难和危险，宗和帝自然料到了，所以便找了昔日还是太子时就在民间相熟的义兄帮忙。那义兄姓阮，早年也是位大侠，后来遭到仇人的暗算，残废了，遂就此退隐江湖，改名阮奉。阮奉受命保护今酒，最好的掩护方式便是“夫妻”，自此，今酒被冠上了夫姓“阮”，人称阮夫人。

阮奉带着今酒和宗和帝赐予的吃穿用不尽的钱财，入住了事先置办好的产业，一家人低调地活着，平日做点儿小买卖当是掩护。买卖做得不好，他们也饿不死；买卖做得好，他们也不会吃得白白胖胖，如此低调，实属难得。

顺便一说，今酒跟阮奉到外地隐居的时候，肚子里已经有了宗和帝的孩子，几个月后，生下一个女娃，小名阿酒。

大约十几年过去了，阮奉因病去世，今酒母女俩没了依靠，只好改嫁，真正的改嫁。今酒认为她身为一个守活寡的女人，对宗和帝已经仁至义尽。她既不能回宫，也不愿意在宫外傻等一辈子，与其如此，不如相忘于江湖，男婚女嫁，各不相干，也是来得及的。

不巧的是，这时候的宗和帝刚刚铲除了朝中最后一股势力的威胁，正准备接今酒回宫享福，却听说阮奉刚去世，今酒要改嫁的消息，遂不远千里地赶去见了今酒，真是来得早不如来得巧。这一见，倒真让今酒扭转了心意，不是因为今酒旧情复炽，只是因为宗和帝将一个三岁大的男孩儿带到今酒面前，告诉她这是今家仅存的命根，今酒一问才得知这男孩儿是她素未蒙面的弟弟的血脉。

今家是个复杂的大家庭，今酒的娘是正室，曾经也怀上过男胎，可惜没保住，后来查出来是二姨娘所为，再后来又怀上了一次，便是今酒。接着，三姨娘、四姨娘也都怀了孕，没有例外地纷纷流掉。数年间，侥幸诞下的骨肉都是女娃，也不知道是今家祖上积德不够，还是生存环境太过钩心斗角，有幸生男丁的福气都被阴谋算计牺牲掉了。

今酒的爹也是因此有了二心，在外养了一户小妾，很快就抱上了儿子，只可惜是不足月就生下来的，即便养大了也难以长寿，更不能带回家里遭受算计，于是便早早给这仅有的血脉定下了亲事，待他十五岁一到就赶紧安排圆了房。数月后，私生子果真如大家预料的那般早早去了，翌年，其妻诞下了麟儿，取名今云。

今酒入宫以前，亲娘就去了，她和别的房的姨娘或姊妹关系也并不和睦，而后又从宫里传出今酒病逝的消息。同年，今酒出宫，再没和家里人联络过，所以她是并不知道有今云的存在的。

就在今酒决定改嫁的几个月前，今家的大家长也去世了，留下了一大家子的女人，难以维持家计，只好各奔东西，还有便是年仅三岁的今云。论辈分，今云是今酒的外甥，也是今家唯一的血脉，因此看在宗和帝肯煞费苦心地将其保全又不远千里接自己回宫的面子上，今酒终于扭转了心意。

要知道，今酒的娘和姨娘们就是因为“男丁”二字争了大半辈子。今酒入宫以后，又和宫里的女人们为这二字明争暗斗了数年。由此可见这二字的魔力。

就这样，被“男丁”困了大半辈子的今酒，决定以跟随宗和帝回宫来感激他对今家做的一切。

而今酒回宫的条件只有两个：一是让唯一的女儿阿酒留在民间，不要给予任何公主的名号，也不要剥夺她的快乐和自由，若将来有不得不告诉阿酒身世的理由，也要由她自己选择去或是留；二是找一户值得信赖的人家收养今云。弱小的今云也是经不起任何风吹雨打的，这户人家一定要非富即贵。

宗和帝本是不愿意女儿流落民间的，但转念之间便有了权宜之策，于是和今酒周旋了数日，终于答应了条件。

听到这里，我已经如遭雷击一般地战栗不已，因为我知道我爹姓阮，叫阮奉，也知道那不是我亲爹，这并不是我娘告诉我的，是我偶然听到大夫和我爹的谈话得知我爹是不能生育的。

我更加知道我娘叫今酒，但我从未问过她改嫁的男人究竟姓甚名谁，只知道我娘改嫁得突然，还是嫁到了外乡，同时很快把我送进了启城的城府，而我们曾经住过的那个地方也被改建成了花楼，没有留下一丝让人追溯的痕迹……

在我呆愣的这段时间里，云姿也没浪费时间观察我面上的阴晴不定，这时她露出了让人很不舒服的笑容，道："你是不是很想知道今云如今在哪儿？"

也许在云姿的观念里，男丁也是很重要的，所以她似乎也因此认定了今云对阿酒来说是很重要的。

我缓了缓神，按捺各种不安的情绪，说："方才我已经说过了，我只给你一次机会，希望你好好利用。我想提醒你，我想知道的是有关师云的来历，并非什么今家，什么皇帝……你不是想告诉我，今云便是师云吧？"

在说话的这片刻里，我已经决定装蒜到底。来这以前，我是胭红，来自启城的城府，但我相信云姿是不敢十分确定我本姓阮的，我连师然都没有提过，云姿更没有理由知道。再者，启城已灭，活口不多，就算这个故事是真的，启城城府中那么多侍女，云姿又怎么能确定那"今酒的女儿"就是我呢？最重要的是，云姿于我只是个陌生人，还是情敌，我又怎么能轻易相信她所说的故事呢？说不准她是随便编个故事来逗我开心的呢。毕竟，今家的那些事我是没听说过的，云姿怎会知道得如此详细？

计较之间，我自然要死不承认。

云姿面上一紧，接着又是一笑："其实你也应该猜到了，今云就是师云。宗和帝为了能继续为今家保存住那点儿血脉，便相中了西秦这边最有势力的明日城。既可以远离中原朝廷那边的是非，又方便就近照顾她的女儿。为了感谢明日城，宗和帝还煞费苦心地找了名目赐个公主的头衔给大小姐，如今算一算，已经三年了。"

原来师欣颜的"明月"二字是这么来的，我恍然地挑起眉："哦，你是想告诉我，我之所以会有个公主当小姑子，是因为今云，和那个什么阿酒？那这么算来，仿佛我最该感激的人是宗和帝？不对……这些事你一个侍女是如何知道的，我怎么觉得你是在编故事寻我开心呢？"

云姿连忙说："这些都是我进了城府以后一点一滴打听到的，并不会错。"

我说："你打听到的？为什么今今打听不到？阿猫阿狗打听不到？你……该不会是谁派来的细作吧？"

云姿脸上一红，急忙掩饰了说："你莫要转移话题……我怀疑你就是阿酒。"

我"嘿嘿"一乐："不瞒你说，我的乳名确实叫阿九，不过是一二三四五六七八九的九，不是什么今朝有酒今朝醉的酒。难道就因为一个字，你就这么肯定？"

云姿道："自然没有这么简单……我一直怀疑他带你回来的动机。他从没有对哪个女人动心过，怎么去了一趟云州城就变了一个样？不仅将你带回来，还煞费苦心地为你改名换姓。还有，他不惜为了你动工修建那所别院，又是为了什么？你没发现那院子的规制排场都是按照公主的级别来的吗，连大小姐也没住过那么好的院子，为什么一向勤俭的他会……还有还有，这些首饰是他今早让我送过来的，都是皇帝那边赏赐下来的，你就不觉得奇怪吗？西秦的城主们成亲，宗和帝从不特别给予这类赏赐，这次竟然会……”

我很快将喋喋不休的云姿轰出了门，除了因为她很聒噪，还因为我的心实在很乱。我这个人有个缺点，就是记性太好，因为云姿的一些提示，一些往事很快就浮上了心头。

我记得在云州城的时候，师然和别云辛曾一同提议为我改换身份的事——

那是一个陌生人的户籍资料，顾阑珊，年十八，明日城人，未婚。

我问师然：“顾阑珊是谁？”

他这么答道：“一个不存在的人，将来我会收她当义妹。”

义妹，后来义妹成了情人。

还有，在从云州城返回明日城的路上，师然问过我：“你在进城府以前，家里情况如何？”

我当时说：“哦，不如何，只是一般的家庭。我爹去世了，我娘撑了多年终于撑不住了，要改嫁，便把我送进城府，我家那个地方后来还被当地城府收走改建了。”

他又问：“后来就没有联系吗？”

我说：“没有。有没有联系都不重要了。她改嫁了，也不需要我的照顾了。我也不用将每个月的月俸寄给她，自己存好了，将来好做嫁妆。可惜月俸也没了，我从启城出来的时候，和连伯一起攒了一些钱，只勉强够我们撑几天。”

一切的一切，仿佛是那样地顺理成章，并不突兀，但如今拿出来一一对照，又难免觉得刻意。

我双手撑住桌面，忽然觉得头晕，只好坐下来，心神不宁地继续琢磨。

我多么希望这些都是我的胡思乱想，可是云姿说的故事也实在很逼真，让我不得不怀疑师然与我，并非偶然。

胸口蓦然一阵钝痛，仿佛被人用刀子割开一样，脸上湿湿的，伸手一摸，也不知是不是屋顶漏了，全是水。

我就这样茫然地站起身，往门口走去，刚要开门，却不防那门已被屋外的人推开。抬头一望，咦，这不就是那当初说要收我当义妹后来又不小心阴错阳差地培养出男女之情的男人吗？

在昏倒前，我只来得及想这么多，仅此而已。

倘若我有更多的精神去思考，也许后来的事都不会发生。但可惜的是，我再没心没肺也总归是个人，是个人就有情感，就不能做到时时刻刻的理智和清醒。所以在这种情况下，我是不可能有更多精神去思考的，而晕倒，就是对我还是个人的最好证明。

我就那样落在面前男人的怀抱里，仿佛尘埃落定一般。

3

这世界上最虐的事莫过于你明明醒来了，却还要装作没有醒来，只因为不想被宿命中的那人瞥见你眼中的惊慌——如此文艺而忧伤的一句话在我脑中浮现，遂又被挥散。我慢慢睁开眼，正望见一道青灰色的身影走进内室，再往上瞧，还是那副眉眼，那个笑容，我不由自主地回了一个微笑。

我说：“我怎么晕倒了？”

为了避免被问“你怎么晕倒了”的来龙去脉，我只好先发制人。意思是说我不知道我为什么晕倒，我什么都不记得了，你别问我，除非你知道答案。

师然轻叹了一声，将药碗放在一边，扶着我半坐起身，又端起药碗凑到我嘴边，道："趁热喝。"

我"哦"了一声，抿了一口药汁："苦的。"

他说："药哪有甜的？"

我扭开脸："我没病，为什么要喝药？"

他捏着我的下巴扭过来："大夫说你气虚体弱。"

我又喝了一口，听他又补充了一句："你这么弱的身子，以后怎么跟我走一辈子？"

我心里一热，立刻又喝了两口。

喝完了药，我再度躺回被窝里，师然并不走，而是将我往里挤了挤，半靠在床沿，垂下眼，顺了顺我枕边的散发，轻声说："现在，咱们谈谈？"

我说："我还是有点儿困。"

他说："我看你倒是很精神。"

我不语，扭过脸瞅他，额头正迎上垂落的一个吻，心里一慌，只好说："嗯，那就谈谈吧，谈什么？"

指尖滑过我的眼角，师然仿佛沉思地看了会儿，说："白天怎么哭了？"

我道："我哭了吗？白天是屋顶漏水了。"

他挑起一边的眉："那是水吗？"

我别开眼，放弃挣扎的权利："好吧，那不是水，是眼泪……可能每个姑娘在出嫁前都要哭一场吧，我只是入乡随俗罢了。"

仿佛又听到他在叹气，最近他总是叹气，不知道是因为我而叹气，还是因为我们两个的关系而叹气。我想他一定不知道叹气是个很影响心情的行为。他一叹气，我的心里就会随之一沉。如此你来我往，每天都要沉上好几次，真是不知如何是好。

师然离开床铺一会儿，又返了回来，手里多了一块玉，塞进我手里，解释说这是师家祖传的玉，只传长媳。

我摸着玉身，心道，果然这世上的任何一个大家，都需要一件祖传的宝贝，不是传给长子就是传给长媳。师家是大家，也不能免俗。

我忙着欣赏祖传的玉，师然也不知从何时讲起了故事，讲得很慢，等我回转了心思听了进去，他已经说道："爹娘还在世的时候，娘说明日城的下一任女主人一定要是让我真心守护的女人。"

我张了张嘴："哦。"

他轻轻一笑，又往下靠了几分，说他之前还很担心云儿和我相处不来。

我说："怎么会呢，我和云儿这么'有缘'。"

有缘，和自己的表弟，自然是有缘的。

我忽然觉得，幸福就在咫尺，又忽然觉得，幸福很远，我想抓住师然，却又害怕抓住的只是一片浮云。但是若不抓住这可能是浮云的幸福，我又会失去一辈子的开心。也许，在我这种人心里，早就具备了宁为瓦全，不为玉碎的素养吧。我宁愿就这样和师然过一辈子，也不愿意为了点滴的遗憾丢失唾手可得的"美满"。

思及此，我仰头望向师然："师云的娘，是个怎么样的人？"

师然一愣，没料到我有此一问。

我说："假如你不想说的话，我就不问了。"但我仍摆出一副我很想知道，假如你不告诉我，我会很失望的表情。

仅仅是师然犹豫为难的那一刹那，我的心里回转了许多可能性。我害怕从他口中验证云姿曾说过的事，迫切地希望师然所说的故事和云姿的版本有天渊之别。但另一方面，我又担心那是师然故意骗我而编造的故事，于是想了这么多，我也不得不承认，我已经开始相信云姿说的故事了。

师然拨开我的刘海："云儿并非我的亲骨肉。"

是谁在我心里狠狠地敲了一下，我眨了眨眼，连呼吸都是小心翼翼的，生怕漏听一个字。

他说："云儿，是个故人的托付。"

我干笑一声，问："故人？我只知道你和莫珩、别云辛是朋友，云儿总不会是他们的私生子吧？"

他打断我："怎么可能，难道我只有两个朋友吗？"

我在被窝里攥紧了拳："哦，那是谁呢？我认识吗？"

师然眨眨眼，轻笑道："可能吧，怎么突然想起问这件事？"

我说："就是好奇，好奇你以前的女人是什么样的，可能还有点儿……嫉妒吧。"

师然将我更搂紧了些："傻丫头，不用嫉妒，你就是你，别人是别人。"

我"嗯"了一声，乖顺地趴在他怀里，心里竟然没有一丝喜悦。

师然的头发垂在我眼前，随着他的喘息一下下搔着我的鼻子，我皱了皱鼻子，没忍住，还是打了一个喷嚏。他连忙低头看我，我正揉着鼻子抱怨，便被他顺势亲了一下。

我愣愣地看着他，问："师然，要是突然有一天你发现我一直在骗你，或是有什么秘密瞒着你，你会不会生气？"

他深深望着我："怎么会呢？"

我追问："是不会吗？"

他缓缓地摇了摇头，刮了一下我的鼻头："我怎么舍得生你的气？"

我说："哦，那假如我发现你一直在骗我，或是有什么秘密瞒着我，我能不能生气呢？"

师然仿佛被我问住了，半晌不语。

我接着道："我生起气来是很可怕的，你要是有什么秘密就要趁早说，瞒着我越久，我会越生气哦。”

师然好笑地反问：“那你生气会怎么样？”

我说：“我会躲起来。”接着又问，“你会找我吗？”

他再次反问我：“那你希望被人找到吗？”

我不语，撑出一个笑容：“你猜？”

我和师然的婚期，并没有因为我的病情而延误，也没有因为云姿的话而发生波动。婚前的筹备仍在持续，师然为我建造的新院子也在赶工。

风平浪静，一切都井然有序。

就在云姿再次登门之前，我还在想，假如我能将装傻进行到底，那我一定是这世上最幸福的女人，人这一辈子总要糊涂一次。

然后，我便看到了站在门口表情讥诮的云姿。

云姿跨进门来，行了个礼，并不真诚：“小姐比云姿想象的更坐得住。”

我问她有事吗？

她说：“朝廷那边来了旨意，说是城主治理地方有功，要赏个爵位。”

我心里一缩，嘴上一乐：“那按照夫荣妻贵的说法，我也面上有光了。”

云姿皱了眉：“你不用装傻了，你分明就是宗和帝和今酒的女儿！”

我站起身：“我不是。”

她上前一步：“你是！”

我说：“你认错人了，我不是。我不知道你为什么非要我承认，但我真的不是，也不知道假如我确实是那个‘阿酒’，对你究竟有什么好处。”

见云姿仍是一脸疑惑地看着我，我继续道："云姿，我要是你，我就会尽快离开这里，待在这里对你有什么好处呢？你能知道这么多，又怎么会是个侍女呢？是谁派你来的我没兴趣知道，但若我将这些告诉师然，你可能就走不了了。"

云姿面上一紧："你……"她刚要说些什么，就听不远处传来师欣颜的声音，遂连忙走出门口，不见了踪影。

师欣颜送了一对珍珠给我，我看不出它们是不是珍品，只是觉得那应该是价值连城的好东西。我问师欣颜以后有什么打算，她说她以后都不会再见他。我问为什么，她说她已经想清楚了，既然生来就贵为明日城的大小姐，就该遵循大小姐的生活，怎能瞻前顾后，这是她的命，她理应知足。

我觉得师欣颜的理论很值得尊重，虽然她话里带了些许伤感。

于是，我安慰她说，以前我当侍女的时候，天没亮就要起来打扫，光是为夫人梳一个头就要耗上半个多时辰。那时候我最大的愿望只有两个：一是将手头的工作做得更加熟悉，那样就会减少很多时间；二是攒够了钱离开城府，因为我想做一个被人伺候的人，尝尝那个滋味。但是后来合欢劝我说，其实我可以将一和二反过来看，一来，只要我愿意拿出更多的时间去熟悉那些工作，很快就会熟能生巧的，时间自然就多出来了；二来，我是不需要攒太多钱的，因为女人早晚都会嫁人的，与其自己赚了很多钱，倒不如找一个本来就有很多钱的男人结婚。

师欣颜愣愣地望着我："嫂嫂，你到底想表达什么？"

我说："哦，我的意思是你可以换过来想这件事，就不会觉得不甘了。你看，菜市场上卖菜的大娘只要能把今天的一筐菜都卖光，她就会感到很高兴。代笔写信的先生就盼着一天能写一百封信，就算写到手都酸了也会很开心，因为他觉得很快就能致富了。欣颜，你既不需要卖菜，也不需要替人写信，你衣食无忧，人人羡慕，为什么要放弃现在拥有的一切跑到一个不熟悉你、你也不熟悉的地方，和很多很多女人共同服侍一个男人呢？就算那个男人没有你，也一样会有别的女人。可你呢，你却要为了他放下这么多东西，这笔买卖是不划算的。”

师欣颜良久不语，最后只说了一句：“可是有的时候，人就是不能知足呢，怎么办呢？”

她仿佛要笑又仿佛要哭地看着我，那种神情我真是不会形容，只是看在眼里，疼在心里，发现要拿走一个女孩子的梦其实是件很容易的事。

人就是不能知足，能怎么办？我也不知道。

我只是知道，当我听了云姿说的故事以后，我也陷入了这样的混沌领域。

几天以后，我听说云姿被人关了起来，好像是在她房内搜出了近日丢失的宝贝，但念在她无功劳也有苦劳的份儿上，予以宽大处理。这件事里有多少蹊跷我已经懒得去理会了，只是后来偶尔问起师欣颜，她叫我安心成亲就行了，琐碎的事都由她代为处理。

这件事基本符合了我当初要友好师欣颜对付云姿的策略。只可惜来得太快了，我完全没有尝到丝毫胜利的快感，反而觉得失落。

这种失落一直持续到成亲的那天。

伴着喜乐，师然牵着我的手，一路跨过大大小小的门槛，我躲在红盖头下抿嘴笑着，看着我和他的脚，我们的步调始终一致，让人真想把时间停在这一刻，一走就是一辈子。

我们只拜了天地，没有拜高堂，主要是没有高堂可拜。

接着夫妻交拜后，隔着红盖头，师然在我面颊上轻轻一吻：“娘子有礼。”

我轻笑道：“相公万福。”

女人一生中最瑰丽的风景莫过于成亲的那天，那是她的“最美”，也是他的“最美”。我怀揣着这样的认定，在名字前冠上了夫姓。

我不姓阮，不姓今，也不姓顾，我姓师。

我叫阿九，不是胭红，不是阑珊。

我的丈夫叫师然，我们的儿子叫师云。

仅此而已。

4

大婚，无非就是折腾了一整天，把新人双双折腾到死，晚上再互相折腾一夜。我想，嗯，大抵是如此。

新婚的我，就是这么被折腾得死去活来的。当然，我说的是白天那会儿，光是礼数走完一遍就要花上一整天，到最后连一纸婚书都没落着。

关于婚书的问题，我事先采访过师欣颜。

师欣颜很奇怪地看着我：“婚书？欣颜从未听说女子嫁人要签订婚书，嫂嫂见多识广……不知道那一纸婚书到底是什么物件？”

我一拍脑门，长话短说地和她解释了一遍。

所谓婚书，就是利用白纸黑字、签字盖章的方式确立男女双方在一桩婚姻里的关系，注明双方的身份、背景、财产明细，列清双方的身外物，也就是物质条件。倘若一方有何不测，另一方则有第一继承权，倘若双方分手，财产分配各不相干，等等。

师欣颜的神情更加古怪了：“照嫂嫂这样说的话，没有婚书似乎对你比较有利，毕竟嫂嫂来明日城前，是身无分文的。”

我说："哦，话也不是这么说，你哥哥不是把那座新的院子过户到我名下了吗？"

师欣颜道："嫂嫂这话莫非是在暗示……"

我急忙插话："不不，我没别的意思。我的意思是，除了人证以外，也没有什么书面的东西可以证实我是你哥哥明媒正娶的妻子，心里总觉得不安。"

师欣颜这才恍然大悟："原来是这件事，嫂嫂不必担忧，哥哥已经命人将嫂嫂写进了族谱中，那个就是最好的证明。"

我"哦"了一声表示了解，遂结束了这次谈话。

我会对"婚书"如此计较是有原因的。

倘若我真是我娘和宗和帝的亲生女儿，那么我就是名正言顺的公主。公主考虑的和普通人考虑的东西自然要有区别，公主位高权重，公主身价不菲，自然不希望驸马是因为名利而……当然，在一切尚未得到证实之前，这些都是我的胡思乱想。

还有，身为一个从未嫁过人的姑娘，我是有理由怀疑"休书"的效力的，一个女人连进门的证明书都没有，要休书又有什么意义呢？身份到底是否被婆家认同，还不就是丈夫一句话的事吗？反过来说，假如我突然有一天想不开对师然说"我不承认这段关系"，估计也没人能拿出证据反驳我吧，毕竟族谱上并没有我的亲笔签名，说不定写的还是"顾阑珊"这个名字。

晚上，师然带着一身酒气，脚下不稳地走进屋时，微眯的眼就直直朝床上望来。

那种眼神，把我瞅得一下子就脸红了，坐也不是，站也不是，只好维持原状看他想干点什么。

今今走过去欲扶师然，师然却挥了挥手，让今今退下了。今今犹豫不决地回头看了我一眼，这才出去带上了门。

我正想着“坏了坏了”，就见师然朝我走了过来。

顺着我要起身的姿势，师然就势歪倒在我腾出来的那块地方，伸手一挑，就将我绾发的簪子抽走，接着拿过被我扔在一边的红盖头，说：“新娘子哪有自己掀盖头的？”

我甩了甩头发，说：“闷着怪不舒服。”

说话间，不防他忽然靠了过来，近在咫尺，顷刻间就衔住我的唇，轻轻啄了啄，接着越来越投入，缓缓加重力道，一手托住我的后脑勺，一手捏着我的下巴，格外专注。

我双手抵在他胸前，在这红得晕眼的床幔里急促地喘息，好不容易抽了空才吐出几个字：“等……等……我有事……”

师然顿了一下，撑开一段距离，食指还缠着我的一缕发，皱着眉不悦地望我：“你最好有比这个更要紧的事。”

我瞅着这张天怒人怨的嘴脸，心道：“真是妖孽啊！”

我说：“自然……自然是要紧的。”

师然嘟囔了一声，侧过身：“哦，对，还没喝交杯酒。”

他正要起身，反被我拉住袖子：“不是那个事，是我……我今天身子不舒服。”

师然再次顿住，盯住我半晌：“什么？”

见他一脸的失望，我差点儿就要说：“没事没事，只要你不介意。”但最后还是理智地说，“我也不知道它怎么来得这么突然，以前不是这几天的……”

忽然一阵天旋地转，让我从这番畅想中回神，原来师然已经下了榻，一把将我打横抱起，往桌边走去。

我搂着他的脖子，看着他迷人而泛红的侧脸，心里一阵荡漾：“师然。”

师然低头看了我一眼，将我放在桌边的凳子上，倒了一杯酒，凑到我嘴边："喝一口。"

我"哦"了一声，在师然的注目下抿了一小口，见他仍是瞅着我笑，遂又抿了一小口，杯子却仍凑在我嘴边，只好喝了一大口，还来不及咽下，就被扑面而来的黑影罩住了视线。

师然吸走我嘴里的一大半酒水，就着双唇融合的温度吞进肚里，抵着我的额头轻语："交杯酒也喝了，咱们早点儿休息吧。"

我刚要说话，又被他拦腰抱起，重回床上。他在外，我在内。他搂着我，我在他怀里，落下的床幔困住了这方红色的世界，迷了眼，醉了心。

他在我耳边戏谑道："今晚饶了你，等它走了，再加倍讨回来。"

我玩味着"加倍"二字，将脸埋进他怀里："我睡不着，咱们说说话吧。"

5

第二天一早醒来，师然正一手贴着我的肚子按揉，一手撑着头，正迎上我的视线。

我揉了揉眼睛："什么时辰了？"

师然道："卯时，再睡会儿。"接着又捋了捋散在枕上的发，"好些了吗？"

我刚要问"什么"，忽而感到他放在我肚子上的手缓缓加重了力道，这次反应过来，说："好多了。"

师然仿佛松了一口气，垂下头，贴在我耳廓处轻轻一吻："你疼了一夜。"

有时候，有些人说的有些话就是有种神奇的力量，简简单单的几个字就能让你倾倒。哎，新婚的第二天早上，丈夫对妻子说了一句“你疼了一夜”，指的却不是那回事，而是那回事。作为妻子，我怎么能不感动？

我吸吸鼻子，眼角一热，侧过身子，歪进师然的怀里。

我小声抱怨着：“腰也酸。”

师然又把手移到我的腰上，有一下没一下地揉着。

我眯着眼睛，幸福得几乎要昏过去，嘴角不由自主地翘起来，正被他适时落下的吻逮住，蒙蒙眬眬之间，仿佛听到这么一句话：“好梦，娘子。”

再次醒来时，师然已经不在身边。

今今端着一碗药进了屋，脸红地瞅了我一眼，凑了过来：“夫人，身子好些吗？”

我斜了她一眼说：“疼得死去活来。”

今今惊呼一声，连忙扶我下床：“我听喜婆说了，第一天都会这样的，城主还吩咐奴婢弄些止疼药给你。”

我刚要解释不是那么一回事，又觉得这些话太多余，只好接过今今递上的药，一口气喝了下去，罢了叫今今帮我梳洗，准备出门走走。

那一路上，今今都在喋喋不休，话题都是围绕明日城转的。她说，城府外的老百姓都对我表示羡慕和嫉妒，百姓们的意思是他们从没见过有哪一任的城府女主人这么受宠，不仅即将拥有自己的院子，还得到朝廷那边源源不绝的赏赐。

我揉揉额角告诉今今，那都是身外物。

今今却表示，那是因为我已经拥有了太多的身外物，才会这么说。

我说，不，今今，等你发现你拥有的身外物超过了所有的一切，你也会这么想的。

今今还说，新院落正在日以继夜地赶工，那是她见过的规模最大的院子，可以和皇家的媲美了。

我对这话深表怀疑，因为今今没见过几座院子，也没去过皇家。

我本想去施工现场看看，但没走几步，脚下就觉得无力，只好让今今扶我回屋。

我问今今，师然去哪儿了。

今今说："城主交代了，晚饭前都会在书房处理事情。"

我应了一声，正想着找点闲事打发时间，就见师云不声不响地伫在门口，大眼一眨不眨地看着我。

我叫了一声"云儿"，他犹豫了一下，走了进来，坐到我身边，望着我的肚子。

我打发了今今，对师云说："云儿，你在看什么呢？"

师云蹙着眉抬头望我："你们会有宝宝吗？"

我微微一顿，说："以后会有吧。"

师云一脸闷闷不乐。我又连忙说道："就算有，我们也是最爱你的。"

师云一怔，好似不敢置信地看着我，脸上带着惊喜。

不管上一代的人如何，这一代的人如何，也不管师云和我的关系如何，和娘和宗和帝的关系又如何，他始终是个孩子。一个孩子是不该承受太多的，他有权利无忧无虑地长大，也是应该得到关爱的。

我刚要说话，师云却突然道："我能叫您一声娘吗？"

我说："自然可以。"但转念又一想，也不知道这句"娘"叫下去会不会乱了辈分，又会不会天打雷劈。

师云想了想，又说："可是云姿说……我是你弟弟。云儿不懂，娘和爹不是成亲了吗？"

我暗骂了一声，笑笑道："云姿没文化，没文化的人说的话自然不用理会，你就叫我'娘'吧。"嘴角忍不住抽搐了一下。

师云果然叫了一声，这一声也令我产生了一个荒谬的想法。若是师然真打算将师云视作己出，那么师云将来是很有可能继承明日城的，表面上他是长子，实际上他是外人，或者说是我的表弟，按照西秦的规矩，这是名不正言不顺的。等我们将来有了自己的孩子，师然也会放任师云上位吗，还是另有别的安排?

思及此，我问师云："云儿，你知道师家的族谱吗，或者说……嗯……你爹有没有让你看过?"

师云茫然地看了我一会儿，仿佛想起了些什么，又仿佛不太确定，脸上神情不定，最后说："好似看过……"

我正想追问，却不防听到门口响起细微的动静。

我的余光瞄见师然走进了屋，遂漾起一个笑容，抬手揉了揉师云的头发，装作母慈子孝的模样，道："饿吗?"

师云摇摇头，转头看向师然："爹。"

我也站起身，正被师然搂过肩，顺势偎进他怀里。

师然低头对师云笑笑，遂拉着我一同坐下："身子好些吗?"

我正在说"没什么大碍"的时候，今今也跟了进来，向师然行了个礼，便将师云带出了门。

以前没名没分的，我还知道怎么和师然相处，如今名分已定，我却没了主意，也不知道这是不是因为生来就是喜欢偷情的缘故。

望着师然蓄满笑意的漆黑双眸，我仿佛陷了进去，好似就算被他骗一辈子也是甘愿的。他永远可以将青灰色穿出个人特色，也永远可以笑得让我摸不着头绪，并且脸红心跳，还可以在神不知鬼不觉的情况下，轻而易举地勾动我的心弦。

这样一个男人啊。

我问师然："咱们都成亲了，那以后我是叫你相公呢，还是师然。”

他说：“随你喜欢。”

我说：“哦，那就还叫师然吧，我喜欢叫你师然……”

他闻言，遂凑过来亲了我一口。

我立刻有些口吃，错开脸，道：“我还没说完，别打断我。”

他瞅着我笑，也不说话。

我清清喉咙，稳了稳心神，说：“你白天要处理城府的事务，总不好让我闲着吧？不如这样……所谓男主外女主内，我可以帮你处理一些的。哦，还有，云儿的教育也不能耽搁，我想多抽出时间陪他读书，还有欣颜，欣颜的婚事也是当务之急，你……”

话还没说完，我又被灭了口，师然热热的呼吸就在我的鼻尖流窜，一下一下的，闹得心里一团乱。

我试着三次要开口说话，都被他用这种方式打断，最后急了，只好一口咬住他的下唇，在他微微惊讶的视线下，含混着道：“不许再打断我。”

师然“咯咯”乐着将我搂在怀里，挑起我的下巴回道：“娘子还有何吩咐？”

我拍下他的爪子，想了想，说：“也没什么了，只是忽然觉得，若是一辈子都这样平静地度过，真好。”

他道：“这也是我的希望。”

两天后，今今带来一个消息，说是云姿已经被人送出了城府，是从后门走的，正巧被她撞见，可碍于师欣颜当时也在场，今今并不敢过去。

我沉吟了一会儿，问今今：“云姿没有反抗吗？”

今今摇摇头，对我形容道：“云姿仿佛受了什么天大的打击，人有点痴傻似的，以她的性子其实应该大闹的。”

然后今今又表示，云姿不像是手脚不干净的人，她平日能接触的贵重物件实在不少，若是起了贪念，早该出手才是。

我笑笑，对今今道：“今今，若是在你眼前有两件东西让你选择：一是糊涂地过一辈子，没有风浪；另一个是真相，却有可能牺牲掉平静的生活。你只能选择一个，放弃另一个，不能兼得，你会怎么选？”

今今不假思索地回答我：“自然是前者，今今不聪明，今今只求一生无忧。”

我恍然地点点头，心里已经有了计较。

第二天午时用过饭后，我差今今去厨房端甜品，然后故意撞翻屋里的物件，又留下一封信笺，拉着事先商量好的师云潜伏到书房外。

不一会儿，果然见今今匆匆忙忙地拿着信笺求见师然。

见师然随今今离开书房，我便让师云冲出去，故意冲进书房，拿走书桌上的文件转身就跑，门口的侍卫连忙追了过去。

我便趁这个时候摸了进去，按照师云说的书架下面数第三层的暗格里翻到族谱的副本，还顺便发现了几封信。

其实小孩子是最难防的，也是模仿力最强的，尤其是像师云这样的孩子。大人们总以为孩子什么都不懂，这时候就是最危险的时候。孩子们看懂了一些事，不会告诉大人，当大人们终于发现孩子已经懂事时，想再纠正一些事却发现已经晚了。

我想，师然一定是料不到沉默寡言的师云竟然见过族谱副本吧，倘若料到……可惜没有倘若。

正在这么想，我也跑到了一座假山的后面，连汗都来不及擦，抖着手翻看着。

“师然——妻子顾阑珊，原名胭红，父……”

我盯着族谱上那短短的几行字，久久不能移开视线，不能言语，更加控制不住身体的轻颤，实在不知道自己为什么要走这一步。我觉得我真是疯了，顶着一个可以名正言顺荣华富贵一辈子的名分却还不满足，非要追求什么真相，要是像今今一样，该有多好。

呼呼一阵小风吹过，我抱着双臂，半蹲在一块假山石后，族谱旁是刚被摊开的一封信，我盯着它，眼角缓缓滑下泪水，心里有点儿疼，有点儿窒息，有点儿扭曲。

那封信是宗和帝写给师然的，大抵是一些表扬的话，感谢他照顾流落在外的女儿，以及今酒家唯一弥留的男丁。

你看，这世上有种人，偏偏不见棺材不落泪，偏偏要自找没趣自找麻烦，宁愿被真相折磨死，也不愿糊涂地幸福一辈子，真是白痴中的佼佼者。

这一刻，我才明白，有种感情叫作愤怒。

那天下午，师然没有找到我，别人也没有。

我躲在那个角落一直哭，咬着袖子，生怕发出声音，后来哭累了，就带着族谱的副本和几封信，趁着混乱翻出了墙外，漫无目的地走了好远好远，直到遇到了一个熟人。

一个不该在这个时候出现的人。

6

有没有听过这样一句话："我恨你让我笑，更恨你让我哭。"

每个女人这一辈子都会遇到这样一个男人，他引发了你源源不绝的笑意，又制造了你无穷无尽的眼泪。他是让你又爱又恨的大混蛋，你恨不得杀了他，却连执刀的勇气都缺乏。

当我红肿着眼睛，默默跟在莫珩身后离开明日城的地界时，我的脑中就只有师然的那张脸。我想，他怎么不来接我呢？像上次一样突然出现在我眼前，把我带走。然后又想，算了算了，他还是别来了，来了也没用，道歉也没用，下跪也没用。

可是当莫珩停下脚步，回头对我说："马上就要离开明月城的范围了。"我又犹豫了。

莫珩并不看我，望了望天色，背对着我，又说："还走吗？"

我没理他，原地蹲下，一手捡起地上的树枝，胡乱地画着。

莫珩见状，也蹲了下来，瞅着我一直笑。

我白了他一眼，只听他说："你都走到这里了，就差几步了，就成功了。"

我说："哦，是吗，走得好快，来的时候比这个时间长多了。"

莫珩也捡起一枝树枝："我带你抄的近路。"

我放下树枝，拍拍手："你对这里的地形很熟啊？"

莫珩不答，仍是笑着。

我又说："我一直在奇怪，为什么每次你都能抵达得这么及时？好像我一有困难就会遇到你，你不是未卜先知吧？"

莫珩也扔掉树枝，站起身，居高临下地瞅着我："你现在问这个，是不是晚了点儿？"

我揉揉酸软的膝盖，一屁股坐在地上："不晚，在没有得到答案之前，都不算晚。"

人就是这么贱，非要死到临头才会幡然醒悟，将以前发生过的所有事串联起来思考，就像我一直想不通为什么莫珩会和师欣颜的円族奸夫一起出现一样。

我望着对面山上的那片树林，迎着山边的风，说道："莫珩，你是不是早就知道我的身份？"

莫珩不语，但脸上的笑容却给了我答案。我继续道："你不但知道，还是最早发现的。你们三个城的城主应该都知道此事，但是都不确定谁是今酒的女儿。秋收宴上，夫人明明是要将合欢指给你，你却突然把我拖下水。我后来想想，总觉得那不是巧合。”

我仿佛听到伴着风声传来的莫珩的叹息声，接着莫珩也一屁股坐了下来：“我确实是最早‘找到’你的。”

我说：“你找到了我，然后在启城最危难的时候对师然和别云辛提议‘见死不救’。你要启城灭亡，那样我才会离开。接着，我会带连伯投靠我认识的人，除了你，还能有谁呢？可你没想到对于成为天启城的城主夫人，我并不在意……我只是不懂，为什么你会让我去云州城？”

这时，我脑中再次忆起了另一个人——别云辛。

当时别云辛问我：“我提议三城对启城见死不救？”

我反问他：“难道不是吗？”

他道：“哦，是啊，是我提的。”

如今想想，别云辛只是替莫珩隐瞒了事实。

我看向莫珩，心里想着，眼前的这个男人到底有多少不可告人的算计？云州城险些灭亡，别云辛、别云州险些毁于莫媛的手里，这些事的背后到底有莫珩多少功劳，我又推波助澜了多少？

莫珩冷笑一声，侧过脸斜对着我，道：“人只有到了绝境才会记得受过的恩惠。当初若不是启城灭了，你又怎么会答应我去治莫媛的病？莫媛真是太傻了，她违背了去云州城的最初目的，喜欢别云州那种人，才会有那样的下场。”

我皱着眉，不可置信道：“莫媛是因为遵从自己的心愿而死的，她到死都活得比别人真，不像你，你连自己的妹妹也利用——那些刺客，是你的人。莫媛将云州城的地图画给了你，你们本来是要里应外合毁了那里的，因为你的野心，因为莫媛的痛苦，可是你没想到，师然会出现在那里吧？”

在此之前，我还奇怪一向守卫森严的云州城城府，怎么会被突然蹿出来的几十名刺客攻陷。

原来是莫媛。

想到莫媛，我只觉得心寒，替她心寒："就像你说的，人只有到了绝境才会记得受过的恩惠。莫媛的绝境就是感情上的不清不楚，你们互通书信那么久，她的问题你是最清楚的。你没有开导她，反而一直将她往最绝境的方向引导，你就是要她因爱成恨，要她成为你最佳的内应。"

莫珩忽然露出一抹赞许的笑容，充满了嘲讽的意味，仿佛在说，你现在才知道，太晚了。

我眯着眼，轻声道："别云州死了，别云辛废了，云州城虽没有被毁却大不如前了，下一步，该是这里了吧？"

师欣颜险些成为第二个莫媛。她若真的和那人私奔，可能还没抵达门族便要做了莫珩的人质了。

我恍恍惚惚地站起身，迎着风往山崖边走了几步："云姿，也是你的人吗？"

莫珩轻轻应了一声，接着道："她也算有功。"

我不由得笑了，回过头去："那我呢，你打算怎么处置我？是杀了我，还是拿我要挟师然？"

莫珩顿了一瞬，接着似有不解地问我："我和他同样都事先知道你的身份，为什么你能接受他，却不能接受我？"

他问得真好，为什么我能接受师然，这也是我要扪心自问的。

我只能说，每个人看事的角度不同，立场不同，喜好不同，选择也不会相同。就好像在莫珩眼中，我是宗和帝和今酒的女儿，而在师然的眼中，我是阿九，是胭红，是顾阑珊，是他妻子。

这一瞬间，我在理清思绪的同时，也想通了一切。我想，师然是对的，这世上只要有莫珩这种人在，师然便永远是对的。

思及此，我回道："你们最大的区别就是——就算我不是那个'阿酒'，师然也会娶我，而合欢，也不会到死都以为自己是最不幸的。"

合欢，让我一想起就会心疼的姐姐，她的幸福竟然毁在一个身份上，而并非是什么莫珩当初所谓的"对香味过敏"。

只是跟了莫珩，也不知道是幸还是不幸，那样，合欢将会是第二个莫媛。

莫珩向前走了几步，风拂动着他的衣摆，衬着那张仿佛无害的脸，更显得无辜。

他又是一笑，对我伸出手："你逃不掉的，走吧。"

我问："走去哪儿？"

他说："跟我回天启城。"

我说："你不打算用我要挟师然吗？"

他假装为难道："明日城我改日再来收好了，现在你的价值是最大的。我没想到只是一件婚事，也能让上头如此劳师动众……"

说话间，莫珩不由分说上前抓住我的手扯近了几步："在西秦，女人改嫁也不是惊世骇俗的事，你要是聪明就知道该怎么做。"

我皱着眉使劲儿挣扎了几下："我要是不答应呢？"

莫珩一脸好笑地对我表示，只要他心情不好，随时都可以用云姿的情报攻克明日城。他熟知明日城所有的兵力部署、地形、机关，云州城的昨天随时会在明日城上演。但若是我愿意屈服，他可以不动明日城分毫，只要过个几年，明日城便有了足够的时间改换弱势，也算是帮师然争取了喘息的时间。

我刚要骂他几句"无耻、卑鄙"表示愤怒，就听几道急促的"嗖嗖"声划过耳际，接着，手上一松，莫珩应声倒地。

心头一紧，就在我回头的那一刹那，身后也传来了一道声音："阿九，过来！"

我果然飞快地跑向那道声音，师然的动作仿佛像慢镜头一样呈现在眼前。他焦急地望着我，平日里看似淡定自若的表情也呈现了浮于表面的紧张。以前我老觉得只有懂得装十三的男人才是值得依靠的男人，但这一刻我却发现，偶尔让男人急一下也是好的。

我伸长了手臂去抓师然的手，在我的指尖碰到他的指尖的刹那，才有了真实的感觉。

我扑进他的怀里，抖着身子，张了几次口，费力地说："我没事，真的，一点儿事都没有。"然后我掐掐面颊，希望脸色看上去正常些。

人就是这样地贱，当我因为云姿的三言两语被弄得三心二意时，我是那样急于知道一切真相，以为只要看到了师然的秘密就等于看到了全局，殊不知身后还藏着莫珩的算计。而当我洞悉莫珩的阴谋时，却什么想法都没有了，我不觉得伤心，也不难过，所有的伤心和难过仿佛都是为了师然量身打造的，一下子就被他支付光了。说实话，现在的我真是恨不得没走进过师然的书房，没看到过那些看似值得一看实则屁用没有的信件。为啥彼时我就不能想想，就算师然最初确是因为我的身份而照顾我，后来也是真心地对我好呢，我到底想图什么呢?

因为愚蠢而让我把自己和师然置于最危险的境地，而我这个导火索除了动动嘴却什么都不能做，看上去就是个摆设了，实在不知如何是好。

所谓最危险的境地就是莫珩从地上爬起来了，好似没受到重创。

我不得不在师然耳边小声说："你没用毒吗？"

师然道："我从不用毒。"

我心想，完了完了，防君子不防小人，师然明显不是莫珩的对手。因为莫珩正拔出了他的剑，上面泛着青紫色的光芒，很明显是下了毒的。

我说："要是被他的剑扫到了，会不会中毒？"

师然又说："他扫不到的。"

说话间，师然已经出手，迎上莫珩。

我完全没看懂他俩过了多少招，只是觉得他俩打得很起劲儿，一时之间不知该不该介入，只好站在原地傻看。

也不知道师然用了哪一招，夺下了莫珩的剑，剑被扔在地上，他俩徒手打了起来。

我一边叹气一边暗道"不争气啊不争气"，怎么不用毒剑刺回去呢，倘若刺回去，莫珩已经自食恶果了。

就在我这么想着时，莫珩已经被打倒在地，吐了一口血，仿佛起不来了，只听师然说："我早就想打你了。"

我连忙奔过去，越过师然，噼啪两声扇在莫珩脸上："我也早就想打你了！"

然后我立起身子，问师然："你为什么想打他？"

师然说："他抢了我的新婚妻子，我不该打他吗？"

我脸上一热，嘴上一乐，说："该打该打。"但转念一想又不对，好似这句话的重点是在"新婚"上而不是"妻子"。

然后，师然又用同样的问题反问我。

我说："你都打他了，身为你的新婚妻子，我不该也打他一下吗？"

师然"哦"了一声，道："可你打了两下。"

我一笑："咱们怎么处理他？"

莫珩被收拾得太快了，和他庞大的计划和前期铺垫不成正比，简直就是烂尾，我为此感到很不安，但看着他倒在地上奄奄一息的样子，又不得不告诉自己，他的气数尽了。

我和师然商量着是把莫珩先押回明日城再送往朝廷那边处理，还是押回明日城自行消化。这时候，就见师欣颜也带着几个家丁赶来了，五花大绑了莫珩。

我实在不知从何说起莫珩曾要利用师欣颜的那些猥琐事，最终决定以后再说，并从怀里掏出那些信件递给师然，道："我都看了，还给你吧。"

师然一怔，接过时脸上露出一丝无措。

我说："如果你早和我坦白，我何苦跟着莫珩走这一趟？"

师欣颜插嘴道："嫂嫂你不是被莫珩抓来的吗？"

我说："哦对，那就是被抓来的。"

师然轻叹一声："不是不告诉你，是不知道怎么说起。"

他拉过我的手，边走边说："等回去了我慢慢告诉你……"

师然的话音还没落实，我就嗅到了不好的预感，它一向很灵，这次也不例外，却听"嗖嗖嗖"很多声，也不知道嗖了几声，数十道黑影落在我们眼前，不由分说纷纷抽刀攻来。

师然将我推向一旁，我跌进草丛里，正碰到那把染毒的剑，于是拿起来准备砍向每一个找死的敌人。

师然带着几个家丁浴血奋战，但由于对方人数太多，双手难敌八爪，所以很多争不到镜头的刺客便跑到莫珩身边，很快将他释放出来。

莫珩虚弱地看了我一眼，指了指，几个刺客就冲了过来。我举着刀迎上去，师欣颜连忙把我拉向身后，做出保护我的姿态。

我叫道："不行，咱们不能坐以待毙！"

说话的工夫，师欣颜已经飞脚踹晕一个。

我顿了顿，说："剑，要吗？"

师欣颜道："我从不用剑。"

这对兄妹真是死心眼，一个不用毒，一个不用剑。

余光瞄见两道黑影从侧面攻了过来，我反应极快地出剑，砍伤一个。那人不可置信地倒了下去。另外一个小心翼翼地盯着我，换了一个方向，还用了一次假动作，一手抓住了我。我尖叫着用剑去挡，却被这人反手挡开，砍伤了我自己的手背。

很快地，我也不可置信地倒了下去，正倒在先前倒地的黑衣人的身边，眼睁睁目睹他的脸色已经变成了黑色，翻着白眼了。

我心想“这下死了死了”的时候，师欣颜已经处理掉多余的障碍，从腰间掏出一颗药丸塞进我嘴巴里。

她不住地在我耳边念叨：“没事的，你会没事的，这是皇帝赏赐的救命丹，一定能救你的！”

我不知道这时候该作何感想，也不知道为什么师欣颜随身携带着救命丹，莫非是预料到我会九死一生吗？我只是觉得身体很虚，精神远离，听不清声音，看不清人，也闻不到血腥味了。

还有，我明明看到有三个人冲了过来，而师欣颜正背对着他们，我却不能出声提醒，只是流着眼泪，看到师欣颜被打晕在地。接着，我被他们架起来，一人恶狠狠地揪着头发，对着不远处那道青灰色的身影大喊了些什么。

师然连忙奔过来，却在一把钢刀架在我脖子上正对着颈部大动脉时，停住了脚步。

我哭着看着师然被一个人踹了一脚，还有不知什么时候能站起来的莫珩，也过去给了他两拳。师然单膝着地，莫珩冷笑着看着我，又仿佛说了些什么。

他们的话我都没听见，我只听到师然说：“阿九，不哭。”

我没听他的话，我哭得很厉害。

再然后，不知莫珩要挟了什么，得不到师然的同意，他便向我走来，正准备对我做些什么的时候，师然立刻出声阻止。

莫珩松开了我，我不支倒地，半边身子已经麻了。

我不知道师然答应了他什么，只是知道那不是什么好事，于是很快在心里做了一个决定。你不能为一个男人做些什么，就会加深想为他做些什么的决定，并且夜以继日地加深这个想法，认为终有一天要为他做些什么。

泪水迷蒙了我的眼，我看不清师然的面容，只是看着他好似在和莫珩谈判。不知过了多久，又冲出来一伙儿人，仿佛是针对莫珩的人，因为他们很快就和黑衣人们打起来了，没有人顾得上搭理我。

师然将我托起，一手搭在我的脉上，一脸愁容，我却不知道他还会把脉。

他说什么？好似在说：“阿九，你会没事的。”

我很想问他到底答应了莫珩什么条件，张了几次口却说不出话。这时又见一个陌生人走到我们身边，好似是这批人的头头，皱着眉一脸指责，好似在针对师然。

师然也是一脸凝重。

接着，那人又喂给我了一颗药丸，并作势要把我带走，却被师然阻止。莫珩也走了过来，三个人陷入了激烈的争吵，我趁着这时候挣开钳制，往悬崖边走了几步。

师然第一个发现不对，连忙上前。

我却好似能听到声音了，也不知道是不是第二颗药丸起了作用。

我问：“你答应他什么了？”

师然怔了一顺，不语，莫珩道：“明日城的部分地界，用来交换你。”

我心里一凉，本不想做祸水，也没有祸水的硬件条件，却不慎还是做了祸水，做得确确实实。

我说：“不换，我不同意。”

莫珩说：“你不同意也没用，这是我和师然之间的君子协定，一言既出……”

我道：“放屁，你也配称为君子！”

我虽在骂人，但声音很虚弱，简直没有杀伤力。

那陌生人左看看右看看，终于在我骂人之后找到机会插话了：“下臣受命来带公主回朝。”

回什么朝？我瞪着他。

那人又说：“来前皇上吩咐，假如明日城主不能妥善地保护公主，下臣便要出手，这桩婚事也不能算数。”

我又一次骂道：“放屁，我不认识什么皇帝。”

那人说：“下臣只是遵命而行，请公主见谅。”

这时我才发现，黑衣人们已经通通倒地，后来的这批人马架着师欣颜凑了过来。

那人解释，这就是威胁，假如我不就范，他们一样会带师欣颜回朝，因为他们此行的目的就是要带一个公主回去，师欣颜是皇上封的民间公主，又是我的小姑子，便是最有资格替我承受后果的人选。

7

在这个不知如何是好的时候，决定权居然落在我的手里，也实在不知如何是好。

在启城的时候，我和合欢都曾幻想过有一日出人头地，尝一尝大权在握的踏实感，哪知这一天来得如此之快，令我才掌大权，就要被迫做一个决定，坐实了“身不由己”四个字的含义。

我望向师然，他也望着我，却并不劝我救下师欣颜，只是说：“阿九，这里没有人能逼你。”

闻言，那首领拔刀相向，指着师然：“师城主，你敢违抗皇命！”

师然仍看着我，对他说：“将在外，君命有所不受。”

首领冷笑一声，反手用刀柄击向师欣颜的锁骨，只听她闷哼一声，缓缓醒了过来。

首领道：“你可以不听命令，但是她要陪葬，带着死人，也是可以复命的。”

见师然拧起了眉，杀气浮现，我连忙抬手阻止道：“住手！你……”

我指向那首领：“你叫什么！对，就是你，问你呢！”

首领愣了一下，立刻自我介绍：“下臣司徒……”

我说：“哦，我知道了。司徒，我问你，这里谁最大？”

司徒左右看看，说是我。

我又说：“既然我最大，你就该听我的，否则我回去告你一状。”

司徒慌了一下，立刻对我解释，并劝我能以大局为重。

我问：“什么是大局？”

他说：“自然是公主随下臣回朝，接受皇上的封赐。”

我说：“这是你们要顾全的大局，不是我要顾全的，我既然嫁给了师然，就是师家的人，那个什么皇上也表达了心意，就是默许了，为什么还要我回去？”

司徒说：“皇上的用意，下臣不敢揣摩，公主还是……”

我打断他：“你先放了欣颜，我再考虑你说的。”

司徒半信半疑地瞅了我一眼，我又催促了他一次，他才打了个手势，令人放了师欣颜。师欣颜踉跄着步子走到师然旁边，咬咬嘴唇，同样一脸焦急地望着我。

这时，司徒又要说话，又一次被我打断：“我问你，你觉得应该怎么处置他？”

司徒顺着我的指向看向莫珩，说：“此人虽阴险狡诈，但总归是一城之主……”

司徒言尽于此，欲言又止，接着单膝跪下说：“还请公主决断。”

我在原地踱了几步，心里七上八下。莫珩是留不得的，可也不能杀了，杀了他天启城便成了另两城的囊中物，西秦三城鼎立的局面也将会打开一个突破口，这并不是好事。可要是就这么放了他，以他手里对另外两城掌握的情报，又等同放虎归山。

叹了口气，我六神无主地望向师然，问：“你许给莫珩的地界，没签字据吧？”

莫珩抢话道：“君子一言……”

我立刻瞪向他：“有谁能证明你是君子？”

四下无声，一片静谧，只因莫珩带的人不是死了就是晕了。

我说：“看，没人记得那件事，那件事没发生过，自然不能兑现。”

我问司徒要了纸笔，虽然我不知道他们为什么连这个也随身携带，甚至连他的官印，还有那皇帝给我定做的公主印玺也一并奉上。

司徒找了一个下属代笔，我说一条，他记录一条，内容大抵是说莫珩、师然在此处立下字据，并由我和司徒做见证人，在未来十五年之内，两城互不侵犯，互不干涉内政。此字据一式三份，由双方和司徒分别保存。

十五年，十五年以后，师云也该能独当一面了。

盖了印，师然也签了字，莫珩却迟迟不动，司徒只好让人押着他，按了手印。

心事了了七七八八，司徒便又将他的使命念叨了一遍。

我明白司徒方才那么配合是做个顺水人情给我，让我了却一切好跟他回去。但说实话，我是不愿意回去的。

我看着师然，他正走上前两步，伸出手来：“阿九过来，跟我回家。”

司徒举刀拦截：“公主必须跟下臣回朝。”

我红着眼眶看着师然，仿佛在这一瞬间，天地都灰暗了，只有他身上的颜色是那样清晰。

我说：“回家以后我想吃红豆汤圆。”

我上前一步，清清楚楚地将那双温润的眸子映入眼底，又说：“热的。”

师然勾起一抹笑，方要说话，司徒的刀便横劈下来：“师城主，下臣可是有言在先！”

师然擒住司徒的刀柄，眼眉扫他：“阿九是在下的夫人，她不愿意，没人能逼她。”

我叫道：“司徒，你住手！”就在这片刻的工夫，一直按兵不动的莫珩不知从谁手里夺过一把刀，侧面攻来，刀尖直指向师然。

刹那间，师然一手探进怀里将协议书反手扔给师欣颜，另一手挡开莫珩的攻势。莫珩站到司徒身边，低声说：“司徒大人，本城主助你一臂之力，拿下他，公主自然愿意听话。”

这世上真是没有永远的敌人啊，莫珩说的话差点儿把我气背过去。

我骂了一句：“小人！”

师然也冷笑一声，抬手迎击，还不忘嘱咐我：“阿九，站过来！”

我“哦”了一声，立刻要过去，但迈了三次步子，却都被横插过来的攻击阻断，场面十分混乱。

我心急如焚地看着师然，生怕他被伤到分毫，一时不察，不防莫珩的刀锋突然改换了方向。我下意识要躲，脚下一错，已经踩到了悬空处。

“啊”的一声尖叫，已经是我最及时的反应了，下一秒，我的手腕被人牢牢扯住。

师然苍白了脸，趴在崖边：“阿九，别松手！”

我吓得说不出话来，脚下没有着落，心里“扑通扑通”地狂跳，但我还来不及表示害怕的程度，就见崖上刀光一闪，接着听到师然闷哼一声。

不过就是须臾之间，师然的手开始发抖发冷，脸色苍白得不像话，眼神虚晃，但嘴里仍在念叨：“别放手。”

我仿佛听到兵器交融的铿锵声，还有司徒好似在骂莫珩什么“乘人之危”的话。

乘人之危，到底他对师然做了什么？

师欣颜跑到崖边，伸手就要抓我：“嫂嫂！”

我将另一只手递给师欣颜，一边问：“你大哥怎么了？”

师欣颜说，师然背部中剑，中了毒。

我心里一咯噔，连忙说：“快给他吃药！”

师欣颜眼睛也红了，说药没了。

我惊喘一声，遂对着正和莫珩缠斗的司徒说：“别打了！快拿药过来！”

司徒连忙赶过来救人，但几次三番都被莫珩阻拦。眼见着师然的脸色越显苍白，我急得眼泪直流，一边喊着“司徒你快来”，一边伸手要去碰触师然的脸。

他的脸冰冰的，眼神逐渐模糊，我叫道：“别睡，快醒醒。”

却听莫珩的声音传来：“司徒大人，你何必非要救他，只要他死了，公主自然会跟你回宫，你得以复命，不是很好吗？”

司徒不答，刀锋更显凌厉。

师然的眼睛缓缓闭上，嘴角还挂着安抚的笑容，低低说了一句：“阿九，不哭。”

我没哭，只是被眼泪模糊了整个世界，我趴在崖边，捧着师然的脸，轻轻吻上他的嘴，好似……他的心口不跳了，好似……他的脉搏停了，好似……我的心也死了。

在这世界上，我曾被两种声音感动过，合欢的笑声以及师然的心跳声。

我也曾这么对自己说过："就算漫天下银钱，就算那是多得能将我灭顶的数量，我也不会用它们交换。"

但是不知道为什么，我好似听不见了，不知道是谁拿走了我的听觉，只剩下鼻下流窜着的浓重血腥味，交杂着师然嘴里的味道，又苦又甜，只是越来越淡，将要没了……

山崖下起了风，盘旋上来，撩起了碎尸和黄土，风里卷着莫珩的笑声，师欣颜的啜泣声，还有刀剑的碰撞声。

我搂着师然的脖子，心头反而静了下来，双手慢慢收紧，将他往我这边拖拽，脚下悬空。只要我放手，没有人能再阻止，因为可以阻止的那个人，已经闭上了眼。

师欣颜很快发现我的企图，连忙一手拽住我的一角袖子："嫂嫂你要做什么？"

我好像听见自己在说："不做什么，只是找个新的活法……欣颜，你别带人来找我，我们。我和你哥哥想过二人世界，你早晚是要嫁出去的，嫁出去就是别人家的人了，别老腻着我们，时间长了，我们会烦的。"

我砍断了师然的一缕头发，揣进怀里："你哥哥是一城城主，就算只剩下躯壳也要有城主的体面，你要让他睡得舒舒服服，知道吗？我有这束头发陪着，也是一样的……"

不知道是不是双脚悬空得久了，久而久之也就不怕了，放开手虽然不是一件轻而易举的事，但是手腕酸了，自然也想放松一下。可能是基于这个原因，也可能是因为想追上师然轮回的脚步，在我自由下坠的过程中，我竟然只觉得解脱。

闭上眼睛，听着风声，气流飞速地滑过面颊，撩起衣裙，心里的伤口正在逐渐愈合。

我们活着，都是为了等死，在等死的过程里，一并享受着等死的人生乐趣，在生命燃尽的最后一刹那，再幡然回顾曾经的所作所为，心里想着假如有来生我将如何如何。但到底有没有来生，没有人能较这个真儿，那只是用来骗别人，并骗自己的说法罢了。

而我，也只来得及想这么多。

8

我不知道我躺了多久，只记得当我有能力思考的时候，是没有能力睁开眼睛的，眼泪从眼角滑下来，越来越多，有双温柔的手不停地将它们抹去，然后说："孩子，别哭了，你会好起来的。"

是啊，我会好起来的，身体总会好起来的，只是心将死去罢了。

你有没有这样地绝望过？当你意识清醒的时候，你的身体是疼痛难忍的，可你动弹不得，即便用低微的呻吟发泄也成了奢望。然而这种疼痛却比不过心疼的万分之一，除了流泪，你也不知道该如何去抒发这种悲苦，你说不出话，也睁不开眼睛。

忍耐，好似是我那段日子里唯一会做的事，因为我连咬舌自尽的力气也没有。

于是我便总在想，假如我能永远昏迷就好了，最起码睡着了不会想起什么，不用面对什么。可是在睡梦中又总能见到师然的睡脸，仿佛无时无刻的不在提醒我，将永远不能看到他眼中的我的倒影，于是又希望醒一醒，可悲的是醒来了竟连他的睡脸也看不见了。

这样周而复始，不知如何是好，唯有忍受这种循环的折磨。

直到有一天醒来，我好似能动了手指头，接着是睁开眼睛，虽然只能半眯着适应着微弱的烛火，也好过一直沉浸在黑暗中。

此后，我每天都有一点进步，正如那道声音说的一样，我会好起来的，只是身体上的康复。

我第一个见到的人，是个女人，她叫王全，是个寡妇。

王寡妇说，救我的并不是她，是这镇上唯一的仵作，目前正在追她。

很多年后我想，假如当初遇到的不是王寡妇，我或许早就死了吧？因为那时候打我有力气自杀开始，我便开始自杀，没完没了地自杀，虽然都不能成功，总能被王寡妇及时发现。在我始终不能明白为什么王寡妇能不厌其烦地救我许多次的同时，她也不能明白我为何以自杀为乐，在这一点上，我们从没有达成过共识。倘若有，我应该已经死了，或者放弃了死。

我最后一次升起自杀的念头并付诸行动时，王寡妇终于恼了。

她问我为什么要轻贱生命，莫非这世上真的没有值得留恋的人了吗？

我反问她："那你呢，你嫁了七个男人，他们先后都被你克死了，你怎么不死？"

王寡妇说："假如我死了，他们又怎么会被我克死呢？假如我死了，我又怎么去找第八个呢？"

值得我留恋的人已经相继离开，值得王寡妇留恋的人永远还没到来，这就是我们本质的区别。从这一点上来看，她活得比我乐观，因为总有希望；我活得比她现实，因为懂得珍惜。

只是，这世上值得珍惜的人，总是来去匆匆。

王寡妇把我捆在床头，自己坐在床沿，一面用个蒲扇扇风，一面和我闲磕牙。

我说："你就不怕我咬舌自尽吗？"

她说："你要是咬舌自尽就自尽吧，不过我希望你在死之前再说点儿话。”

我想，我是该留下点遗言，比如说“将我的骨灰送到明日城的城府”，比如说“请你嫁给天启城的城主吧，假如连天都不能收拾他，你也能克死他”，再比如说“你找个识字的先生给我写本传记吧，字不多，能讲清楚事就行”，等等。

十几种念头在我脑中滤过，但我还是选择了这样一个开场白：“你嫁过七个男人。”

她掰着指头数了数：“是啊，是七个，什么样的都有。”

我说：“那七个，都是你自愿的吗？”

她说：“有一个不是，其余六个都是。”

我说：“哦，那你有爱上他们其中一个吗？”

她说：“我就喜欢那个我不自愿嫁的，他死的时候，我哭了很久。”

我说：“因为曾经不自愿，所以改嫁吗？”

她说：“不，是因为我以为的不自愿，直到他死了才发现只是自欺欺人。”

我想，这世间的痴男怨女大多如此啊，没人能免俗，免俗的都出家了，出家了还不能免俗的，也只好还俗了。

人吃五谷杂粮，哪有真的不俗的？

王寡妇仿佛被我挑起了久远的回忆，慢慢悠悠地跟我讲起了故事，我倒也不着急死了，听听再说。

听王寡妇的语气，那故事应是美好又不美好的。

她说，在她十六岁那年，刚懂了什么叫情窦初开，便初开了情窦，对象是启城城府的副总管，叫连城。

我不得不插嘴道：“可是连绵不断的连，城池的城？”

王寡妇颔首说：“是的，他大我许多岁，但那时候我偏不喜欢年轻的小伙子，就爱看着他。他也总爱看着我，我们的目光时常撞在一起。”

王寡妇一阵轻笑，脸上仿佛开了花，绯红一片：“每次他对我笑，我都要高兴上一整天。但我不明白，为什么他笑过了，又仿佛很后悔。”

接下来的事，我也听连伯提到过。连伯口中的小全，是他这辈子经历过的第三个女人，也是最后一个。小全像极了曾经的小可，但可惜在遇到小可时，连伯付出了生命中的所有专一，所以很难再有多余的心力留给小全，再加上年龄的差距和对爱情的惧怕，连伯只好拒绝了小全。

小全一气之下，嫁给了外城人，此后音信全无，不想竟然出现在这里，还救了我。

我没有告诉王寡妇，我曾认连伯当干爹，倘若她知道，可能会一刀杀了我吧。死亡的方式有太多种，我宁愿自己结束生命，简单地说就是我不怕死，我只怕被人杀死。

我问：“既然你没有嫁给连城，又怎么说不自愿地嫁了呢？”

王寡妇叹了口气，并不看我：“我嫁的那个男人不是我想嫁的，是我为了气他嫁的。我上了花轿就开始哭，一路都在盼望有人能将轿子拦住，对我说一句‘不要嫁’，我真的会立刻跳下去的。”

身为女人，我懂王寡妇的心思，并且为她心痛和惋惜。

王寡妇第一个嫁的男人是个好人，好人是最容易被人爱上的，尤其容易被在感情上受过折磨的女人爱上。因为这样的女人总会缺乏安全感，于是希望找一个不会辜负自己的男人过一辈子，并且会时常感叹：“要是我当初爱上的是你就好了。”

好人很快爱上了王寡妇，她又漂亮又贤惠，很难有男人拒绝得了她，所以连伯的拒绝就更显得刻骨铭心。至今令王寡妇耿耿于怀，这大抵就是人本犯贱吧。

王寡妇和好人相安无事地过了几年，好人的家境开始败落，等到败无可败的时候，身体也开始腐朽。

在卧病在床的那些日子里，家里请了算命的师父过府看看王寡妇。按照迷信的说法，就是他们认为王寡妇命硬克夫。

也不知道算命的是真的会看，还是从善如流地顺着客人的意思说，很快就判定王寡妇八字过硬，生性桃花旺，不宜早婚，否则将会为夫家带来不祥。

可想而知，这样的结论也只能换来一个结果——王寡妇被扫地出门了。她在门外哭了几天，直到好人在家中咽气也未能见上一面。家里人都说是她拦在门口挡住了上门的福气，克死了男人。

这样的说法是挡不住舆论的，很快就被传开，应了那句“好事不出门，恶事行千里”，令王寡妇在当地立足的权利都被剥夺了。

我说：“你离开了那里，怎么生活？”

她说：“靠男人，女人生活最容易的就是靠男人，最不容易的也是靠男人。我是被赶出门的，虽然不是他的意思，但就算我在门口寻死随他去了，尸骨也不能和他共葬，他们家的人都认定我不祥，怎么会容忍我乱了他们祖坟的风水。”

我点点头，这便是连死同穴都不能的悲哀，诚如王寡妇和好人，诚如我和师然。

但转念一想又觉得不对，这种并列关系并不恰当，因为在师然以前，我没有任何有关男人的遗憾，师然就是全部的全部。没了他，就没了全部。而王寡妇在好人以前，尚有连伯的决绝，连伯夺走了她初开的情窦，赋予了她最初的心疼，占去了她心底的一些份额。所以好人并非她的全部，她若随好人去了，也自然心有不甘。

我说：“那后来你那些丈夫，就没有一个值得你爱吗？”

王寡妇说：“你有没有试过麻木的感觉？一个麻木过头的人，油盐不进，怎么爱人？要是连爱人的能力都失去了，还有什么害怕失去的？”

一个女人要是到了无可失去的地步，怎能不说她无敌呢？

王寡妇继续讲她的故事，我被绑着有点儿累了，胳膊拧在后面不得劲儿，动了动身子靠在一边，歪着头。

王寡妇没理我的小动作，她说，她开始也想过要为好人守寡三年，但是考虑到现实生活是那样地残酷，身体条件也不允许她一饿饿三年，所以她很快就找了第二个。好人的家族是大家族，人多口杂，王寡妇当初没少受气，所以这一次条件也不能定得太高，只要三餐温饱就够了。

我插嘴道："贫贱夫妻百事哀啊。"

王寡妇白了我一眼："你这风凉话说晚了，我当时要是明白这个道理，何苦走这一遭？"

王寡妇的第二任丈夫是个种地的，家里只有他和弟弟两人，都老大不小了尚未娶妻，主要是因为本钱不足。正巧，碰上王寡妇这样不求聘礼的又貌美如花，这第二任丈夫自然也摩拳擦掌地早点将人请回家了，谁还在意她是个寡妇呢？

第二任丈夫姓张，王寡妇已经忘了他叫什么了，平日就叫他老张。

老张和弟弟小张都是实在人，憨憨厚厚，本本分分，对王寡妇做的菜都很捧场，平日干活也都很卖力。一家三口的日子过得也算可以，唯一美中不足的，就是老张那啥也很卖力，家里隔音又不好，北屋里传出嘤嘤啊啊啊的声音，南屋里的血气方刚的小张就受不住了，白日里一见王寡妇就脸红。

王寡妇是过来人，一眼就看出不对，夜里就劝说老张注意点儿影响，老张哪懂这些细腻的小心思，只是琢磨着是不是给小张也讨一房媳妇。这时，老张听说隔壁村也有个如花似玉的寡妇，便对小张提起了，可能张家人都认为寡妇是尤物，但却不知道这世上的寡妇并非人人都像王全一样。

老张带着小张去隔壁村提亲，却空手而回，小张闷声不吭地回了屋，老张才敢跟王寡妇嘀咕上，说是隔壁村的小寡妇肚子里还有一个娃。娶寡妇可以，可是娶一个怀了孕的寡妇，男人多半就退缩了。

为了娶妻的事，小张整日郁郁寡欢，老张以为那是因为隔壁村的小寡妇，却不知是因为自己屋里的王寡妇。每个男人心里都有一个梦中情人，要是身边的女人和梦中情人相去甚远，这个男人多半是不知足的，小张就是处于这样的心态。

老张见小张唉声叹气，只好挨个村子张罗，却不慎染上了怪病，一病就是三个月，总不见好，很快就撒手人寰了。

王寡妇很快又成了寡妇，一时间难以适应，消沉了数日，心里装了两件难事：一是寡妇门前本就是非多，如今嫂子、小叔子住在同一屋檐下，总是不妥的；二是长嫂如母，老张是为了替小张张罗婚事而去的，这是他的遗愿，王寡妇也理应传承。

于是很快地，老张入土为安后，王寡妇找来小张详谈，小张也端了酒菜孝敬长嫂，两人都多喝了几杯，王寡妇不胜酒力很快就醉了过去，小张却趁着酒劲儿把糊涂事抓紧给办了。这么一办，倒一并把王寡妇心里的两件难事解决了。

两人悄悄关上门过日子，本来相安无事，但偏偏小张那啥也很卖力，夜里有人路过听到嘤嘤啊啊的声音，很快就将这件事传了出去。村里人都认为老张是王寡妇和小张合谋害死的，遂请来了仵作验尸，可惜验尸结果并无所获，只好作罢。但是村里人都很不甘心，认为一定要从张家刨出点儿是非才不枉费他们茶余饭后闲话一场，于是有人便私下打听，终于挖出了王寡妇的来历，再添油加醋一番，令群众纷纷认定老张是被克死的，而且小张也将会被克死。

当大家都觉得你要死了，你若是不死可能也会被人弄死，就算没人弄死你也会暗地里诅咒你早点儿死，简单地说就是你不死就是对不起大家对你的期望。

果然，小张不负众望，很快也死了，那天正巧是王寡妇到此刚满半年的时间。短短半年就克死了两个壮汉，这就更加确实了“命硬克夫”四个字，连村子上最不迷信的老人也说“天意难违”。

我听着王寡妇的传奇故事，忽而与她有种同病相怜之感，问道：“你曾经找过算命的看过相吗？”

王寡妇说：“我不信命，人一旦信了命就没有盼头了。倘若你的遭遇真的应验了算命的所说的，你以后就只会按照那样去做，还有什么意思？倘若没有应验，心里又会总担心着是否早晚有一天要应验呢。”

我说：“我真羡慕你，我就是信的，但也不是全都信，我只信好的，不信坏的。只可惜到目前为止，好的都没应验，坏的全应验了。”

王寡妇做出结论：“这么看来，只要你不信什么，什么就能应验，那不如你以后就信坏的吧。”

我很担忧：“那万一我信了坏的，坏的也应验了呢？”

王寡妇一阵沉默，半晌后说：“其实你可以这样想，那些应验了的可能只是巧合，那些还没有应验的也可能是时机未到。其实好多人口口声声说相信，骨子里也是不信的。”

我“哦”了一声，说：“比如呢？”

王寡妇勾起嘴角：“比如，那些男人都在背后议论我的是非，说我生性不祥，天煞孤星，命硬克夫，可是一见到我又眼巴巴地凑上来想占便宜。难道他们都活腻歪了想亲自尝试一下怎么个‘克’法吗？”

我说：“嗯，真是牡丹花下死，做鬼也风流吧。”

王寡妇嗔了我一眼：“你还听不听我讲故事了？”

我说听，然后问她方才讲到哪里了。

王寡妇托着腮想了好一会儿，想到的时候，我已经有些昏昏欲睡。

她说，到了第四任丈夫的时候，她图的不再是三餐温饱且无父无母了，她希望嫁一个不是很迷信的人，最起码这个人不能相信“命硬克夫”。

王寡妇有此想法并不奇怪，我问她是否如愿以偿了。要知道人在社会，或多或少都会染上这些俗气的，是人就会相信一些莫须有的鬼神，要找一个完全不信的人，这样的人大抵也不会有什么生活情趣了。

王寡妇说，她的第四任丈夫起初确实是不信的，他和她是经由媒婆介绍认识的，当时的她已经离开了张家所在的地界，换了一个全新的陌生地方重新开始。

王寡妇问对方的第一句话便是："你相信这世上有种女人会'克夫'吗？"

那人答道："在下不信。"

王寡妇说："可能你还没遇到过，所以不信，你不如再想想，若你相信，也是人之常情。"

我相信在说出这句话时，王寡妇是饱含了期待的，因为在讲到此处时，她的眼神亮了一下。

那人只是轻笑了一声："在下只信缘分。"

可能就是因为这句话，王寡妇沦陷了。

我见王寡妇一脸沉浸在过去回忆的幸福样儿，忍不住开口道："他后来也死了吧？"

王寡妇剜了我一眼："是啊，也没活过一年。"

只信缘分的第四任丈夫也去了，有关他的故事太过简短，我还没来得及问他姓什么，就被王寡妇将话题带到第五任丈夫身上。

在王寡妇说她和她的第五任丈夫之前，我提出了一些见解，把话题岔开了会儿。

我说："我有些饿了，我想吃点儿东西，我可以边吃边听你说吗，这样或许有利于吸收。"

王寡妇指了指桌上的饭菜，说："我还以为你想绝食而死，那些吃的放了一整天了，从香喷喷到现在味道变了质，你连看都没看一眼。"

我诧异地望过去："香喷喷？它们曾经香过吗？"

王寡妇也诧异地看着我，问我莫非闻不见吗？

我心底一凉，悲伤地摇了摇头，看着王寡妇伸出袖子凑到我鼻子下端，她说她擦了香粉。

我仍是摇头，同样在她眼中看到了悲伤。

我们一起陷入了沉默，但最终是她先开了口，安慰我说：“没关系，你只是闻不见……”

我说：“我曾经能做出一手的好菜，以后也不知道还做不做得出来了。”

王寡妇笑道：“你能还想到以后，说明你已经不想死了，这是好事。”

我并不答话，仍自顾自地说：“其实做不出来便做不出来，懂得欣赏的那个人再也吃不到了，我做出来就算再好吃又有什么意义。可能我的嗅觉只是觉得他太孤单了，去陪他了吧。”

王寡妇叹了口气：“你仍是看不开吗？你看看我，再看看你自己，我若是你，早已经死了七次了。”

我说：“你不是我，我不是你，你有机会死七次你都不死，那是因为你没有死的理由，而我则没有活下去的动力。”

王寡妇问我什么才是活下去的动力。

什么才是活下去的动力？我曾经知道，并且时刻谨记，然而一件事若记得太清楚便容易被其所累。那时候我并没有想过这样怀着一种信念是不是坏事，因为长辈们只教过我人要有信念才有追求，却没有人告诉过我当信念灰飞烟灭时，追求它的人该何去何从。

我说：“你能帮找块布条吗，深色的。”

王寡妇说：“你要是上吊就自己上，不过我讨厌人弄脏我的屋子，还有，我还要把你抱下来……”她如是抱怨着，手里也不停地翻箱倒柜，终于找着一块。

我说：“你能用它蒙上我的眼睛吗？”

王寡妇依言办了，嘴里还是念念叨叨：“这屋里只有咱们两个人，你要我蒙上你的眼睛，是不想看见我这个老太婆吗？”

我说："你哪里是老太婆，我只是暂时不想看见东西罢了，蒙上眼睛耳朵会更好用，还是继续说故事吧。"

合欢教过我，想哭的时候就用棉被蒙上眼睛，眼泪被吸干了，就没人看得见了。我躺了很久了，不想再靠近棉被，只好用布条蒙住眼睛，只要可以吸走眼泪，都是一样的。

王寡妇说："我说了不少了，换你说说，这么小的年纪干吗这么想不开。小姑娘啊别老看那些风花雪月的书，都是骗人的！什么无崖不成书啊，什么蓦然回首此恨绵绵无绝期啊，信多了赔上的是自己。"

我吸吸鼻子道："哦，也不是什么大事，我只是死了丈夫。"

王寡妇笑了一声："嗨，我还以为什么大事，不就是死了一个丈夫么，我都死了七个了。"

我说："是啊，是没什么大不了的，这世上少了谁都是一样的。"

王寡妇说："既然你知道，干吗还……"

我说："没了他，别人的世界还是一样的，只是我的世界曾经只剩下他了，现在剩无可剩罢了。"

然后，我们都沉默了，屋里只剩下呼吸声，我看不见王寡妇的表情，眼睛热热的，努力仰着脸，心里想着："这个布条的吸水力真是辜负了我的一番苦心。"

良久，王寡妇咯咯笑了一阵，说："小姑娘还挺多愁善感的。我也不劝你了，你是死是活都随你，等我下回再进来，要是你已经死了，我就叫我的相好的给你收尸，我说过吧，他是个仵作。"

王寡妇的声音越来越远，门仿佛被打开了，又被关上了，接着屋里又只剩下呼吸声。我叹了口气，心里又想："这样被绑得牢牢的，除非咬舌自尽了。"

才这么想着，便又听到门被打开的声音，这回进来的人脚步很轻，比走路轻盈的王寡妇脚步还轻，这说明他要不是一个贼，要不就是一个刺客。

门再次被关上了，有股存在感逐渐靠近我，我知道他或她在打量我，并非是无礼的。

我提醒道："若你看上这间屋子里的财物，那是白跑一趟了，若你要杀人灭口，只要不除去我脸上的布条，我随你杀。因为我实在不想知道是谁杀了我，只要你的刀够快，就行了。"

那人不说话，却听一阵布料窸窸窣窣的声音，接着我身边的位置一沉，那人坐了下来。

我有些着慌，往旁边闪了闪，目不能视地被杀掉是一回事，目不能视地被先奸后杀又是另外一回事。倘若一个女人终究要死，也是愿意选择痛痛快快地死去，而不是在死前再受一次羞辱。

我急忙说："要人不给，要命一条！"

张口的同时，我被人捏住了下巴，几滴苦苦涩涩仿佛药水般的东西顺进嘴里，速度太快让我来不及吐出来，便融化在味蕾上。

我倒吸一口气，正要说话，却发不出声音，手上的绳子被解开，身体软绵无力地倒在床上，头好像随时都要昏过去地晕眩。

那人将我抱进被窝里，为我掖好被角，却不除下我眼睛上的布条，熟悉的气息在我身边流窜，我猛地吸一口气，却什么都闻不见。

只能依稀听见那人在耳边说："睡吧。"

昏迷前的那一刹那，我想起了别云州和莫媛相继离世的那个晚上，我亲眼见到师然喂别云辛吃了几滴药，他说，那是让别云辛失去痛苦的药。

我当时不解，这世上的止痛剂都是止身体上的痛苦的，心里的苦只有自己知道，我说："除非让他忘记所有的一切……"

师然道："他会忘记的。"

会忘记的……

这就是你对我的希望吗？

下卷

步步娇 三城雪

余姗姗 著

新世界出版社
NEW WORLD PRESS

目录 CONTENTS（下册）

第六章　阮九篇（上）/ 205

第七章　阮九篇（下）/ 233

第八章　安心篇/ 269

第九章　正文结局/ 311

第十章　番外——今酒篇/ 325

第十一章　番外——空青篇/ 353

第十二章　番外——莫珩篇/ 375

第六章　阮九篇（上）

1

一觉醒来，我的脑子空白一片，什么都不记得。

我是一个失忆的人。

师父说，我是从小镇北边的上游漂下来的，当时还有呼吸，但他并不想救我，因为他只对死尸有兴趣。可偏偏，王寡妇正在溪边洗衣服，是她提醒师父有个女人从上游漂下来的，也是她露出一脸的慈悲为怀，才令师父下了救我一命胜造七级浮屠的念头。

我醒来以后，王寡妇给我起了个名字，叫阿九。

我问为什么，她说她嫁过七个男人，我师父将会成为第八个，我是他们一起捡到的，于是排在第九。

我向镇上的人自我介绍，我是阿九，大家纷纷叫我九姑娘，只有一个在街边乞讨的乞丐提出质疑："那你姓什么？"乞丐相貌平平，声音却极其好听。这个问题令我沉思良久。我相信，这不是一个普通的乞丐，因为他能在人云亦云之中找到真理的破绽。

我反问乞丐："你姓什么？"他说他姓阮。

自那天起，我便叫阮九，但镇上的人依旧叫我九姑娘。

我师父是镇上唯一的解剖学家，人称仵作。

在之后的半年里，我开始跟师父学习解剖。师父解剖女人，我解剖男人。他从不让我解剖女人，只说是为了阴阳调和。

我想，阴阳调和的道理就和他半夜去找王寡妇的意思是一样的。台面上，王寡妇是个寡妇；台面下，她是我师父的女人。

我问师父，王寡妇会不会成为我的师娘。

师父眯眸沉思，进而叹息道，没可能。

我问为什么。师父说王寡妇八字克夫，他怕死。

我又问，既然怕死，为何还要和王寡妇来往。

师父说，这世间最美好的事物都是有剧毒的。

我想，师父是想告诉我，王寡妇就是他眼中的最美好。

王寡妇曾嫁过七个男人，时间最长的维持一年，最短的一天，其中六个经我师父的手证实死因并无可疑。男方家属痛定思痛，异口同声指责王寡妇命硬克夫。六户人家同一看法，惺惺相惜，遂奔走相告，一传十，十传百，很快就传遍了附近十五个城镇，成为十五个城镇皆知的秘密。

我很想告诉师父，奸夫也是夫，却始终没有勇气说出口。

作为一个失忆的人，我直觉认为自己的身世不一般，进而对以前的事充满遐想和假设。我经常幻想自己是一位公主，或是皇帝的老婆，但一连等了三个月，也不见镇上张贴寻找皇家女眷的皇榜，我的幻想也就此破灭。从那个月起，我担负起下厨的任务。

我问师父，杀鱼和解剖有何不同。师父说并无不同。

我又问师父，杀鸡鸭和解剖有何不同。师父说也并无不同。

某一天，我宰了一只老母鸡，留下它的一窝小鸡，下手时，心里感到很悲凉。王寡妇拍着我的肩膀说："等它们长大了，你可以送它们一家团圆。"

我告诉她，我只是可怜自己，连鸡都有亲人，我却禽兽不如。

王寡妇也露出一脸悲凉。那天餐桌上的气氛，被我们带动得很悲凉。

师父问清缘由，我将在老母鸡临死前得到的感悟告诉师父。师父沉默良久，垂下眼，叹口气，这才说道：“师父也是个孤儿。”

我和王寡妇一起看向师父悲凉的脸。王寡妇起身走过去，将师父揽进怀里，把他的头压在自己的胸脯上，由怜生爱。

我只能坐在凳子上看着他们，无比羡慕。

那天晚上，我做了一个梦，梦里出现一个男人，背对着我，身材颀长，一身的青灰色长袍，长发垂至腰部，双手背在身后。若不是他的声音告诉我，他不到二十五岁，我会以为他已经年过半百。因为镇上的老人也常如此背手望天，叹几句人生总结，表示他们一生蹚过无数条河，却一瓢都没有留下。

那男人转过身，但是镜头并没有照在他脸上。他对我说：“这是我对你的唯一要求，等你回来，咱们便成亲。”

然后他向我伸出一只手，白而修长的手指，令人着迷。

我说：“你有一双好看的手。”接着我低头看向我的，粗糙，干燥，指甲还有裂痕。他没有答我，只是微笑。我看到他的唇，淡淡的红，微微上扬的弧度，下唇略薄，笑起来时，唇角有浅浅的酒窝。

这一笑，令我明白两个道理：一是一个女人爱上一个男人，可以像王寡妇爱师父那般因为他脸上的落寞而从母爱开始，也可以因为男人的一个笑容，或是从一双好看的手开始；二是这个男人没有回应我对他的称赞，或许是因为在我的潜意识里，他是一个乐于接受赞美或被人赞美到麻木的人。这个梦持续了三个晚上，令我托腮发呆了两天。

在这两天里，我拒绝一切履行劳务，并且反复审视自己的手指，开始好奇自己的来历。但事实告诉我们，一个人空想的时候，往往只会胡思乱想，于是我便去找师父求证。我将梦境告诉师父，希望他能解惑，他抽着水烟袋沉思了一盏茶的时间，才给我两个答复。

他说，第一个可能性是我少女怀春，有个梦中情人不足为奇；第二个可能性是这个梦中情人真正存在，我在失忆前曾向他允诺过一件事。

我更愿意相信第二个可能性。豁然开朗后，我不再满足于生活在这个镇子上，我想走出镇子找寻那个男人，找寻记忆，找寻承诺。

走出镇子的想法一成型，心便野了，心野了，人便不安于室了。我开始堂而皇之地不做劳务，不学解剖，整日无所事事，和街边的乞丐为伍。我告诉姓阮的乞丐，我可能会是一个名人。

阿阮笑笑，问我知道什么是名人吗？我说就是受到万众瞩目的人。

阿阮又问我凭什么这么以为。我告诉他，我梦到了一个看上去像是身价过亿的公子，还答应要替他办一件事，能替这样的人办事，我多半也不会是小人物。

阿阮皱着眉，打量了我许久，道："他凭什么认为你能替他办事？你替他办完事后，他怎么报答你？"

我说："娶我，他会娶我。"

他指出问题："你们这是买卖婚姻。"

我说："婚姻不就是买卖吗，隔壁镇的老王娶走了咱们镇的苗姑娘。苗姑娘的老爹捧着五十两银子乐得合不拢嘴，根本没看到苗姑娘脸上的眼泪。"

阿阮良久不语，在我终于决定回家的时候，他才一脸恍惚喃喃道："其实买卖的婚姻也有幸福的。"

在我准备离开镇子的前一天，我向师父辞行，师父只说了一句话："如果你的梦是真的，我不会阻止你寻找的路。但我要提醒你，女人替男人办的事，多半是办另一个男人的事。"

这句话的逻辑太过缜密，我百思不得其解。失眠了一夜。

翌日，我最后一次去见师父，不想真成了最后一次。

师父暴毙在屋内，房门和窗户紧闭，房顶也没有被撬过的痕迹，这是一个密室杀人案。且据阿阮的密报说，镇上的青天大老爷认为我是唯一一个疑犯，于是派了衙役欲将我捉拿归案。

在这个战火纷飞尸横遍野的年代，活着是一件不容易的事。我之所以这么说，是因为在这半年里，我和师父收的尸体大都是死于战火，还有部分是死于饥荒。不承想，师父是我第一次独立作业的对象。

我来不及悲伤，简单检验了师父的死因，并在衙役赶来前和阿阮一起离开了镇子。

我问："衙役是怎么知道我师父被杀了？"

阿阮淡淡道："有人报了案，说你杀人劫财。"

我又问："你是怎么知道衙役要抓我的？"

他说："我有内线，就是那个师爷。"

我再三问："那为什么你要乞讨？"

他说："因为我也是那个师爷的内线。"

我告诉阿阮，师父死得很惨，一剑毙命在喉咙上。但在他死前，他的四肢经脉都被挑断了，手法很快。没有留下任何犯罪证据，但师父身上有三十两银子，所以这不是劫杀，也不会是仇杀。因为一个只和尸体打交道的人，我想不出他会得罪谁。在师父身上，还有一本名册，记录了他验过的所有尸体的来历和遗物，没有来历的便写了"身世成谜"。

阿阮问我有多少身世成谜的尸体。

我说有九成。他不语，我们都认为在这个乱世，要保存姓名和来历是一件很难的事，就算你会写字，也不能保证会被流传后世；就算能流传后世，也不能保证死后不会被遗弃在乱葬岗上。

话题如此沉重，我和阿阮都陷入了沉默，正当我们苦于没有找到一辆马车时，我们前面不远处，便上演了一幕杀人行凶事件。

三名蒙面刺客围攻一个青年男子。行云流水间，男子被刺穿胸膛，血染大地，妖艳绚烂。三名刺客没有履行杀人灭口的宗旨而冲向我们，只是互相使了眼色，便各自散开。我想，这是因为他们蒙面了吧，没脸见人的人自然也不会在乎被人看到脸。

我走过去，踢了倒地不起的男人一脚，又很快将他摸了一遍，拿走了一块通关路牌，一包银子，一把染血的剑，又看了看不远处的马车，对阿阮说：“他的死可以救你和我，咱们应该给他立块墓碑。”

阿阮漫不经心地点点头，毫无意见。但那男人却提出反对意见。

男人气若游丝地张开眼，瞅着我说：“我的心脏在右边，我死不了，你们若能救我，我可以付你十倍的报酬。”

这是一个若不答应便会捶胸顿足后悔一生的交易，于是只好将男人拖上了车。我很快利用车里的伤药和白布给男人包扎，然后问他来历，以便将来有处可讨债。男人说，他姓别，名云州，是云州城的少城主。

阿阮不紧不慢地告诉我，我们救了一个名人，他是个城主。

我看着一脸平静的阿阮，心想能面对赫赫有名的城主还能如此淡定自若的，也是世间少有。

我告诉阿阮，今天是个值得纪念的日子，因为在同一天里，我送走了师父，又救了一个名人。

然后我看向阿阮，他正笑着看我，我说：“如果我走在你前面，请你帮我撰写个小传，就写……死过一次，死而复生，又死了一次，未能复生，该死的，迟早要死。”

阿阮挑起眉，淡淡道：“你不会死的，说什么傻话。”

听到这话，心底滑过一道琢磨不透的感觉。我问阿阮，为什么要和我一起逃出镇子。他说听了我要走出镇子的理想后，也不由自主地将这个理想当成他的理想。我感叹，一个人若是没有能力实现理想，便希望别人可以代替他实现；若是没有理想，便希望借用别人的理想当理想，这就是移情作用。

刚刚救下的别云州缓过气后也和我们谈了理想。他说他的理想就是找一个人，不想还没找到，反被仇人先找到了。

我告诉他：“如果你不死，请给我们十倍的报酬；如果你死了，我也会把你送回云州城，再问你的家人要那十倍的报酬。”

别云州笑了笑，说：“我不会死。”

在这个死比活着要难的世道，能说出“我不会死”四个字的人，一定是个理想主义者。他要不就是自负甚高，要不就是自欺欺人。

就这样，我们三个人踏上了漫漫长路。

说是长路，也不过才走了一天，云州城就在眼前。

2

据别云州说，云州城是一座有历史、有文化、有传说的城市。其实如果别云州经常出去走走就会发现，任何一座城市都是有历史、有文化、有传说的。但出于礼貌，我还是随口问了云州城的传说。

别云州说："上一任的云州城城主，是我兄长，他本来有个情人，叫胭红……"

胭红这个名字真的很适合当情人，就像花楼里的姑娘一定会叫红红、翠翠、蓝蓝一样。我刚想说出这个看法，驾车的阿阮已经跳了下去，和城门的护军寒暄。

护军首领亲自掀开门帘，一见是别云州，立刻要下跪。但听别云州轻声道："别张扬，放行。"护军首领便训练有素地退了下去，让我们顺利通过安检。

我对别云州有了改观，他的生活态度如此低调，真是生来就该当城主的人。阿阮听到我的评论后，问我为什么。

我说："你见过哪一个城主被人暗算又被两个乞丐救回城还要大肆宣扬的吗？这叫神秘感。"

按照别云州的意思，我们一起来到云州城最北边的别院外，经由别院的门人将我们迎了进去，走过前厅，别云州便被下人抬走，和我们分道扬镳。门人领我们往厢房走去。沿路上，门人一直反复对我们强调，入夜后请不要随意走动，夜黑风高，陷阱不少，若是图谋不轨，随时有可能被强箭手射成箭猪。

我相信任何一座有威望的山庄都希望给客人一种神秘且危险的印象，但在身为救命恩人的我们看来，要谋害别云州，我们随时可以取他性命，或直接捎一封勒索信表示诚意。

这座别院占地多少公顷，修建历时多少年，采用什么稀有材料，经门人的嘴一说，全都数字化了。说了半天，我愣是一个没记住，只感觉他把一到九都问候了一遍。

然后门人总结道：“这里很大，没有人带路，很容易迷路。”

我很想告诉他，我已经完全记住了来时的路线，我也不知道为什么会记得，可能是天赋异禀。门人安排我们住进了厢房，又吩咐了膳食，准备了生活用品。这时，天色已近黄昏，须臾弹指间，便会落下夜幕。

夜幕落下后，我走出厢房，四处乱走。原因很简单，越是别人劝你不要做的事，你越想要试一试。这就像我师父明知道王寡妇命硬克夫还要和她无媒苟合一样。顺着来路走去，我一路都在想能否撞见有无公子佳人月下弹琴或是互诉衷肠，因为这座别院的装潢实在很适合谈情。但绕了三圈，只看到别云州一个人，真是始料未及。

别云州躺在亭子的长椅上，在我经过他身边第三次时终于忍不住叫住了我。他问：“九姑娘你在找什么？”

我说：“在找故事。”

他又问：“什么故事？”

我说：“像这样一座别院，理应有一段故事。”

别云州垂下眼眉，沉思片刻，遂一抬右手，但听四周响起窸窸窣窣的声音，隐约见到三五人影远去。我这才明白，所谓强箭手并不是杜撰，而是碍于别云州。

这是一个不足为外人道的故事，虽然我不知道为什么别云州要告诉我，可能是看我身为女人和乞丐，却不甘下贱，仍有勇气亡命天涯吧。

别云州在讲故事的时候，语气格外地低沉，眉宇间隐露哀愁，唇角有时微微翘起，那是在提到“胭红”二字时。

话说别云州的兄长别云辛是个美男子，究竟有多美，大抵能让云州城一半以上的女人尖叫吧。但我想，之所以尖叫，多半也是因为身为城主的别云辛年过二十仍尚未婚配，令人有了遐想空间。

在这个世界上，但凡美男子都有颗自怜、自恋的心。他们渴望找到能与自己匹配的奇女子。但美男子却从不去想，奇女子都是很难驾驭的。别云辛便是在梦想追求奇女子却不知奇女子如何驾驭的年纪，遇到了胭红。胭红，人如其名，正是别云辛要找的奇女子。

她的奇，就奇在任凭别云辛如何明察暗访，都难以获悉她的底细，这对一城之主来说，是难以言语的挫败。

他们相遇在云州城的城外，别云辛被三十名刺客围攻，身重十三剑，奄奄一息之时，被路过的胭红救下，和别云州险些丧命于三名刺客剑下相比，别云辛更适合当一个城主。

我说：“我觉得你的敌人很看不起你。”

别云州被我打断，微微一怔，随即漾出一抹笑，说：“怎么讲？”

我说：“你看，你兄长的敌人派了三十个刺客才将他打得半死，还留了一口气见到胭红姑娘，而你的敌人只派了三个刺客，就……”

其实我也为别云州不值。别云辛死去活来之时遇到了真爱，别云州在同样的情境下却遇到了两个乞丐，真是同姓不同命。

别云州不在意地一笑，道：“三年前，我受过一次重伤，醒来后记忆全无，调养了两年才恢复七成，但气力已经大不如前。”

命运是如此顽皮，偏爱愚弄世人的记忆。

在我失忆后重新组织思想的这半年里，只认识师父、王寡妇、阿阮和别云州四个人，失忆的概率已高达四分之一，且失忆之前必定要遭受身体上的巨大折磨，正所谓“天将降大任于斯人也，必先苦其心志，劳其筋骨，饿其体肤”。但我却想不通，既然要降大任，又何故夺取我们的记忆？别云辛将胭红安置在这座别院里，胭红每天都会去看他，他的伤势也恢复得很快。两人话题投机，不知不觉说了很多，比方说胭红的身世。

胭红来自一个已经亡了的国家，启城。

听说当时的启城位于云州城、天启城、明日城三城中间的咽喉部位，三城都想将它占为己有，但苦于多年来的互相牵制，谁也不能贸然出兵。启城就在这样的夹缝中偷生了数年，终于抵不过一场天灾……那日蝗虫漫天，遮住了日头，启城的田地被洗劫一空，城主一夜急白了头。接着便是人祸，这三个粮仓充足的大国开始哄抬物价，并紧闭物资运输，断了启城借粮的后路。启城内外，尸横遍野，城主心病成疾，很快死于这场饥荒里。膝下无子的城主一去，群龙无首，朝臣和百姓死的死，逃的逃，启城很快就成了空城。

三城纷纷派驻兵进城占领三方有利地势，在启城内形成三足鼎立之势，启城也沦为军事要地。可想而知的是，胭红来自一座死城，求证无人，所以别云辛永远也不会知道胭红的身世是真是假。一个身上充满悬念的女子，怎么能不让人倾倒，何况她还是个美女。

胭红生性活泼，随性不羁，想笑就笑，想哭就哭，所以在别云辛的心里，胭红是个不会被仇恨所束缚的奇女子。因为若是胭红因报亡国之仇而来，早该在别云辛只剩下一口气的时候，一脚踩在他的伤口上。但是胭红没有计较亡国之恨而跨越了种族的界限爱上了别云辛，所以胭红是善良的。而别云辛因为胭红的善良和强大也爱上她。

但别云辛并不知道，在胭红心里，要真真正正地报复一位美男子，首先是要让他爱上自己，再采用爱情的虐反复折磨他的灵魂。而要对付一位城主，首先是要让他主动把江山奉上，再将他的诚意践踏在脚下。别云辛既是美男又是城主，理应双管齐下。

云州城城主新婚在即，城主不惜以云州城为聘，汗颜了无数败家子。当时云州城内的富二代纷纷效仿，不惜倾家荡产为各大花楼内的清官赎身。

在胭红以前，三城城主的婚姻都是门当户对的。但在这个世界上，能和三城门当户对的，也唯有他们自己，于是三城的姻亲关系也变得错综复杂，不知不觉就变成了一家子。这一家子却还要时不时搞些政治手段互相牵制，真是吃饱了撑的没事找事，但又一细想，这就和在民间家庭里的婆媳过招、兄弟阋墙的道理一样，不是生性好斗，是如果不斗人生漫漫实在无事可做。

如果别云辛可以和胭红就此白头到老，百子千孙，永结同心下去，这便是一段佳话，可以流传万世，风靡三城。但现实哪会如此美好。据说，新婚当夜，忽来一场大火，城主别云辛死于火海，城主的胞弟别云州身体多处烧伤，而胭红则下落不明。

又据说，胭红在失踪之前曾留下一句话：“若只要你的命，不足以慰藉启城的子民。毁了你，便等同毁了这座城。”再据说，当日提出封锁物资，拒绝启城求救的第一人，便是别云辛。

在我看来，别云辛是个天生的政治家，因为他能及时利用天赐良机煽动另外两国一起袖手旁观，未耗费一兵一卒亡了启城。只可惜，别云辛不是个爱情专家，若他是，他便不会轻易爱上胭红。

在民间女子们看来，别云辛真是世间少有的专一，因为他只爱过一次，并且死于这次恋爱。

也就是从这天起，云州城突然多了十几个叫胭红的姑娘，她们是为了纪念这段爱情而改名的。在这盲婚哑嫁的年代，“胭红”就代表了突破传统枷锁的神话，当童话被人神化后，那便是一种信仰了，信仰是难以被磨灭的，也许当云州城城灭之时，唯一能留下的只有曾经最美好的信仰。

故事告一段落后，我提出一个至关重要的问题：“为什么你哥被烧死，你也被烧伤了？莫非你也爱着胭红？”

待一问完，我便后悔了，因为要按照这句话的逻辑，别云州理应是有恋兄情结的，否则不会陪他身陷火海，而是拉着胭红的手抛开种族的差异和世俗的成见乐观地迎向明天。

3

别云州沉吟良久，脸上浮现类似于苦恼的神色，而后微微挑起眉毛，眼底露出恍然大悟的意味，说："我也爱着胭红？是这样吗？"

不知怎的，见他如此，我竟不敢直视，只好别开眼，心底涌上愧疚。要知道，我是一个从来说话不负责任的女人。

别云州对我的一句戏言如此上心，可见他心智有多单纯，又或者他心里早就有此猜测，只是还需要通过别人的嘴说出来对他加以肯定。

于是事情发展到这步，我忽然不知道该接什么话，只好清清喉咙道："城主，人死了就不能复生了，活着的人若被死人所困，那便是活死人。倘若死人可以死而复生，那活着的人便有了期盼，可这世界上从没有发生过死而复生的奇迹。所以说来说去，咱们活着的人为了好好地活着，唯有先忘却死去的人。城主有没有想过，你和我之所以会失忆，为的就是忘记别人走自己的路？"

话一说完，我先被自己强大的逻辑性打败，这番话简直无懈可击，连我自己都难以找到论点驳倒，相信别云州不管听懂与否，都难以提出质疑。未料，别云州沉思片刻后的第一个问题，便把我问倒了。

他问："阿九，你说你也失忆了？那在失忆之前，你是从哪里来的，又为什么会失忆？"

由此可见，别云州不愧是一个养尊处优的城主，因为他失忆之后还有身边的人告诉他失忆前的来龙去脉，所以在他的思想境界里，所有失忆的人都该有无师自通的本事。

我把头撑在双手上，双手撑在石桌上，叹气道：“我也不知道从哪里来，不知道为什么会失忆，所以我才决定离开镇子，去寻找我的过去。”

这时，忽然一阵微风拂过面，撩起了别云州的发，发丝挡住了他的部分表情，令人看不真切，但越是看不真切的事物，往往越令人想去看。于是我想也没想，就伸长了手臂，欲将它拨开，却也在这时候，别云州一把抓住我的手。

这一瞬间，我才意识到自己的举动只有四个字可以解释：情不自禁。

在他温润厚实的手掌里，我的手显得那样冰凉、弱小、粗糙、干燥，简直不值得一提，这更令我发觉我们的出身和平日保养相差如此之多，便不由得自卑。

别云州放开我的手，露出淡淡的笑，眼底流光四溢，唤道：“阿九？”

我这才警觉，眼前人是个美男子，警觉之后不由得懊恼，别云州既然是别云辛的弟弟，自然也该是美男子。

我道：“城主，我家乡有个风俗，女孩儿家要是被父亲以外的男人碰过手，便要让那人负责到底。”

“你的家乡？”别云州一脸困惑，显得那样无辜，“你不是忘了你从哪里来的吗？”

我立刻觉得汗颜，被别云州强大的记忆力打败，只好颓废地站起身，说：“城主还是叫我九姑娘的好，镇子上的人都是这么叫的。”

转身的瞬间，我想了很多，在这紧要关头实在说不出“请你对我负责”这般羞死人的话，也只好选择转身泪奔。

哪知，别云州的声音在我背后响起，挽留了我泪奔的脚步。

“阿九，你有什么梦想吗？为了答谢你救我一命，我可以帮你完成梦想。”

我微微侧头，让他看到我的侧脸，因为风正吹在我的背后，头发被吹散开，可以显得我虚无缥缈。

我本想说“我的毕生心愿就是成为城主夫人”，但话到嘴边竟成了：“我想成为三城有史以来最强大的女仵作。”

别云州半晌不语，不一会儿，声音淡淡传来：“真好。”

我不知道别云州所谓的真好，是在称赞我这个怀春年纪的少女能有一个无关风月的伟大梦想是实在难得的，还是在唏嘘连我一个怀春少女都能有梦想而他身为一城之主却连半点儿想法都没有。

之后的三天，我没有再见到别云州，因为我整日将自己关在屋子里。

阿阮每天晌午起床后都会来看我，问我“吃了没”“吃的什么”。我也会回他“没吃”“没心情吃”。哪知阿阮竟不再继续问下去，而是独自觅食。我本准备着如果他再问我为什么没有心情吃时，我将会告诉他“在思考人生大事”，那么他一定会继续问我什么人生大事，我便可以将心事和他分享。可惜，他没给我机会。

心事没人可诉说，留在这里也不是办法。于是第四天，我主动去找了阿阮，给他两条路走：第一，跟我一起离开云州城去打天下；第二，我离开云州城去打天下，他留在这里继续当食客。

表面上看，任何一个热血男儿都不会拒绝打天下的提议，但实际上，天下已经三分而定，我们无人可打，并且我也没有多么宏大的愿望。所谓“打天下”也不过是解剖更多的死人希望有朝一日能成为第一女仵作罢了。所以我想，阿阮多半是会选择二的。

但是事情总喜欢逆人而行，这多半是因为人思考的角度总喜欢和事情的发展方向背道而驰吧。

于是，阿阮选择了一。

直到多年后，我才幡然醒悟一个事实，那便是三城法律都规定了仵作只能是男人，也就是说本就没有女仵作，所以从我立下宏愿的那刻起，我已经是第一了。可叹的是，这种独孤求败的境界竟是在我放弃这个宏愿之后才体会到的。

当我们和别云州告别时，别云州派人准备了一辆马车，又送给我们几千两银票和碎银，还有干粮、糕点、茶叶等。我和阿阮真是无以为报，纷纷热泪盈眶。

依旧挂着清浅笑容的别云州却道："我和你们一起上路。"

换句话说，这些东西应该是养尊处优的城主为自己准备的。

在经过一番惊吓和难以言说的心理活动后，我问他为什么。

他说他要找人。

我问："城主要去找胭红吗？"

我和别云州互相看着彼此，看着彼此的眼睛，试图看穿对方的灵魂，但我们都没被看穿。

别云州叹道："我想找个答案，这个答案只有她知道。"

我又问："那城主有胭红的画像吗？"

他摇头，神色是那样惋惜："所有见过胭红的人都在这几年或失踪或死去，我只来得及听完那个故事。"

这真是世界上最荡气回肠的虐恋情深了。别云辛爱着胭红，胭红爱着复仇，于是胭红用她的爱毁了别云辛的爱。别云州爱追踪真相，胭红却爱失踪，于是胭红又一次用她的爱毁了别云州的爱。

我陷入无限的想象中，最后还是靠着门框的阿阮提醒道："该走了。"

也不知道说到哪里了，我们三个人便上了路。路上的话题实在很多，大家都变得很健谈，尤其是我，但是我说了很多，却挥之不去脑中盘旋的那个问题。

我问："我只知道你姓阮，那你叫什么？"

阿阮扫了我一眼，眼睛带笑：“我叫勾刑，我没和你说过吗？”

勾刑，我玩味着这两个很有杀手气场的字，有种说不出来的感觉。

我又问别云州：“城主，你打算去哪里找胭红？”

我的预备下文是，假如别云州说不出个地点，那么马车行进的路线便由我做主，我会选择去死人最多的启城。假如别云州能说出个地点，那么客随主便，我只能期盼他的目的地有更多死人。

哪知，他却笑道：“叫我云州便可。”

我望着蓄满笑意的眼，忽而面颊燥热，结巴道：“这恐怕不妥吧。”

他解释道：“你看，若你一路上都叫我城主，一定会引来旁人的侧目，不如低调一点儿，可以免去不少麻烦。”

他的说法无懈可击，我只好答应。

最终，我们决定的地点正是启城。因为据别云州说，启城位于三城的交界处，不管去任何一国，都要经过启城，否则只能反向横跨绵绵山脉或者反向横渡茫茫大海，来到另两国的大后方。所以启城之所以会成为军事要地，绝对是地理位置决定的。

4

别云州很快就发觉，他做人低调的意愿是那样难以达成。

从云州城到启城的康庄大道只有一条，就是国道，国道虽宽，关卡众多。细细数来，一路上已经经过了二十三道，每道关卡都有村落环绕。可能是先有的关卡而后引来了暂居人群才形成了村落，也有可能是先有的村落为了方便管理而设定了关卡。总之关卡之多，连别云州也对云州城的人口数字表示惊讶。

就在抵达启城的最后一道关卡前，别云州的做人低调论也终于被打破了。

按照勾刑的说法是，这道关卡是外城人通向云州城的最后防护，守卫自然严密，若不严密，云州城内早就充满了奸细和探子。这番说法令我对阿阮刮目相看，也不禁开始怀疑阿阮在当乞丐之前是做什么的。

关卡的守门护军让我们三个下马车接受盘问，勾刑拿着别云州给的文书和一百两银子上前去疏通，护军扫了一眼文书，神情疑惑，露出一副更想知道马车里是何人的八卦表情。

我和别云州在车帘后面，自然看得清外面的情况，见到此景，我立刻表示紧张，伸头过去对别云州说："他不会真的掀开帘子查看吧，他见过你吗？"

别云州面无表情道："见过，这里的护军都是我亲自挑选的。"

我惊讶地望着他，见他一脸淡定，心中不知作何感想，只好说："那你直接叫他们放行就行了。"

他挑着眉对我笑道："若是这样，还能叫微服私访吗？"

我来不及接话，就见勾刑走了回来，他说那个护军认出了这个通关批文的笔迹，知道车里的人就是云州城城主，所以为了保证城主低调行事，他们将会很快放行，还请城主一路游玩愉快。

夜凉如水，明月当空，我们身居的客栈是这道关卡内的唯一一家。

在这样的深夜里，我本该裹着棉被入梦好眠，一来是许多日不曾梦见那手指修长白净的男人，二来是今日癸水突至，身体受限，精神也差了很多。

据勾刑说，我的嘴唇又紫又白，面色惨淡，就像大限将至的死人。

别云州见状，右手食指和中指便不由分说搭在我的手腕上，半晌，轻咳两声，笑容自然道：“阿九是血气不通，喝两服药便好。”

四周寂静无声，我们三个纷纷屏住呼吸，也不知道是为了什么。我别开燥热的脸，尴尬得不知该杀了别云州灭口好，还是该杀了我自己。然后又想，这或许是上天故意安排的吧。别云州摸过我的手，又获悉了我癸水来临的日子，按照道德伦常来说，他若不对我负责，实在说不过去。

然而，我还没有说出打好的草稿，别云州已经站起了身，道：“你早些休息吧，我们先出去了。”

此话一出，本来对我欲言又止的勾刑立刻无语，也不得不出去了。

我躺了很久，脑中的问题不停浮现。

正如别云州所说，那护军果然帮我们安排好了一切，客栈、膳食、衣物，妥善到好似演练过多次一样。于是我得出一个结论，当年的别云辛一定是一个以微服私访为乐的浪子城主，才会在云州城以外的地方遇到胭红。而别云州和别云辛一脉相承，肯定也遗传到了这点，于是也希望借由微服私访的机会再次遇到胭红。

这个想法令我许久不曾入睡，脑中努力勾画着别云州和胭红可能会发生重逢的场景。思来想去，又得出一个结论，爱情本就是一场无迹可循的庸人自扰。

于是我这个庸人便起身走出了门，无处可去地走到客栈的后院，但后院里已经有人占据了有利地形，那便是勾刑。

左顾右看一番，发现这后院真是简陋得紧，没有桌椅，也没有凉亭，更没有树影萧萧，只有一口井，和天上的一轮明月。除了井，便只能赏月，这真是一个诗人速成的风水宝地。

但勾刑似乎不想当诗人，他正靠在井边自斟自饮，望着地面。

我实在参悟不透勾刑的内心世界，只好也凑过去，蹲在他面前。

勾刑又喝了一口，道：“你也睡不着？”

我胡乱找了个借口："明天就要到启城了，我太兴奋了。"然后又不知道哪来神来一笔，又说道，"我心里有个问题，你能帮我解答吗？"

他"嗯"了一声，淡笑地望我。

我困惑道："你说别云州已经不记得胭红姑娘的相貌了，那他怎么找她呢？就算遇到了又怎么知道是她呢？也许他已经遇到她了呢，也许我就是她呢？"

勾刑愣了一下，这一下持续很久，接着陷入沉思。

在勾刑沉思的时间里，我就着月光研究他的长相，虽然我只熟识我师父和勾刑两个男人，但我相信就算翻遍了云州城，也难以找出比勾刑更平凡的男人了。尤其是在别云州面前，任何男人都很容易暗淡失色。只是不知道为什么，如此平凡普通的勾刑，存在感却并不输给别云州。

"不会的。"

我正沉浸在从男人的相貌得出的感想中，轻轻的三个字便将我拉回现实。勾刑一脸笃定地看着我，笑容不改。

我问："什么不会的？

勾刑先是一愣，然后蹙眉道："你方才不是问我你会不会就是胭红吗？"

我恍然了一下，还来不及细想便问："哦，对，可你为什么说不会？"

勾刑眼底含笑，一本正经道："因为传说胭红是位绝代佳人。"

这句话的后果便是，我失眠了一整夜，因为被迫受辱，于是对着屋内的铜镜反复审视自己的脸，眉毛略浓，眼睛略挑，鼻头略圆，嘴巴略小，若是严格来讲，这是一张清秀却极有个人特色的脸，但就是不太像城主夫人的脸。

自古美女皆命薄，长得美的多半沦入花楼，没有沦入花楼的多半沦为达官显贵的小妾，没有沦为小妾的多半沦为贫民家的主妇。就算是命好的当上大家的长房太太，也多半会克夫并劳碌一生。再好命点的，诚如胭红，不但克夫，还克小叔子，那就真是薄命中的薄命了。

这么一想，我心里顿觉舒畅。

直至天蒙蒙亮时，鸟儿在窗外啼叫，我简单地梳洗了一下，便听到阿阮在外提醒要启程了。

走出门去，勾刑盯着我的脸，凉凉道："你怎么跟个鬼似的。"

我白了他一眼："你见过鬼吗？"

他说："没有，但我见过亦庄里的死人。"

我没理他，自昨夜受辱后，绝代佳人和死人于我，也并无不同了。再度登上马车后，别云州也被我的脸色吓了一跳，微微一皱眉，说要帮我请个大夫。

我抿抿嘴，装作漫不经心地转移话题道："我能问城主一个问题吗？是不是所有缠绵悱恻的爱情故事都要以英雄救美为基础？"

别云州尚没答话，勾刑插嘴说，那是自然的，看上任云州城的城主，再看明日城的城主，不都是如此吗？虽然都是悲剧结尾，但只有这样才能让世人记住，广为流传。

我一愣，问道："明日城城主？他怎么了？"

勾刑顿了一下，意味不明地瞅了我一眼，说："你不知道吗，上任明日城城主夫妇死于一次大规模的刺杀行动，现在的城主年仅七岁，是上任城主的儿子，由上任城主的妹妹明月公主辅佐……"

别云州也感叹地插嘴："哎，他们能够同年同月同日死，这也是个不错的结局，听说那位城主夫人也是位绝代佳人。"

我无比憎恨"绝代佳人"四个字，咬牙切齿道："你们又没见过，怎么知道。你们有没有想过，正是因为人死了，死无对证了，所以活着的人便可为了加强故事的感人度而做夸张的描述。就算那位城主夫人是个丑八怪，也会被形容得举世无双。因为老百姓只接受美男美女的爱情故事，这样的爱情故事才有噱头，说书人才有生意，听众才肯花银子。”

我这一番愤恨不平的言论终于换来马车内久违的平静，别云州和勾刑都无言地望着我，纷纷露出惊讶的表情。我想，这应该是因为我的话太有哲理了。

良久，勾刑才淡淡道：“你真像是个吃不着葡萄说葡萄酸的怨妇。”

长得像女鬼、说话像怨妇的我，一路都很沉默，拒绝将目光投向勾刑，这是一种宣战的姿态。直到马车来到启城脚下，我们顺利通了关，勾刑走下马车拿行李的时候，他才对我说道：“来帮忙，你都闲了一路了。”

这场冷战，最后以我和勾刑拿着行李在前面开路，别云州闲闲跟在后面而告终。我们在云州城的管辖范围内找了一家客栈住下，租下三间上房，又听说这家客栈难得一大清早便客满，来往的人都长着大人物的脸，许是要发生什么大事。

5

就在入住客栈的第二日清晨，也不知道为什么勾刑将我早早叫起，更不知道为什么一楼大堂已经坐满了人，于是情况发展得让人毫无准备。

所有人抬头望着我们三个人，一动不动。别云州噙着一成不变的笑容走在前头，经由店小二的招呼先一步在事先空出来的位置上坐定。我看看面无表情的勾刑，便问他为什么每桌桌边都有人站着，这些站着的人却不去坐那几桌空出来的座位。

别云州解释说，那些站着的人是下人，哪有下人和主子共坐一桌的道理。

我立刻感到恐慌，于是拉扯着勾刑问，我们对于别云州来说算不算下人。勾刑还没来得及回答我，店小二就端上了早点。

我抬头朝他一笑，刚要表示感谢，余光却又瞄到周围人的目光灼灼，想来，围观还在持续。

这是我头一次被人围观，胸中小鹿乱撞。

我问勾刑，为什么他们要盯着我看，难道就因为我是这里面唯一一个女人吗？

勾刑说，他们看的是别云州，因为他是在场唯一一个城主。

于是我转头看向别云州，顿觉他周身缠绕着城主的光辉，衬着月牙白色的锦袍，特能彰显城主的灵魂。俗话说得好，一山不容二虎。拥有这样灵魂的城主，实在不该再出现第二个。

但就在这时，也是一行三人迈进了客栈大堂的门口，为首的男人身穿一袭紫色长袍，绵密的玲珑刺绣点缀着袖口与领口，手中折扇轻轻一拂，鬓旁乌发随风摆动。这人踏着晨光而来，一瞬间就调走了所有围观人群的视线。想来，这也是一个有着城主灵魂的人。

三人走到唯二空出的桌边坐下，店小二忙去招呼。他们在东，我们在西，于是围观群众左顾右盼。

我瞄了一眼唯三的空位，刚要询问别云州今天要举办的聚会是什么名目，便见一个颇似大人物打扮的叔叔站起了身。

他说了很多，全是官腔，我只记住一句，便是：“在下能有幸和二位城主共聚一堂，实在是……”说罢，那人先后向别云州和紫衣男人致敬。

我扯了扯勾刑的袖子，道：“两位城主？那边那个是哪个城的城管？”

勾刑先看了看袖子，又看了看我，方要启口，被别云州打断：“这个剑眉星目的男人就是天启城的城主，莫珩。”

又一位叔叔站起了身，左右看看，然后提出一个引起满堂振奋的政治话题：“敢问二位城主对启城的将来有何见解？”

一个没有归属和当政者的启城，若由外人对它指手画脚，那便会彰显狼子野心。我微微一皱眉，低头吃饭。

两位城主也在吃饭，都不答话，倒是另有人回应了。

那人也说了很多，中心思想便是当年若非三城不谋而合，一同孤立启城，启城才有今日的面貌。遥想当日启城城主昏庸无道，高官夜夜笙歌，百姓不事生产，启城已经腐朽不堪。但三城的当世明君皆不能出师无名，又不能因看不过眼而讨伐背负侵略者的骂名，唯有在启城被天意所亡时，袖手旁观，以期将来收拾残局。这便是身为当世明君应有的气度。两位城主依然不语，目光时不时瞟向空出的座位。

那个座位是为谁而留，答案已经呼之欲出了，一个年仅七岁就被迫登上城主宝座的娃子，也不知道是他幸，还是不幸。

若他能坚挺地活到成年、中年、老年，并且将明日城治理得井井有条，百姓安居乐业，那么世人多半会赞他生来就是当城主的料，是百年难见的奇才；若他未到成年便夭折于政治内斗中，这也是世人心目中最有可能发生的。除了唏嘘短叹几句，也便无话可说了，毕竟要在一个七岁大的娃子身上找寻话题，本就是一场自寻烦恼。

勾刑撑着头，专注地看我：“你怎么看？”

于是别云州也转头看我。我成了他二人的焦点，顿觉受宠若惊，只好蹙眉反思刚才都想了些什么，想来想去实在想不起来，只好硬掰道：“第三位城主还没到，就开始讨论，看来这些大人物都没将他放在眼里。但其实吧，小孩子的模仿力是最强的，也是最记仇的。现在谁对他不好，他都记得住，将来长大了，会一一讨回来的。”

勾刑插嘴道：“这是你的经验之谈吗？”

我瞪了他一眼，说：“少年城主不得不防，在年岁上，他有的是谋略的时间；在心智上，他有的是待开发的空间。若从国家角度考虑，当权者的岁数并不代表国家的岁数，就算当权者更新换代，国家还是国家，并不会因为当权者年仅七岁就变得岌岌可危。他身后不是还有明月公主呕心沥血吗，他手下不是还有几朝元老等着肝脑涂地吗？他具备这么多硬件条件，只要软件过得硬，将来一定会成为一代明君的……可是话说回来，上一任的明月城城主和夫人到底是怎么被刺杀的？”

别云州笑意不改，却也不答，只是对我的见解表示玩味。

勾刑张了张嘴，叹了一声，忽而露出一脸不符合年岁的沧桑。

这时，现场的人已经争辩得如火如荼，正巧也有人提到了上一任的明日城城主，争论的话题立刻转舵。

有人说：“明日城城主和明日夫人真是郎才女貌、天作之合。我有个远房亲戚曾有幸应邀为夫人作画，他用了三个月的时间才能抓住夫人点滴神韵。那真是连笔墨都难以形容的绝世风华，只可惜，红颜多薄命。”

在场人无不短叹，我也只好短叹，余光瞄见别云州也低垂了眼眉，一脸心事。

这时又有人说：“听说明日城主和夫人是遭奸人所害，城主身中数箭，夫人也被逼跳崖，真是可惜可叹……”

我看着勾刑：“为什么自古美女多跳崖？”

勾刑一脸莫名道：“因为跳崖就尸首全无，尸首全无就是还有尸变的可能性，古来多少说书人都重视且听下文分解。”

我还是感到疑惑：“那依你所见，我在失忆前遭受过什么事？”

勾刑分析道：“多半是你爹欠了赌债把你变卖，你生性不为传统礼教所束缚，于是逃跑。逃跑的途中又被人卖到花楼，可惜花楼老鸨眼光挑剔，就把你分配去伙房帮忙。你吃不饱穿不暖受尽凌辱就偷了花楼里的鸡，然后再被花楼的打手追杀，被打得半死扔进河里……”

勾刑分析得头头是道，有论点、有论证，真是让我无从置疑。但思想就如破闸猛兽真是关也关不住，始终想不透为什么同样身为女人，人家就是城主夫人可以日日宫斗锦衣美食，我却要偷鸡摸狗还被毒打丢弃，真是令人无奈。

“我娘不是被逼跳崖的，是宁死不屈！”

一道童声转移了面红耳赤的群雄们，众人纷纷望去。门口正站着一个小童，唇红齿白，双眼怒瞪，一身青绿色长衫真是青葱翠绿。可以想见，这个已经能将个人气质和胆识展现自如的娃子，将来长大定会前途无量。这个便是来迟的明日城城主——师云。

师云在身后眼神浓丽的冷艳女子和若干随从的陪同下，来到空位，憋红了脸坐下，一脸愤愤不平。

勾刑扫了我一眼，道：“同样都是女人，真是云泥之差。”

我龇牙咧嘴得说不出话，他怎么不去死！

有人问：“姑娘莫非就是明月公主？”

还有人问：“城主为何说明日夫人是宁死不屈？难道另有隐情？”更有人问：“既然三位城主都到齐了，可否为我们解惑？”

三位城主默契非常，一言不发，却也不将目光投向对方，于是城主周围的随从就成了众目睽睽的靶子。

我真是无地自容，只好埋头。

但我想，既然已经在此聚首，若是不说些什么实在是狗眼看人低。然后又想，别云州身为一城之主，身边肯定不乏代言人，可惜出来匆忙，只带了我和阿阮，所以这个重任也只好由我们承担。

思及此，我对勾刑使了个眼色。

但勾刑一脸无辜地看着我，令我不得不独自扛下重任。

于是我只好站起身，顶着所有人的目光，说道：“国在，人在，民心在；国亡，人亡，民心亡。既然启城已经腐朽不堪，百姓自然难以安居乐业，心散了，人散了，社稷也便散了。这样的国家自有自取灭亡的一日，可三城却在此时袖手旁观，说得透彻些，也不过是为了一己私欲。或许三位城主都认为站在人道主义的角度上想，这样的国家不救也罢，救即是不救，不救即是救。可启城灭了，兔死狐悲，将来若是三城也灭了，也不知会是如何境地，会有谁为其悲鸣？”

这一瞬间，我明白了一个道理，历史上的评论家都是建立在当政者或前当政者的失败基础上的。若没有战争和奴役，便没有愤愤不平的心态，也便没有直抒胸臆的情操和振奋人心的言辞。但说白了，评论家只是评论家，评论得再好也只是著书立说，并不能救国救民。国家的存亡，始终还是建立在军队和政治基础上的。

我本想就这一番立场不明的感言重新唤醒在场群豪的争辩斗志，就此挽回尴尬局面，因为不管任何一个论点，都有同意和反对两面，同意的会喝彩，反对的会辩驳。

可自我说完，现场鸦雀无声，没有人对我发出感叹，也没有如我想的一般提出质疑，皆茫然地看着我。

我想，我终于成为一个让男人有想法却没有做法的女人了。

这个想法来得太迟了，有点儿覆水难收，直到师云率先出了声：“娘！”但见那弱小的身子突破重重围绕，向我奔来，在我和众人的瞪视下，毅然决然地冲进我的怀里：“娘！”

这真是我听过的最嘶力的称呼，包含着久别重逢的喜悦和满腔满胸的悲愁。

第七章　阮九篇（下）

1

一城城主正在往我怀里拱，多么孩子气的举动，再看他那张梨花带雨的小脸，我心里倏地一抖，软了三分。

抬头望去，众人纷纷目瞪口呆，对我行注目礼，动作整齐划一，可以看出他们是发自内心地对这一幕表示惊讶。为了合群，我也只好表示回礼，同样一脸惊讶地低头看着师云。

我说："你认错人了，我不是你娘，我还没嫁过人。"

师云可怜兮兮地抬起脸，两手抓紧我的袖子："不，你就是我娘，你就是化成灰也是我娘。"

我："……"

明月公主走出人群，慢慢靠近我，眉心微皱，双目含水，好似在透过我回忆某个昔日的影子。

我想，机会来了，小孩子的记忆力有限，大人是犯不着一起胡闹的，于是便道："公主，我想小城主是……"

未料"忆娘成狂"四个字还没出口，她已将我打断："嫂嫂。"

我微微一怔，望着仿佛从画里走下来的美人。她双唇微抿，难掩颤抖，若我是个男人一定会为这副我见犹怜的神态所倾倒。

我说："我真不是，我……我只是个下人，是云州城城主的下人，大家都叫我九姑娘。"

明日公主顿住半晌，将声音压得低柔，眉宇松缓："那么，可否请九姑娘借一步说话。"

我将视线投向后方，别云州与我四目相对，眼里浮现了然，遂站起身走上前几步，道："且慢，明月公主说阿九就是昔日的明日夫人，可有凭证？"

师云抹了把泪："自然有！来人，把画拿上来！"

随从训练有素地将我们面前的桌子清空，拭净。

明月公主接过画轴，广袖一挥，画轴随之展开，画中女子的面容暴露在众目睽睽之下。眉眼噙笑，唇淡而无色，青丝如瀑，卧姿随意，真是位美人。

我摸着自己的脸，不敢置信地看着画，再也说不出半句"这分明不是我"。倒不是因为我自认为也是美人，而是不敢相信这世上曾有一位长得和自己一模一样却比自己美上千百倍的佳人。

身后众人发出惊叹。

"原来这就是明日夫人啊！"

"美，真是美！"

"惊为天人啊！"

听这七嘴八舌的讨论，我顿觉脸红汗颜。

我马上提出疑问："明日夫人的芳龄是……"

师云道："二十整。"

我说："哦，那敢问城主今年几岁？"

师云道："七岁。"

我奇道："那夫人十三岁便生下你？"

师云咬着唇，低头诺诺道："娘不是亲娘。"

别云州轻咳一声，靠近我身边，淡然道："明日夫人是续弦。"

明日公主漾出一抹淡笑："现在，可否请九姑娘借一步详谈？"

我不知说什么才好，只好再度看向别云州，道："能不能请城主一同在场，帮阿九做个见证？”

别云州清浅一笑：“好。”

师云咬着唇看了别云州一眼，突然道：“那我也请天启城城主一起做个见证。”

莫珩人未到声先至：“荣幸之至。”

人群分开两侧，紫色长袍落入眼帘，莫珩一脸意味深长地看了看师云，又看了看别云州，最后看向我。

我说：“咱们见过吗？”

莫珩道：“未曾。”

狭长的眼，如刀刻的鼻，微抿的唇，弧度优美的下颌，这样的一张脸，我确实没有半点儿印象，只是感觉似曾相识。似曾相识通常只有两种解释，一种是真的曾经相识，一种是一见钟情的另一种解释。

放下这荒唐的想法，我道：“哦，应该是没见过。”

在群雄的目送下，我们走进全客栈最大的一间房，根据摆设分析，这是一间会议室。

师云的小手依旧抓着我的袖子，我没有挡开，只是任他撒娇。任何一个大人物小时候都是有权利天真活泼，这么小的孩子就没了娘没了爹，又没了后娘，真是可怜。

我说：“公主，明日夫人生前……”

明月公主将我打断：“欣颜，嫂嫂以前唤我欣颜。”

我只好说：“哦，欣颜，夫人生前是怎样的人？”

师云说：“我娘从来只对我笑，从不对人动怒，她就像水一样地温柔。”

我说：“我和你娘不太一样，我脾气不好，喜怒无常，还常常欺负勾刑。”

师云问：“勾刑是谁？”

我指着闲在一边嗑瓜子的勾刑说：“他就是勾刑，阮勾刑，我现在随他姓，也姓阮。”

师云皱眉道：“娘该随爹的姓。”

我说：“我真不是你娘。你娘二十岁，我看上去也就十八，你娘看上去很有文化，我只会给人解剖。我用刀很快的，可以轻易地剖开死人的肚子。我记忆力很好，就算是将人骨打散，我也可在一时半刻内拼合完整。哦，对了，我还没有嗅觉，看了几个大夫都说没得医，所以我也闻不见尸臭，闻不到饭香。”

师云抖着下唇，仿佛又要哭了：“我……我娘有嗅觉。”

我拍拍他说：“看，我真不是你娘。”

师云转身扑进了师欣颜的怀里，不依不饶地大哭。

师欣颜无声地望着我，无声地谴责我不该对一个小孩子这么残忍。我也无声地望着她，无声地告诉她长痛不如短痛。

师欣颜缓缓开口：“九姑娘，你是从小就学解剖吗？在这之前可曾去过明日城？”

我道：“从有记忆以来就学，明日城……应该没去过。”

角落里的勾刑凉凉道：“你又没有记忆，你失忆了，哪来的记忆？”

我瞪了他一眼，再转头时，正撞见师欣颜饱含惊喜的脸。

她问：“那你是什么时候失忆的？”

勾刑又插嘴道：“有半年了吧。”

师欣颜瞪大了眼：“嫂嫂也是半年前跳下的山崖！”

我连忙看向别云州，希望他能驳倒师欣颜。但别云州也是皱眉望着我，说：“莫非，冥冥之中早有安排？”

我来不及细问，师云又扑了回来，叫我“娘”。师云见风使舵的本事实在厉害，我只好哑口无言。

师欣颜转向沉默许久的莫珩：“莫城主，依你看呢？”

莫珩摇着折扇：“失而复得，这是天意。”

我有些无语。

不管是在什么年代，都迷信专家，迷信威信。当世的威信是什么？就是一城城主的金口一开。若你碰上三位城主异口同声地指证你就是某某某，那你也就只能是某某某，就算你要反抗，也只能在心里碎碎念，因为这世上没有不透风的墙。

除了启城那件事，三位城主头一次达成共识，这是划时代的奇迹，而创下这个奇迹的人就是我。所以消息一传十十传百，传到街头巷尾尽人皆知的时候，我已经别无选择了。

从这一刻起，我成了明日夫人，但我却不知道什么时候会被拆穿再扔出明日城，这真是造化弄人。

这世界上或许真有长得一模一样的人，但在前者跳崖的同时，后者也恰巧身负重伤而失忆。这样的巧合，真是科学也难以验证。可惜明日夫人不是师云的亲娘。如果是，可以滴血认亲，但师云也说明日夫人是个孤儿。如果不是，也可以找其亲人做证。所有的线索都断了，所有的证据都指向我，可是却没有人能告诉我，有没有一种可能，让那样一个美人儿失忆后性情大变，变成我这个矬样儿。

当一件事有无限可能时，人们总会往最好的发展方向去想，因为胸怀希望，所以师云宁愿相信我是他娘，也不愿相信这是巧合。

自这以后几天，这间客栈便被封锁，只住着三位城主、公主和随从，以及我和勾刑。我的房间外守卫森严，真是连半只苍蝇都飞不进来，更何况我一个大活人。

我和勾刑商量过，逃是逃不了了，只好先随师云回明日城，试试他们所谓的古办法，让明日城最出名的幻术师对我催眠，希望唤醒我失忆前的记忆。往好处想，若我真是明日夫人，我便可以荣华富贵一生，只是要守寡；若我不是，也能明白自己曾经是谁，这未尝不是一件好事。

我问勾刑：“传说有没有告诉你，明日城主是怎么认识夫人的？哦对了，城主和夫人都叫什么？”

他说：“城主师然，夫人顾阑珊。”

我说：“哦，蓦‘然’回首，那人却在灯火‘阑珊’处？”

勾刑不理我，只是长叹。

见勾刑半晌没反应，我戳了戳他，说：“那以后你是该叫我阿九，还是叫我阑珊啊？”

勾刑淡然地瞟了我一眼，撇嘴道：“你就是阿九啊，就算你记忆恢复了，我也叫你阿九。”

我张了张嘴，说不出话，心里的感觉真是言语难以形容，只好说：“哦，这样啊，那我以后也只叫你勾刑吧，礼尚往来。”

勾刑又瞟了我一眼：“勾刑？你从未叫过我的名字。”

我说：“那就从现在开始吧，也不知道还能叫多久，要是我真是……哎，那可就是思念容易相见难了。”

勾刑眼神古怪地望着我：“你在想什么？就算你是顾阑珊，我也可以随身保护你。”

我说：“保护我？你会武功吗？”

勾刑似笑非笑道：“废话，你以为为什么一路上这么安全？”

我说：“不是我运气好吗？”

勾刑不语，皮笑肉不笑。

我一拍脑门：“不对，你既然会武功，为什么还要和我一起逃出镇子？”

勾刑说：“我懒得用。”

正当我和勾刑重新认识彼此的此刻，门外传来敲门声。师欣颜说，幻术师连夜快马加鞭赶到了启城，就在一楼大堂处，叫我出去接受移魂大法。

我问师欣颜什么是移魂大法。她说就是把我现在的魂魄移走，把她嫂嫂的魂魄召回来。我大惊失色，连忙抓着她的袖子哀求不要让我当孤魂野鬼。

她安抚我说："放心吧，我们都已经安排好了。"我想，她怎么就是不明白呢，就是这样才不放心啊。

待一转眼，我已经被师欣颜架到了一楼，勾刑在后面闲闲地跟着，手里不知何时变出一把瓜子，嗑得津津有味。

2

夏秋交接，天气仍然燥热，在这样复杂多变的环境下，这家云州城名下的客栈一楼大堂里，云集了三城的城主、我和勾刑。三城城主各坐一角，勾刑站在角落，我和幻术师站在中间，看着这位据说能知过去未来的神人，我感到无比紧张。

但我想，这位幻术师也很紧张，因为打从他一进门就目光灼灼地盯着我看，好像发现了欠他巨款多年的在逃犯，又好像饿了三天的豺狼终于遇到了一只小白兔。然后我又想，这也许是他害怕被人看穿的惯用伎俩，借此吓退我罢了。

我一把抓住幻术师，说："大师，请您帮我先算算失忆前有没有欠人债，要是有，咱们就别作法了。"

师欣颜轻咳道："嫂嫂的债就是我明日城的债，嫂嫂切莫挂怀。"

幻术师胸有成竹道："这位姑娘曾经欠过三个人一件东西，至今都没有归还。"

我干笑两声："什么东西，我醒来后身无分文，要是不太贵重的，就……”

他打断我：“这三件东西只能你自己去还，别人还不了。”

我相信在这世界上，比算命先生还欠揍的就是幻术师了。因为他说的过去未来我都没有能力去验证，相信他的人就会相信他指引的路，不知不觉按照那条路去走。应验的便认为他法力无边，没应验的也会继续走下去直到应验的一天。不相信他的人，多半也不会让他施法，因为不相信还要接受施法的，除了吃饱了撑的没事干的，就像我这样，被人赶鸭子上架的。

幻术师对我施法的时候，我闭上了眼，睡意蒙眬很快入侵了我的所有意识，我被卷进一个旋涡，但隐隐约约之间还能听到外界的声音，好似有一批刺客冲进了客栈，又好似听谁吼了一声“迎战”。大堂里的人便和那些刺客扭打成一团，只有我和幻术师相安无事，与世隔绝。

群殴是最可怕的，因为群殴总会伤及无辜。

我很怕天外飞来一把刀正插进我的大动脉，又很怕那把刀插进幻术师的大动脉，导致他施法不得，最后将我永远留在混沌领域里，就此成了植物人。

但我的想法也只来得及进行到这里，很快我就看到一簇白光。白光的尽头还是白光，刺眼的白光。我的眼睛半眯着，我的脚不停地前进，直到整个人都融入白光里，才在彼端看到一个隐约的人影，根据身高判断，那应是一个男人。

我想，这莫非就是明日城城主师然。我突然对这个人的相貌产生了好奇心。因为要从活人口中得知一个死人的长相是那样地难，爱他的人会对他艺术加工，恨他的人会对他人道毁灭，要客观评价一个人还是要眼见为实啊。然而我转念一想，立刻否定了这番见解，因为连我自己也不能预知当我见到这个人的时候，是爱他还是恨他。按照师欣颜的描述，我已经爱他爱到要和他殉情的地步了，真是令人动容。

当我走近那个男人时，我们周围的景致突然急速旋转起来，真是时光如水，岁月如梭。它们奔跑得飞快，看得我眼花缭乱，但竟然都看进去了，或者说它们都训练有素地排队涌入我的脑海。我想，这些记忆就是这个男人和我共同拥有的。

一直背对着我的男人转过了身，青灰色长袍轻轻拂动，他伸出一只手到我眼前，说："这是我对你的唯一要求，等你回来，咱们便成亲。"

我看着那只似曾相识的手，心想，这真是我见过最好看的手。

抬头看他，他微笑着，唇色是淡淡的红，唇角微微上扬，露出浅浅的酒窝。

我头一次看清他的全貌，这个人，不是师然。

我此时的心境就好比一位人人赞许的翩翩公子终于要娶到梦寐以求的佳人时，却在掀开红盖头的一刹那发现娶错了人。所有人包括我自己都以为我会想起师然，但是我在这里见到的男人却不是他，而是一个我怎么也想象不到会是他的他，这样的打击真是不可谓不小。

幻术师似乎也感觉到了我的抗拒。他缓缓收了法，虽然我一直没看到他施法的动作，只是觉得有人在我脑瓜顶碎碎念，比画着什么鬼画符。

幻术师在我耳边说："现在，你可以慢慢醒来了。"

我果真慢慢醒来了，睁开眼的一刹那，真是刺眼，待看清时，只见满地的尸首和面色凝重的几个城主。

师欣颜捡起此刻身上的腰牌说："这是云州城的信物。"

别云州笑道："这些不是我的人。"

莫珩展开折扇低头想了想，目光瞥向我，发现我醒了，神色微讶。

接着，大家都发现我醒了，我也不得不说："我醒了。"

然后我问幻术师："你有没有把不属于我的记忆强加给我？"

他说没有。我只好相信，因为这是永远都无法验证的。

师云第一个冲过来，双眼又蒙上了一层水雾："娘，你是否想起云儿了？"

我摇头："对不起，还没有。"

幻术师接话道："这位姑娘的记忆只恢复了一小半，余下的要等她精神好些再说。"

师云立刻又问："那一小半，是不是有我爹？"

我又摇摇头："你爹还没出场。"

入夜，凉风习习。

我去拜访了幻术师，问他什么是幻术。他说，所谓幻术，就是引发人脑里已经存在的记忆，若是不存在的，即使他幻术多么高明也不能施法。而且每个人接受幻术的程度不一样。有的人心里已经做好了准备，自然事半功倍；有的人心里隔了许多道墙，刻意逃避过去，这对幻术师也是极大的挑战。

走出了幻术师的房间，便在长廊上遇到了莫珩。

莫珩好像也是刚从房间里出来透气的，见到我，也是一怔，浅笑一下，便要转身回屋。

我叫住他，道："莫城主可有娶妻？"

他停下脚步，侧头看我，眉宇轻皱："未曾。"

我问："为什么不娶？"

他说："可能还在等一个人。"

我问："等到了吗？"

他不语，酒窝隐隐显现，映在微弱的光线下，真是好看。

我走过去，站在他面前，说："若是等不到呢？"

他眯起眼，眼神透着惊讶，好似明白了些什么，又好似不太确定："九姑娘可是想起些什么？"

我一乐："想起了一些不该想起的事，可是又好似不得不想起。莫城主，你说人的记忆是不是就像一本书，有前因有后果，有命定有报应。若是忘掉了前因，也便没了后果，若是忘掉了后果，前因也显得很萧索？"

莫珩投来一眼，意味不明："那姑娘可是想起了前因，却没有后果？"

我"唔"了一声，说："应该算是吧，最起码我已经知道自己从哪里来，要往哪里去了。"

莫珩垂下眼，不语，脚下一转，回了房。

一转眼已经是第二天早上了，伴着晨光，我和勾刑说了一段故事。究竟为什么要和勾刑说，大抵是因为他是唯一一个没有掺和到这里面的人吧。要知道，有些事还是要和局外人说说才管用。因为局内人或多或少都会为了私心而将你指向他们希望的那条路上去。

我问："勾刑，你觉得女人的爱伟大还是男人的爱伟大？"

接着，我又说："其实是男人的爱伟大。男人的爱在天下，在苍生，女人的爱在丈夫，在后代。不过要是没有女人，男人就算有再宏大的目标，也没有人可以延续。再说，男人的伟大也都是他们的妈手把手教出来的。所以，男人的伟大都是女人成全的。"

勾刑望着我，说不出话。

我不知道他是清晨脑子不好使跟不上我的思路，还是有心事不想附和我的见解，总而言之，我也没想他回答。

我说："假如我告诉你，在这世间，曾有一个傻姑娘为了一句话就去贩卖她的爱，你相信吗？假如我告诉你，这个傻姑娘成功了，心里却并不高兴，因为不小心弄丢了一件东西，你相信吗？"

勾刑默默望着我，眼里泛着我看不懂的光，幽幽地，深深地，静静地流动，一眨眼，又归于平息。

我仿佛受了蛊惑一般，望着那双眼睛着了迷：“勾刑，你想听我说个故事吗？”

他的嗓音沉沉：“你说，我便听。”

我讲的故事很简单，无非就是从我在启城伺候夫人，并和合欢成为姐妹，又亲手为他们收尸开始讲，一直讲到启城灭亡。我在天启城遇到了莫珩。莫珩跟我求婚未遂，便拜托我去云州城给他妹妹莫媛送信。

到这里，就是我找回来的记忆。

故事说到这里，我看向一脸面无表情的勾刑：“勾刑，你觉得这个故事的可信度有多高？”

勾刑一脸犹豫：“这就是你恢复的记忆？”

我点点头，想到合欢，想到别云辛，想到传说中的胭红就是自己，五味杂陈真是言语难以诉说。

我说：“恢复这段记忆时，我为合欢感到伤感，还为自己曾经的作为感到不齿，不知道当初为什么要那么对别云辛。如果他也是别云州那样的人，我那时是有多狠心才下得去手啊。”

勾刑几不可闻地叹了口气，伸出一只手，冰凉的手指轻轻托起我的下颌，皱着眉看着我纠结的脸：“站在别云州的立场上，也许你当初是做错了；可站在胭红的立场上，你是个了不起的姑娘。”

我微微一震，一把抓住他的手，握在手心里看：“勾刑，你的手长得真好，这么好看的手，倒不像是乞丐的手。在当乞丐之前，你是做什么的？”

勾刑反握住我的，似笑非笑道：“这只手以前曾经握着一个女人走了很久。”

我呆呆看他，脑中一片空白：“那后来呢？”

勾刑轻声道：“后来，不记得了。”

我茫然地看着勾刑，心想，连曾经握在手心里走了很久的女人也会忘记，那一定是段很值得失忆的往事。

我说："要不你想想吧，想到了告诉我，我很愿意和人分享故事的。"

勾刑似笑非笑地望着我："知道了太多你会有压力的。"

我眨眨眼："咱们是朋友，你总憋在心里也会有压力的，不如说出来，让我帮你分担。"

勾刑半晌不语，只是瞅着我笑。我被他瞅得发毛，只好也回望着他，不认输地正视他的双眼。那双眼睛就像两潭漩涡，漆黑不见底，仿佛要将人吸进去一般。好像在很久很久以前，也曾有人这么看过我。可转念一想，我和勾刑早就认识，觉得眼熟也是应该的，只是不知道为什么双颊阵阵发烫，真是愁人。

正当这么纳闷时，却听勾刑说了句话我没听清，接着眼前一花，天旋地转之后，我已经被勾刑压在他和地面中间，他的面颊贴着我面颊，那触感……分明不是人的。

我疑惑地望着他的侧脸，顺着鬓角的纹理望去，只见一道似是黏合过的缝隙，尚无暇细想为什么我才说替他分担压力就被迫承受他的重力，进展如此迅速。

勾刑也没给我细想的机会，他站起身又顺手将我拉起的同时，一手不知从什么地方变出一把剑，反手刺向身后，但听"啊"的一声，一个黑衣蒙面人已经倒在我们眼前。接着挑开那人的面罩，是一张不认识的脸。

我颤颤说不出话，但又觉得该说点什么，只好道："他是来杀你的，还是来杀我的？"

勾刑挑眉看我："有分别吗？"

我说："自然有，如果是杀你的，你有自保的能力；如果是杀我的，我要不是和你在一起，可能早就死了。"

勾刑淡淡地说："我不会让你死的，别说傻话。"

这话怎么听怎么怪，怎么听怎么臊人。

我抽回被他紧握的手：“你最近说话越来越暧昧了，不知道的还以为咱俩有奸情。”

勾刑低头看我，笑意意味不明。我这才注意到他是个高个子，以前一直忽略了他的存在，或者说是他刻意让人忽略的，所以我才会忽略。

师欣颜叫人收走尸体之前，我已经搜了一遍，连半毛钱也没找到，这个人干净得不留下任何犯案线索，摆明了是来杀人或是被杀的，死也不带走一片云彩。但是据师欣颜说，这人应该来自经过专业训练的杀手组织，能雇得起这般顶级杀手的人，非富即贵。我没接话，只是换了个角度去想，能在眨眼间了结顶级杀手的勾刑，又该是什么人？

这个问题我没有思考太久，主要是被师欣颜打断了。按照她和师云的意思，为了防止杀手的同伴再来袭击，他们之中一定要有一个武功高强的人连夜守护，但碍于男女授受不亲，这个人选唯有师欣颜。

和陌生人共处一室总是拘谨的，我也不例外，所以为了让自己淡定也为了让对方淡定便只好找些话题。而我们之间的共同话题，只有师然。

我和师欣颜一起躺在床上，她说在以为我和师然相继离世的时间里，她和师云过得很苦，被几百双眼睛盯着，好似都在等着瞧他们什么时候出错，什么时候撑不下去。

我觉得师欣颜是个活得很累的姑娘。她的累主要是身世和责任给予的。要是师然还在，师欣颜会开开心心地当个大小姐，也许嫁给别云辛，也许嫁给莫珩，也许招赘纳贤，也许养一堆男人解闷儿。但就是不会像现在这样，带着一个半大的小孩儿苦苦维持明日城，真是红颜多蹉跎。

当我们聊起将来时，我想长痛不如短痛，不如就趁此刻表明立场，便告诉她我是不会和她一起回明日城的，我有我的路要走。我不想年纪轻轻就成了寡妇，也不愿意一生守着一座城，一守百年。

师欣颜听后长长地叹了口气，看她的表情是早就料到了：“不回明日城，你又打算去哪里？”

我说：“随便哪里，有勾刑保护我，龙潭虎穴也不在话下。”说这话时，心口怦怦跳快了两拍，我“呵呵”一笑，又说，“当然，若是他不愿陪我，我也不敢到处乱走，没准会在明日城安家落户也说不定。”

师欣颜抿嘴浅笑，也不知道在笑什么：“人失忆了是什么感觉？是不是觉得一身轻松，以前的包袱也能随时放得下了？这样真好。”

我忽而觉得愧疚，倘若我就是顾阑珊，便不该不痛不痒地说要卸下责任，可我是不是顾阑珊连自己都不能证明，就这样背负一个全然没有印象的责任，也是说不过去的。

我叹了口气说：“你也不用这么说，要是幻术师施法成功了，我很快就会恢复所有记忆，到那时我可能就不会这么说了。但现在的我是真的很希望抽身事外，当一个普通人，整日为了柴米油盐酱醋茶而费神，虽然琐碎却很适合现在的我。”

师欣颜良久不语，可能她也觉得一个女人守着一座城本就是不人道的，又何必再将另一个女人拖下水呢？不如各人各退一步海阔天空，咱们江湖再见，后会有期吧。

困意渐渐袭来时，脑中突然回响起那人的声音，彼时我们谁也没瞧见谁，他却肯定道：“你的声音我似乎在哪儿听过。”他握着我的手，让我只觉得温度恰到好处，不似面上的冷淡，还有淡得不留一丝痕迹的那句，“哦，原来是你。”

我不知道我为什么会想起师然，或许是因为在唏嘘他的英年早逝，心里默默一痛，很快过去；又仿佛在告诫我，这个人曾经在我的生命里占据很重要的一席之地，纵使失忆了，身体的反应却难以消磨。

我微微睁开眼，觉得实在不能这样睡过去，唤道：“欣颜，你睡了吗？”

师欣颜侧过脸看我：“有什么要问我的？”

我说：“你怎么知道？”

师欣颜一副胸有成竹的样子：“以前你也是这样的，记忆变了，人可没变。”

我“哦”了一声，清清嗓子，支支吾吾问道：“那什么……师然，我和他以前，是怎么一回事？我……我只记得当我还是胭红……那时还是奴婢出身，为什么师然会娶我？”

师欣颜不自觉地蹙了眉，仿佛陷入久远的记忆，一脸迷蒙：“我只记得哥哥将你带到我面前时，他的脸上露出了真心的笑容。我很少见到他笑。但是自你来到明日城，他的笑容便多了起来。他说你不是什么绝代佳人，却有男子也比不上的胸怀气度；你不擅长琴棋书画却能和他天文地理无所不谈。他喜欢你这样真性情又善解人意的好姑娘，不做作，真心对人，是最适合和他共度一生的女子。”

师欣颜的话将我带进一段似有若无的风花雪月中。我能感受到当时的师然和顾阑珊是怎样的神仙眷侣，心中狠狠一抽，却抓不着半丝余韵。这种迫切要想起点什么却又不知道从何想起的心情实在让人揪心。

我说：“其实在我已经恢复的这小段回忆里，你哥哥已经出现了……但我们只是一面之缘，所以印象不深。怎么说呢，我觉得他是一个心事重重的人。表面上看，好似没有难得倒他的事，又好似没有任何事可以让他烦恼，但那天在凉亭里见到他，我又觉得那或许是天底下最孤独的人。”

孤独的男人总是很容易唤醒女性的母爱。我不知道我对师然的情绪是不是出自天性，只知道当我想起这个人时，心里有一个角落是空的。

师欣颜轻声道："也许我们不该让你恢复记忆，也许你的失忆是上天的安排。倘若你想起了一切，也不知道还会不会像现在这样无忧无虑，可能让活着的人失去记忆，是对死人最大的安慰吧……"

我没接话，主要是不知道接什么话才合适，只好沉默地望着床顶，觉得人的记忆就是负担。经历越多记忆越多，记忆越多负担越重。就像我和勾刑出来前，我是无忧无虑的，心中唯一的疑问就是师父到底什么时候娶王寡妇进门。后来师父去了，我们跑了出来，遇到了别云州、师欣颜、师云、莫珩，好像认识的人越多，责任便越多。最可怕的是每见到一个人最终都会发现我们曾经有过牵扯，这真令一个失忆者感到压力很大，却又不能找到适当的渠道排解这种压力，只有在默默承受的同时，希望回到失忆的最初。

我相信从这一刻开始，我将永远拒听别人讲的故事。因为按照之前的惯例，我都很有可能成为任何故事中的当事人。即使对方告诉我这是一个关于两个男人的故事，也极有可能突然演变成一个男人和一个男扮女装的女人的故事。一个人的生命是有限的，若是将有限的生命投入到无限的故事折磨中去，这本就是一种自虐，最终也只能靠无限的失忆来换取解脱。

在阳光明媚的翌日清晨，我顶着失眠一整夜换来的疲惫打开了门，一抬头就见勾刑颀长的身子立在门口。他一语不发地看着我，我也看着他。我说"你早"，他问"你是不是没睡好"，我说"是啊，哈哈"，接着准备走下楼。

勾刑一把拉住我，说他下楼拿早餐的时候多拿了些，叫我一起去消灭。

我想想觉得不该浪费食物，便跟他进了房，见他关上房门时心里一抖，说："关着门，就咱们两个，这样不太好吧，听说我也是嫁过人的……”

勾刑一脸古怪地看我：“既然你都嫁过人了，还怕什么闲话？”

这话乍一听挺有道理，仔细一琢磨顿觉不对，我说：“照你的意思，嫁了人的就可以随便和男人独处一室了？那这世上就没有红杏出墙和绿帽子了。”

勾刑好笑地将一个馒头塞进我手里：“娶了你的男人知道你有这么多不安于室的想法吗？”

我说：“他不是死了吗，死了怎么会知道。”

勾刑点头道：“嗯，既然是死了，那咱们这样也就不算红杏出墙了，他也没有戴绿帽子。”

我“哦”了一声，觉得既然孑然一身的勾刑都不在意，我这个残花败柳还有什么立场矜持呢，于是便将手里的馒头咬下去一大口。

勾刑却在这时想起什么似的说：“听说明日城的改嫁手续相当费事？”

我一噎，馒头哽在喉咙里不上不下，顿时面红耳赤喘不上气。

3

勾刑一手抚着我的背，笑得漫不经心：“急什么，没人和你抢。”

我看着他这张人皮嘴脸，心道，妖孽，真是妖孽。

勾刑扫了我一眼，顺手倒了杯水递到我嘴边，我就着他的手喝了一口，顺顺喉咙，刚要说话，身后的房门“吱呀”一响，下意识回头一看，别云州正站在门口。

别云州的笑容僵在脸上，困惑地望望我，又望望正喂我喝水的勾刑，轻咳一声“打搅了”，接着关上门，徒留一片死寂。

我看向勾刑：“他误会了吧，你还是去解释一下吧？”

勾刑放下杯子：“误会什么，解释什么？”

我说：“我都嫁人了，总不好让人以为我染指了你的清白吧。你还是去……算了，我去说吧，我知道你害羞。”

说罢，我站起身，手上却一紧，回头一看，勾刑正抓着我的手：“还是不要了。”

我茫然地看着他，只听他说：“欲盖弥彰只会越描越黑，难道你要告诉他，你和我没有任何关系吗，你都跟着我姓阮了，这么说会有人信吗？”

我心里一颤，喉咙一紧，支支吾吾道：“我只是懒得想姓什么，不是故意要跟你姓的。”

勾刑“嗯”了一声点头道：“我知道，可是外人不知道。难道你要说你和我没有半分关系，我只是和你顺路，便顺路保护了你一路吗？”

说着他收回了手，收回的动作极其缓慢，滑过我的手背，接着是指尖，所到之处留下一串的战栗。我抖了抖，看他将杯子倒满水，抿了一口：“会有人相信吗？”

我转过身，思索了一下，不管怎么说都显得矫情，这确实是一件解释不清的事儿，外人又怎么会明白我和勾刑的革命情谊。

又坐回桌边，我托着腮看着他：“这个杯子好像是我的。”

勾刑一愣：“哦，习惯了。”

我问：“什么习惯了？你习惯用别人的杯子？”

勾刑笑笑，空杯子拿在手里把玩：“不，是习惯了替你收拾残局。”

我皱了皱眉：“你怎么说得好像我很招事儿似的。咱们一起出来这么久，也没出过什么大乱子吧。要硬说有也只能说我八字太硬，克死了合欢，又克死了师父，好像和我在一起的人都活不过一年……”

说着说着，真是无处话悲凉，便不由得想到若是再这样拖累勾刑，也不知道他什么时候会被我拖累死，倒不如趁早分道扬镳。就算老死不相往来，只要他能活得健康，我也能继续没心没肺了无牵挂下去。思及此，蓦然意识到我对勾刑的牵挂有点儿深了，实在不妙。

一抬眼，见勾刑正瞅着我笑。我忽然看不懂他的笑容，也不知道是不是隔皮看花，所以朦胧难懂，只好说："勾刑，假如有一天我突然不告而别，你会找我吗？"

勾刑似笑非笑着："不告而别去哪里？"

我说："都说是不告而别了，怎么会告诉你去哪儿？你到底会不会找我？"

他"哦"了一声，垂下眼说："那你希望被人找到吗？"

我抿抿嘴，看他修长的指尖托着那个白底蓝花的杯子，晃晃悠悠地极有规律地转动着，只觉得好似没有事可以令勾刑慌张失措，如此悠闲自得好似生来便有，浑然天成。但人都是有劣根性的，越是这么认为，越想看看他的另一面，但却不知道从何下手，实在是自找烦恼。

我清清喉咙道："希望吧，又不希望。"

他的眼光一闪："为什么？"

我声音一紧，依旧撑出一个笑容："我总觉得身边的人和物流失得太快，好像要留住一样东西或一个人是那样地难，不知道是不是前世太幸运，这辈子注定要失去很多。倘若真的如此，还不如不要，只要没有最初的贪婪，也不会有后来的怅然若失吧？"

勾刑看了我良久，神情平和，笑容乍现的那一刹，说："真是乌鸦嘴。"

用过了早饭，我这个乌鸦嘴被勾刑带去了幻术师房里。我们是最晚到的，众人已在等候，所有人都望着姗姗来迟的我们，眼光各不相同。倘若我仔细一一回望，或许能读懂他们眼里的意思，但我实在太懒，所以也没有一一回望。突然想到，待记忆恢复后，会不会前几天还感觉陌生的这一屋子人，转瞬之间都会成为我的故人。真是世事多变化，莫要跟天斗。

和上次一样，我坐着，幻术师站着。他在我头顶念念有词，接着将我带入昏迷境界，我顺着指引不知不觉地陷入一段梦境里。

那是一段让人欢喜又让人哀伤的梦境。

梦境里，我去了云州城，我再次遇到了师然，还参与了莫媛和两位云州城城主的故事。也因如此，我后来和师然去了明日城，我们还互诉衷肠。

师然对我说的每一句话我都记得很清楚。

——天天吃，恐怕是要腻了，既然这样，你可以多换几个花样。

——我一直都把你当一个女人看待，你从没感觉到吗?

——阿九，我喜欢你。

这便是我找回的第二段记忆。

我再次清醒过来的时候，屋里的人只剩下勾刑、师欣颜、师云和幻术师。

我静静坐在椅子上，半阖着眼沉淀情绪，耳边持续传来幻术师的声音，他说："你醒了，先不要提问题，选择相信自己记起的真相，那是你脑中封存的记忆。你有什么疑问就问你自己，因为这些记忆都是你亲眼所见……"

我听从幻术师的建议，一动不动，默默地呼吸，任由从眼角处溢出的眼泪缓缓流下。心里的痛，只有眼泪可以治疗，或是心爱人的一句话。但此时，正是因为那句回响在耳际的"我喜欢你"，心里才会痛，眼泪才会流，一时之间也不知道该如何阻隔它们之间的联系。

师云走了过来，趴在我腿上，秀丽的眉毛不自然地皱着："娘，您是不是想起了爹？"

我张了张嘴，试图发出声音，不想却沙哑得瘆人："你爹，果真是不在了吗？”

听到这话，师云红了眼，低着头，苍白的小脸涌上无措。

我闭上眼：“我想休息，剩下的，下回再继续吧。”

躺在客房的床上，我屏住呼吸，双手捂着胸口，缓缓回忆师然的神态。

我说：“那你靠着我睡会儿吧。”

他的头不动声色地靠向我，乌黑的发披了一肩，轻轻滑过我的面颊，淡淡的痒，暧昧的轻触。

他说：“你说得好像是在养猪。”

那时我又气又笑，只想说：“我要在你的城府里养一辈子。”

几天后，我用掌心贴住他的，感受生命线交错的悸动。他牵着我的手，走在院子里，我看不见周围的景色，只看到那抹轻轻浅浅的笑容，已经听到从那薄薄的唇里说出的那句话：“阿九，我喜欢你。”

唇齿的温度还在，人却再也回不来了。

师然，这样的痛，你可懂得。

第二天一早，我被一阵急促的敲门声吵醒，门外好像是师云在叫。

我睁开眼，想张嘴回应，却发现自己动弹不得，头又重又昏，浑身都在发热。很明显，我是病了，心病导致了身体上的病。

师云冲进来的时候，后面还跟着勾刑和师欣颜。

师云一脸惧怕，哭着求我不要走，不要离开他。我便在想，此时的我是否顶着一张大势将去的脸？

勾刑扫了我一眼，一手搭上我的脉，微闭上眼，不语。

透过模糊的视线，我看到他松了口气的表情，接着听他说：“感染了风寒，只要好好休养，会好的。”

我扯了扯嘴角，无声地说了句：“谢谢。”心里却在说，不会好了。

不知道过了多久，我只知道屋里有人离开，又有人进来。然后再次睁开眼，只见勾刑，他正扶起我喂我喝药。药汁滑过喉咙时，竟然感觉不到太强烈的苦涩。接着是白水，喝了小半杯，嗓子终于不再焚烧。

我躺下后，他掖了掖我的被角，问："能说话吗？"

我点点头。

他又问："想说话吗？"

我想了想，没点头也没摇头，只是说："不知道该说什么。"

勾刑那双漆黑的眸子流淌着我看不懂的意味。他勾起嘴角："事情不能都憋在心里，憋在心里，病不会好，你得说出来。"

我说："我不知道从何说起。"接着又补充，"不如你问我，你多问我一些……"

勾刑将我散开的发拨向一边，沉吟道："你这次恢复的记忆，不愉快，记忆里一定有些让你不愿意忘记，却不得不用一辈子的时间去忘记的人，是吗？"

不知道为什么，仅仅是听到这样简单的一句话，我的眼眶又湿润了，眼泪永远比心要诚实。

我说："他不是我将要用一辈子的时间去忘掉的人，是我要用一辈子的时间去记住的人。以前他在时，我记得不深刻，后来记得深刻了，他走了……"

我和勾刑有一搭没一搭地说着话，话题的中心都是围绕着"师然和我"。

我告诉勾刑，那时候的我真是天真懵懂，无知浅薄，明明喜欢他却不敢说出口。但是师然却比我更可恶，明明也喜欢我，却迟迟瞒着不说。我说，师然是我见过的男人里让人最无所适从的一个，也是最找抽的一个。可惜的是，以前总想抽他，因为他的神秘，因为他的隐忍，因为他的包容，让我总是活在一种莫名其妙的自我感觉良好中。当时因为爱，没有抽，现在很想抽他，触摸他，感受他的存在，却无人可抽。

我还说，假如他还能站在我眼前，我一定会毫不犹豫地一巴掌打在他的脸上，再问他一句：“你凭什么先走了！”

但是这个愿望本来就存在着自相矛盾的逻辑，倘若他真的还能站在我眼前，我又怎么会问他这句话呢，我只会扑进他的怀里，说：“你回来了。”

我不知道勾刑听懂了这些没有，反正我只是语无伦次地自问自答。就算他没听懂，我也没有能力再重复一次，因为我根本忘记了自己都说过些什么。只是后悔，为什么生来没有预知能力，倘若有就能避免很多事。然而，后悔的同时也不禁自问，爱情是否也能预知，若是前因都被避免了，从后果延伸出的爱情，又怎么会发生？

大病初愈以后，我仍在床上躺了三天，勾刑说我伤了元气，这叫固本培元。

每天一早睁开眼，勾刑一定坐在床头，幽静的眼望着我，眼底有淡淡的笑意，然后我会说：“早。”

他会将我的头发拨开，说：“又是一天，今天天气不错。”

我们相视一笑，接着就会说些无关痛痒的又没有任何营养价值的话题。

比方说我的一个突发奇想，我告诉勾刑，我想给我和师然的孩子取名为“师欢”。当然，我们没有孩子，但这并不能阻碍我幻想我们有个孩子叫师欢。

我希望这个孩子一辈子都能生活在欢笑里，虽然这是奢望，是天底下最有权势以及最富有的人都不能达到的理想。但正因为是理想，才令人向往和憧憬，尤其是看在他娘为了他爹流了这么多泪水的分儿上，他理应背负他娘双重的欢笑。

勾刑不语，只是轻叹："又开始胡思乱想了。"

我说："我没有胡思乱想，我是认真的。你说，师欢这个名字好吗？"

顿了一下，勾刑淡淡道："师欢，难不成你希望这个孩子要一辈子被人使唤吗？"

我恍然了一下："哦，看来是不好了。"

那天之后，我又昏睡了一天一夜，再次醒来时，第一眼便见到勾刑深蹙的眉，深不见底的眼。

勾刑摸了摸我的头："怎么睡了这么久？"

我说："哦，我梦到了一些人，一时舍不得和他们分开。"

明显感到勾刑的手顿了一下，我继续道："有合欢，有莫媛，有别云州，还有城主和夫人……真是好久没见了，很想念他们。"

勾刑抚过我的脸，叹了口气，又去把我的脉："想归想，要记得把自己拉回来。"

我说："哦……其实我很快就回来了，只是没想到只是短短的一个梦，竟然过了一天一夜。"

见他露出一丝浅笑，我又说："不知道为什么，他们都说没有见到师然。他去哪儿了，我怎么找也没找到他……他可真淘气，故意躲我。"

我望进他的眼里，深深地看进去，看着那片深邃里流动的光泽，问道："你说，他去哪儿了？"

勾刑不语，右手拇指擦过我的眼角，卷走一滴来不及成形的眼泪。

我缓缓闭上眼，说："我又困了，我想再睡会儿。"

他应了，轻声说："只睡一会儿，一会儿我叫你吃药。"

我“嗯”了一声，不一会儿，意识逐渐陷入模糊，唇上滑过一抹温暖。

我想，师然，你怎么这么残忍！

4

等我能下床走动以后，勾刑才允许外人前来探视，第一个自然还是师云。师云带着师欣颜。师欣颜带着难得的笑容。

这时的我依旧被安排在床上，他们的意思是我虽然能下床走动但最好还是再躺几天。但我也坚持下床待会儿，于是两相僵持的后果便是，我被迫靠坐在床头，师云和师欣颜坐在床前的椅子上看着我。

看，这就是病人和探病者的关系。病人已经病好了，躺得厌烦实在不想再躺着了却只能继续躺着。而探病者为了表示关心不会管你是不是病好了也只会认为你只有躺着才是最好的，所以病人永远最有资格不分昼夜地睡觉，而且不能拒绝别人的关心。

我问他们：“什么时候安排我接受第三次幻术？”

师欣颜说：“等嫂嫂病好了。”

师云忙不迭地点头。

我说：“我已经好了。”

师欣颜说：“还是再观察几天吧。”

师云继续点头。

我实在很想反问她一句，到底你们要观察什么，又希望观察到什么。假如观察不到什么会不会失望，是不是非要观察出点别的问题？即便是没有问题也要硬找出点问题才罢休，才不枉费大家观察一场？

我问师欣颜，在我失踪的这段日子里，明日城如何。没有了师然，她们姑侄过得又如何。

师欣颜说，云州城和天启城都很帮忙，尤其是天启城城主莫珩。在我和师然“离开”以后，我们的葬礼是由莫珩负责主持的。那段时间的明日城很多事务也是莫珩一点点代为处理的。直到师欣颜从悲痛中恢复过来，莫珩才返回了天启。

听到这里，我的脑海里首先滑过第一个可能性。我问欣颜，莫珩是不是钟情于她，欣颜正色地矢口否认，并且对我说：“在欣颜的心里，只有明日城和家人。”

我说：“可是你迟早都要嫁人的。”

师欣颜蹙了一瞬的眉，道：“嫂嫂，看来你已经恢复了一些关于明日城的记忆，但是并不是全部的，所以你急于想知道后面，而且还……还没有想起欣颜身上所发生过的事，倘若你想起了，便不会这么说。”

我怔怔地望着她：“所以我才问你什么时候安排第三次啊。”

师欣颜说：“还是再观察几天吧。”

我：“……”

师欣颜出去后，我把师云抱上床，抚摸着他头上的旋儿，又捏了捏他嫩乎乎的小脸，心里涌上无限的喜爱。

师云歪倒在我怀里，小声说：“娘，以后不要再离开云儿了。”

我说：“嗯，等这次的事情完了以后，咱们一起回家。”

师云眼睛一亮：“娘，您终于想起云儿了！”

看着这张脸，我真不忍心说“没有”，但我还是说：“我要记起的事情太多了，一时之间不好整理，可能会忘记云儿的很多事，不如云儿说给我听？”

师云点点头，换了一个坐姿，依旧抓着我的手，说：“云儿承诺过爹，要是他以后先不在了，云儿就要听娘的话，当一个对百姓好，对明日城好的城主，还要懂得分清是非黑白，还要知道铲除小人奸邪……”

我说：“这都是你爹教你的？”

师云说：“娘不是也说过吗，这世界上的坏人太多了。坏人都戴着好人的面具，看人不要看表面，要看他们在面具下的嘴脸。”

我“哦”了一声道：“那云儿会不会呢？”

师云笃定地点头：“我不喜欢那个别云州，也不喜欢那个莫珩，云儿觉得他们都不是好人，只是伪装成了好人。”

我眨眨眼，笑了：“那……勾刑呢，就是和娘一直在一起的那个人？”

师云想了想，犹豫不决地说：“云儿说不好，不讨厌……但也不喜欢……云儿怕娘会和他走，不理云儿。”

为人父母希望子女成才，又不希望成才的子女会被人欺骗，埋没了才华，所以在教育子女知识的同时，还要教育他们为人处世的道理。父母是用自己的经验之谈进行教育，却不希望子女再在同样的事情上摔跤。可是子女若不摔跤，又怎么能明白所谓经验之谈的背后意义？

就像师云，他才知道要分辨好人和坏人，不要被外表所蒙蔽，便立刻在周围的人身上获得第一次实践。但你若让他说出个所以然来，他只会说“只是觉得”。后来再一细问，才发现，原来在师云的世界里，好人都是女人，坏人都是男人，除了他爹。

当我走出这间房间以后，别云州、莫珩、师欣颜、师云正在另外一间房里开会。我和勾刑一起走了进去，找了空位坐下来，这才发现几个人的视线都投注在我身上。

我对他们笑笑说：“这次恢复的记忆有点儿多……原来我真的是顾阑珊。我想你们可以叫我这个名字，就不要叫阿九了。”

我眼尖地扫到莫珩眼神一闪，连忙说：“莫城主，我在失忆前曾见过胭红。胭红叫我给您带个话，说她已经找到了归宿，有些恩便报不了了。”

莫珩还没发言，别云州已经站起了身：“你说你见过胭红？”

我说：“是啊，不过别城主也不用再去寻了……在那场大火中丧生的，不只有您的兄长，还有她。”末了，又补充道，“其实有些事，还是想不起来的好。”

别云州很是恍惚，一屁股坐了下去，不语。

我又对莫珩说：“当初写信给你，让你捎来些莫媛的东西，后来东西收到了……我已经一并‘烧’给了她。”

莫珩的神情告诉我，他听出了“捎”和“烧”的分别，遂露出一抹笑容，点头道：“有劳师夫人。”

也不知道这样的三言两语算不算解决了莫珩和别云州身上的谜。来前，我总以为别云州是耐人寻味的，因为那时候并不知道他就是别云辛，也不知道有莫媛那样一个女人同时爱着他和他的弟弟。此后，别云州身上的面纱被掀开了，一切都不再神秘，自然也不会耐人寻味，这大抵就是人们常说的距离产生美吧。

再说莫珩，一见到他，我便想到了莫媛。一想到莫媛，我就不禁纳闷为何云州城的人只谈论胭红，而不提起莫媛。我想莫珩或是师然肯定在这里面做了些手脚，为的就是不让现在的别云州再想起以前的事。

几日后，黯然的别云州回了云州城，来时他满怀希望和期许，走时却是如此落寞。看着他萧索的背影，我也想到了以前和合欢在一起的时光。

合欢不会活过来，莫媛不会活过来，别云州不会活过来，别云辛自然也不会。但我还是希望在以后的日子里，能出现一个姑娘让别云辛活过来，但那将是另外一段风花雪月了。

在第三次幻术实施前，我对勾刑说：“这一次之后，我可能会记得很多事，可能是全部的……其实前面的记忆对我来说一点儿都不重要，我只在乎最后的这一段。你要等我醒来，我醒来后想第一个就见到你，要是你偷懒离开了，我会讨厌你的。”

勾刑的声音有些低哑：“我等你醒过来，一言为定。”

我眨眨眼，最近泪腺分泌得太好，一时不能适应，只好走上前两步，又走上前两步。直到离他只有一个手指头的距离，才轻轻地，缓缓地，把脸埋在他胸口，垂着头说道：“我还记得那夜下着小雨，我误闯了凉亭，见到一个人……后来有一段时间，我和他对弈品茗，嘴里总该说点儿不着边际的话，以为只要那样胡言乱语下去，就能把一个人留住。”

勾刑收紧了手臂，把我圈进怀里，让我的脸不得不贴着他胸前的衣襟，眼泪也渗了进去。

我尽量扯开笑容，自以为是地想就算他看不到，但只要听到我带笑的声音，也不会以为我在哭。

我说：“我真傻，竟然不知道他的脚步早就停下了，站在原地等我追上他。我还傻乎乎地胡思乱想，连我们两情相悦了也不知道，竟然还和他打赌说，要是我下棋赢了他，他就要应承我一个愿望……也不知道后来我赢了没有。”

额头被印上一个吻，我的眼泪掉得更凶，死也不抬头，声音憋得就像是扁嘴鸭：“就算没有赢，他也会答应的，我知道。”

却听一道声音响在头顶：“只要是你的要求，他总是会答应的。”那声音温柔得不似真的，竟和记忆中的那道重合。

我又哭又笑地说：“既然这样……那等我都想起来了，能不能让我再见见他？”

我没听到回答，只是被勾刑搂得更紧，耳边传来一声叹息。

那天下午，我顶着两个红肿的核桃眼再次陷入昏迷，昏迷之前，我最后看了勾刑一眼，无声地告诉他，等我。

第三段梦境的开始，是从我第一次见到师欣颜开始。那时候的师欣颜非常难相处，我们姑嫂之间着实花了不少工夫才握手言和。

还有活泼可爱的师云、难缠的云姿、可爱的今今。

以及终于露出本来面目的莫珩……

我和师然历经了生离死别，师然让我服下了药，那种让人忘记痛苦的药。

如今想到这些，我的心仿佛被生生撕开一样地疼。

再次醒来时，我已经不在那间屋子里，更不在那个小镇，脸上没有布条，身边也没有王寡妇和师父，屋里有很多人，勾刑、师欣颜、师云、莫珩、幻术师。

我愣愣地望着前方，对不到焦距。耳边先是听到师云焦急地发问："娘，你有没有想起云儿？"

师欣颜说："别急，先让嫂嫂适应一下。"

屋里静了一会儿，勾刑在我面前蹲下身子，与我平视，挡住了我的视线，令我被迫将他的倒影装进瞳孔。

他说："阿九，你怎么了？"

他握住我的手，手心很暖。

我摇摇头说："头晕，什么都想不起来了。"

师云连忙跑了过来："娘亲！"

师欣颜也很焦急，一手搭在我的肩膀上："嫂嫂！"

倒是莫珩，疑惑道："之前不是想起了很多吗？"

幻术师也在嘀咕："不应该啊……"

我做出要站起身的姿势，接着脚下一软向前倒去，正倒进勾刑的怀里，他一把将我抱起，冲出了门口，急忙奔回房里，将我安置在床榻上。从头到尾，我都闭着眼，随着身体一上一下的颠簸，心里格外地踏实。

我再一次被放进被窝里，被这双手掖好被角，接着，他的手心贴上我的额头，被我缓缓握住，贴在脸上，磨蹭。

半睁开眼，见到勾刑微讶的脸，我轻声道："去关上门。"

勾刑依言去了，在门口与人交代了几句，遂返了回来，靠坐在床头，我也撑起上半身，偎进他的怀里。

一时无言，仿佛都在酝酿情绪，或者是掂量着从何问起。

我不知道勾刑心里是如何斗争的，虽然能稍稍猜出几分。我只知道我的心理活动是格外复杂的。若按照时间的推算，我是先从山崖上掉下来，失忆、养伤，认识师父、王寡妇、勾刑、别云辛、莫珩、师欣颜、师云等。接着逐渐找回记忆，顺便培养和勾刑之间的婚外奸情，感情和生活路线都很明朗。然而若是按照记忆时间推算，就有些混乱了，大抵是从一片空白到认识以上那些人，还包括师然。接着师然死在崖边，我选择跳崖相随，再认识师父和王寡妇，一觉醒来后尚没有从哀伤的情绪里恢复，便又躺进了那个本该死在崖边的男人的怀里。

倘若我带着记忆数着师然"离开"的日子过活，可能过了三五年心里也恍如死水了吧。但偏偏记忆恢复得太及时，前脚我才尝到了"曾经拥有"的苦楚，后脚又尝到了"失而复得"的喜悦，真是冰火两重天。

最主要的是，我重新想起我和师然的过往都是在幻术中进行的，如此面对面相处倒是头一遭，可他偏偏也是勾刑，真是一时陌生一时熟悉。

所以，我只好以这样的开场白打破沉默，我说："你怎么能为了一个女人割地赔款，这不是一个城主应该做的事。我一个人也用不了那么多地方，那些地方也不是我的，凭什么我要和它一同摆在天平上？"

那只在我下巴上来回抚摸的手停了下来，勾刑叹了一声："你果然都想起来了。”

我说：“你们找来幻术师，不就是为了让我想起一切吗？”

他不语，我撑起上半身，双手去摸索他的鬓角，细细地沿着边缝掀起一角。他仿佛很无奈地瞅了我一眼，拉下我的手，替代了我的工作。

当那张幻境中的脸重新展现在我眼前时，我竟感觉不到丝毫的真实，原来之前一直匿藏在心底空落落的不安是真的。

我皱着眉打量了他很久，连眼睛都不敢眨：“你变了吗？还是我的记忆混乱了？”

眼前的勾刑，也叫师然，他和我在梦中见到的“他”有些出入。梦中的师然肤色是健康的，双眼里藏着外人看不懂的温柔。对我笑时笑容总是从嘴角缓缓滑开，接着是眼角，淡而绵长，如湖水上泛开的涟漪。而眼前的师然，苍白、落寞，虽然在笑，笑容却达不到眼底，更多的不是喜悦，而是苦涩。

我抬起手，手指从他的眼眉缓缓下滑，一寸寸地抚平，直到嘴角，手腕才被他抓在手心里，对着我的手掌印下一吻，落在生命线上。

师然仿佛下了莫大的决心，眼底闪过一抹苦痛，说：“那个药，有个副作用。它虽可以让人忘记痛苦，失去记忆，也可以通过幻术找回过去，但可惜的是这种‘找回’只是一种灌输，并不是真真正正的记忆。”

我张张嘴，终于明白这种好似并不真实的感觉是从何而来：“所以……我并没有想起你，我只是听了一个关于我和你的故事，是吗？”

师然艰难地点头，哀伤地扯扯嘴角：“幻术可以给人记忆，却不能给人感情。”

我红了眼眶：“你怎么能这么对我……”

我不依不饶地捶打着师然，咬着嘴唇痛哭，却不敢发出声音。

在这样的时候，我依然有所顾忌，不敢肆无忌惮地大闹一场，我害怕离我们并不远的莫珩，也害怕一些可能并不存在的潜在危险。

师然对我的发泄照单全收，直到我打累了，哭累了，他死死地把我搂进怀里，嘴唇寻找到我的印上来。我发狠地咬住他的舌头，直到我们都尝到了血的滋味。

他在我耳边不停地说："对不起。"每一句都像是在我心口上落下的重拳。

人生最大的悲剧不是相爱而不能说出口，而是有一天忘记了最初相爱的理由。无论你怎么仔细回想，都找不回那些曾经拥有的悸动。

当我渐渐恢复了体力时，透过衣服，我咬住师然的肩膀，将所有愤怒发泄给他，让他也尝尝我的感觉。然而他只是忍着疼不停地拍着我的背，圈在腰上的手不曾离去，箍得很紧。仿佛在告诉我，就算我多么地恨，他也不会让我走，就算我们将永远互相折磨下去，也要继续纠缠。

我的手抵着他的心口，在有力的心跳声下听他讲了一个故事。他说得很慢，声音很哑。我想堵住耳朵，却被他强行拉下手重新放回他的胸前。我气得在那里重捶了一下，听他闷哼一声，遂又放松了手劲儿，终归是不忍的。

第八章　安心篇

明日城历代城主成亲，夫妻俩都只能穿黑色喜服，据说这是开创明日城的老祖宗夫妇定下的规矩。

之所以穿黑色，是因为这对夫妇相遇时就双双穿着一袭黑色夜行衣。

在那阴风阵阵的黑夜里，伸手不见五指，无月无星，黑暗中只能隐隐听到两柄利剑交错的唰唰声。

那是同样身为刺客的他们，首次交锋。

他们打得难分难舍，意犹未尽，却最终不得不以平手告终。

分道扬镳之前，老祖宗夫妇还约定好，来日如果再有缘相见，一定要决出胜负，赢了活，输了死。

但后来，他们却对自己的后人说，那只是一种因为害怕以后再也遇不到而故意放下狠话的一见钟情。

虽然后人也曾经提出过质疑，到底两个蒙面男女在一个即使不蒙面也看不清对方嘴脸的黑夜里，是如何一见钟情的。

但老祖宗夫妇却解释说，他们还没见到对方的面孔，便被对方的剑招迷住了。

也就是说，哪怕对方是同性，也不能阻碍他们惺惺相惜。

1

那之后一年间，他们不期而遇了十三次。

十三次，这真是个惊人的数字，连后来撰写这段历史的明日城史官，也不能相信他们不是故意的。

所以，在最后记录此事时，还不忘加上自己的观感：“师×夫妇相约在每月十五，只有一次是不期而遇。”

只是因为历史实在太久远，当时的史官又不敢直呼明日城城主的名讳，所以便以×表示。以至于，明日城的创始者究竟叫什么，后来竟无人可知，成了失传至今的秘密。

但不管怎么说，老祖宗夫妇的缘分，是从那十三次的不期而遇开始的。

他们逐渐通过肢体交流发现了对方的性别，又屡次挑下对方的面巾，发展到后来再不期而遇时，双双都很自觉地摘下面巾，轻轻一笑。

笑完之后，你懂的……

总之，奸情就这样很快展开了，不出三个月，夫人就怀孕了。

为了下一代，师×向夫人保证，他们的日子将会越过越好，于是花了一百两银子买下一片光秃秃的地。在这片土地上搭建了一间木屋，围上了篱笆，养起了猪。

几个月后，来了一些受难的陌生人，夫人便将些许空地送给他们，再让他们立下字据，在此地上安居乐业后要每年上缴他们夫妇一笔感恩钱，后来逐渐发展成赋税。

一传十十传百，迁居于此的人越来越多，很快就形成了村落，村落之后就有了城，又挖了池，并以夫人的名字“明日”为名，便形成了现如今的明日城。

师×夫妇的传奇故事，使得许多艳羡的路人大开脑洞，幻想自己也能不期而遇同样的浪漫。

但西秦四城圈地现象严重，时至今日再无空地，即使有幸能遇到那样的缘分，也难以再创造出那样的城池，除非起兵造反，又难免会被冠上千古骂名。

所以那些脑洞大开的人，到头来都只是做了一场白日梦。

效法不成，艳羡便转化成了嫉妒。

有不少人开始盼望着师×夫妇建立起的神话毁于一旦的那一天。

在众志成城之下，到了师×夫妇的第三代，终于喜得了一位荒淫无道、好色成性、十恶不赦的继承人，正应验了那句“富不过三代”。

但此人有一好处，便是好色好得专心，说不问政事便一句都不问，全都交给他那望族出身的嫡夫人。

夫人天生劳碌命，不爱吃醋只爱江山，对于政事一手包办，省了丈夫的心，圆了自己的城主梦。如此下去几十年倒也相安无事，明日城非但没有败落，反而经营得有声有色。

到了第四代，只得了一个儿子，出自第三代夫人的肚皮。

独子完全继承了父亲的好色以及母亲的专政，刚一成年就忍不住夺走了母亲手中的政权，并强娶了当时一个著名贫困村的村花。

新继任的少年城主励精图治，偶尔好色，又将明日城一路发扬光大，执政短短三十年，领土扩张了三倍。

从这以后，明日城就又多了一个难以打破的传统，历届城主里但凡对社稷贡献颇丰的，都不是一夫一妻制。

也不知过了多少代，才走到了师逢这一代。

逢，萍水相逢的逢。

师逢在和生命中最爱的那个女人介绍自己时，便是这么说的：“在下师逢，萍水相逢的逢，前来求亲。”

被求亲的女人叫安心，听上去好像是一个特别能让人安心的女人。

可事实上，在这世上没有任何一个女人是可以叫人安心的，会抱有这种侥幸心理的男人，最后大多毁在这种心理上头了。

但这个道理，师逢也是很多年以后才看透的。

最初，安心对这个向自己求婚的男子是一见钟情的，自然满口答应了这桩婚事。

那时候在她心里最美好的事，莫过于此。

安家也因此一荣俱荣，所有人都夸安父、安母生养了一个给祖上争脸的好姑娘，连带安家村也因为受到明日城的照拂而很快脱贫，日渐富足起来。

村民们还建了一所寺庙，用来供奉师逢和安心的雕像。

师逢和安心的日子过得你侬我侬，可以说是只羡鸳鸯不羡仙。

安心无论是言行举止还是内心的小九九，都是非常本分的。这个时候，在她心里、眼里、身体里都只有过师逢一个男人，时常做梦都会乐醒。

每天一大早，安心会早师逢半个时辰起床，下厨做饭，准备当日要穿的衣服和洗漱用品，这些琐碎的事安心从不假手于侍女。

中午饭后，安心会补觉，师逢偶尔不用忙城府的事务，便会蹭过去腻歪一会儿，有那么两次腻歪过头了，就……

到了晚上，安心一定会准备齐四菜一汤，然后笑眯眯地看着师逢消灭两大碗米饭。连他最讨厌吃的青椒、胡萝卜、木耳、苦瓜、生姜、芹菜、香菜、西红柿、大白菜……呃，都很给力地吃个精光。

然后，便到了师逢的练武时间，从最初的一个时辰逐渐演变到一个半时辰，但师逢还是发现自己重了几斤。

于是，他让安心少做一道菜。

师逢说不上喜欢安心哪一点，最起码那时候说不上，只是发自内心地认为安心是一个可以让他安心于事业和家庭的女人。

安心也说不上喜欢师逢哪一点，只是觉得能依靠这样一个男人是可以一世安心的。

除了工作上的事，师逢还有个不为外人道的兴趣——炼丹制药。

师逢的药可以治百病，也可以在眨眼间要人命，但药之于他并非是生死两面那样简单，他追求的是更高更远的成就。

比方说，一种可以让人忘记痛苦的药。

师逢曾问过安心，这世上有什么是最难得的。安心说如果能让人忘记所有的痛苦，这份仁慈就是最难得的。

于是，师逢开始致力于创造出这种药。但他想不到，这种只是局限于让人忘记身体上痛苦的药，发展到最后被广泛用于医学，成了麻药的一种。

师逢很苦恼，又问安心，到底人们因何而痛苦？

安心靠在他的背上告诉他，人们痛苦的罪魁祸首应该是记忆，因为人们回忆最多的是教训和悔恨，而教训和悔恨是痛苦的盟友。

师逢茅塞顿开。

很多制药大师都有一些遗憾，比方说制造出一种毒，却来不及发明相生相克的解药。

有的，是没时间制造就死了，于是把这种遗憾留给后人用来制造后人更多的遗憾，这样的大师往往会被人记住。

有的，是有时间制造却没有能力制造，连他自己都不能解自己制造的毒，于是便叫这种毒为“无药可解的毒”，用来威吓后来的人以示对他尊敬和怀念。但后人往往只记住这种“无药可解的毒”，却没有兴趣追究它的出处。

以上这两种情况都注定只会酿造悲剧，一个不想得到的东西得到了，另一个是想得到的东西没得到。

而无论是哪一种，师逢都是不想的。

几年后，师逢终于制出了一种让人忘记痛苦的药，并且为了不沦为悲剧的主角，早在制造的最初，就一并研发了解药。

那是一种幻术。

幻术也是明日城独有的，最高级的幻术只限用于城府，那是不能外传的绝学。

但所谓绝学，大抵也和前面的道理一样，是因为前人还来不及想出破解它的办法而得名的。

换句话说，绝学都是不完美的，因为它没有敌人。

师逢只想到用幻术破解让人忘记痛苦的药，却没有想过这种幻术也是不完美的，所以他做了一件让自己后悔一生的事——将药交给了安心。

师逢的药向来是找亲信试用的，越是机密的越要找亲近的人。安心就是让师逢最安心的人，所以安心也是最适合的试药者。

起初，师逢是不同意的，他说：“假如幻术也不能唤醒你的记忆，你就要永远地忘记我了。”

但安心说：“就算不能唤醒，我也是你的妻子，我不能离开你，也不能离开这座城府。你可以用一辈子的时间再让我爱上你。”

师逢还是不同意，安心又说：“如果我不试药，你永远不会知道它是否有效，那你也永远不会安心。你不安心就是我不安心。我要你安心，也是为了我自己。”

话音落地，安心就动作麻利地服了药，快得师逢还来不及阻止……

师逢震惊了，也终于意识到“来不及”的可怕了。

后来很多年过去了，他仍不免在想，倘若当初制造的是让“来不及”变得“来得及”的药，那就好了。

2

安心一觉醒来，只觉得浑身都有一种类似于神清气爽的感觉，她很难形容，因为脑子里实在太空了。

一个人脑子里要是没有东西，自然不会痛苦。

安心第一个见到的活人，就趴在她床边睡觉，那是个男人。

他的睫毛很长，鼻子很翘，两颊有些消瘦，修长的手指就压在她的被角上。

安心动了一下腿，那个男人的手指也跟着微微一动，进而那两排像是小扇子一样的睫毛也跟着忽闪了两下，缓缓露出藏在下面的那双眼睛——清澈而干净。

安心一脸懵懂地望着那双眼睛，问了一句：“你是谁？”

这话一问出口，安心就被自己吓了一跳，她从没听过自己的声音。

而那个男人仿佛比她还要震惊，他的身子一下子凑了过来，还一把抓起安心的手。

“安心！”

安心？那是她的名字吗？

安心眨了眨眼，问："你是在叫我？"

男人点头道："是，你叫安心。"

安心试图抽回自己的手，却被男人握得更紧。她只好礼尚往来地又问了一句："哦，那你叫什么？"

"我叫师逢。逢，萍水相逢的逢。"

安心笑了，露出嘴边的两个笑窝："呵，你的名字可真奇怪！"

一个伟大的发明诞生了，师逢彻底地清洗了一个人的记忆，他原本应该感到高兴的。

可是，他却只觉得心慌，无边无际的心慌。

安心比发明更加重要，但他明白得太晚了。

翌日，师逢就找来幻术师给安心施法，他要安心全部想起来，这样他才会觉得安心。

安心在接受第一次施法之后，她对师逢说的第一句话是："我想起来了，你来我家求亲，然后我嫁给了你。"

师逢有些激动地握住安心的手，但安心却十分腼腆地垂下眼，缓慢而坚定地将手抽了出来。

"可是那之后的事我还是想不起来，我只记得我嫁给你了，也许后来咱们和离了呢？"

安心一句话就把师逢问得哑口无言，这个女人一定是上天派来惩罚他的。

师逢急切道："我可以拿婚书给你看！"

安心一脸困惑："婚书也只能证明我嫁给你过，不能证明咱们有没有和离的。"

师逢想了想道："可是如果咱们和离了，那婚书就要撕毁的。"

安心笑了："嘻嘻，这事可说不准的。我又不了解你的为人，万一是你偷偷复制了一份婚书骗我呢？"

"你为什么一定要把我往坏处想？"师逢愣了很久才问，眼前的安心是他不认识的。他从没想过要和自己明媒正娶的妻子解释这些，而他竟然一点儿办法都没有。

“因为我实在想不出，为什么你会让你的妻子失去记忆。我觉得要不就是你做了什么亏心事想瞒着我，要不就是你跟我有仇。”

师逢顿觉无力：“我已经解释过了，是你硬要吃那个药……”

安心却笑容不改：“我也想过了，我觉得我根本不会那么傻。所以，你一定是在骗我。”

当晚，安心就将师逢请出了房门。

她说：“既然我还不能肯定你是我丈夫，那你就不能睡在我身边。”

师逢无奈，在书房凑合了……三天。

第四天，幻术师的精神力恢复了大半，又来为安心施法。

安心一连昏迷了十五个时辰，终于醒了。

这一次，她的第一句话是：“原来你饭量这么大，我每天要做那么多事。你娶我到底是因为喜欢我，还是因为我会操持家务呢？”

师逢立刻深情款款地说：“当然是因为喜欢，你嫁过来之前，并没有为我操持过家务，我又怎么知道你很擅长这些呢？”

“说得有理。可现在我并不想做那些事了，你还会喜欢我吗？”

“那是自然，你做与不做，和我喜欢不喜欢你，是不能相提并论的。”

安心露出一个笑容，然后将师逢请出了屋子。

相隔一道屋门，她说：“好吧，你说的这些话确实感动我了，不过我还是需要进一步确定的，你别想用花言巧语迷惑我。”

师逢简直欲哭无泪。

又过了数日，幻术师第三次来为安心施法，这是最后一次。师逢日盼夜盼就是这一天，只要过了这关，安心就能重新回到自己身边。

可是这一次，安心昏迷了二十个时辰，久到师逢几乎以为她要一睡不醒了。

安心醒来时，师逢正面容憔悴，胡子拉碴地看着她。

安心伸出温热的手，贴向他的脸："你怎么变得这么难看了？"

师逢几乎哭出来："你终于醒了。"

"你还不去洗脸？"安心推了师逢一把，"我好饿。"

师逢立马端上来几盘早就热在锅里的菜和饭，然后忙不迭地收拾自己去了。

半个时辰后，安心酒足饭饱地靠在床头，师逢丰神俊秀地走了进来。

"娘子！"他凑上前，眼里蓄满了情意。

安心也笑呵呵的："相公！"

这天晚上，安心没有把师逢轰出屋子，他们大战好几个回合，翌日一大早，师逢就神清气爽地去练功了。

可是到了晌午时，安心却拉着师逢的手，要和他讨论这次实验的心得。

师逢原本已经不想再去理会这些了，只要安心能回来，他什么都不求。但安心坚持要讨论，师逢只得配合。

安心说："我想起我是谁了，也想起咱们是有多恩爱的，我以前真的好爱好爱好爱你的，而你也好爱好爱好爱我的。"

师逢笑得眼睛眯成了一道缝。

"可是……"安心蹙眉的样子十分困惑，"可是，我好像忘记了爱的感觉了。"

师逢当场傻住。

良久，他才找回自己的语言："呃，你不是说你都想起来了吗，咱们好相爱好相爱好相爱的！"

"是啊，可是，我只记得这件事，却记不起来心跳的感觉了，那样我还算爱你吗？"

安心一句话，就将师逢打入了地狱。

“你再好好想想！”

安心有些哀伤地捂着胸口：“我想了，可是这里很平静的。昨晚咱俩那个的时候，我都感觉不到这里的悸动。如果真是相爱的话，这里不应该是这样的。”

原则上说，是这个道理，可实际上安心以前到底是怎么想的，师逢是永远不会知道的。

师逢急得脸都白了：“你觉得平静，那就是爱啊！你以前就对我说过，我是能让你安心生活的男人！”

安心并没有否认：“是啊，你的确很让我安心。可是这种感觉只能说明你是我的亲人，并不是爱人啊。失忆前的我难道都没有意识到吗？我怎么那么傻呢？”

师逢彻底败了……

师逢很想吼出声来，却不知道怎么才能让安心明白，这才是他们的爱情。

以前的安心就算他不说，也能单凭肢体语言读懂他的意思。可现在的安心，即便他说破嘴皮子，也是一根筋地认为自己认定的才是对的。

她甚至怀疑是不是在幻术师施法的时候，师逢任意篡改了她的记忆，才会让她产生这种记忆和感觉不相匹配的错觉。

有那么一瞬间，师逢真恨不得安心永远不要恢复记忆。

从这天开始，安心彻底变了。

她不再温顺、体贴、嘘寒问暖、柔情似水，总之一切她原来的美德全都远离师逢而去。

现在的安心，学会了思考。

多思之后便是多虑，她对师逢每一句话都表示出了深深的质疑。

她甚至觉得师逢原本就是个善于编造谎言的人，而自己很有可能根本不是他的妻子。

关于这一点，师逢很快就找来安心的父母以正视听。

可安心最终还是表示："没有爱情的婚姻会不幸福的。"

她坚信自己不爱师逢。

为了这种坚信，她甚至学会了和师逢作对。

这种感觉非常不好受，师逢整日借酒消愁，无时无刻不在后悔自己怎么会研制这种自虐的药，更懊恼自己为何到现在才醒悟到，其实安心早已在不知不觉间让他尝尽了刻骨铭心的感觉。

师逢开始不止一次地对安心告白，也不止一次地被安心拒绝。

"我知道你很爱很爱很爱我，但是在我不能确定我是很爱很爱很爱你之前，你怎么说都是没用的。"

师逢也一次又一次地尝到了绝望的滋味。

后来，师逢竟然开始留恋声色场所，并且时常带着一身的胭红味儿喝酒味儿在安心面前晃悠。或许嫉妒也能引发真爱。

可是安心除了厌恶地皱皱鼻子，便再没有其他表示。师逢还被她眼里的漠不关心深深地刺伤了。

从那天开始，师逢彻底堕落了，他不再求让安心嫉妒，只求在温柔乡里醉生梦死。

时日一久，安心也习惯了和师逢分房而睡，习惯了师逢的夜不归宿，甚至习惯一整天都见不到这个人了。

两个人见面的时间越来越短，有时候十天半个月才能见上一次，却一句话都来不及说，便匆匆擦肩而过。

最离谱的一次是，安心看到两个下人搀扶着半昏迷状态的师逢，竟然脱口而出了一句："哪来的醉汉，怎么抬进府里来了，城主知道了要不高兴的。"

下人小心翼翼地提醒安心："夫人，这个就是城主。"

安心端详着师逢通红的脸，半晌才恍然大悟道：“哦，那就抬进去吧。”

其实这样的日子也本没有什么不好，世间很多夫妻连互相折磨的力气都没有，已经被生活折磨得精疲力竭了。像是师逢和安心这种整日不愁吃穿没事闲着的男女，也合该被生活反复折磨几个回合。反正他们总要一起过一辈子的，好也是一天，不好也是一天，安心总会想开的。

师逢心里就是这番料定，他认为安心就是心再大、再空、再装不下他，也得在这城府里陪他一辈子。

安心是鸟，城府就是鸟笼。

所以师逢也乐于耗下去，耗到安心终于向生活低头的那一天。

只可惜，师逢很快就意识到自己错了，而且错得很严重。

说起师逢的错，就不得不提到他的交友圈。

师逢和历代的明日城城主一样，孤独地生活，孤独地享受。身边能聊得来的朋友不多，算来算去也只有那么两三个，便是另外三个城的城主。

当时的启城还在，那一任的启城城主姓程，单名风字。

程风，光听名字就知道他是个帅哥，而且放浪不羁，不羁放浪。

他是师逢最信任的朋友。

城主只能结交城主，这是不成文的惯例。因为百姓不敢高攀，城主们自然也不会纡尊降贵。

既然师逢最好的朋友是程风，他平日里或多或少也会将他和安心的周旋，向程风念叨吐槽一番。

程风听了表示很感兴趣，也乐于出面劝劝安心。

那接下来发生了什么事大概也不用猜了，安心对程风一见钟情了。

但这并不能说安心是花心的，她仍是那个传统的好姑娘。只是长这么大实在没见过什么世面，第一次见世面就被师逢相中了，第二次见世面就是撞见各方面条件都不输给师逢的程风。

一个女人要是一生中只遇到过父亲以外的两个男人，还都是人中极品，她怎能不动心呢？克制得了第一次，又怎能克制得了第二次？

初遇程风的那天，明日城的城府里和平时没有什么两样，并不会因为贵客远道而来而收拾得比平时更干净些，所有下人对程风的潇洒风度似乎也已见怪不怪了。

唯有安心，她打从一大早上起来就觉得神清气爽，打开屋门走出去深吸了一口气，便觉得心旷神怡。

连直觉都在告诉她，今儿是个好日子。

于是，她也不知哪根筋搭错了，竟然跑到厨房忙活起来。

这还是她服药以后头一次主动接近锅边灶台。

四菜一汤，三副碗筷。

安心在饭厅里准备好这一切后，连她自己都愣住了，这个时候她是不知道程风要来的。

程风那低沉的笑语，便是在这个时候和着春日的风飘进来的。

飘进了安心的耳朵里，飘进了安心的心里。

她一把捂住胸口，一时尚不能适应那里面的悸动，下一瞬便毫无准备地望见了刚刚跨过院门，自远处走来的程风。

青衫素袍，举止风流，那样的风采本不该出现在人间的。

安心直勾勾地望着彼端那个像是从画里走下来的男子。直到笑声越来越近，近到已经融进了饭厅，仿佛就响在耳边时，安心这才注意到，和他有说有笑同时跨进来的人是师逢。

师逢为两人介绍之前，还为安心的出现和桌上的酒菜惊讶了一下。

“这位是启城城主程风，我最好的朋友。这位是内子，安心。”

安心皱了皱眉，下意识地排斥这样的介绍，很快道：“只是名义上的，后来我吃了他的药，把所有事都忘了。”

程风并没有因为安心的突兀而愣住，相反他很是从善如流：“小弟见过嫂子，你们的事我都听说了。”

程风越是这样淡定，安心便越觉得心跳加速，同时在心里责怪师逢，也不知道他都乱说了些什么，必然不是夸她的好话。

那之后的整个饭局，都像是一场相亲饭，最起码安心是这样觉得的。

她很喜欢跟程风搭话，表现得就像是最能言善道的女主人，不与人生分，待人接物游刃有余，全然不似平时那副高冷的姿态。

看到这样的安心，师逢是打从心里高兴的。他以为安心已经回心转意了，才会这样善待他的朋友，这全都是看在他的面子上。

因此那天，师逢忍不住多喝了两杯，是安心把他扶回房间的，然后特意到厨房里煮了两碗醒酒茶。

一杯交给侍女，送进内室给师逢，一杯由她亲手端给了倚在小厅榻上的程风。

安心永远也忘不了，当程风醉眼迷蒙地接过那杯醒酒茶时，他们的手指曾不小心地碰了一下。

温柔的触感，直达心坎。

只是程风并未注意，露出一抹笑容：“多谢嫂子。”

安心不禁红透了脸，从不知道原来男人笑起来也是可以如此风情的。

其实后来，安心也不止一次地自问过，倘若当初没有服下那瓶药，她和师逢会不会是一对幸福的神仙眷侣，即使后来遇到了程风，也不会动心呢？

但这样的问题，穷尽她一生都不可能找得到答案，她也不得不承认，那瓶药就是她对师逢抱有防备心理的导火索。

而程风，则令她没有任何感情负担。

不像在师逄身边，总有一种被束缚的无望。

当然，像风一样的男人都是让女人没有负担的，因为他们会在你意识到负担之前，就像风一样呼啸而过了。

程风一直谨记在心，他这次来明日城的目的，是开导师逄的夫人安心。

但安心的逻辑却自成一派，不仅让一向口才绝佳的程风感到了挫败感，还勾起了他的兴趣。

程风对安心道："其实师逄这人只是不善言辞，通常这样的男人是不会出轨的。"

安心反问程风："那什么样的男人会出轨呢？"

程风笑笑："自然是像我这样的。"

他不惜自我诋毁也要树立师逄的光辉形象，却无心插柳柳成荫地让安心因这种为朋友两肋插刀的义气而感动。

"师逄并非你说的那么专一，他之前一直留恋青楼，好几次都是我差了下人将他带回来的。"安心淡淡地反驳道。

程风笑得就像是个风月老手："嫂子误会了，师逄只是在青楼里长期包下了一间房，方便他借酒消愁罢了。那里面的姑娘他一个都没碰过。"

安心却依旧面无表情："你可是亲眼见到了？"

"呃，这倒没有，不过以我对他的了解……"

程风刚要为师逄辩护，却被安心打断："我相信你是了解他的。但是很显然，你们都不太了解我。"

程风不禁愣住。

只听安心不紧不慢道："既然你是说客，你总要了解你要说服的人的。可你不了解我，你又怎么能保证，你所说的这些话，足以说服我呢？其实师逄有没有留恋烟花场所并不重要。如果他了解我的话，他就会明白，问题根本不是出在这里。所以，就算他找更多的人来说服我，都是没用的。”

师逢精通医术，却不会在感情上对症下药。

因此打从一开始，他就输了。

连带前来当说客的程风，也跟着一起输了。他准备的那些长篇大论也因此胎死腹中，只能无能为力地任由安心的话在他心里荡出回响。

程风不得不承认，安心是个脑子正常的女人，甚至是聪明的。

让人忘记痛苦的药，并没有夺走她的智商，反而让她因为重生了一次，而变得更加狡黠机智，更有一种看破迷障超脱超然的气质。

这样的女人，大多数男人都没机会遇到。

一旦遇到了，便是新鲜的，何况是猎奇心理浓厚并对女人心敏感入微的程风。

直到安心第三次主动找程风下棋聊天，程风终于肯定安心对自己是有想法的。

其实在这之前程风就有所觉察了，只不过那时候他只觉得是自己自命风流惯了而留下了自作多情的后遗症，才会将安心的眼神误读为倾慕。

可是这一回，安心一边下棋一边已经将他的祖上三代都问了个底掉，但是一当他提起师逢，便被安心岔开话题。

程风才不得不提高警觉。

他和安心之间的互相吸引，是不容忽视的。

吸引力这玩意儿，你不控制它，它就会为祸，在人心里面作乱，有时候还会让你难以自控。

程风一向是放任它四处撒欢的，所以从不觉得这是负担，需要克制。

唯有这次，他是打从心里害怕的，倒不是害怕师逢的反应，而是害怕自己的。这就像是毒品，你爱它，也恨它，戒不掉它，离不开它。

从这个角度上说，安心是有资格成为男人心里的毒的。

当晚，程风很早就回了屋，躺在床上闭目思考，满脑子都是安心纯真的笑容以及她那手好厨艺。

一想到以后可能再也见不到也吃不到了，他心里就觉得怅然若失。

这种失恋的感觉，他已经许久不曾经历了。

但好在，程风以为，他们在彼此心里种下的情窦还不够深，现在连根拔起并不会伤及根本，最多就是以后回想起来长叹一声“没有缘分”罢了。

这种细微的不易察觉的痛，相比起和师逢的兄弟情义，和两城之间的世代邦交，绝对是无足轻重的。

于是，当晚深夜，程风就不告而别了。

他答应了师逢开解安心的嘱托，自然也没有兑现，只是留书一封告知师逢，是他辜负所托。他日如果师逢需要，他愿效犬马之劳。

一个风一样的男子，像风一样来，又像风一样地呼啸而过。

程风走得及时，走得惘然，走得恰到好处，不仅带走了刚刚滋生发芽的旖旎，带走了安心的牵挂，还带走了师逢的悔不当初。

3

安心并不是个忘恩负义、心肠冷硬的女人，这完全可以从程风离开了三个月她都隐而不发这件事上看出来。

白日里，安心偶尔见到师逢，都不由得会想起程风。甚至有一段时间还病态地在师逢身上找程风的影子，以为人以群分、物以类聚是可以这样解释的。

深夜里，安心整宿整宿地失眠。她到师逢的药房里偷拿了很多次安眠药，后来还是药量下去得太快了才被师逢发现的。

师逢问安心，为什么要吃安眠药？

安心告诉他只是失眠，还说他的药都不管用的，吃了这么多效果越来越淡。

师逢顿了一下才说，那些药是加强版的，有的人只要吃一点就能睡过去超过二十个时辰，因此不敢广泛使用。

安心不知该作何感想，她宁可自己是那个睡二十个时辰的人。

到了这个时候，师逢也看出了安心的纠结和痛苦。在他心里，也浮现出一个模糊的猜测，但他并不敢深挖。

安心蹙眉不语的模样，我见犹怜。

她抬起头看向师逢的眸子，就如同当初她醒来时见到的一样，清澈而干净，只是如今还掺杂了些许惆怅。

是因为她吗？

安心心里莫名地一疼，但很快就归于平静。

她将此解读为，一日夫妻百日恩。

“师逢。”安心头一次叫师逢的名字，清楚地看到他几不可见的一抖，望向她的眼神越发热烈。

安心继续说道：“我喜欢上了一个男人。但我不能喜欢他。”

“为什么？”师逢轻声问。

“因为你不会允许的。”

正是这句话，彻底摧毁了师逢心中最后的期冀，以及残存的那一丝依恋。

“是……程风？”师逢听到自己颤抖的声音，他不敢相信那是他发出的。

安心听了也很是不忍，别开脸轻轻应了一声。

刹那间，他们都听到了心碎的声音，哗啦一声碎了一地。

师逢这才明白程风不告而别的原因。他是为了挽留他们朋友之间的情谊，以及杜绝不该生出的邪念。

朋友妻不可戏，唯有落荒而逃。

那天之后，师逢将自己关在屋子里三十天，一日三餐和公文全都交由侍女放在房门口，并谢绝一切来访，尤其是安心。

安心被侍卫隔绝在师逢的卧室一百米以外，以往这个距离是让她很有安全感的，可是如今却觉得那每一米都像是相隔了万水千山。

安心时常想各种法子，将纸条夹在卷宗里，再让侍女带给师逢。

但是师逢从没有回复，他淡定得快出戏了。

直到第三十一天，安心在城府里放了一把火，才逼出了憔悴如斯的师逢。

她的眼泪一下子就掉了出来，扑上去搂住他，大声喊道："你别这样对自己，是我对不起你！"

师逢晕倒在安心怀里，沉睡了整整三日。

师逢醒来的那天上午，阳光晴好，万里无云，门外的小鸟叽叽喳喳地叫着，推门进来的安心看上去是那么地娴静美好。

安心来到床边，握着师逢的手，说："你好几天没吃东西了，喝点粥吧。"

然后，就在师逢平和的注视下，她一小勺一小勺地将米粥喂进师逢的嘴里。时间仿佛过得很慢，也仿佛过得很快，那碗粥就算是水缸装的，也总有喂完的时候。

师逢享受了这一切，终于露出一个满足的笑容。

安心见他笑了，也便笑了。

但是师逢却从枕头下面拿出一张纸，递给安心："这个是我送你的礼物。”

安心疑惑地打开，登时愣住。

苍劲的字体，力透纸背：休书。

“为什么？”安心拿着休书的手抖呀抖，那张纸也跟着哗呀哗。

“我想过了，你留在这里是不会快乐的。你不快乐，我就不快乐。”师逢的笑容里透着哀伤，“我努力了一年，还是不能让你回心转意，而你却在一夕之间爱上了程风，这必然是我的问题。你我之间终归是没有缘分，但我愿意成全你。”

安心频频摇头，眼泪吧嗒吧嗒地往下掉：“我不走，我哪儿都不去，我不爱程风，一点儿都不爱！”

师逢抬手抹去她的眼泪：“别骗自己了，也别再骗我了。以后咱们还是可以时常见面的，你可以和他一起过来探望我，我也可以过去看你们。前几日我书信给他时，他还答应我会好好照顾你，穷尽一生地对你好。你看，他心里也是有你的，你终于可以如愿以偿了，这样不是很好吗？”

师逢并没有告诉安心，他是用当初程风留下的效犬马之劳的约定，要求程风的。

自然，师逢也觉得安心不需要知道。

有些事知道了就不美了。

再后来，安心是哭着嚷着被侍卫架出房间的，又被关在自己的房间里哀求了三天，师逢那边才派人传了话过来，说他已经打算续娶，对外也已宣称夫人猝死的消息，而程风也即将抵达明日城。

师逢还对安心保证，他绝不会寻短见，不会对自己不好，在以后的日子里不仅会更加关爱自己，还要为明日城开枝散叶，尽他一城之主的责任。

但这些话，安心一个字都不信，一定是师逢在哄她的。

可是当安心重见天日时，整座城府都在张灯结彩……

触目惊心的红绸，刺鼻的炮竹味，以及依旧一身青袍风流俊秀的程风。

程风告诉她："我来接你，咱们从后门走。"

然后，他拉起安心的手，安心结实地感到了心口漏跳了一拍。

但她却踯躅不前，问程风："他呢？"

"他不想你看见他再娶的样子。"

这句话，直到安心死的那一天，都没有忘记过。

就这样，安心随程风上路了。

这是她头一次出远门看风景，那一路上都是郁郁葱葱的，更显得心里尤为苍黄。

程风话不多，安心话也不多，头几天赶路时，他们一整天都说不上三句话，却谁也不愿意打破这样的桎梏。

直到渐渐远离了明日城的地界，程风才有一搭没一搭地和安心聊起来，从无关痛痒到风月无边，从大是大非到小情小调。

安心也渐渐露出了第一抹笑容，第二抹笑容，到哈哈大笑，笑不可仰，又哭又笑。

程风是个很会讲笑话的人，师逢却是个很会冷场的人。

从这个角度比较的话，程风如此得女人缘不是没有道理的。幽默就像是在男性魅力上镶了一层花边。何况这个帅哥本来就帅得天怒人怨，是个女人都想从他口中听到山盟海誓，是个女人都想和他海枯石烂。

安心也是个女人，她有女人的想法一点儿都不奇怪。

不过她没想到，或者说是从不敢去想，有这样想法的女人不止她一个。

这个事实，还是当安心踏入启城城府之后，才发现的。

其实安心早该想到，程风是有妻子的。

像他这样的男人，以他这样的身份和年纪，他身边没有娶妻，只可能是不喜欢女人。哦，不，站在一城之主的立场上看，就算他不喜欢女人，也会娶妻。他要对启城的老祖宗有个交代。

何况程风喜欢女人。

在见到程风的妻子独活以前，安心想象过各种各样独活的面貌。她对这个名字吃不准，到底什么样的女人才会以“独活”为名？

也许，独活是那种一板一眼相夫教子，谨守本分和三从四德的贤良女子？通常这样的女子，大多顾全大局，即使丈夫多纳几房小妾，当正室的也会将一大宅子维持得和和气气。

安心当过正室，虽然旗下没有小妾，却也懂得为妻经营之道，所以在心里，她是暗暗期望独活和曾经的她一样的。

当然，也有可能，独活是那种尖酸刻薄的女子。她很作，很高冷，很小心眼，她容不下一切出现在程风身边的女人，连侍女都纷纷辞退，只留小厮。通常这样的女人大多手段毒辣，阴狠狡诈，惯会借刀杀人和阴谋陷害。

安心知道，自己是对付不了这种人的。她也没遇到过甚至没听说过类似的人，只是偶尔在书里看到一些，大多被寥寥数语带过。

总之，安心设想了各种可能性，将独活对号入座进各式各样的模板里，她觉得总有一版是吻合的。不管是极端阴暗的独活，还是极端乐观的独活，或是双重性格的独活，她都已经做好了心理准备。

可是安心想不到，真正的独活，是另外一个模样。

独活，是个瞎子。

早在嫁给程风之前，独活是看得见的。

哦，这么说也不太准确，或者应该是说，独活正是因为程风才双目失明的，因此她才嫁给了程风。

关于这场风花雪月的来龙去脉，后来还是程风亲口讲给安心听的。这令安心明白到，程风是一辈子都不会放开独活的。

但在讲述独活和程风的故事之前，要先说一下独活和另外一个男人的故事。

那个男人，叫桑寄生。

《千金方》有云，独活，若与桑寄生配伍，可治痹证日久正虚，腰膝酸软，关节屈伸不利者，如独活寄生汤。

在独活双目可见的时候，她爱上了桑寄生，一个谪仙一样的男子，却是个哑巴。

独活原本是桑寄生的侍女，也是桑寄生的代言人和解语花。

但凡桑寄生眼神一转，独活就明白他要什么，而且随身携带纸笔，让桑寄生写下他要说的话。

偶尔遇到条件不允许的时候，桑寄生就会把话用手指写在独活的掌心上。

没有人会抵抗得了桑寄生这种男人，就像没有女人能不买胭红水粉一样，独活是女人，自然不能免俗。

独活很喜欢当桑寄生温热的手指缓缓擦过掌心的触感。她甚至是着迷的，也曾在心里暗暗发过誓，要跟随桑寄生一辈子，哪怕他死，她也会跟着一起下地府。

桑寄生后来成了启城著名的书画家，他的字画可以炒到天价，但是没有人见过他的真面目。

他生平只有一个好朋友，就是程风。

按理说，以程风的身份是不应该会和桑寄生结交的。毕竟身份有别，地位悬殊。

但是程风在当上城主之前，是一直云游在外的，他过惯了四海为家夜宿在外的日子，并且深深爱上了这种逍遥自在无拘无束的生活。

程风和桑寄生认识时，桑寄生并不知道程风是启城的候选继承人之一，而程风也并不知道桑寄生在绘画上有惊人的天分。

他们的相识，源于程风被江湖上的一批人追杀，身受重伤倒在路边无人理会，而桑寄生和侍女独活恰好驱车经过。

独活最先发现了程风，她跳下车看时，程风尚存一丝气息，半阖的眼隐约还能见到那抹瘦弱纤纤的身影，以及那双亮得出奇的眼睛。

宛如星光，清澈而干净。

那是程风见过最好看的一双眼。

然后，他便看到那姑娘身后又走上来一个颀长俊朗的男人，神情淡漠，唇色苍白。

那个男人，有一双不近人情的眼，和那姑娘眼里的灵动，恰成对比。

等程风再度醒来，便见到了这样一对男女。

女的身材娇小，笑靥如花，而男的则像是杜绝了七情六欲一样的寡淡。

他们便是桑寄生和独活。

是桑寄生救了程风，桑寄生医术高明，世间罕有，只不过江湖中甚少有人知道，因他极少救人，也极少多管闲事。

这一次要不是独活提议，而桑寄生的沉疴突发，他们也不会滞留在此处。

救程风，只不过是顺手的事。

程风为表达谢意，便关心起桑寄生的病情，问他可有请大夫，又提到自己认识不少名医，倒是可以代为介绍。

但是话一出口，程风就意识到自己的可笑。

要是连桑寄生都救不了自己，那天底下还有谁能救呢?

程风也是因为这样才知道，原来桑寄生的不苟言笑，并非性格使然，而是病情导致的。

据说得了这种病的人，大多活不过三十岁，而死因也无一例外，皆因动情动性而死。也就是说，桑寄生除了靠颐养性情杜绝七情六欲之外，还要借助药力。长年累月下来，也就有些超凡脱俗目空一切的气质了。

程风一眼就能看出来，独活是喜欢桑寄生的，那情意太过明显，她的眼睛太过灵动，又有谁看不出来呢？

桑寄生也是必然知道的。

只不过这样的一对男女，注定是落花有意流水无情了。

听说桑寄生和独活要去启城小住一段时日，本不想早早回家报到的程风也突然改变了主意，和两人一起上路。

那一路上都能听到程风和独活的笑语。

本来嘛，他们就都是爱说笑的人，谈得来也是正常的。

程风承认，他喜欢独活，打从第一眼见到她就喜欢，却说不上来是为什么。若要真的深究，那大概就是因为独活的性情吧。

就像没有女人能抗拒桑寄生这样的男人一样，这世界上也没有男人能抗拒得了独活这样的女人。

这两个人的身上具备了一切吸引异性的特质，仿佛生来就是为了让人喜欢的。

程风越和独活相处，便又觉得自己是注定要失恋的。

爱上一个心有所属，并且装得满满的再无旁骛的女人，这本身就是一个男人的悲剧。可是越是求而不得，便越是抓心挠肺。

直到来到启城城门前，程风还在琢磨，是不是要动用他在启城的势力，硬将独活扣下？反正等到米已成炊时，她一个女人就算再哭天抢地要死要活，又能怎么样呢？

但是这样的想法，最终也只是浮出了一瞬之间就化为乌有了。程风痛恨并在心里责骂自己的卑鄙无耻。同时又觉得，他会突然萌生出这样的邪恶想法，多半是因为太喜欢独活的缘故。

他从没这么喜欢过一个女人。

或者说，他从来没有喜欢过一个女人却得不到过。

4

独活做梦都想听到桑寄生的声音，但她知道这个念想也只能在梦里实现了。就像程风对独活的情有独钟一样，独活对桑寄生也有一种偏执，以至于就算她遇到多少人间少见的出色男子，都不为所动。

因为，世间只有一个桑寄生。

独活知道，桑寄生活不太久。

桑寄生也知道，自己已到了弥留之际。他之所以选择在启城落脚，除了是给自己找个好一点儿的墓冢，另一个目的便是希望将独活留在这个四季如春的城市。

他可以给独活留下一大笔钱，足供她一辈子衣食无忧。

而他，也只能给这么多了。

桑寄生从来没有跟独活说过一个情字，甚至连情诗都没有写过一句，他也从不看描写情爱的小说和诗词。一来是因为自己是个不能动情的人；二来则是因为桑家男子历来至情至性，所以才会被这个病拖累，所以才会一个个都活不过三十岁。

其实这个病本不是什么大病，若能真的做到四大皆空，也是可以长命百岁的。

坏就坏在，桑家男子个个都是情种。

桑寄生也不例外。

桑寄生不仅是个情种，而且还是个专一的情种。

他对独活爱在心口难开，又不愿独活为自己守寡，于是相处了这么多年，便始终保持着纯洁的主仆关系。

其实桑寄生知道，但凡他稍有暗示，独活都会在顷刻间投进自己的怀抱。

可是桑寄生没有，一次都没有，他看到独活眼里的失望，心里莫名地钝痛，那病情也就每况愈下。

尽管他脸上一向不露情绪，可是心里却是波涛汹涌。

直到程风的出现，桑寄生望见了契机。

早在这之前，桑寄生就开始编纂医术的最高境界——换心术。

用我心换你心。也许桑寄生永远不会遇到那个愿意和他一起串谋骗独活的人，也许他顷刻间就能遇到。谁知道呢，总之“换心术”的说法，已经在独活心里根深蒂固了。

桑寄生种下了这颗种子，程风就是水、阳光、土壤和肥料。

当桑寄生将自己的计划告诉程风后，程风最初是很排斥的。他排斥做桑寄生的替身，排斥让独活一辈子都将自己当作是“桑寄生”。

可是除此以外，程风又想不到更好的办法。

桑寄生的这个计划可以说是天衣无缝，而且非程风不可。因为他需要借助明日城城主师逢的那种“让人忘记痛苦的药”和幻术师。

就在安心做了第一个实验品后不久，桑寄生就成了第二个。

他编了“他不爱任何人，也不懂爱人”的人生，交给幻术师，请幻术师代为强行灌入自己的脑海。

以至于桑寄生醒来之后，便只记得他是个名书画家杜仲，而非那个深爱独活并且被独活深爱的男子。

而同一时间，程风也按照桑寄生的嘱托，喂独活吃下了足可以昏迷三天的药，自己则接受了幻术师的施法——将桑寄生的记忆强行灌入到脑海里。

只等独活醒来再告诉她，桑寄生已死。但他有很多话想告诉独活，也想和独活好好过日子，于是便复制了“另一个自己”——程风和桑寄生。

独活自然是不能接受的，可她又不能不面对现实，那个举手投足都像极了桑寄生的程风，那些由程风口中说出的关于她和桑寄生的一切过往，以及桑寄生对她的炙热情愫。

这一切的一切，都让独活痛不欲生。

她终于实现了自己的美梦，亲耳听到“桑寄生”的声音，证实自己并没有自作多情，可是她却不懂，为什么会是现在这样的光景。

为了两全，独活唯有将自己弄瞎。

那双灵动的全天下最好看的眸子，自此只能出现在程风的记忆中了。

而就在这之后没多久，书画家杜仲声名鹊起，只是他是个寡情寡义的人，唯有和程风结交要好，并时常来城府里小住。

杜仲是哑巴，独活是瞎子，“换心术”的谎言永远不会拆穿。

独活见不到杜仲，杜仲也不会和独活交谈，夹在中间的程风，却成了那个最痛苦的人。

安心起初不懂，为什么程风要将这些过往告诉她一个毫不相干的人，难道他就不怕自己说出去吗?

她道出自己的疑问，程风道：“我以为，在这个世界上，只有你能懂我。”

安心不禁哑然。

是啊，在这个世界上，可不是只有自己能懂吗?

同是天涯沦落人，相逢何必曾相识。

原本在听这个故事之前，安心还有信心自己绝不会介意程风的过往，然而在听完整个故事之后，她却突然变得不确定起来。

她并不是十分介意程风和独活的故事的，只是介意那种“让人忘记痛苦的药”。

严格说起来，她和程风都已经不是那个最初的自己，而爱着他们的人，也因为他们的改变而变得面目全非。

最初，程风爱独活，是因为求而不得。

如今，程风爱独活，却是因为“桑寄生”。

最初，安心爱程风，是因为不相信自己爱师逢。

如今，安心已经不确定自己到底是真的爱程风，还是因为被他身上那种和自己同病相怜的气质所吸引。

回想起来，她和程风第一次见面就有一种久别重逢的感觉，可以解释为一见钟情，也可以解释为同类相吸。

安心的纠结，令她原本认为“爱情都是纯粹”的想法应声破裂，尤其是当她亲眼见到程风和独活的琴瑟和鸣时，她彻底崩溃了。

她开始因为恨所以恨，但她并没有将自己的恨强行加诸给任何人。她恨不起来程风，也恨不起来独活。他们比她更可怜，活得比她更凄惨。

她只是恨，恨自己的恨无处安放。

这远比她当初恨师逢让自己服下那种药的程度，更加深刻。

于是，没过多久，安心就跟程风和独活提出另辟宅子，便是搬去和杜仲一起住。

一个纠结于恨谁的女人，一个早已无情无爱的男人，住在一起是再适合不过的了。

就这样，安心成了杜仲新一任的侍女，并且是历任侍女中唯一一个不会爱上杜仲的女人——这也是杜仲择选侍女的要求，先前的侍女都因为食言而被他辞退。

安心谨守本分，守口如瓶，她对杜仲的过去只字不提，就像她也不愿提起自己的前史。

她和杜仲相安无事地生活了十五年，直到杜仲寿终正寝，安心将他厚葬。

在这十五年间，安心也是时常可以见到程风和独活的。他们依旧沉浸在彼此营造的痛苦中难以自拔，反观安心倒是渐渐学会了置身事外，也不知道是不是和杜仲相处久了的缘故。

看着痴男怨女一样的程风和独活，安心庆幸自己已经解脱，虽然这个时间有点长，代价有点高，但她还是很庆幸。

这种庆幸主要是来源于有比较。

其实换个角度来说，若是安心愿意甘心一女共侍二夫，这件事就会简单许多。

因为事实证明程风并不是花心的，只不过独活在前，安心在后，他不可能对独活放手，却可以放安心自由。

这么看来，选择权就抛给了安心。

安心花了十五年的时间才看清这个事实，说起来也真是个认死理的姑娘，再回头一想，才觉得师逢是不错的。

虽然师逢已经再娶，但是安心还是希望他能看在他们夫妻一场的情分上，帮她找个栖身之所，安度后半辈子。

无谓再谈情，只是偶尔想找人闲话家常时，能有个说话的伴儿。

临行前，安心和程风又有了一次长谈，近些年来唯一的一次，上一次杜仲还在世。

而这一次，杜仲已经入土为安，安心和程风一起去祭拜他。

程风的头发花白了许多，这些年他已心力交瘁。独活是个能将男人折磨得死去活来的女人。

安心看着程风眼角的纹路，笑得淡然，颇有几分杜仲的影子："这一次离开，我以后都不会再回来了。你和独活要保重。"

程风点头，一时之间不知该说些什么。他再没有了当年的潇洒，羁绊太多，终是负累。

安心又道："单看你面相便知道肝脏有恙，怎么不找大夫看看？"

程风说："看过了，老毛病了，还不是开些没用的药。"

安心拿出杜仲留下的一些字画，将其中一幅交给程风："这是他临死之前让我亲手交给你的。”

程风没有接：“独活又看不到这些。”

安心却执意要交给程风：“留个念想总是好的。”

程风打开一看，才发现那些字画是凸起状的，就算看不到也摸得出轮廓。

两人相视一笑，不约而同地想起十五年前他们在明日城的那场谈话，进而又想到现在，突然之间都有些恍如隔世的感觉。

不知不觉，又提到了“桑寄生”和“换心术”的事。

安心说：“其实仔细一想，你们现在这样虽然痛苦，却总好过让独活知道真相来得好过。也不知道她知道后会是个什么反应。”

程风说：“我一辈子都不会告诉她的。”

安心颔首：“那就好。”

程风问她：“你这一走，可有打算？”

安心想了想道：“除了这里我也只能回明日城了，要是师逢都不能看在夫妻一场的分儿上收留我，那我可就真的无家可归了。”

程风神色一怔，张了张嘴，刚要说些什么，却不防身后传来响动。两人一同回身看去，竟然看到了……独活？！

独活？怎么会是独活！

那接下来的事，他们都毫无准备，独活转身就跑，却被树杈绊倒。程风奔过去要扶她时却被她一下子挥开，进而又挥出一巴掌，正中程风的面颊。

进而，独活号啕大哭，竭尽全力地号啕大哭……

那样撕心裂肺的声音，深深地触动了安心。她不由得后退了一步，为之震撼。

安心这才彻底明白，自己是多么的愚蠢，一点儿情爱都不懂，最起码她不如独活懂，不如独活懂得入骨。

她终是太肤浅了。

安心离开启城后，便再也没有程风和独活的消息了。她有些刻意回避，不愿知道，不想知道，一路上只走小道，生怕听到噩耗。

直到她来到了明日城的地界内，她拿出师逢亲手交给她的信物，递交给当地的官府，官府的人又一路送进明日城城府，不日便有马车前来接她。

安心突然之间竟有一种回娘家的感觉。

安心原以为，师逢会等在城府里迎接她，就像老朋友一样叙叙旧，倒不用再续前缘，只是闲话家常而已。

她甚至已经在脑海中描摹过师逢妻妾子女成群的光景，心里也已经做好了建设，一会儿见了面该说些什么，不该说些什么。

由于安心太过专注想这些琐事，以至于她忽略了一个最不可能的可能性，就像她当初无论怎么猜度独活的性子，都没有猜透半分一样。

——师逢已过世五年。

迎接安心的，是师逢的儿子，名叫师重，至今十四岁。

而师重的母亲，安心竟然是认识的，就是当年服侍过她的那个侍女，那个被她派去给师逢送解酒茶的侍女。

还真是……命运弄人哪。

安心有很多话想和师逢说，师逢却再也听不到了。她的心蓦然感到了一阵钝痛，忽然之间竟然理解了独活，理解了那个深爱桑寄生的女人。独活幸运的是，桑寄生为她留了念想；不幸的是，独活到最后才知道杜仲就是桑寄生。他们曾多次擦肩而过，同桌而坐，却对面相见不相识……

比起独活，安心也是幸运的，因为师逢留了话，让师重转告于她；但安心也是不幸的，因为她永远不能证实，那些话到底是师逢说的，还是经过师重改造杜撰过的。

师重说：“其实我爹当年并没有再娶，我娘难产而死后，他只是给了她一个侍妾的名分，由始至终明日城的女主人都只有一个。”

安心张了张嘴，发现自己竟然吐不出一个字。

直到良久过去，她才听到自己问：“他为什么会死？”

师逢是善于用药的，身体又一向强健，她不信他是死于自然。

师重说：“他和你一样，吃了那种可以让人忘记痛苦的药。”

怎么会呢？

安心讶然，那种药又不会要人的命，只会让人痛不欲生……

师重仿佛看透了安心的想法，解释道：“我爹的手札上有写，他曾经最爱的女人吃了这种药，因而离他而去。多年来他始终百思不得其解，以为要找到整件事的根源，就必须亲自尝试那种药。那样或许就能想到办法把他心爱的女人迎回来了。”

为了确保万一，师逢将他和安心的一切过往都记录在手札之内，以便将来有迹可循。

可是谁也想不到，师逢在接受幻术师的施法之后，非但没有找到迎回心爱女人的良方，自己反而看破了世俗。

他顿悟到，人之所以总被痛苦所累，那只是记忆在作祟，记忆是人自造的毒药，只要毒解了便是无敌。

只是无敌之后，人还有何追求？既然没有追求，那便不如归去，不如归去。反正人活着，也是为了等死的。

师逢留下了这番玄妙的话就离开了尘世，旁人自然不懂他的选择，若是懂了也许也会这么选的。

所以说，活得太明白的人，总会做出一些旁人难以理解的行为，因为那样才不枉费他们聪明一场。

安心怎么都料不到，自己苦熬了十五年，再回来时，等待她的会是这样的结局。

她一下子就病倒了，浑浑噩噩地躺了一个多月，才能下地走路。

活了三十几年，安心一向无病无灾，这次一口气就把上半辈子积攒下来的内火爆发出来，险些一口气缓不过来就这么过去了。

好在师重继承了师逢的医术，力挽狂澜，这才保住了安心的一线心脉。只是安心醒来后，痛苦并没有随着病魔离她远去。

她躺在床上想了很久，才想通了一些事，或许是她这辈子的大部分时间都用来遭受打击了，因此抗压性也强一些，才没有因此而想不开自杀。只是命虽然保住了，心里却已觉得生无可恋，再一想到师逢那句“不如归去”，更觉得丝丝入扣。

可安心没有自杀的勇气，或者说是大病初愈，刚从鬼门关走了一遭，所以格外珍惜得来不易的性命。

她决定遁入空门，用此后半生的时间，专心为师家人念经诵佛，只希望不要再出另一个师逢。而为了挽留安心，师重后来在城府里修建了一所祠堂，只供安心使用。

平日闲暇里，师重也会时常到祠堂来给安心请安，仿佛在这里，才可以找到身为人子的一点感悟。

而祠堂的案桌上，还常年供奉着师逢的手札和几篇地藏经。

许多年后，也不知何故，案桌上的烛台咣当倒下，正砸中手札，进而引起了一场漫天大火。那位住在祠堂里的已经年过半百的女人，没有逃出来，就那么去了。

都说烧一烧旺一旺，也不知道是因为那场大火，还是因为那女人日夜诵经感动了佛祖，此后几十年，明日城蒸蒸日上，无灾无难。

值得一提的是，在师逢的手札最后一页上，他提到过那种药的处置方法。他奉劝师家的子孙，一旦遇到了不得不动用此药的时刻，都要先做好一生无心的准备，除非已生不如死，生无可恋，倒不妨一试，借助它忘情弃爱。

5

听完整个故事我已经不知道如何是好。倘若换成别的女子，相信一时之间也是不知道如何是好的，这不能说我接受能力差，只能说这种事世间罕有，实在没给我机会适应。

师然见我许久不曾言语，于是便又不停地重复着“对不起”。我木然地听着，木然地思索一个问题，到底恢复记忆后的我，是否还爱着师然？似乎不是，恢复记忆后的我，对他更多的是心疼。

那么我是否爱着勾刑呢？

我不知道那算不算爱，只是很肯定我对勾刑的感情比对记忆中的师然要深一些，可能因为他一路上都对我不离不弃吧，有可能是因为爱情本身就不需要理由吧。

我试着把勾刑和师然在我脑中划分开来，却发现并不可能，因为他们本就是同一个人。没有师然在前，也不会有勾刑在后。可当我又试着将他们放在一起去想，又觉得实在是难为自己。

于是只好说：“师然，要是和安心对师逢一样，我对你也只留下记忆，再没有情感，该当如何？”

师然苦笑：“当初，我很怕你想不开又多寻几次短见，所以只好让你暂时忘了我……至于现在，我倒是希望你真的能活得开心，就算忘记了曾经的感觉，也没有关系。”

原来他是怕我多寻几次短见加大见阎王的概率啊！

我撑起身子，看进他的眼睛，说道：“我记得当时你已经……到底是怎么回事？”

师然叹了一口气，还是一五一十地将那些疑点解开。可能我们都分外珍惜眼前相处的时刻吧，所以他说得很流畅，我也听得很专心，也幸好没有外人前来打搅。

按照师然的说法是，当时在山崖边，他并没有死，倘若死了，现在便成了诈尸了。他说，之所以没死，多半是因为习武之人有些底子，还有师家祖先喜欢炼药。所以师家的后人从小就服用百草，练就出一身的抗药性，平日不染小病，遭逢大病也多能逢凶化吉。但若碰上命定的劫数，光靠百草还是不够的。

我想也是，要是有些劫数连百草都不能挽救，那只能说明这是上天横了心要你死，你不得不死了。

虽然师家人大多身体健康，但是活过半百的人却并不多，每每不是为情所困而死，便是看破尘世而亡，这可能就是人们常说的聪明反被聪明误吧，因为愚者总是长命的，聪明人也总是死在自己的聪明上的，这是真理。

师然还说，莫珩之所以还能活到现在，多半是有皇帝那边撑腰。皇帝不愿看到天启城落败，明日城强大，造成西秦局势紊乱，所以特意派了驻兵维护西秦治安，这大抵也算是殖民的一种了。

当然，驻兵不仅制衡了明日城，也制约了天启城。莫珩不敢轻举妄动，但是野心不死，时常搞些小动作。

比方说，我师父突然暴毙，经师然查证是莫珩派人所为，主要是想逼我不得不离开那个镇子。比方说，我和勾刑曾经遭遇刺客，那也是莫珩派人所为，主要是开始怀疑勾刑的身份，想逼他显形。再比方说……真的是有很多很多的比方，我实在记不住这么多，只好用了一种聪明的办法，但凡是我解释不了也解不开的谜题，就都当作是莫珩所为，那么所有的恶事就都有了来由。冤有头债有主，以后有事就找莫珩算账好了。

我将这番想法告诉师然，师然却说："倒也不必，在你昏迷的那几日里，欣颜已经使计骗莫珩吃了那药，又让幻术师将重新整理过的记忆灌输给他，我想他以后不会再作恶了。”

也就是说，莫珩恶有恶报了，哦，不对，是莫珩改过自新了。

然而这样，我又感到很失落。因为以后想翻旧账，是再没人可找了，作恶的人忘记了自己作的恶。他似乎突然之间成了这世上最无辜、最可爱的人，真是“婶可忍叔不可忍”。但是也不能否认的是，要让一个人改过自新，用信仰感化他是不彻底的，用报应吓唬他也是需要大量实践验证的。而那种可以让人忘记痛苦的药才是最有效的，不仅可以删除记忆，还以重新捏造。仿佛女娲造人一般，成就感应是巨大的。其实它本不该叫作“让人忘记痛苦的药”，应该称它为“让人重生的药”。

不过无论如何，我都是很佩服师然的，于是问他：“这个方法真是最彻底了，要让一个奸险小人不再做坏事，防着他是不够的，删了他的记忆，改写他的经历，这才是最彻底最有效的办法啊！你到底是怎么想到的呢？怎么不早用呢？”

师然说：“办法不是我想到的。”

我一愣：“那是谁？”

师然说：“我方才不是说了，是欣颜做的。”

我说：“哦，那你也出了不少力吧？”

他说：“没有，我开始是不同意的。”

我说：“哦，那后来呢，精神上的支持总是有的吧？”

他说：“完全没有，我反对这样做，那是欣颜趁着我照顾你的那几天偷偷做的，我是事后才知道的。”

我呆愣了良久：“欣颜真聪明啊，这一定是师家遗传好。”

师然一脸古怪地看着我：“我没和你说过吗，欣颜是在我很小的时候，父亲的朋友托孤而来的。”

我彻底无语，心想，这个人怎么这么烦。

我浑浑噩噩地睡了一整天，然后将师然说的话拿出来反复消化，脑中的疑点已经被解释得七七八八了，于是托记忆重整后天真无邪的莫珩帮我给尚住在天启城的连伯带一句话，就说有位故人在我曾经住过的那个镇子上等他，若他觉得这把老骨头还是可以折腾一下的话，便去找找吧。莫珩应了我的要求，带着他的手下们打道回了天启城，临走前，他告诉我一个秘密。

他说："这些天我总在做一个梦，梦里有个姑娘对着我笑，不过我看不见她的脸。我对那姑娘说：'等你回来，咱们便成亲。'那姑娘笑得仿佛一朵百合花……可是在下至今都没有娶妻，所以那姑娘多半是早嫁给别人了吧。"

我说："那只是一个梦，莫城主何必纠缠于梦中的姑娘？"

莫珩长吁短叹了一番，终是苦笑着走了。

我本想叫住他，但很快打消了念头。其实我只是有两个问题想问他，不过转念一想那两个问题并不重要，于是作罢。一是，他既然看不见姑娘的嘴脸，又如何知道姑娘是笑着的而非龇牙咧嘴呢？二是，既然不能确定那姑娘是否在笑，又怎么知道她的笑容仿佛百合花呢？

莫珩走了以后两天，我的心绪尚处于十分不宁中，说不上为什么。但倘若应要追根究底，我只能说那是女人的预感，而女人的预感是相当灵的。

我的这种预感还是来自一个疑点。之前我说过了，疑点已经被解释得七七八八了，但还有三三两两残留着。

我在想，既然当初师然没有真死，却为何迟迟不敢和我相认呢？其实他只要偷偷告诉我一声，他还活着，我又怎么会没完没了地寻死呢？倒也用不着喂我吃什么忘记痛苦的药了。自从吃了那个药以后，我不但没有忘记痛苦，反而因此常常自寻烦恼，实在无奈。

再者，皇帝既然已经派了驻兵西下，那么师然是生是死也不是什么大问题了，多一个师然和少一个师然，对西秦的局势又能有什么影响呢？我越想越不对劲儿，总觉得师然瞒了我一些事，而能让他费尽心力隐瞒我的，多半不会是什么好事。于是思及此，我立刻跑出了屋子，向师然房间奔去，却在他的房门口和他相会。

他身边还有个第三者，好似就是那个司徒将军。

司徒一见我，震惊了："公主，您果然还活着……"

师然却侧身一挡，说："将军，别忘了您和莫城主都已经答应在下，不会将公主的事上报皇上的。"

司徒微一蹙眉，遂好似领悟了些什么，脸上流露出惋惜，说："师城主请放心，君子一言，驷马难追，下臣还是先去大堂等候，等城主和公……和夫人话别，咱们再启程也不迟。"

等司徒走后，我立刻拉住了师然的袖子，追问他："什么话别？你要出远门？"

师然笑着拉我进屋，给我倒了一杯茶，交到我手里，笑说："只去几天，我保证，等我回来了咱们再办一次婚礼，你看如何？"

我心里一动，连忙说："好。"但转念一想，实在不够矜持，于是又道，"不妥不妥，我还没有搞清楚对你还有没有感情，怎么能这样轻率地又嫁给你一次。"

师然笑道："这倒是，那你就多考虑几天，等我回来了给我个答复。"我小心翼翼地问他："要是我不同意呢？"

他说："那我也会养你一辈子的。"

我心里又是一动，说："哦，一辈子哦，你这是在对我承诺终身吗？"师然握住我的手："你的终身不是已经许诺给我了吗？"

我脸红着，在他的催促下喝了那杯茶，然后晕晕乎乎地被他抱上了床，临昏迷前才发现了不对劲儿。

师然的笑容太过完美了，他完美地掩藏了哀伤。还有那杯茶，那里面竟下了蒙汗药。

第九章　正文结局

当我再次醒来的时候，师然已经不在身边了，只有师欣颜坐在床头，愁眉不展地看着我。于是我就想，这一次竟然清楚地记得昏迷前的一切，对于一个记忆时常混乱的分不清真假的人来说，实在不可思议。

然后我问：“师然去哪儿了？”尽管我感觉他去了一个不让我找到的地方。

师欣颜说：“他……去见皇上了。”

哦，皇上，据说就是那个和我娘合力生下我的男人。

但是见皇上为什么要避着我？再者，皇上既然是我爹，师然便是皇上的女婿，是驸马爷，去女方家里见家长难道不该带着女方吗？我脑中划过这些疑问，这才想到古来今往但凡是下臣入京面圣的，无外乎是两种情况，一种是立了大功，另一种是犯了大罪……

思及此，我连忙抓住师欣颜的手：“师然是不是出事了！为什么那个司徒会亲自来接他？”

师欣颜哀伤无比地望着我，就像我当初望着合欢的那种眼神一样。那是一种比死亡更加绝望的眼神，我是不愿意在任何人身上目睹的，那太残忍。

我已经预感到，师然这一去走的是一条不归路。而作为他的妻子，他的不归便是我的末路，这是多么悲哀的事，是悲剧。

我已经做好了最充分的准备，准备听师欣颜告诉我师然上京的真正理由，我想，他一定是为了黎民百姓，因为他是城主；或者他是为了西秦的利益，因为他有一颗看似淡定却闷骚而火热的内心，他装了这么多年一定忍得很辛苦。

然而我想到了许多许多的可能性，却没有想到他只是为了我，仅此而已。

师欣颜应该是做过一番强烈的思想斗争，她望着我的神情复杂难懂，焦虑、担忧、不忍、慌乱，好像调料瓶在她脸上打翻了似的。

我想，她还是需要一些鼓励的，于是说："你说吧欣颜，这个时候你真的不能再瞒着我了，要是你哥哥真有什么不测了，你会内疚一辈子的，我也会的。"

师欣颜终于抓着我的手，痛哭出声。

她说，师然再也回不来了，他是去送命的。

师欣颜给我讲了一个天大的秘密——我竟然不是宗和帝的亲生女儿。

不过我确实是我娘亲生的，我娘叫今酒，今朝有酒今朝醉的今酒，我亲生的爹，也正是我的义父，那个和我并不亲厚的男人——阮奉。

原来，在当年今酒被离宫之前，曾经中过一次毒，几乎要了她半条命，毒害她的人正是宗和帝的嫔妃之一，而后被处死，具体是谁已经无所谓追究了。当然，就算不是这个她也会是别人，出来宫斗的早晚都要还的，不是送别人走上不归路，就是被人送上不归路，可能终有一天，今酒也会成为这样的人吧。

而宗和帝是不愿意看到今酒被害死的，所以将她托付给遭受仇家陷害而失去生育能力的阮奉。但是武功不算第一也算得上第二的阮奉，到底是如何遭到仇家陷害的，宗和帝并未过问，那是他的伤心事，有谁忍心当面提及？

其实所谓仇家是不存在的，阮奉只是因情伤身。

当时的他正带着他最好的朋友赶来给中毒的今酒医治。朋友告诉他，要救今酒唯有交欢，必须找一个内功深厚的男子以纯阳之气为其驱毒。但由于此毒实在是太厉害了，也会给这名男子造成难以磨灭的伤害，轻者丧失生育能力，重者半身不遂。

也就是说，阮奉很有可能会把命葬送在一个女人身上。

阮奉本可一五一十地将此事告知宗和帝，但他考虑再三又决定保持缄默。一来宗和帝身为一国之主，是不能为一个女人以身犯险的；二来宗和帝也绝不会找江湖上的任何人上自己的女人，所以很可能宁愿眼睁睁地看着今酒毒发身亡，也不会愿意戴上绿帽子；三来阮奉早已心仪今酒多年，既然忠义注定难以两全，他也不愿抱憾终身，倒不如试上一试。

阮奉这一试用，可算是试活了今酒，那朋友甚至有些惋惜地说：“早知道你如此耐用，前些年便该拜托你为我试药，说不准现在已经百毒不侵了。”

自然，这都是调侃的闲话，并不能当真。

于外，大家只知道宗和帝在民间的义兄请了得道高人救活了宗和帝的女人，可谓是有情有意。于内，连宗和帝本人也不知道绿帽子已经扣在头上，只是听说阮奉在几日后出宫办事时被人暗算了，动弹不得，只得留在宫外养伤。

今酒大病初愈后，并不知道自己跟了第二个男人。不久后，在她被宗和帝送出宫之际，发现已有身孕，而为她把脉的大夫正是阮奉带来的朋友，所以故意报错了时间，令今酒以为骨肉是宗和帝的。

而此时，正积极复健的阮奉也被朋友告知，他失去了生育能力，同时又告诉他，他留下了一根血脉，也算是因祸得福。

哦对了，忘了说了，这位朋友姓师，正是师然的父亲，继承了师家独有的医道，才有妙手回春的能力，却也因此背负了这个天大的秘密。

听到这里我已经有些不知所措，顿觉缘分妙不可言。原来当初是师然的爹帮助我爹给我娘下了种，才有了我。我若是不嫁给师然也实在对不起这一场栽种之恩。

至此，我对师然产生了一种宿命感。

话说阮奉带着今酒去了民间后，始终没有越雷池一步，那一刻春宵不过是他一个人的秘密，到死都会烂在肚子里，绝不会让第三个人知道。然而秘密就是秘密，所谓秘密就是迟早都要被揭穿的事情，关键是早还是晚，揭穿的时机是否恰当。

宗和帝最终还是知道了，知道的过程有些曲折。

据说是师然的父亲有写日记的习惯，不仅将亲身经历的琐事记录在案，还不忘记录一些江湖秘辛。诸如天启城的城主是怎么将夫人追到手的；又如云州城的那对双胞胎是如何将自己犯下的错事推在对方身上，好逃过一顿责罚的；还有他生前最好的朋友阮奉又是如何珠胎暗结的……但是为了防止日记被有心加害师家的人拿去，师然的父亲便用了只有师家人看得懂的密码文字撰写，这样既能让自己的孩子明白当年发生的一切以便言传身教，不至于他们将来行差踏错，又能将秘密完美地保存。

而最大的坏蛋莫珩便在这件事中起了搭桥铺路的作用。虽然他已经失忆了，但是一个人的所作所为是不会因为他的死去或者失忆而改变。就好像即便阮奉去世了，我也依然不会变成宗和帝的骨血一样。

其实，莫珩派云姿来明日城卧底，并非只为了窃取军事机密，还为了挖掘师家不为人知的秘密。莫珩认为任何人都做过一两件亏心事，自然，莫家的人做得多了一些。他不相信师家对于朝廷那边毫无隐瞒，更不相信铲除明日城只能用武力这唯一途径，他必须找出师家对朝廷不敬不忠的缺失证据，这样便可不费一兵一卒，将明日城纳为己有。

莫珩的如意算盘打得确实很响。在我失忆的那段时日里，莫珩不仅破译了那本日记上交朝廷，还顺便对师欣颜威逼利诱。他认为师然尚在人间，就凭师家的医术，师然断不会丧命于区区毒药。

接着，莫珩又辗转查到我的下落，师然能找到我，莫珩自然也能找到。

莫珩知道若是我师父不死，我是不会离开镇子的。于是他便制造了密室杀人案件，再将罪责通过匿名信的方式栽赃于我。在官府前去抓我之时，再渔翁得利，将我献给朝廷，以便宗和帝滴血认亲之后人赃俱获。

可惜的是，当时的我已经被化名勾刑的师然救走了。他说他姓阮，那正是我爹的姓氏。可能师然也想借用这个姓氏和已经将他抛诸脑后的我再牵扯上星点关系吧，这种想法让我觉得窝心。

但是窝心之后，我却更觉落寞——在离开镇子后，师然一路保护我不受莫珩手下人的迫害，便只好以阮勾刑的面貌示人。直到他终于成功截断了莫珩送上京城的所有消息后，本想带着我就此隐姓埋名过着男耕女织的平凡小日子，却不料他的身份还是被宗和帝派来的探子发现了。京城那边派了司徒亲自押解师然。虽然我已经“死”了，死无对证，宗和帝却依旧咽不下那口气。若师然父亲所说的是真的，师然自然该代父扛下欺君之罪；若是假的，师然的父亲信口雌黄，师然也一样是死罪难逃。

不管怎么说，师然都要死。

这样的认识令我无比绝望，我空坐在床头足足一天，终于耐不住身体的抗议，叫来师欣颜商议。

我说：“我很想上京救你哥哥，但是我到现在还搞不清楚我到底对他是什么样的情感。他是勾刑，是我喜欢的人；他也是师然，是对于失忆后的我全然陌生的人。你说，我到底该怎么看待‘他’？”

师欣颜说：“那么嫂嫂，对于你来说，是不是想不通这个问题你就不会上京呢？”

我说：“不，我会上京，就算我一辈子都想不通。”

她说：“那不就结了嘛，他是勾刑，你会去救他；他是大哥，你也会去救他，难道这两者之间有区别吗？”

我恍然大悟地看着师欣颜：“你果然看得比我通透。”

她说：“不是我看得通透，是嫂嫂当局者迷了。对于我自己的事，我也是看不透的。”

我说：“是啊，就像我总是看到繁华，却摸不回以往的记忆一样。我总是认为若是找不回我和你大哥以前的感情，就是不完整的。”

她笑笑道：“人不是该向前看嘛，总是回顾过去，会错失很多东西的。再说，不管是嫂嫂失忆前还是失忆后，大哥都是嫂嫂唯一一个喜欢上的男人，难道这不是命中注定的吗？”

师欣颜的宿命论让我重获新生，我决定上京救那个唯一被我喜欢过两次的男人。

不远千里来到京城以后，我也终于见识到了什么叫京城。它是个大城市，我住的客栈里竟然随处可见大人物，这让我感觉很不舒服。虽然大人物必然是要出现在大城市的，出现在小城市只能是小人物，但是他们如此应接不暇地出现，对于我这个从小城市来的小人物来说，是极为突兀的。当然，他们也觉得我很突兀——不知从哪里得来的消息，大家都说我是宗和帝流落在民间的私生女。

说我是私生女，这话也不准确。因为我不是宗和帝和今酒私生的，是阮奉和今酒在宗和帝眼皮底下私生的。但是当所有人都说你是宗和帝的私生女时，你会发现你的辩驳是无用的，那只会显得你在矫情。因为就连民间六七岁的小孩子都知道自古风流帝王家，身为帝王微服私访若是不留下一儿半女是对不起“沧海遗珠”这个成语的。再说，沧海遗珠本就是帝王无师自通自学成才的技能。

我知道这样一解释显得很龌龊，好像帝王的所到之处都难以找到完璧的女人。而且事实上，只是找不到完璧的美女而已，她必须先是美女，再遇到帝王，才能有幸不完璧，皇家管这个按部就班的过程称之为临幸。

在和这些人打交道时，令我印象最深的便是丞相大人泥鳅。年仅二十八就当了丞相，实在不易，但是他为什么要以土为家，我很不解。后来偶尔在白纸黑字上看到了他的名字，才知道他不叫泥鳅，而是倪修。

以倪修为首，大人物们都对我表示宗和帝若是见到我一定会龙心大悦的。

同时，我也万分好奇这些大人物是如何预测到宗和帝的龙心大悦的，他们都不是宗和帝，自然不能了解找到在民间胡乱长大的女儿是个什么心情。

所以说，他们虽是大人物，却都是不可信的，因为兴许就在宗和帝验证了我不是他的亲骨肉以后，这些大人物又会在第一时间感同身受、同仇敌忾地主张将我处之而后快。

经由大人物们的连日讨论，我最终被暂时安置在倪修家中。

倪夫人将后院最大的一间厢房收拾出来给我暂住。我怀疑那间房子原来是兵器室或是储藏室来着，因为它实在很大，说个话都能有回声。可能倪夫人是习惯了看人下菜碟儿的，见我极有可能是公主之尊，便安排了他们家最大的屋子，又找了二十个丫鬟里里外外地侍候，好似公主就是生来耀武扬威、张扬跋扈的职业。

在倪府住了一夜，翌日清晨，宫里下了旨，据说是我娘今酒要见我一面。我怀揣着许久不见娘亲未免近亲情怯的心思，莲步登上了宫中抬来的玉辇，一路平平稳稳地入了宫。

来不及细瞧宫中的景致，我被宫女引到了“倾心宫”。站在倾心宫的牌匾下向上张望，身边宫女连忙上前解释，说这是宗和帝亲笔题的字，羡煞了各宫娘娘。

眼见宫女一脸羡慕，我却在想，倘若滴血认亲之后证实我并非是宗和帝的亲生骨肉，这块牌匾会不会被一并砍成两半当柴火烧了呢?

叹了口气，我跨进了门槛，终于见到了分隔多年的亲娘。

我娘，今酒，依旧风姿绰约，不枉费她能迷住宗和帝大半辈子，即便是当初将她送出宫去眼不见为净，也不能消除对她的半点儿思念。

我想，她这种与生俱来的女人味儿，我是一辈子也学不来的。

我娘并未浪费太多唇舌在叙旧上，很快开门见山地告诉我，师然已经被宗和帝打入天牢，几日后便要处斩示众，问我在他临死前可还有什么交代。

我思来想去，唯有一点，于是便说："自女儿和师然成亲以来，尚没有为师家留下一儿半女，女儿只希望给师家留个后代，别无他想。"

我娘望着我许久，说："仅此而已么，我还以为，你想陪他一起死。"

我说："本来我是打算和他一起生的，但是来到京城才发现这是多么地异想天开，于是我便想到了和他一起死。但是师家只留下他这一根血脉，我若就此陪他去了，心中实在有愧。"

我娘笑道："那若是你为他生子的计划失败了呢？"

我说："那就只好共赴黄泉了，我愿意亲自下去跟他交代。"

我娘半晌不语，看着我良久："以前我怎么就没发现呢，你真是像他，不仅性子像，长得也像。"

我问："像谁？"

我娘不语，笑容不改，她就那样望着我，又仿佛越过我的身体看向远方的某人，这令我明白，她指的人正是阮奉。

趁着我娘支开所有下人，我也不打算再隐瞒心中的疑惑。我问她，到底在这个世界上，她是爱着阮奉的，还是爱着宗和帝呢?

她好似被我问住了，好一会儿说不上话，再开口时声音已经沙哑："我爱宗和帝已经半辈子了，假如可以选择，我宁愿此生只有过他一个男人，可是你爹……哎，真是孽缘。"

我娘泣不成声，我也陷入了短暂的沉默，然后捋清了思路，代她说道："不如由我来帮你分析分析，看看对不对。你爱宗和帝，这一点无可厚非。但你也爱我爹，你苦恼着一个女人怎么可以同时爱上两个男人，你过不去心底的那道关，所以你整日都很痛苦。如果可以选择，你一定希望我是宗和帝的亲生女儿，而不是那个直到咽气之前都不愿交代一句的男人。你怪我爹到死都不愿说出真相，却要假他人之口，令你此生都再没机会质问他到底是存了什么心。人死不能复生，你知道他是这世界上唯一一个愿意倾尽生命保护你的男人，然而却是在他死后才得知一切。你甚至连感谢他和回报他爱情的机会都没有，所以你不仅后悔生前没能对他好一些，也怨恨他是如此狠心。"

简单地说，与其说我娘原来是恨宗和帝将她放在异地他乡的话，如今就是将这种恨转嫁给了我爹，恨他剥夺了她得知真相的权利，恨他此生没有给她机会选择一次，恨他爱得一厢情愿和委曲求全，也恨他如此保护自己。

我几乎说中了我娘的所有心事，她的眼泪就是最好的证明。

宗和帝赶来时，正巧见到哭成泪人的我娘，他看向我的眼神无比冰冷，就像我娘方才的觉悟一样，好似要在我身上找寻别人的影子。然后，他的眼神流露出了然，命人准备滴血认亲的时候，语气沉重。

其实验不验已经无关紧要了，就算我是宗和帝的亲生女儿，也不能改变我要追随师然赴死的决心。但是"阮奉的骨血"这个身份，却更能帮我圆了心愿。

滴血认亲的结果如预期中的一样，我果然是阮奉的女儿。

想到记忆中那个男人的脸孔，我也不由得后悔当初没能对他更孝顺些，为什么不把没心没肺的时间多投注在他身上呢？如今天人永隔，他用他的方式保全我和我娘，又怎么会想到在他死后多年，真相依旧破土而出，我和我娘都逃不开命运的捉弄，而这一次，将没有人能保护我们。

在我被押往天牢以前，我向我娘和宗和帝做出了最后请求，宗和帝答应让我和师然在牢中洞房花烛，也算是待我不薄。

然后，我被人带出了大殿，还听到我娘恳求的声音："你杀了我吧！"

宗和帝说："朕永远不会杀你，你给朕好好活着。"

我想，他们何必如此折磨对方呢？我娘分明知道宗和帝不会杀她，却还要如此要求，重重地伤了宗和帝的心；而宗和帝也分明知道自己永远不会杀了我娘，却又不肯放下过去的包袱，还将她的女儿打入死牢，也重重地伤了我娘的心。难道如此折磨对方，就能证明他们爱得比别人伟大吗？倘若我将来在天有灵，一定会折回凡间，满脸是血地看着他们，让他们清楚地认识到冤魂索命的可怕后果。

然而，我这样刻毒邪恶的诅咒，在见到师然的刹那间，就灰飞烟灭了。

我哭着奔进他的怀里，对他不依不饶地撒着娇，心想这世界上再也没有比爱人还活着，还能触摸到对方的体温来得更让人窝心的了。

他说："我心里希望你不要来，可我知道，你会来。"

我说："我爱的男人愿意用生命换来明日城的安危，我自然也愿意用生命陪他一程。"

可是我料错了，我最终没能陪师然走这一程，因为我们都没死成。

但至于我们为什么没有死，其实过程并不重要，因为这件事的中心思想是我终于解开了心中的死结，而不是我终于当了一回不远千里救夫的女英雄。

其实就算我和师然双双赴死，也是死得其所，生不能同日，但求死能同穴。人生在世不过就是为了等死，这个等死的过程或长或短，我们便当是少活了几十年，虽然短暂却活得比别人都精彩，这便足够了。

还记得那天天气晴朗，万里无云，我经过曲折的过程终于来到天牢里，和师然相拥在一起。我们唇齿交缠，恩爱如初。

既然师欣颜和师云都并非是师家的骨肉，也因为要制衡西秦的局势而不能将明日城连根拔起，宗和帝最终还是愿意成全师然以一命挽救一座城的大无畏精神的。而我的到来也算是正中了宗和帝的下怀，虽然他在听到我做出“洞房花烛”的请求时脸歪了一下，但最终还是成全了我们。可能他也觉得应该借此报答昔日阮奉的救命之恩吧。

至于我娘，她已经被宗和帝永远地关了起来，美其名曰是冷宫，实际上却是永无休止的折磨。宗和帝既不忍心杀了我娘，毕竟她也是在毫不知情的情况下跟我爹怀了孩子。但宗和帝也不甘愿忍气吞声，只好用后半辈子的时间对我娘进行折磨来疏解这口怨气。所以说爱情是把双刃剑，爱之，恨之，爱之深，恨之切，无爱便无敌，无恨便无畏。

我人生里第一个旖旎春宵，竟然是在天牢中度过的。

但是翌日迎接我们的却不是斩首之刑，而是逃之夭夭。

我娘早就暗中安排好了退路，令曾经受过她恩惠的倪修将我们救了出去，对外只宣称我二人已经丧生于忽而烧起的那场大火。

那场大火真的很大，不但烧死了无数死囚，还连累了许多守卫。

而我娘知道自己犯了大罪，很快在宫中服毒自尽了。听说这一次宗和帝一样重金悬赏民间能人异士前来相救，然而却无人敢摘皇榜。追根究底，大抵是因为有了阮奉的前车之鉴，纵使有第二个阮奉和第二个师家人，也是不敢揽下这个差事的。更何况这世界上只有一个阮奉肯为我娘牺牲，难得有情郎，只是赴黄泉。

在得知我娘去世消息的那天，我和师然已经被人送出了京城，无力回天，听说宗和帝几乎疯了，不仅杀了全班太医，就连我娘宫中的宫女、太监也一并陪葬。

宗和帝对我娘用情之深也是世间少有的。他终于意识到自己的情感，然而伊人已逝，佳人难再得。这世上什么药都有就是没有后悔药，今朝有酒今朝醉，没了今酒，他此生再无可醉。

我想，我娘和我爹在九泉之下应该重逢了。

这世界上有两种真爱：一种来自有权的人，往往是通过牺牲别人的性命来证明自己的痴情，比如宗和帝；还有一种来自无权的人，身无长物，唯有牺牲自己的性命来换取心上人的数年光阴，比如阮奉。

而这世界上最幸福和最不幸的女人，都是今酒。她既经历了前者的宠幸，也得到了后者的付出；既承受了前者的毁灭，也顿悟了后者的难能可贵。只可惜不管是前者还是后者，最终都没有与她共进退。所以她是幸福的，也是不幸的，是典型的身在福中不知福。在最不幸的时候领悟到自己曾经幸福过，在曾经最幸福的时光里一度认为自己是最不幸的，最终只能叹一句造化弄人，不过是被命运摆了一道。

后来，当我和师然的大儿子年满七岁时，宗和帝驾崩了，与我娘合葬。

抚菊东篱下，怅然望京城，我叹了一口气："希望以后再不会有今酒了，也不会有宗和帝。帝王将相本不该为情所困，有权的就该迷恋权势，何故贪图爱情呢。"

师然说："娘子此言差矣，人生在世要是没了情，便是行尸走肉，宗和帝也是至情至性之人，只可惜当权者的爱情更不易得。"

我沉默不语。

他又说："菜都烧好了，孩子们也吃过了，娘子何时陪为夫用膳？"

我"哦"了一声，和他手拉手地往屋里走，边走边说："得宠尚需思辱，居安也要思危，我看得从现在就开始培养孩子们的人生观和爱情观，以免将来为爱所苦。"

他道："娘子所言甚是。"

第十章　番外——今酒篇

1

我叫今酒，今朝有酒今朝醉的今酒。

小时候，我对这个名字不能理解，为什么一个姑娘家要以爷们儿的嗜好为名。

我娘说，因为我爹爱酒。从这个角度上看，我爹爱屋及乌，也最疼我这个女儿。

从那以后，我便坚信我爹对我娘的爱情，虽然他后来又娶了三房姨娘，但我始终认为，我爹之所以最疼我，是因为我是我娘的女儿。

直到我入宫前四个月时，才从处于弥留之际的娘亲口中得知，我爹之所以善待我们母子，是因为当年他不顾长辈的规劝和我娘的阻拦，硬是娶了二娘，致使数月后二娘手脚麻利地用毒谋害了我娘肚中的男婴。好在基于因果报应在此发挥了作用，二娘的下场很是凄惨。我娘则受到老天补偿，几个月后又怀上了我，生产顺利，举家欢腾。

我问我娘，我爹到底看上二娘什么？

我娘说，应该是那张水润透亮的脸蛋吧。

我实在难以想象那到底是一张怎样的脸，自此成谜。

遣送二娘后，我爹并没有因此脱胎换骨，大彻大悟，却以我娘需要调养身体，今家也需要开枝散叶为借口，很快娶了三娘、四娘。这一次，无人阻止，我想那都是因为长辈灰心了，我娘死心了。三娘、四娘也仿佛赶着投胎一样纷纷怀孕，又纷纷流掉。此后数年间，她们侥幸诞下的骨肉都是女娃。也不知道是我家祖上积德不够，还是生存环境太过钩心斗角，有幸生男丁的福气都被阴谋算计牺牲了。

我想，我娘的这席话，可能只是要提醒我不要对男人存有“弱水三千只取一瓢饮”的幻想。然而由于当时的我是个十足的幻想派，所以这个打击的效果实在有点儿过。结果就是我躺在床上三天没能缓过来，一直苦思女人活着是为了什么，难道就是为了充当一个男人的其中一房太太吗？为什么在我看来，二娘事件的罪魁祸首正是我爹呢？倘若他只有一个女人，便不会有争宠一说。

我娘见我如此消沉，便撑着她的病弱之躯，拉着我到院子里，伸出颤悠悠的手指指着四周的屋院：“你爹是吏部尚书，家大业大。也就是说，如果每间屋子里都住进一个女人，你爹最少要娶四位姨娘。要是一个男人只有一间屋子，必然不敢娶第二房。妻房、妻房，理应是一妻对一房的。”

我蒙了一会儿才找到语言：“难怪宫里有那么多嫔妃，宫里的房子实在太多了。”

非富即贵的男人，大多不止一处房产。那么，既然天下女人都希望攀附这般权贵，飞上枝头变凤凰，又怎么能期盼被攀附的男人只有她一个女人呢？可见，女人都是矛盾的，而男人则恰恰在这种矛盾夹缝中左右逢源，游刃有余。

自此，我便越发看不开，甚至在心中暗暗发誓，坚决不嫁权贵。

值得一提的是，后来某日，我偶然间得见二娘画像，就宛如当年我爹初见二娘时一样，良久难以成言。

水润透亮从画质上是看不出来的，我只能说，如果说女人的脸蛋是与生俱来的财富的话，那么二娘一定是个与生俱来负债累累的女人。

我便又问我娘，其实您想说的是，那是一张水性杨花的脸吗？

我娘愣住，不一会儿后开始斥责我的口德问题。

那是我娘最后一次斥责我，数月后，她便去了。

深秋将至，我娘入土，她的女儿和皇宫里的那些人，却都不能为安。

皇宫内外马不停蹄地忙活着选妃大典。好听点说，是忙着为皇家开枝散叶；难听点说，是忙着商榷今晚皇上睡哪个女人。

我本想为我娘守孝三年，却耐不住仿佛夏天知了一样叽叽喳喳没完的三娘和四娘，她们头一次连成一线，铆足了劲儿撺掇我爹将我这盆祸水泼出家门。

我差丫鬟四处打听，三日后才获悉，即将要谈妥婚事的正主儿是位残障。

我不歧视残障，但我歧视三娘和四娘的用心。她们与我娘三个女人争我爹一个，斗了一辈子，怎奈我娘稳坐正室之位从未动摇，令她们憋了半辈子的怨气不得宣泄，只好趁此良机将斗争的余热发挥到我身上。我可以理解她们，但我作为我娘的女儿，怎能丢了她的脸，任她们欺负到我头上？

于是，我选择了离家出走。当然，这是下下策。可我没有互诉衷肠的情人，一时之间也不知投靠谁，只好自求多福。

2

出走的过程在此就不详述了，总之，等我静下心来时，已经住进京郊的一家小旅店中，正躺在床上胡思乱想。直到隔壁屋传来吵闹声，我出门去看，瞧见一男一女扭打出门。听他们的言辞，再观其行，必定是来此偷情无媒苟合的狗男女。

我叹了口气，觉得耳根实在不能清净，到处都是污秽，便想叫掌柜的给我换房，不料转身之际“咚”的一下，撞上一人。虽是侧身擦撞，却把我撞歪了出去，踉跄两步遂被对方一把扶住手肘，这才不至于撞上门框。

那人礼貌收手，我下意识地抬眼望他，撞进一双波澜不兴的眸子。

我点头表示感谢，转身回房，和衣倒下，一直到深夜。

子时，铜锣大响，所有客人都顶着睡意出屋问讯，只见大堂处一片混乱，方知是后院走了水。

幸好一刻过后，火势渐熄。

大多数旅客回屋休息，少数旅客则拿着行李到大堂小坐，生怕再有旁事，也好及时逃脱。

我便是那少数中的一枚，选了一个角落位置歪着。

邻座坐着两个男人，装束仿佛爹口中那些江湖人的基本配备，长相也颇为正气，好过大堂明亮处那些哈欠连天的贩夫走卒。

不多会儿，听到那两人低声交谈。我一歪头，正见到其中一位恰恰是白天和我轻微擦撞的仁兄。他也颇有默契地看向我，我们相视一笑。

我低头拉了拉身上的男装，凑过去正想闲聊两句，却和另一个藏在阴影中的男人近距离打了照面，我们相继愣住。

我说不清那是什么感觉，只觉得似曾相识，但未及细想，便将此幻觉归类为因睡眠不足而引起的思觉失调。

后经过介绍才知，撞我的那位名叫阮奉，江湖人，而那位面熟的男人姓宗，职业不详，也被我归类为江湖人。

我们三人一见如故，相见甚欢，话匣子一打开便如滔滔江水止也止不住。以至于才聊到后半夜，我和阮奉便摸清了彼此的底细，而沉默寡言的宗先生便显得越发神秘。

很快，阮奉不避嫌地戳穿了我是女儿身的事实。

宗先生也适时评论道：“你的易容术是我见过最欲盖弥彰的。”

我笑了，忽然觉得他是一个颇有幽默感的男人。

后来很多年过去了，当阮奉问我为何喜欢宗先生时，我首先想到眼前这一幕。我觉得喜欢就是看到一个足以让天地为之黯然的人矗立在眼前，你眼里有他，他眼里有你。然而这时候的我，从未深入去想，是否有很多女人会对一个男人作如是想，而这个男人眼中也不止一个女人呢？

眼下，我只顾着和宗先生以及阮奉开怀畅谈，并深刻坚信着和陌生人说心里话的最大好处，就是永远不用担心会被出卖给熟人。我将这些时日以来堆积的所有烦闷，一股脑地倾泻而出，只当他们是垃圾桶。

刨开自己的秘密，势必会产生两种后果：一是娱乐了听者，二是哗众取宠。

将我离家出走的原委悉数道尽后，我盯着宗先生看了一会儿，又看看阮奉，庆幸在他二人脸上并未看到类似可怜或幸灾乐祸的神情，心中释然。

宗先生眼中带笑，张嘴第一句话便将我的出处点个正着：“今家？可是城北吏部尚书府上？”

我张张嘴，本想否认，但却被他直直看着，生怕被他看穿我的谎言，只好顾左右而言他：“你们都是男人，我想问你们，是不是越有权有势的男人越有很多女人？是不是官做得越大的男人，越不安于室？”

听我用了“不安于室”四个字，宗先生挑起了眉。

阮奉道：“也不尽然，当朝丞相大人，便是万里挑一的痴情男儿。”

我半信半疑道：“那他是不是有什么隐疾？”

阮奉一愣："这……我说姑娘，你怎么老把人往坏处想？"

我说："错了，是把男人往坏处想。"

此言一出，我们三人相继沉默，直到我意识到自己的失言，才说："我只是一时意气，没有针对性，你们千万别往心里去。男人好坏不应该用他身边的女人多少来评判的，是吧？"

这回，换作阮奉挑起眉了。

我们最后一个话题，是讨论我爹以及在朝几位一品大臣的功绩。

我的反骨在此时起义，瞬间降服了所有理智，令我直言不讳："我相信栽在我爹手下的大多是贪官污吏。当然，我也相信其中不乏与他不和，或者对朝廷有过贡献的功臣。"

宗先生再次意味深长地望了我许久，我发现只要我出言惊世骇俗，他的目光便会在我身上多作停留。

天方亮，我向二人告辞，准备起身回房补觉，不料才走到大堂中央，门口却忽然闯入三五个壮丁，为首的那个不巧正是今家管家。

他放眼一扫，得来全不费功夫地将我逮个正着，很是意外。

我也很意外，因为我竟然毫不挣扎地随他回府。

临走前，我走回桌边向宗先生和阮奉道别："谢谢你们听我发牢骚，江湖这么大，以后多半不见了……临走前，请允许我祝愿你们尽早找到倾心的女子，郎情妾意共度一生，切莫左顾右盼，蹉跎姻缘。"

我觉得我一定是疯了，才会在这里胡言乱语。整个大堂都很安静，只能听到我略带沙哑的嗓音，以及阵阵回声。我却毫不在意，心中有种想号啕大哭的冲动。此去经年，我将伴残障公子终老，而宗先生则花落旁人。

3

数日后，我爹收下了那位残障公子家下的聘礼，接着紧锣密鼓地筹备大婚。我也没闲着，整日在房内看如何照顾残障病人衣食起居的书。

我想，未来的一生任重而道远，我唯一能做的就是比他们活得都长。虽然年轻时的日子并不好过，但是只要一想到他们都死了，而我却还能活着大笑，心里就宽慰很多。

然而这种宽慰维持时间并不长久，因为赶在迎亲前一天，我家门前来了一顶八抬大轿，紧接着便是圣旨和一箱箱的聘礼。

我被这阵仗吓住了，没想到残障公子竟然有皇室撑腰，好在我逃婚不成，否则便是欺君。

我爹领着我们一同跪倒在门前接旨，那宣旨太监声音尖锐，险些刺破了我的耳膜，但我们都听得真真的，皇上及时充当了第三者，要纳我为妃。

闪入我脑海的第一个念头便是，既然选妃可以钦点，又何必搞什么选妃大典？

皇帝选妃是件大事，举国关注，百官觊觎，后宫骚动，朝堂议论。可当今皇帝的行事作风，仿佛是越大的事越要低调处理，神不知鬼不觉，最好天下无人能猜透他老人家的真实想法，方为帝王之术。

然而这番念头，当我重遇宗先生的刹那，皆烟消云散了。又当我听到那跪了一地的宫人高喊“吾皇万岁”时，一切疑惑都迎刃而解了。

我直愣愣地望着宗……宗和帝，他也直勾勾地看着我，周遭的一切人和事物都沉浸在灰色中，唯有我们沉浸在五彩斑斓中。

我有些胡思乱想，却很快就被宗和帝的眼神吸了进去。心在这一刻受到了蛊惑，想如果和这样一个男人共度一生，也不是坏事。

宫人不知何时退下，宗和帝也早已更衣，只留内衫，只有我裹着大红喜服，愣在床前，见他渐渐走近，才猛然向后退了一步，却不慎跌坐在床上。

我说："宗先生……"

他将我打断："你可以叫朕子弘。"

我一眨不眨地盯着他的襟口处："那子弘为何……"

他见我措辞很久也不能衔接上下文，便替我发言："你是要问朕为何纳你为妃，还是要问朕为何隐瞒身份？"

我频频点头，只听他附耳道："第二个问题关乎朝廷机密，朕不能说。至于第一个，是因为朕喜欢你。"

我的发钗被他抽掉，头发散落，我却无暇去管，脑子昏沉地听他耳语，他说："朕，已经太久没听过真话了，是你改变了这一切。"

此后三天，天上人间。

我那一夜的直言不讳为我带来了荣华富贵，我在这座象征荣华富贵的宫房里足不出户，整日不是盼子弘尽快下朝前来相聚，便是在琢磨为何当日他天子之尊竟然会在京郊小旅店中落脚。

如果有人问我，女人什么时候最幸福，我会说，就在真命天子出现的那一刻最幸福。然而我却从来没有深究过，子弘纳我为妃是否别具深意，更加没有深究过，倘若真是一见钟情，他为何独独对我？

全天下的女子都说，嫁进皇家衣食无忧，却从没有女子说过，嫁进皇家，幸福无忧。直到我嫁进宫的第四日，嫔妃们前来我寝宫拜见，以八人阵仗瞬间将我的小幸福打碎。

依照妃位，我和早几年入宫的芸妃并列妃位，自皇后去世后，数芸妃为尊，只不过芸妃一直卧病在床，有名无实。所以今日，众美云集，独缺芸妃。

望着下座有说有笑的未来“姐妹”们，我这才后知后觉到，我已经是皇帝的妃子了，而非子弘的女人。终身都要在这全天下房间最多的宫廷中，和众多女人共享他一个。一时之间，我竟然不知是该先感叹命里有时终须有，还是该先感叹倒不如嫁一个残障公子。

细数之下，时常相伴子弘的便只有十位嫔妃，算我在内。她们都早我入门，却居于我之下，心中多半不服。按照时间来算，是我抢了她们的幸福；但按照感情来算，是彼此分食。

那之后数日，我闷闷不乐，子弘看出端倪，便问我缘由。

我不想隐瞒，实话实说：“为什么一个女人的幸福，一个男人就可以给予，而一个男人的幸福，却需要一群女人去构造？”

子弘轻笑：“你刚入宫，涉世未深，有此想法并不稀奇，等以后你搞懂了这个问题，就不会这么为难自己了。”

我承认，我是在为难自己，但首先是子弘先为难了我。我心中不畅，很难因他一句话而一笑泯恩仇，然而我却依然往他说的方向去努力，努力做众多女人中的一个，努力不为难自己。于是很快，我发现了一种不用为难自己的最佳途径，那便是为难别人。既然子弘为难我，我便要为难他的女人，以大欺小，这本来就是这座宫廷里的生存法则。

不出三个月，我就成了这宫里的一景，一个人人见了都退避三舍的美景。一些嫔妃见了我生怕得罪我，没事便不敢来叨扰，私下里却咬牙切齿；另一些嫔妃本着树大好乘凉的原则，能套近乎就套近乎，拍马屁拍得没边儿。那献媚嘴脸令人厌恶，我却都能欣然领受。

半年后，一切才初露端倪，原来那些忙着躲闪的嫔妃，皆是芸妃手足。芸妃足不出户，却有手足代为铺路架桥。而我，竟然后知后觉，由此可见，我身边的人也没有真心投效的。于是自这以后，宫里形成两派，一个在明，一个在暗，互相制约，没有人能独大。

后来我总在想，这是不是子弘的授意？我和芸妃再高明也不过是棋子，而子弘是下棋者。芸妃的爹是户部尚书，我爹是吏部尚书，我爹多次想纠察户部弊端，却筹谋多年不能下手。自我入宫后，朝野也多次生出波澜，波澜背后我爹竟是最大受益者，其中一项便是查抄户部有功。

然而未来这一年，户部依旧有惊无险，户部尚书虽然告老还乡，芸妃之位不但丝毫未损，却日渐鼎盛。我苦思许久，心想只有一种可能，子弘念及旧情，有意保全，所以芸妃虽败犹荣，安然无恙。

和芸妃宫斗的日子，是我过得最扭曲的一段时间。我忘了自己是今酒，只知道我是沁妃，是子弘许诺过的未来的贵妃，是芸妃的宿敌，是吏部尚书的长女，所以也不需要向任何人谄媚，只需维护好这个应有的高高在上。只是我从未发现，我想起宿敌的时候，竟然比想起子弘的时候还要多。

好在，在这个迷失自我，到处充斥着人皮面具的宫廷里，还有一个阮奉。

阮奉于每月初一进宫面圣，他是我在这宫里唯一说得上真话的人。

我曾问阮奉，每次见面都见他一脸疲惫，如此舟车劳顿，到底是在为子弘奔波何事。

阮奉笑而不语。

我知道他不会说，但我仍旧每月问一次，因为心里有种感觉告诉我，阮奉办的事必定不是小事。

私下和子弘谈起阮奉，子弘评价他是个谦卑寡言的人，我很惊讶，因为每次阮奉与我短聚，都仿佛话痨一般。

我问子弘，他们如何相识？

子弘道，年少时轻狂岁月，微服行走于绿林之中，因此结识阮奉，自此结拜。

我又问子弘，是否只要是他的吩咐，阮奉便义不容辞？

子弘道，阮奉是他此生唯一信得过的朋友，也是唯一毫无私心帮他的左右手。

子弘的话被我牢记在心。我未雨绸缪地想，要是将来我被旁人陷害时，找谁求情都是没用的，唯有找阮奉。

于是第二个月，我便向阮奉要了宫外联络的方式，以备将来。

虽然有了两手准备，但我心里仍旧担心阮奉是否愿意为了我两肋插刀。于是每个初一，我都会亲自下厨做一桌好菜，以供子弘和阮奉下酒。

我想，吃人嘴软，滴水之恩贵在积少成多，只要我日积月累地加以贿赂，阮奉终会成为自己人。可真正拉近我和阮奉关系的，却不是因为那一桌好菜，而是因为我自创的一壶酒，尚未取名。

阮奉问起酒名，我思索良久，道："不如就叫今酒吧，今朝有酒今朝醉，如何？"

阮奉一口饮尽："甚好！"

子弘被前朝的奏折绊住了脚，不能前来。阮奉便好似换了个人，比以往贪杯许多，连喝了两壶，酒兴大发，手执竹筷要起醉剑。

我知道，阮奉是江湖上数一数二的剑客，但我从不知道，这世上到底有什么事、什么人，可以令这个来去如云的剑客忘记了潇洒。

阮奉一个不稳，踉跄几步，来到桌前撑住桌沿，醉眼带笑："今酒，你能不能回答我……你爱不爱皇上？"

我愣住半晌，在回忆中搜寻蛛丝马迹，说道："记得初相见那年，我便觉得子弘很是眼熟，如今想来，可能那就是一见钟情吧？"

阮奉大笑，笑得眼泪也出来了，又问："那你……爱他什么呢？"

我玩笑道："爱他，你身上没有的东西。"

阮奉却因此顿住，神色恍惚地望着我。

我连忙道："只是玩笑话。其实若让我选，我倒宁可选一个愿意为我而死的男人，而不是像现在这样，和这么多女人斗来斗去。"

阮奉没有接话，"咚"的一声栽倒在地，连带拉掉了桌布，杯盘碰撞，遍地狼藉。

那是我最后一次和阮奉把酒言欢，此后的事急转直下，发展之快令我措手不及。

就在三天后，我爹被子弘下了大牢，听说是犯了十恶不赦的死罪。连和我不对盘的三娘、四娘也托人捎信来宫里求救。信中她们坦承当年因记恨我娘曾害死她们腹中胎儿，而不免将怨恨转嫁给我，是以才设计我。但如今我已经贵为妃位，希望我能大人不计小人过，看在我爹对我的养育之恩，施以援手。

我不敢耽搁半刻，差宫人兵分两路行动：一路密切监视芸妃举动，生怕她在此时借题发挥，再捅我一刀；而另一路，便是去宫外联络阮奉，只是多日过去，音信全无。

直到芸妃突然造访，我才得知这两路安排都错了。芸妃不但并无加害之意，反而感同身受地将昔日她爹遭贬之事与我分享。我也出乎意料地不再与她敌对，整个人都仿佛泄了气一般，巴不得把所有郁闷和她分享。

我想，在这世界上最了解你的人和你最了解的人，唯有你的敌人，否则也不会有那句俗语："知己知彼，百战百胜。"

只可惜，我和芸妃都不是赢家，真正的赢家是子弘。

芸妃透露，她爹的事，若非子弘授意，我爹不会轻易得手。

我便因此想到了另一句俗语："狡兔死，走狗烹，飞鸟尽，良弓藏。"

我彻底虚脱，跌坐在地，头脑发蒙。

然而打击却接踵而至，芸妃靠在我耳边道：“还有一个人你要小心。”

我慌乱地盯住芸妃的双眼，刹那间于心底浮现一个名字，和芸妃口中那人不谋而合：“若没有那人的明察暗访，以及皇上的刻意安排，你爹如何能轻而易举地搜到证据？一直以来，他和我爹都是势均力敌，制衡朝野。”

那人便是阮奉。

我曾天真地以为“养兵千日用兵一时”，才急忙差人去宫外联络阮奉。如今想来，也不知是不是打草惊蛇，自打嘴巴。

我这才想起子弘的话，他说阮奉是他唯一信得过的朋友，唯一毫无私心帮他的左右手。

那么，我呢？

我只是一枚棋子。

4

历朝历代的皇帝都有一个最宠爱的妃子，所谓最宠爱的表现方式大抵就是将最昂贵稀有的宝贝送给她，将最美味的佳酿赏赐给她，用最豪华的金屋圈住她，再时不时去哄哄她，如此而已吧。

这样集万千宠爱于一身，怎能不让人嫉妒？更何况是我这种半路杀出来的程咬金，占据一妃之位，指不定有多少人想扳倒我爬上去。我也曾经想过，我将来不是成为弄权高手，就是成为冤魂。但我怎么都想不到，成也子弘，败也子弘。我的荣辱全系于子弘一念之间。只是我一直天真地以为，我是不一样的，我是唯一一个肯对子弘说真话的女人。

而那些真话，如今看来，真真应验了那四个字：“祸从口出。”

我爹，或许是因我而获罪。

芸妃走后，我便坐在宫房里胡思乱想，觉得自己成为冤魂的可能性比较大。不是今天，也会是明天。

如我所料，就在我爹入狱的第三天，我中毒昏倒在地，群医无策，药石无效。

子弘大发雷霆，连忙将阮奉召进宫，连我在昏迷状态，都能隐约听到子弘的吼叫声，令我即将要干涸枯死的希望，有了朽木逢春的苗头。

消失许久的阮奉急忙进宫救援，他带来了一位姓师的大夫，医术堪称江湖一绝，妙手回春，起死回生。自然，“妙手回春，起死回生”八个字是因我醒来而得到验证的。

师大夫说，阮奉遭到仇家暗算，卧病在床不便前来探视，所以他要帮阮奉带一句话。

我却捂住耳朵，偏不听那三个字。

于我来说，千言万语也不比一次欺骗。

不管是子弘，还是阮奉。

我的毒解了，我的病愈了，但我对子弘和阮奉的成见，却因为时日的累积，而越积越深。又因子弘的出现而重新燃起对爱情的期待，活在自己堆砌的幸福沙丘里将近两年。如今，多亏了子弘和阮奉联袂主演的双簧戏，又令我将他们一起打包厌恶，不再相信爱情会出现在我们之间。

由此可见，要改变现状，唯有再发生惊天动地的变化，令我回心转意。然而仔细一想，若是连万人敬仰的子弘也不能办到，全天下男子又有谁可以扭转乾坤呢?

我想，我是没救了。

子弘每日前来探病，就算他再懂得装傻，也逐渐从我爱搭不理的嘴脸上看出端倪。

一次，我推托困倦，先行睡下，却被子弘先一步握住手，阻止我的转身。

他说：“朕已经查清，你爹是冤枉的，但碍于朝野众说纷纭，也不便恢复他的官职。”

我露出这些天来第一抹笑容，见到他眼中的喜悦。

我道：“那便请皇上赐他告老归田吧。”

子弘说：“朕也有此意。哦，还有，你这次中毒的原因朕也查出来了，害你的是丽嫔，朕已经将其处置了。”

我又笑了：“臣妾，谢皇上。”

子弘蹙眉：“怎么不叫朕子弘了？”

我道：“皇上乃万金之躯，名讳怎能被臣妾随意挂在嘴边？君臣有别，臣妾亦然。”

子弘良久不语。

自此，我也再未在心里称他为子弘，而是和全天下人一样称他“宗和帝”。

我想，芸妃是对的。因为芸妃对她爹的告老归田颇为释然，对宗和帝的出卖颇能适应，足足胜我一筹；我想，我娘是对的，因为我娘对我爹的背叛欣然接受，对我爹的多次背判视若无睹，而且从不犯错，稳居正室；我想，我是错的，因为我既做不到视而不见，也做不到听而不闻，所以我绝不会成为弄权高手，也无缘于冤魂，便只好如同当初，一走了之。

又见初一，阮奉一样奉旨入宫，并得到宗和帝的允许与我小聚。

这次会面极其不快，我知道，阮奉是想替宗和帝劝我宽心。但于我来说，宽心与否不是旁人给的，是自己缔造的。而我，没有这个能力，所以宽不了心。

我笑道："其实那个毒是我自己下的。毒药是我偶然间得到的，一直留着，心想总有一天不是用在别人身上，就是自己享用。"

阮奉毫不意外，倒让我有点儿意外："我知道。我还知道这世上除了师大夫，没有人能救你。"

我问他："既然你知道，为何不成全我？"

阮奉沉默良久，却答非所问。我想这是因为他沉默太久，以至于忘记我的问题的缘故。

他说："无论如何，我救了你一命，你为了报答我，也要好好地活着。"

我也沉默良久，本想效法他忘记问题。怎奈良久之后，问题依然在脑中萦绕不断，好似不吐不快。

于是，我只好说："我会好好活着，作为交换条件，麻烦你一会儿汇报的时候，告诉他一声，我要出宫。"

阮奉转身而去，我看着他日渐消瘦的背影，回想方才他苍白的脸色，心中诅咒他尽快患上不治之症，以解我心头之恨。

也不知道阮奉如何说服了宗和帝，不几日，我便在宗和帝的刻意安排下走出宫门，无人知晓，无人送行，一切从简，一切冷清，与初入宫时的排场形成鲜明对比，真是物是人非。

阮奉奉旨护送我一路西行，舟车劳顿十几日，才来到听闻已久却无缘得见的西秦。

西秦在几百年前归附我朝，一直采用一朝两治的政策。这边民风与中原迥异，举目上下，唯有四城，壁垒分明，互不侵犯，也互相制约。其中一城领土狭小，却位于另三城中间最重要的咽喉处，致使几百年来平安无事。

我和阮奉，便在这座小城里寄居。

按照宗和帝的安排，阮奉以我夫君的身份在旁照顾。听师大夫说，阮奉因上次仇家陷害，遭受重创，早已不能人道。也难怪宗和帝如此大方。

冷眼看着气色不佳的阮奉，我便在想，也许我命中注定是要嫁给残障，就算躲得了初一也躲不了十五。这样也好，欠人家的迟早要还。既然他间接救过我，那我也得间接嫁给他，因为我们注定有名无实。

至于生计问题，我很惊讶也很感激宗和帝对弃妃如此慷慨解囊，竟赐予我们数之不尽的金银田宅，足够我们吃住七十年不成问题，但为了防盗，我们平日还是要做些小买卖作为掩护。

对于这一连串的周密安排，我没有半点儿质疑，只因如今看透了一件事——出来宫斗的早晚都要还，不是送别人走上不归路，就是被人送上不归路。既然我两条路都没走，还能幸运地被送出宫，其余琐事又何必计较？比起和一群敌人争斗一世，如今只和一个敌人了此残生，已经是我最好的结局了。

顺便一说，在我跟阮奉到此处隐居后半月，我的肚子有了动静。这还是那位师大夫前来为我复诊时，把出来的喜脉。

我这才得知，师大夫正是西秦四城之一的明日城城主，和阮奉是至交。

师家世代皆是解毒圣手，师大夫生平最大的挑战，便是救我一命。他曾问我到底是从何处寻得这不世之毒。

我说，我只是将三种剧毒混在一起，以求必死无疑，没想到人外有人天外有天，这样都能不死，看来是老天爷要我赖活着。

师大夫无言以对，在一旁沉默是金的阮奉，叹气走开。

九个月后，我生下一个女婴，我为她取名为阮九。

阮奉对阿九视若亲生，连我多次想努力板起脸对他，也心有不忍。我对自己说，那是因为他日渐颓然的身体所致。也因为师大夫私下透露，阮奉功力尽散，幸好身体底子不错才不至于死于仇家暗算，倘若调养得宜，还能再活十余年。

我想，就算冲着他命不久矣，我也不该再和他计较，更何况和一个还要共同相处十余年的人较劲儿，是一件自虐的事。

就这样，我们一家三口平静和谐地度过了十余年，直到阮奉的身体终于不堪负累，因疾病而去。

入殓那天，我哭了，阿九也哭了，虽然我们都认定，阮奉不是亲人，而是在人生漫漫路上有幸陪我们走一段的路人。

数日后，我将已经长大成人的阿九送进城府里做侍女，意在希望她平凡普通地过一生。

而我，虽告别了阮奉，却不打算回宫，更不愿意在此傻等一辈子。与其等宗和帝记起昔日情谊，倒不如相忘于江湖，男婚女嫁，海阔天空，也是来得及的。

不巧的是，就在我准备疏散仆人，启程之际，十余年无缘得见的那人，却风尘仆仆、鬓发蓬乱地伴随晨曦健步而来。

我想，他一定是处理完最后一批残留于朝堂的残渣，正准备迎我和阿九回宫享福，却先一步听闻阮奉去世以及我要改嫁的消息，才会选在这种不该出现又出现得过分合适的时机出现，全然不打招呼，也不给我适应的机会。

我怔怔站起身，一时恍如隔世，直到视线越发模糊，这才明白，眼泪比我的心更加诚实。

我行礼道："民妇，见过皇上。"

他一手扶起我："今酒，你一点儿没变。"

再没有比这句话更让女人心花怒放的了。我望着宗和帝两鬓斑白，以及唇下青碴，多日来头一次笑了，发自内心的。

然而，真正让我改变心意，决定和宗和帝回宫的原因，并非久别重逢，旧情复炽。只因宗和帝将一个三岁大的男孩儿带到我面前，并且告诉我这是今家仅存的命根。

我一问才得知，这男孩儿正是我今家最后一抹血脉。

记得多年前，我第一次和宗和帝提起家世时，曾这样形容：“数年间，侥幸诞下的骨肉都是女娃，也不知道是今家祖上积德不够，还是生存环境太过钩心斗角，有幸生男丁的福气都被阴谋算计牺牲掉了。”

只是我只知其一，并不知其二。

原来我爹由于常年见不到带把儿的孩子，也早就有心养个外室。他于多年前在外养了一户小妾，适时躲避了我娘、三娘和四娘的算计，果断迅速抱上了儿子。只可惜那孩子不足月就生下来，即便养大了也难以长寿。唯一延续血脉的方法，便是待他成年后尽快找个身体健康的姑娘圆房了事，以保住今家这点香火。

于是我爹便早早给这仅有的血脉定下了亲事，待他十五岁就赶紧安排圆了房。数月后，私生子果真如大家预料的那般早早去了。翌年，其妻诞下了麟儿，取名今云。隔年，今云的娘也因产后恢复不良，相继离世。

眼下，这个三岁大的男孩儿便是今云。

未出阁前，我娘和姨娘们就是因为“男丁”二字争了大半辈子，后来入了宫，我又亲眼见到宫里的女人们为这二字明争暗斗了数年，自然，我也不能免俗。

倘若没有这么多后来的女人，兴许早就有了男丁。当然，这是女人的理解。

而男人的理解则是，女人越多，生下男丁的机会越大，却不知道为什么女人越多，男丁越难有，这都是因为女人的肚子不争气的关系。

几个月前，我爹也撒手而去，留下了一大家子的女人，难以维持家计，只好各奔东西，只留下这个无依无靠的今云。

论辈分，今云是我的外甥，也是今家唯一的血脉，纵然我爹生前诸多不是，他此生唯一愿望也全都是为了这丝血脉。

因此，为了遂他的愿，也为了宗和帝肯煞费苦心地将其保全，又不远千里接我回宫的面上，我决定再度踏入那个是非之地，不为别的，只为了感激宗和帝的一番苦心。

帝王如此，得之不易。

我对宗和帝说，回宫之前我有两个附加条件：一是，让我唯一的女儿阿九留在民间，不要给予任何公主的名号，也不要剥夺她的快乐和自由，若将来有不得不告诉阿九身世的理由，也要由她自己选择去或是留；二是，找一户值得信赖的人家收养今云，弱小的今云经不起任何风吹雨打，所以这户人家一定要非富即贵。

宗和帝本是不愿意女儿流落民间的，但转念之间也不知他想通了哪一环，在和我周旋了数日之后，终于勉强答应了条件，甚至还有了周全之策。

宗和帝在西秦四城中挑选许久，决定将今云托付给明日城城主师然，他便是前几年病故的师大夫的独子，为人谦厚稳重。

只是我们都没有想到，这一决定，竟然影响了我的女儿一生。

而关于师大夫的去世，我只能说，能医不自医，他终身都在为病人奔波，自己却忽略了长寿养生之道，以至于连只有十余年寿数的阮奉，都没比过。

5

我和宗和帝返回宫中，引起巨浪，纷争不断。

然而这时的我，早已看透，早已死过，所以也无所谓斗与不斗。

此后，我用了三年时间翻手为云，覆手为雨，几经周折，遭遇坎坷，也曾险些失败收场，但最后都能转危为安，运气之好，不得不令我感叹，要是早有这么一天，我也不用服毒了。

其实，我知道这都是宗和帝在背后的纵容，更加知道不管是十余年前，还是十余年后，在这座后宫里，女人的兴衰荣辱，皆是男人一语定乾坤。可能，宗和帝就像是昔年的我爹一样，因对我娘亏欠甚多，所以对于我娘的骄纵也大多容忍，只是不会因此三千弱水只取一瓢饮，罢了。

第三年初春，芸妃终于因病而去，余下嫔妃皆是老弱病残，年轻力壮者大多死的死，贬的贬，而宗和帝也再无选妃的打算。

如此，后宫着实太平了一阵。

数月后，明日城传来好消息，阿九和城主师然相恋颇深，好事将近。

宗和帝特派专人前去西秦大兴土木，为二人修建新的府邸，更借由别的名目赏赐金银财帛无数。

我每天在宫中等待信差捎来喜报，心中为阿九高兴，最起码我对她生活得平凡普通的愿望得以实现。她不仅无须背负公主的包袱，如今也能觅得良缘，比起我这个当娘的，争气太多。

只是好事多磨，西秦天启城的城主莫珩忽而上京，私下向宗和帝呈上一本手札，竟将阿九唾手可得的一切都拦腰切断了。

没有人能料到那本手札是师大夫生前所留，更加没有人料到，手札所记除了师家历代秘辛以外，更记录了一件欺君罔上足以抄家灭门的大事。

当宗和帝将手札扔到我面前时，我在他眼中看到风暴，看到杀意，往昔温柔皆不复存在，心里便有了预感，我的寿数到头了。

手札打开，我抗拒地一行行看下去，很快被里面的文字带入到另一段故事里。

那些文字竟会与我息息相关。我虽觉得不可思议，却又很快相信了这些荒诞的事实，一时间仿佛飞到了九天之外，一时间又仿佛一下子坠入地狱。

眼泪噼里啪啦地落在书页上，我不知不觉一口气将此生的所有痛苦心酸一并读尽。可笑的是，这一切是出自另一个人手笔。尽管在此之前我还以为，所谓痛苦不过是过去十几年所遇尔尔，却不知那些千帆过尽只是表象，一切都只源于我的身在福中不知福。

原来，当年阮奉并非遭受仇家陷害而残……我服下的那些毒药，太过霸道，连师大夫都不能靠一己之力将其清除，束手无策之际唯有釜底抽薪勉力一试，但代价是找一个内功深厚的男子以合欢之术将纯阳之气渡入我体内。自然，这名男子也会因此造成难以磨灭的终身伤害，轻者丧失生育能力，重者半身不遂。

举目天下，有此功力者不出三人，阮奉就是其中之一。

手札里还写道，阮奉本可一五一十地将此事告知宗和帝，但他考虑再三又决定保持缄默。一来宗和帝身为一国之主，是不能为一个女人以身犯险的，也许他宁可眼睁睁看着沁妃毒发身亡，也不会愿意戴上绿帽子；二来阮奉早已心仪沁妃多年，既然忠义注定难以两全，他也不愿抱憾终身，倒不如试上一试。

阮奉这么一试，九死一生，将我试活，师大夫有些惋惜地说："早知道你如此耐用，前些年便该拜托你为我试药，说不准现在已经百毒不侵了。"

阮奉道："我此生功力都心甘情愿地毁在她的手里，以后只能靠你的药维系寿数，也算是帮你试药了……"

自然，这都是调侃的闲话，并不能当真。

于外，大家只知道宗和帝在民间的义兄请了得道高人救活了宗和帝的女人，可谓是有情有意。于内，连宗和帝本人也不知道绿帽子已经扣在头上，只是听说阮奉在几日后出宫办事时被人暗算了，幸得保命，却武功尽失，人道尽失，再不能为宗和帝奔波效劳了。

而我，自然不知在中毒期间跟了第二个男人，直到被宗和帝送出宫之际，发现有了身孕。

当时的师大夫，已经算出我腹中胎儿来自阮奉，为了保全大局便故意报错时间，令我以为骨肉是宗和帝的。

事后，师大夫私下将此事透露给阮奉知道，但阮奉却对我只字未提，只因此生无分，只求相伴十余年，于他来说才是幸福。

看到这里，我已泣不成声。

“阮奉”二字，成了一枚隐形的针，直插入我的心脉，揪起一片不能触摸的痛。

师大夫成全了阮奉，师大夫成全了我和阿九。如今阿九又即将嫁给师大夫的后人。也许冥冥之中，是上天安排让我偿还师家的恩德。

自然，也是上天安排我们母女遭逢此劫。

倘若师大夫还在世，也许仍会调侃一句：“不必谢我，我也是有私心的，只是想给自己的儿子找个儿媳妇。”

回归现实，面对宗和帝，我半晌无话可说，索性连辩驳的机会也放弃了，只因我想起多年前和阮奉的一席话。

阮奉曾问我到底爱宗和帝什么。

我玩笑道：“爱他你身上没有的东西……其实，我倒宁可选一个愿意为我而死的男人，而不是像现在这样，和这么多女人斗来斗去。”

真是被我一语中的，宗和帝身上有的东西，阮奉没有；而阮奉有的，宗和帝也永远不会有。

阮奉可以为了一个女人去死，但是宗和帝作为君王，却不会只爱美人不爱江山。

而我一时戏言，宁可选一个为我而死的男人，却终是一个男人因我而死。

也许，这就是成全，只是在我不知道时。

阮奉，你怎么忍心！

不日，明日城城主师然上京请罪，替他已故数年的父亲扛下欺君之罪，但碍于此事涉及皇家丑闻，不便宣扬，定于十五日后秘密处斩。

数日后，阿九也风尘仆仆地追来，搂着我胡言乱语了很多，令我一时之间不知从何插嘴，只好另辟蹊径，问出心中最在意的事：“你恨我……们吗？”

阿九言之凿凿不恨任何人，她对我们只有感激，因为若不是我们她也不会生在民间。她不能想象，在宫里被一群人前呼后拥、混淆视听的日子是怎样地水深火热。可能就像宗和帝一样，听不到半句真话，也听不到半句假话，真真假假、似真似假、真假难分。活在这样的混乱舆论之中，实在是宗和帝的不幸，虽然他连找个女人睡觉都要叫临幸。

我一下子捂住阿九的嘴：“怎么如此口不择言！”

这令我想起了当年初生之犊不畏虎的我，以及我娘，伤感之情便又涌上心头，这才懂得我娘对我的一番苦心。

我告诉阿九，师然已经被宗和帝打入天牢，几日后便要处斩示众，问她在师然临死前可还有何交代。

阿九唯有一愿，为师家留后，求我安排。

我笑了：“那若是你为他留后失败了呢？”

她说：“那就只好共赴黄泉了，我愿意亲自下去跟他交代。”

我半晌不语，看着阿九良久：“以前我怎么就没发现呢，你真是像他，不仅性子像，长得也像。自然，也像极了我出阁前的脾气。”

我笑容不改，仿佛越过她的身体看向远方的某人，却很难再根据记忆拼凑出完整的画面。

宗和帝赶来时，滴血认亲也迫在眉睫，虽然验不验已经无关紧要。因为就算阿九是宗和帝的亲生女儿，也不能改变阿九要追随师然赴死的决心，更不能改变我和阮奉之间的点点滴滴。但是“阮奉的骨血”这个身份，却能更快帮我们母女圆了心愿。

滴血认亲的结果如预期中的一样，阿九果然是阮奉的女儿。

阿九第一个动作便是抱住我大哭，说她满脑子都是他爹生前的模样，后悔当初没能对他更孝顺些，为什么不把没心没肺的时间多投注在他身上呢。如今天人永隔，他用他的方式保全我们，又怎么会想到在他死后多年，真相依旧破土而出，我们都逃不开命运的捉弄。而这一次，将没有人能保护我们。

宗和帝听到此言，勃然大怒，而我只是跌坐在地，看着阿九被士兵押下，心中空荡。

我对宗和帝道：“你杀了我吧！”

他怒道：“朕永远不会杀你，你给朕好好活着！”

我大笑出声，笑不可仰。

我分明知道他不会杀我，却还要如此要求，重重地伤了他的心，而他也分明知道自己永远不会杀了我，却又不肯放下过去的包袱，还将阿九打入死牢，也重重地伤了我的心。难道如此折磨对方，就能证明我们爱得比别人伟大吗？

望着宗和帝的眸子，我仿佛又回到了昔年京郊小旅店中，他、阮奉，和我，三人毫无芥蒂，无话不谈。

如今，景物依旧，面目全非。

在宗和帝的安排下，阿九被允许和师然关押在同一牢房内，以圆她为师家留后的心愿。至于我，早已被宗和帝永远地关在这座宫房中，美其名曰是冷宫，实际上却是永无休止的折磨。他既不忍心杀了我，也不甘愿忍气吞声，只好用后半辈子的时间折磨我来疏解这口怨气。

我没有半点儿挣扎，逆来顺受地安于现状，以缓解宗和帝的警惕。

直到行刑前一天，阿九和师然在我的暗中铺路下，被丞相派人秘密从牢房中送了出去。与此同时，牢房也陷入一片火海中，外人只以为他们早已葬身火海，总是怀疑，也查无根源。

丞相托人捎消息回宫的同一天，我换上了当年初入宫的那身喜服，找出多年前曾服食过的毒药，毫不犹豫地悉数喝下。

舌苔被熟悉又遥远的滋味融化了，我躺在床上，闭上眼，好似又见到了阮奉。

我想，这世界上最幸运的女人，莫过于和心爱的男人共度一生，同时有一个男人愿意为她而死。

当然，她也是最不幸的。

我知道，以宗和帝的脾气，他一定会重金悬赏民间能人异士前来相救，但我也相信，这一次无人敢摘皇榜。因这世上，只有一个阮奉。

难得有情郎，只是赴黄泉。

第十一章　番外——空青篇

1

在中原的西边，有三座小城，偏安一隅，被称之为西秦。

在西秦，有一女子名叫胭红，名声之响，可以和当朝的沁妃并驾齐驱。

听说，胭红出身不详，却因缘际会分别结识了西秦三城城主，此后数年游历三城，所到之处死伤无数，三城城主更为了她一死，一伤，一疯。至此，一向不受中原皇帝管束的三城因她而逐渐败落，只余下一段毁誉参半的传奇故事以供醒世后人。

而沁妃，原本出身官家，后经过宗和帝钦点入宫为妃，一朝得道鸡犬升天。然而，却不知什么原因，数年后沁妃娘家竟一朝败落。宗和帝欲保全沁妃，却无奈沁妃去意已决，只得放她避世隐居。众人都以为自此以后天下再无沁妃，却不想十数年后沁妃还朝，恩宠尤胜从前，直至她服毒自尽那一日。

没有人说得清令三城城主为之倾倒的胭红，最终是死是生，也没有人说得清一人之下万人之上的沁妃，为何自寻短见。人们只能从陈年旧事遗留下的蛛丝马迹中隐约得知，胭红和沁妃本属同宗。

沁妃去后没几年，宗和帝也薨了。后人都说，宗和帝是因沁妃香消玉殒而英年早逝的，自此也更加坐实了“女子误国，红颜祸水”的说法。于是，到了宗和帝的下一代，帝师们对太子的教育，就更加极力灌输“女子无才便是德”“女人过美则不祥”等说法，影响深远。

甚至有人说，太子空青直到十九岁身边仍没有半个女人，也是因为宗和帝的前车之鉴。

也就是在这同一年，护青将军北柴胡频频入宫觐见，与太子空青过从甚密，引得朝臣议论，断袖之说不胫而走……

这事儿，还得从七年前说起。

2

未时将至，太子空青正在太子殿外的空地上练剑，剑师无患子从旁督导。师徒俩都一板一眼，一丝不苟，即使空青早已汗流浃背，无患子仍不叫停。

直到院外宫人高声请示，空青的剑才稍有迟缓。只见无患子微微点头，空青站直身体，宣宫人上前。

宫人随后领进来一位清瘦少年，少年向空青行礼，异族口音很是浓重：“臣北柴胡，见过太子。”

空青挑眉，走上前几步，微微抬手，用剑尖挑高北柴胡的下巴：“你是円（Yuan）族人？”

见北柴胡颔首不语，空青斜眼瞄他，又绕着北柴胡缓步走了一圈，边走边啧啧有声。

这北柴胡身材高大，年方十八就已初见魁梧。他身上的衣衫应该是为了进宫觐见急忙借用的，布料紧紧贴在身上，衣不衬体，将身材显露无遗。相比起太子空青的细腰窄胯，俊秀儒雅之姿，这身材挺拔的北柴胡活脱脱就是奴隶场上最抢手的压轴之作。

“身材不错。”

“太子喜欢……就好。”北柴胡生硬地接话。别说空青，就是一向不见喜怒的无患子，都不免侧目。

空青扯扯嘴角，摆出架势：“来，陪本宫耍几下。”

话音方落，手中的剑就向北柴胡的要害攻去，却在眨眼之间失去了北柴胡的踪影。

下一瞬，空青只觉手肘一酸，北柴胡不知何时已经闪到他身后，手刀劈中肩胛骨，“哗啦”一声，剑身落地。

空青愣了一瞬，转身瞪他，北柴胡却先一步摆出谦卑之姿，拱手相让。

这一年，太子空青十二岁，北柴胡十八岁，入宫觐见不过片刻便被太子空青选为陪练。

数日后，北柴胡再度觐见，太子空青派人将他带入内殿书斋。

书斋中，北柴胡垂首立在一边，直到一直坐在桌前沉思的空青抬手示意，才上前几步听候吩咐。

空青以指尖敲了敲桌面，另一手抄起几卷画轴甩出几米，被北柴胡一一接住。

“这些女人，你给本宫挑一个。”

年仅十二岁的空青，已经开始面临“充裕后宫”的压力，追根到底只能怪宗和帝后宫佳丽携手努力多年，却只有这二子的缘故。

按照祖训，充裕后宫本就是为了延绵子嗣，可是到了宗和帝这一代，越是充裕后宫，人丁却越是单薄。

前些年沁妃还在宫里时，除了太子空青和芸妃所出的二皇子沉瑜，倒还有两个尚在襁褓中嗷嗷待哺的皇子。然而今年年初也不知道宫里遭了什么邪魅，那两位小皇子竟然相继夭折，就连已有身孕四月有余的婕妤也不幸滑胎。

宗和帝彻夜未眠，从宫外请了高人为他们超度，又请高人为太子空青卜算吉凶。

那高人妙语如珠，语出玄机：“若为女子，祸水之命；若为男子，帝业可传。”

经过高人一番点化后，宗和帝决定从现在开始深度竖向地培养太子空青。但是过分重视就难免期望过高，拔苗助长。

虽然宗和帝不再热衷于多生多育，却不代表空青可以置身事外。所以就在前几日，宗和帝才下令帝师无患子为空青口述房中术的要领，这几日就等不及地将前朝诸位大臣们的闺秀画像成批送来……以供初欢之选。

北柴胡眼眉低垂，视线一一掠过手里的画轴，又将它们分别捆好放回桌案，说道：“微臣认为，无一可取。”

空青盯住他微敛的眼眉：“说说看。”

“吏部尚书近一年接连被同僚弹劾，这会儿已是自身难保，倘若娶了这家的小姐，也只是为殿下多添烦恼。”

“户部尚书家的小姐年长殿下十岁有余，入宫之后难免会管教约束殿下。”

“至于丞相家的小姐，请恕臣妄言，实在是其貌不扬，不忍直视。”

空青轻笑：“真是说到本宫心坎里去了。”

空青伸了个懒腰，走下座来，立在北柴胡面前一步之遥，抬高双臂，等北柴胡伸出双手，动作笨拙地为他抚平华服。

接着，空青拍了拍北柴胡的肩，细白手指衬在青绿色的锦袍之上，犹如青葱般透明：“随本宫进来。”

北柴胡一直跟在空青身后两步远的地方，空青慢，他就慢；空青快，他就快。步子一直有条不紊，直到空青将他带进一间气氛微妙的屋子里。

屋内陈设不多，从房梁上坠下层层叠叠的薄纱，随着气流的流动而缓缓飘逸，站在外间的人仿佛能望见屋子的最末端有一尺寸夸张的大床，又仿佛看不真切。

空青向那末端走去，北柴胡却站住了脚不知进退，直到空青说道：“进来。”

透过层层纱幔，北柴胡渐渐有种拨开云雾的感觉，偌大的金色软榻旁边，散落了一地的书籍，另一侧则摆放着小几一只，几上唯有一盏清茶。

空青坐在床沿，面无表情地捡起脚边的书，扔向立在五步开外的北柴胡：“你看看，看完了为本宫解惑。”

北柴胡不疑有他，随手一翻，却愣在当场……

这这这，这算禁书吧？

北柴胡眼角微掀，望向那小山高的书堆，心中暗忖：“莫非太子这里集齐了全套？”

这时，就听空青轻咳两声，北柴胡才恍然初醒，直愣愣地望向空青，却见空青双颊微红，眉宇轻蹙，也一脸懊恼地望着自己。

北柴胡心口不由得漏跳了一拍，也说不清何故，连忙垂了眼眸，不敢再看。

空青却以为北柴胡的窘状是因手里的书册，别开脸问道：“这上面画的，都……写实吗？”

北柴胡不防，被这话呛了一口，见空青扭头瞪向自己，又立刻正色回道：“这……基本写实。但是具体情况，还要受每个人自身条件所限。”

“那你的意思是说，世间的男子和女子，都要这般？”

北柴胡沉吟片刻道：“殿下如有疑问，何不请教帝师？”

“我问过了，他说这上面画的都对，可本宫觉得不对！”空青涨红脸，支支吾吾说不出个所以然。

北柴胡还以为空青只是害臊，只得解释道：“男欢女爱，繁衍子嗣，本属人之常情。不过殿下年纪尚轻，这书上画的东西倒也不必操之过急……其实皇上为殿下选妃，也只是为了将此事……落实于行动。天下父母心，殿下无须抗拒。”

空青不语，只是神色未定地盯着北柴胡看了许久。

那日过后，太子空青许久不曾召见北柴胡入宫觐见。北柴胡只是从帝师无患子口中偶然得知，宗和帝与太子空青之间起了争执，宗和帝十分震怒。

但因何而起，却无人知晓。

之后三日，太子空青将自己关在书房中避不见客，也拒绝接见帝师无患子。

直到芸妃前去，隔着门板说了几句话，许久之后才见门从里面打开，太子空青神情落寞地站在门口。

没有人知道芸妃到底说过什么，随从都立在几丈开外；也没有人知道，一向与芸妃来往不多的太子空青，为何会被芸妃的三言两语说动。众人只知道，自沁妃离宫后，宗和帝唯一信任的便是芸妃。虽然沁妃在时可以说是集三千宠爱于一身，然而纵使是沁妃，也难以撼动芸妃的地位半分。

民间曾有一句诗词，被宫人借来戏言这两位嫔妃："今朝有酒今朝醉，莫管门前是与非。"

沁妃的闺名便叫"今酒"，多年前正是因为宗和帝微服私访时对今酒一见钟情，才有了日后呼风唤雨的沁妃，一时无两。

而芸妃身子一向不好，过惯了深居简出不问后宫争斗的清闲日子，便有了那后半句的解释："莫管门前是与非。"

3

三年后，北柴胡一如既往地入宫觐见。就如同这过去三年一样，身着锦袍，头戴太子空青钦赐的头冠，神色如常，目不斜视。

过往宫女频频对这位年仅二十一岁就位列朝臣，并且立下数项军功的少年将领，投以爱慕眼光。然而北柴胡无暇顾及，一心只想着待会儿太子空青又会提出什么刁难的问题。

自从三年前太子空青触怒龙颜，此后性情大变，不仅为人处世上收敛了许多，就连容貌也越发……

宫中女眷无一不对太子空青青睐有加，在太子殿当差的一干宫女更是整日做着飞上枝头变凤凰的美梦。只可惜太子空青年岁越长就越发不近女色，除了偶尔进宫陪伴左右的纯茗以外，其余女眷都没有亲近的机会。

宫人不敢揣测太子空青为何不近女色，也不敢揣测为何少将北柴胡入宫觐见时，都是一脸的愁云惨雾，只是远远见到北柴胡和纯茗一同陪伴空青时，纯茗总会在北柴胡面前酡红了双颊，对太子空青却恭敬有加。

于是，关于纯茗“醉翁之意不在酒”的传言，也不胫而走。

这一年，太子空青十五岁，北柴胡居少将之位，年二十一。

北柴胡才踏入殿门，就条件反射般地接住迎头砸来的砚台，墨汁洋洋洒洒地溅在纯白的锦袍之上，引得座上那人一阵轻笑。

太子空青好整以暇地斜倚着座椅，一手支颐，一手食指在桌面轻敲，指间还沾了一块墨迹。

北柴胡将砚台恭敬地放回案上，也不去擦拭身上污渍，不动声色地立在一旁。

只听空青叹道：“我说柴胡啊，你瞅瞅本宫的样貌，如何啊？”

北柴胡微掀眼角：“若称殿下为天下男子第一人，微臣相信再无人可出其右。”

空青似乎很满意，却又困惑：“可为什么纯茗那丫头每次都是偷看你？莫非本宫这第一人，还比不上一个少将？”

北柴胡无语凝咽，良久才道：“这……定是纯茗小姐有眼无珠。”

太子空青大笑出声，终于满意，一边拍案一边道：“不错不错，说得好！的的确确是她有眼无珠！所以……本宫既是将来的天子，就断不能娶这种有眼无珠的女人！”

不日，太子空青向宗和帝请了旨，将芸妃娘家的侄女纯茗，指婚给少将北柴胡为妾。

与太子妃之位失之交臂，就等于将触手可及的荣华富贵拱手送人。芸妃大惊，多次请求宗和帝收回成命，未果。后来又听说纯茗也在自家府中大哭大闹了几回，几次昏厥，全家人无不为此唏嘘。

此事过了不过半个月，这一日，已经是第五次入宫求见的纯茗，再一次地跪倒在太子殿门前，苦苦哀求。

只是纯茗哭叫了许久也不见宫人通传，不一会儿却见成批的宫人从殿内逃窜而出，活似被猛兽追赶。

纯茗连忙抓住一小宫女追问太子空青的下落，正望见那宫女额头猩红，显然是被重物击打过。

“殿下大怒，奴婢劝小姐还是早点儿回去吧！”小宫女说罢，就甩开纯茗撒腿而逃。

周围宫人逃了个干净，纯茗仍跪在原地，心神不宁，不时往空敞的殿门里张望。正准备打道回府之际，却听见殿内传来一阵哀号。

不消片刻，就见一小太监屁滚尿流地爬了出来，身后追打他的还有几卷书册，纷纷散落在小太监身侧。

纯茗上前几步，正要一问究竟，然而一脚刚踏入殿内，视线就撞见立在门内的太子空青，而那小太监早已逃命去了。

殿内昏暗，殿外阳光半点儿透不进来，纯茗被那充了血的双目镇在原地，冷汗直下。

反观太子空青，虽然额间有些薄汗，神色却木然冷淡，发髻也已散乱，任由满头青丝披了一身，衬着那张削尖了的苍白面颊以及高高上扬的凤眼，越发地妖孽。

纯茗心跳如雷，不禁懊恼，饶是早点窥见太子空青的这一面，自己是断断不会心系于北柴胡的。

太子空青轻声吐出一个字：“滚。”

红粉的双颊瞬间惨白，纯茗定在原地不知如何是好，却见空青转身就走，背影萧萧，青色袍子下摆竟然沾着斑斑血迹。

纯茗心下一转，没有真的“滚”出宫去，反而轻步跟上，一路尾随步履虚浮的空青走进内殿。

内殿轻纱飘逸，熏香徐徐，纯茗一时之间只觉心旷神怡，不由得幻想自己将来入主中宫后，该是如何地荣华富贵啊！

直到轻纱深处传来太子空青的呻吟声，纯茗才从白日梦中清醒过来，连忙定下心神，细想一二。那北柴胡不过就是立下了一些军功，靠血腥与杀戮换来的荣耀，也许他根本就不懂何谓温柔乡而空有莽夫之勇。就算他懂得，也要靠命换取富贵，要是将来不幸死于疆场，自己岂不是成了寡妇？怎比得高坐太子妃之位，贵为母仪天下之尊？

心中掂量再三，纯茗终于茅塞顿开，庆幸自己不虚此行，将北柴胡抛诸脑后。

纯茗屏住呼吸，又听见室内传出太子空青的闷哼，不由得放轻脚步靠近内室，想以探视伤势为名借机坐下侍寝之实，便一手扯掉衣带，任由衣衫款款落下，很快就成了半裸之态。

然而，就在纯茗撩起最后一道轻纱时，脑中的旖旎幻想也相继烟消云散了。

所谓雾里看花水中望月，此时的纯茗，真是宁可怀揣着无限遗憾嫁给北柴胡，也好过真相被揭穿在最美好的时刻。

正对着纯茗视线的那张床榻上，紧锁眉宇的太子空青蜷缩成一团，一手捂住下腹，另一手紧抓着被单，不仅身上锦衣沾了污血，那床榻上也有些干涸的血渍。

纯茗就像是被闪电劈中，豁然明白了一切，连忙双手掩口压住惊呼，正要退出殿外，脚跟却不慎踩住了身后纱幔，一下子栽倒在地。

太子空青闻声抬眼，眼露精光，令纯茗望见了他眼中的痛苦与……杀意。

终于受不住恐惧而尖叫出声，纯茗不敢再停留，忙不迭地向后猛退，双目大睁。

太子空青起身下榻，一手从被褥下抽出一把宝剑。剑套末端摩擦着地板。随着他缓步上前，剑套也渐渐脱离了剑身，那上面的金属装饰撞上地面发出清脆的响声，惊得纯茗不由得呼吸一紧，而那明晃晃的剑锋，也恰恰映出了她灰白的脸色。

纯茗除了向后错去再无计可施，直到手掌盖住一个触感粗糙的物体，才令她下意识地仰头望去——俯瞰自己的那双漠然的眸子，不正是属于北柴胡的吗？

一切都只发生在眨眼之间，纯茗只觉得眼前一花，太子空青手中利刃已经向她完全暴露出来的脖颈划来。

纯茗仿佛听到了死亡的声音，心灰赴死。

然而下一秒，她却没有感受到任何痛苦，鼻下呼吸仍在。

纯茗惊魂未定地望向前方，原本该在自己身后的北柴胡早已来到眼前，一手紧紧扣在太子空青腰间，而他望向空青的眼神也不再恭顺谦和。

纯茗不敢眨眼，生怕被错觉误导，只是茫然地听太子空青虚弱道：“她必须死。将来……本宫会还你一个妻子。”

刚从生死关头逃过一劫的纯茗，再次骇白了脸，求救地望向北柴胡。

北柴胡却微微垂眼，一手护住太子空青下腹，另一手缓缓划过他的手臂，顺延而下一路来到腕间，接过他手里的剑。

"就算要杀，也应该由微臣动手。"

那不带一丝感情的声音，几乎要刺穿了纯茗。

眼泪潸然而下，纯茗哭着趴跪在地上哀求，只听到太子空青似乎阻止了北柴胡："若她死在这里，芸妃定会追究。"

北柴胡接道："若放她走，芸妃也会知道一切。"

正当二人争执不下，纯茗已趁机爬起身向外跑去，一路跌跌撞撞来到殿门口，全然不顾身上只着寸缕。

然后下一瞬，就听殿外传来纯茗的惨叫声，待北柴胡追出来一探究竟，纯茗已经倒地不起，七孔流血。

寸步之外，太医张寻神色肃穆，手中的匕首沾满了黑血，显然是涂有剧毒，可见纯茗正是丧命于此。

张寻语气急促："芸妃正带人往这边赶来，将军，殿下就麻烦你了！"

北柴胡二话不说，抬起纯茗的尸体回到内室扔在地上，又回身听张寻在耳边嘱咐几句，拉起太子空青就要走。

哪知空青却反手拉住北柴胡，带他上了床，接着只听"咔嚓"一响，也不知空青扭动了什么，床榻立刻翻了个身，将二人翻了下去。

张寻这才急急忙忙地将纯茗的尸体抬上床，而殿外脚步也已近了……

4

趁空青在室内清理洗漱时，北柴胡才有暇参观这间说大不大说小不小的石室。他怎么都想不到太子床下别有洞天，更加想不到空青原是……女儿身。

千头万绪在北柴胡脑中百转千回，混乱成一团，正想逮住蛛丝马迹抽丝剥茧，却又耐不住层层疑问浮上心头。

到底这么多年空青是如何瞒下这弥天大谎的?

北柴胡闭目沉思，希望从混乱中找到答案，直到内室传来一道声音：“进来吧。”

他这才深吸一口气，推门而入，跨进另一间石室。

触目所见皆是书册典籍，右侧一张书桌上摆放着文房四宝，而空青则虚弱地靠在左侧的榻上，头发已经被一根带子系住。面色也缓和许多，只是唇色还有些苍白，身上也已换了干净的衫子。

北柴胡倒了一杯水走过去，不等空青接过，径自将茶盏凑到她嘴边。

空青抬眼望着他，就着北柴胡的手默默喝了一小口。

北柴胡回以微笑。

之后的那一个时辰，两人有一句没一句地闲聊着，仿佛之前的惊心动魄不足以撼动此时气氛的一分一毫。

空青也没有半点儿掩饰的意思，将故事的来龙去脉简短地讲了一遍。

原来当年空青的母妃产子时，原本是一男一女的龙凤胎，可惜男胎一降生就已经夭折。

母妃为争太子之位，不得不撒下弥天大谎，并在贴身嬷嬷和太监的细心安排下一次次蒙混过关。

只是好景不长，空青年幼时，母妃突然感染重病，自知不能久活于人世，就只好先一步为空青除掉所有知情者，而自己也很快撒手人寰。

那时空青对男女之别的认识尚未萌芽，只记得母妃生前曾千叮咛万嘱咐她，不可在宫人面前袒露身体，就算偶有病恙也只能请太医张寻一人为她打理。

直至空青十二岁，宗和帝急于为空青选妃，空青才从那成批的画册中明白自己和别的男子不同，一时之间难以接受这个事实，却不敢露出蛛丝马迹给无患子知晓，更不能告知宗和帝。

于是，空青便不惜编下自己喜好男色，所以不愿纳妃的谎言，令宗和帝勃然大怒。幸好后来芸妃出面斡旋，令宗和帝答应再给空青几年时间扭转性向，再说选妃。

空青感激芸妃相救之恩，然而眼见芸妃之子沉瑜也日渐长大，又几次在自己身边发现芸妃的眼线，不禁忧心忡忡……

至于太医张寻为何多年来为空青肝脑涂地，追根究底还是因为他和空青母妃有一段陈年旧情，不足为外人道。

故事讲完，空青心中却仍在计较。一来，她怕北柴胡不是可以信托的人，二来也是为前途担忧。试想她一女子，就算能隐瞒身份到成年，也不可能长久。若是将来有朝一日真的登基为皇，届时她将如何面对充裕后宫一事，更遑论延绵子嗣。

北柴胡望着愁眉不展的空青良久，伸出一手轻抚她鬓角的散发。

空青一震，撞进那双深眸中。

却见北柴胡坐到床沿，垂首看着自己："微臣明白殿下为前途担忧，但眼下咱们的当务之急是如何解释纯茗的死。微臣也相信，张大人已经先一步为殿下开脱。等殿下身子好些，臣自会先一步上去查探情况，再接殿下出去。"

鬓角的皮肤有些发麻，空青忍俊不禁道："微臣？敢问少将，你这样可有半点儿为人臣子的模样？"

北柴胡也笑了："恕臣愚钝，直到撞见殿下用剑指着纯茗，才明白一切，不过这里……现在仍跳得很快。"

北柴胡又向前倾了几分，拉住空青的手贴在自己胸口，鼻尖也几乎要碰到她的面颊，见她微垂了眼帘，睫毛轻眨，便轻问："臣刚才还在想，是不是这些年来的夙愿终于可以成真了，还请殿下成全。”

空青轻声道：“你要求什么？”

宛若清风的声音，响在空青耳边，唯有四字：“入幕之宾。”

这天，太子空青在宫中消失了半日，宗和帝派御林军四处搜查，始终未果。

据张寻说，今日上午纯茗以“求情”之名入宫觐见，却身藏剧毒匕首要行刺太子空青，应是为了替姑姑芸妃铲除异己，好拥戴二皇子沉瑜为太子。幸好北柴胡和张寻先后赶到，救下受惊过度的太子。二人唯恐将太子留在宫内养伤再给旁人有机可乘，便由北柴胡暂时守护太子周全。

宗和帝追问芸妃，芸妃矢口否认行刺一事，连忙将干系推得一干二净。宗和帝有意保全芸妃，便只好迁怒于纯茗家人，满门三十二口全都充军发配。

芸妃求宗和帝网开一面，却被宗和帝喝令禁足，更让宫人传下口谕警告芸妃。

等空青恢复了男装，重新现身于宗和帝面前时，面色还有些苍白。宗和帝也是头一次仔仔细细地审视空青身后的北柴胡。年纪轻轻却气质笃定，绝非池中之物，倘若此人可以忠心于空青并匡扶社稷，也不失为可以破格提拔的人才。

于是，自这天起，少将北柴胡因护驾有功，受封太子空青近身侍卫一职，先在宫中行走多加历练，他日再行封赏。

这一年，太子空青十六岁，少将兼太子近身侍卫北柴胡，年二十二。

同年，沁妃还朝，与芸妃并肩宫中，相互制衡，将众人的视线从太子空青遇刺一事上成功转移。

二妃相斗，再起波澜。

这样一晃，又是三年。

这年年初，芸妃病情加重，再无力气和沁妃计较。此后数日每况愈下，太医连番会诊皆束手无策。

不过月余，芸妃就薨了。

芸妃这一去，后宫势力便一边倒向了沁妃，众人都以为从此以后再也无人可以出其右了。而二皇子沉瑜的势力也相继削弱，令空青有了好一阵子的清闲。

只是沁妃纵然再得宠，膝下也始终无子出，听说只有一个女儿，现在流落西秦，乳名阿九，后来更名为胭红。

宗和帝偶尔感叹时，还惦念着早日接这素未谋面的女儿回宫小聚。

然而沁妃回朝的唯一条件，便是让阿九以普通人的身份在民间生活，既不要牵扯政治，也不要被政治所牵扯。

宗和帝爱屋及乌，只得答应。

数月后，西秦传来消息，说是阿九即将嫁与西秦一城之主。宗和帝听后龙心大悦，赏赐颇丰。

只是又过了几日，也不知是谁献上证据，力证阿九并非宗和帝所出，而是沁妃和宗和帝的义兄阮奉的珠胎暗结，激起宗和帝的雷霆之怒，不仅波及西秦，也很快降临在沁妃头上。

十几天后，阿九夫妇先后被问罪，押入大牢，而沁妃也被宗和帝囚禁在寝宫里。

沁妃突然被囚，只有空青在内寥寥几人知道原因，只是“各扫门前雪”，没有人敢为沁妃求情。

众人都以为，就算沁妃真的欺君，以宗和帝对她的宠爱也会保她周全，这件事到头来只会是虚惊一场。只是想不到，一向不近人情的沁妃竟然选在这个节骨眼服毒自尽了。而关押阿九夫妇的天牢也在同一天起了大火，无人生还。

沁妃这一薨，宗和帝也垮了。

世人都说皇家无情，只是当空青亲眼见到华发早生的宗和帝时，仍不免被撼动。如果说宗和帝此生对女人只有三分真心，那么这三分大抵都给了沁妃吧。

宫中连薨两位妃子，宗和帝也再无心思垂青新人，后宫嫔妃也大多过起了闲散日子。

而西秦，虽然属朝廷管辖，却也受到朝廷的恩准另行一套制度，偏安一隅，只需要每年向朝廷进贡金银财帛以示孝敬。而朝廷也会派兵驻守西秦三城，以保平安。

然而这样的西秦，却终于毁在阿九的手中，三城城主更先后为她一死，一伤，一疯，致使西秦大乱。

只是追究其原因，却无人说得清。

西秦一乱，流寇四起，更有不少趁机浑水摸鱼之辈借机造反，大有推翻西秦三城自立为王的意思。

朝廷驻扎西秦的军队早已习惯了西秦宁静祥和的生活环境，荒废了训练，疏忽了警惕，很快就被流寇打压了士气，败退连连。

宗和帝欲派兵镇压，北柴胡主动请缨，率精兵五千赶赴疆场。

三个月后，少将北柴胡凯旋，受封中郎将。

5

空青遣走身边宫人，独自待在偏殿午睡，睡得极浅。蒙眬之间似乎听到细微动静，接着又闻到阵阵熟悉的药香。她这才微掀眼帘，正望见立在床头笑而不语的北柴胡。

空青半起身，接过他手中的药碗喝了两口，又推回他手里：

“苦。”

北柴胡低头嗅了嗅，问道：“你这几年喝的到底是什么药？”

“你不知道吗？”空青斜眼看他，顷刻间风情无数，“这里面有一味药用处极多。若是将它同葛根、黄芩、石膏等一起入药，可治风寒，清热解毒；若是将它同人参、黄芪、升麻等一起入药，可补中益气。”

微微一顿，空青理了理乱发，倾斜身子迎向北柴胡伸出的手臂，懒散地靠着：“不过本宫常用它配上香附、川芎、芍药，用来疏肝解郁，调经止痛……”

北柴胡听得并不专心，微眯着眼有似动情。

这时就听空青附耳道：“这味药，名曰……北柴胡。中郎将可曾听过？”

轻纱幔帐，笼罩住一室春情，偶尔只能听到里面最缭绕动人处传来二人的轻笑声，间或夹杂模糊不清的几个字，引人遐思。

这一年，太子空青十九岁，中郎将北柴胡二十五岁，二人身边皆无红粉相伴。

宫人所见北柴胡频频觐见太子空青，每每待上两个时辰，好不春风满面，不由得谣言四起，引得前朝议论纷纷。

流言传入宗和帝耳中，也不免令他想起早年间和空青的一番争吵，不日便下了圣旨，令中郎将北柴胡前去镇守西秦，归期不定。

中郎将北柴胡即刻启程，并未与太子空青单独告别。

此后几年，二人偶有书信来往，信中也只是稍有提及边疆境况，并无特别。

宗和帝也派人暗中观察太子空青几年，见空青心无旁骛专心政事，心中大石总算落地，正想旧事重提为空青早点立个太子妃，却不料才过了这一年的沁妃忌辰，宗和帝就生了一场急症，还没有撑过三日，就薨了。

太子空青临危受命，即刻登基，号元和帝。

宗和帝大丧一过，百官便纷纷进言，提议元和帝尽早选秀，为皇家开枝散叶。

元和帝无奈，只好从百官家中女眷选了一批秀女进宫候驾，然而过了数日却无任何临幸，不由得急煞朝臣。只是前朝人不敢过问后宫事，而后宫也没有留下半个分量足以斥责元和帝的太妃，令元和帝过了一阵逍遥日子。

半个月后，元和帝召中郎将北柴胡回京，又派其他武将前去接任驻守西秦，并册封北柴胡为将军，号护青，伴驾左右。

自本朝开朝以来，元和帝是第一个少年登基却无子出的皇帝，而护青将军北柴胡也是第一个入宫频密，更有甚者会偶尔宿在宫中的将军。

前朝议论，后宫揣测，似乎都入不了这二人的耳。即便刚刚受封岐王的二皇子沉瑜曾多次暗中提醒元和帝，也没有被采纳半句。

就这样，又过了个把月。那一夜，秋风瑟瑟，万物似乎有了提早入冬的迹象，边关却在此时传来战报。元和帝急忙召见众臣商量对策，不料众臣一律举荐护青将军北柴胡前去平定。

翌日，北柴胡受命于皇，奔赴沙场。

众臣总算松了口气，心中都在盘算如何令元和帝尽早垂青后宫众佳丽，更让佳丽们使尽了浑身解数向元和帝献媚，只可惜到头来全以失败告终。

又过几日，元和帝突然起驾前往行宫度假，这一住就是两个月。朝中大小事务都交给了岐王主持。

两个月后，元和帝返京。

不日，前线再次传来捷报，护青将军北柴胡凯旋。

身上的戎装虽然早已清洗过很多次，却仍是沾染了浓重的血腥味。北柴胡回朝不过半日，便接到入宫圣旨一路风尘仆仆而来。

宫中偶遇许久不曾见的帝师无患子，二人便在一小亭中停留片刻，寥寥几句话，却足以道破天机。

无患子问：“敢问将军，是个人私情重要，还是天下重要？”

北柴胡答：“于天下人，自是天下重要；于我，唯有一人。”

无患子沉吟良久，道：“若天下尽归此人掌管呢？将军是否想过这么做的后果？成全你一人，却负了天下？”

北柴胡不言，转身而去，大氅在身后翻飞而起，卷过秋风落叶，肃穆萧瑟，再也找不回昔日少年时身上的半点儿影子。

一如既往，北柴胡踏入空青寝殿，周围数丈之内皆无宫人行走，这似乎已经成为后宫中不可言说的默契。

只是这一次，北柴胡踏入偏殿后，前后绕了一圈也没有见到空青身影，正在疑惑时，却闻到那股熟悉的药香。

走过偏殿，又绕过一殿，北柴胡这才来到一所竹寮前。

小院中丝竹流水，几丛翠竹位于两侧。竹寮的门半开着，越是走近，药香越浓，透过门缝难以窥伺竹室内全貌。虽是白日，那室内却光线昏暗。

北柴胡推门而入，脚下只顿了一下，便走向左边内间，撩起自房脊上悬下的青珠帘，还来不及绕过屏风，就发觉背后蹿出一身影。

北柴胡不闪不躲，任由那带着一身药香的人扑在自己背上。

却听那人骄横地叫道：“哦！你的铠甲！硌着朕了！”

哎，直到现在，北柴胡仍听不习惯那心尖上的人自称是“朕”，甚是古怪。

北柴胡回身去看，大氅已经被拉扯下去，那自称是“朕”的人也一下子偎进他怀中，瞬间令他的心坎软了半截。

披头散发，衣衫不整，唯有这种时候，空青才能以真面目示人，也唯有这种时候，她才能展现出这种要逆天的……风情。

“妖孽。”北柴胡口中嘀咕，手中却圈得更紧，将人拦腰一抱绕过屏风，正有意试一试那新定做的竹榻结不结实。

“微臣还记得那年皇上许诺，将会还给臣一个妻子，敢问皇上，何时兑现？”

巧笑倩兮，美目盼兮，动情之时，只听身下人道：“君无戏言。朕与将军……解战袍，从此君王不早朝。”

同年隆冬，岐王沉瑜数次率领众臣进言元和帝，元和帝皆避而不见。

月余后，岐王沉瑜带领御林军将护青将军府团团包围，威胁元和帝就范，两方僵持不下。

不日，边关再度传来战报，护青将军请命出征，连战数月。

只可惜，凯旋那日，护青将军遭到暗算，身中毒箭，毒气攻心，还没撑过半日便咽了气。

几日后，宫中突发一场天花，元和帝不幸感染，不过半月就驾崩了。

天下不可一日无主，朝廷不可一日无君，岐王沉瑜即日登基，缵承大统，号承和帝。

不出一年，在承和帝的埋头努力下，后宫嫔妃已有三人传来喜脉，朝臣大喜，百姓皆欢，再无人关心那只坐了一年帝位却毫无建树的元和帝，只是茶余饭后闲聊时偶会提起，引为笑谈。

又是一天初春，帝师无患子死于家乡。

有一男一女千里迢迢赶来上香祭拜，为帝师无患子修建了祠堂以及坟冢，并且花下重金请当地的一户人家代为守墓。

据这户人家说，那一男一女来自西秦，或者比西秦更西边的冄族。虽然衣着平平，谈吐之间却流露着贵气，也不知是打哪儿来的天皇贵胄。

这一年，承和元年，空青二十三岁，北柴胡二十九岁。

第十二章　番外——莫珩篇

有人曾预言，西秦四城遭到诅咒，很快就会灭于一位女子之手。听到这预言的人无不嗤之以鼻，认为预言者一定是疯了。

直到那一年，启城城主突然去世，启城灭亡。

据说，从启城出来的只有一位老人和一个妙龄少女，名叫胭红。

数月之后，天启城城主莫珩因缘际会重逢胭红，有意同她结为秦晋之好，遭到拒绝。

没多久，胭红离开了天启城，却巧合地救下重伤难治的云州城城主别云辛。别云辛誓要娶胭红为妻，却又偏偏在喜宴当晚招来了一场大火。

别云辛死于火海，双生胞弟别云州重伤昏迷，而胭红则下落不明。

接着，连一向与人交好的明日城城主师然也不能幸免。

据知情人士透露，胭红离开云州城后便投靠了明日城城主师然，并嫁给了师然。只是婚后不久，师然就被朝廷押上了京城，后来丧身于天牢。

不到一年，天启城城主莫珩也生了一场令群医束手无策的大病，昏迷不醒，病因无人知晓，难以对症下药。而他在昏迷期间嘴里念叨最多的，便是“胭红”。

三城城主皆因胭红而损，只是胭红却自此不知所踪。

1

这几年来，莫珩一直处于这样的状态——忘记前一天自己做过什么，偶尔忘记自己是谁，以及忘记身边人的名字。

天启城城府里下人众多，但是能得到莫珩信任的只有连伯。

莫珩有时候也会反思，自己在失忆之前就是这样地多疑，还是因为失忆而不敢轻信别人。

众人不知，连伯之所以能取信于莫珩，并不是因为他忠心耿耿，而是因为他和那传说中的女子“胭红”来自于同一个地方——启城。

他们都是从启城里走出来的幸存者，也是启城走向毁灭的见证者。

启城、天启城，只差一字，却差之毫厘，谬以千里。

天启城地大物博，资源充沛，兵力富足。而启城只是在天启城、明日城、云州城三城夹缝中勉强生存的一座小城，风光秀美，因此全城都致力于开发旅游业，并不重视农业和军事的发展。

然而就是这样一座小城，却盛产美女，比如那令启城城主弱水三千只取一瓢饮的启城夫人，比如那打破启城城主和夫人爱情神话的第三者合欢，再比如胭红。

前些年，启城刚刚灭亡时，人们茶余饭后闲磕牙的话题，多半都是围绕启城城主、夫人以及合欢之间的三角恋。然而不过几年的光景，人们就开始淡忘这段故事，进而将“胭红”二字挂在嘴边。

因为胭红，明日城城主师然中毒身亡，云州城城主别云辛丧生于火海，而天启城城主莫珩则失去了所有记忆。

有人说，莫珩不是失忆，而是得了失心疯，或是中了情蛊，否则不会一时好一时坏，整日念念不忘连样貌都记不清的胭红。

有人说，天启城治安太平，而城主莫珩只是生活太过安逸了无事可烦，所以唯有惦念着唯一能记住的名字。

还有人说，那只是因为连伯经常提起胭红，作为莫珩空白记忆上的第一点墨，令“胭红”这两个字想不被他记住都难。

而更多的人都在传说，就是因为莫珩在那启城的最后一场秋收宴上伸手指向了胭红，改变了许多人的命运。

比如痴心错付的合欢，自此投向启城城主的怀抱，直接导致了启城夫人的伤心欲绝。

再比如胭红，因念及她和合欢之间的情分，以及可怜夫人的处境，几日后就当面拒绝了莫珩的求婚，留在启城，也因此目睹了启城的灭亡。后来又和连伯一起协力将城主、夫人以及合欢合葬后，才去投靠了莫珩。

只是没想到，这一举动没有将胭红留在天启城，却将连伯永远地留下了。

莫珩问连伯：“她有没有说，为什么要来投靠我？”

连伯说：“说了。她说她只是想来问问你，为何启城有难时，你要袖手旁观。”

莫珩良久不语。

连伯告诉莫珩，启城那时遭逢百年不遇的蝗灾，向另外三城求救，然而三城却紧闭城门哄抬物价，坐等启城的灭亡，终于盼星星盼月亮地盼到这一天。而胭红，一向和启城城主、夫人感情甚笃，心中如何不怨？

连伯还说，胭红此生最大的缺点，就是太执着于因果报应，太过聪明，所以总会被聪明所误。倘若胭红可以活得糊涂一些，秋收宴之后就嫁给莫珩，或是在莫珩第二次对她提出求婚时答应他，那么她以后的人生会顺利很多，最起码不用颠沛流离，四处流荡。

连伯口中的种种迹象都表明，莫珩和胭红是落花有意流水无情，因为一个女人若是拒绝同一个男人两次以后，还能毅然决然地转身离开，这只能说明她心中没有这个人。

只是莫珩不愿死心，最起码不愿因连伯的三言两语就说服自己相信，所以总是锲而不舍地追问连伯。

几日后，莫珩将城府内的大小事务，全都暂交给连伯管理。自己则起身赶赴云州城。

连伯问莫珩为何非要走这一遭。

莫珩道："一个无亲无故无依无靠的人，连最后仅存的记忆也没有了，这个人活在这个世界上还有什么意义？最近我时常这样想，总觉得自己是个无根的人，所以这次去只是想找个活下去的理由。"

连伯又问："要是结果令你很失望呢？要是胭红已经不在了呢？"

莫珩笑笑："有结果总比没结果好，就算结果不能尽如人意，也好过现在这样当个活死人。"

活要活得明白，死也要死得其所，也许正如连伯所说，他们都是注定被聪明所误的人。

有一段时间，云姿脑海中总会浮现出这句话："多情反被无情扰。"

她不是个多情的人，此生唯有一次动心，最多可称之为专情。

她想，她只是个庸人，所以喜欢自扰。

云姿的娘出身富户，与邻家的哥哥两小无猜，青梅竹马，成年后便顺理成章地走到一起。后来生有一女，便是云姿。

只是好景不长，云姿的娘几次三番撞见丈夫与不知名的女人苟合，却因为生性懦弱而敢怒不敢言。娘家也在这时经商失败，家道中落，云姿的娘在夫家更加地位不保，眼瞅着就要被夫家扫地出门，无计可施之下，只好求救曾经追求过自己的表哥。

表哥对云姿的娘旧情难忘，自然痛快地伸出援手。所以说，一个女人的背后总会有一个男人在苦等。

云姿的娘带着云姿改嫁给表哥后，日子过得尚可。她们娘儿俩很满足，哪知表哥却不满足。

表哥认为，身为男人要做一番大事业，励精图治，光耀门楣。所以表哥很快就对云姿的娘表示，他要北上发财。

云姿的娘很担忧，这种担忧是有一定根据的。她爹当初就是北上发展才发展出第二春，就算曾对她娘海誓山盟矢志不渝，最终也没能遵守，可见誓言都是用来被打破才立的。

于是，云姿的娘将这份担忧告诉表哥。表哥表示让她相信自己，倘若不能，便枉费了他们相知一场。

这话一落下，云姿的娘就知道大势已去。

果然，一年后，表哥带着二房归家，二房还带着个大肚子。

听开过天眼的道士说，那是个男胎。

只是这胎没有保住，据说是因为年纪幼小的云姿贪玩惊着了二夫人，二夫人饱受惊吓后喝了安胎茶，也未能奏效，胎儿急流勇退地离开了母体。

当家的自然要将这个罪责推给云姿。就算当家的不推，二夫人也会推。因为若是怪罪老天爷不开眼，也不好向老天爷问罪，所以只好找一个就近的顺手的好折磨的对象下手。

况且云姿还不是当家的的亲骨肉，自然不必姑息。

只是当家的前去问罪时，云姿母女那边早已人去楼空。

世人都说寡妇无情，却不知寡妇多半是被逼无情。情商都熬干了，还拿什么和你谈情。

云姿的娘很快就找到了另一个人，这个人可谓是她的终结者。

终结者不帅，不高，不厚道，没钱，不是好人——原是乞丐，后来落草为寇。

云姿的娘带着云姿上了山，当了终结者的压寨夫人，所以为了保全云姿长大以后不受土匪们觊觎，还特意拉拢了终结者的小儿子，让两人结了娃娃亲。

年仅十岁的云姿不肯，对她娘说："女儿只喜欢顶天立地的大英雄，那个人不可以打家劫舍。"

云姿的娘笑笑说："咱们连自己都养活不起，不打家劫舍还劫富济贫不成？你记着，劫富济贫的大英雄，都是钱多得没处扔的那些人，一分钱逼死英雄汉，你见过有哪个英雄去和人抢烧饼的？"

云姿不语。

后来，云姿的娘没能活过三十岁就香消玉殒了，留下年仅十二岁的云姿。

云姿不想在山寨上继续待下去，主要是因为小寨主再强大也总归只管一个山头，而云姿的野心是十座山头也装不下的。

云姿偷偷摸摸地潜下山，在附近的村落里躲了三个月，终于摆脱掉土匪们的追查。

这么多土匪也没能找到她，除了是因为云姿躲得巧妙，还因为土匪们下山以后饱餐秀色，多带了十几个姑娘回了山。

那时候，明日城城主师然，正带着年仅三岁却身中剧毒的儿子师云，赶回明日城。

究竟为什么师云会在外中毒、又中了什么毒、被何人下毒，谁也说不清。旁人只知道当时的师云浑身紫黑，若不是师然一直用解毒草为他续命，恐怕早就去了奈何桥赏花弄月了。

而就在师云危在旦夕之时，他们遇到了云姿。云姿带着父子俩去求救村里的一位善于用毒的隐士。

隐士很快治好了师云，师然欲感谢隐士。

隐士表示，他不需要被感谢，只希望云姿可以有个安身立命的去处。

可见，好心是有好报的，云姿的好心换来了她那之后三年的好生活。

云姿入了明日城城府，负责伺候师然、师云父子的日常起居。偌大的城府里，她平日接触最多的只有这两个男人。在情窦初开的岁月里，她也只有爱上师然这一个选择。因为他拥有一座城，能装得下连十几个山头都装不下的云姿。

后来，云姿成了明日城最得宠的侍女，还留下了一句至理名言，大意是说：“要让一个男人喜欢你，首先要喜欢他喜欢的一切并且变成那样的人。等他喜欢上你后再慢慢改变他，让他一辈子都能以你的喜好为喜好。”

2

只是三年一过，云姿在明日城里的逍遥日子就一去不复返了。

后来她偶尔想起自己的至理名言，都不免自嘲，因为她只做到了前者，却难以成为后者。

逃离明日城之后，云姿沦落为明日城的头号追杀目标。虽然明日城城府下达的追杀令里并没有提及原因，但是大家仍可以将这件事，和明日城城主师然和夫人顾阑珊的离奇死亡联系到一起。

总之，云姿就是明日城的叛徒，叛徒本该受到制裁。

只是不知道是云姿命大还是时辰未到，一批批的杀手蜂拥而出，死的死伤的伤，纷纷栽在手无缚鸡之力却使得一手好毒的云姿手中。而云姿的用毒能力，也因此成为江湖人啧啧称奇的一段传奇故事，一传十十传百很快就将此渲染成了绝世不传的功夫，恨不得到了只要你远远地望见她一眼都会在顷刻间被毒瞎了双眼的化境。

就在这一天，连云姿自己也忘记了是第几次遭到伏击时，从她身后快速冲出五六个杀手将她团团围住，却没有一个敢贸然上前。

数日来，江湖上已经再无杀手敢接下追杀云姿的任务，然而明日城又接连加码了三次悬赏金，又引来了一批怀着侥幸心理不怕死之辈。于是，就在前两天，这几个杀手聚到一起，商议了分工料理云姿的计划，又都服用了解毒丹，这才互相打气地一股脑涌来。

传说中的云姿到底如何了得，在场几人都很好奇。

云姿此时袖中的毒丸才滑入手掌中，蓄势待发。她武功虽不济，却有不错的轻功以及眼力，此时心中正在计量是否要先发制人。

右边的杀手劈刀砍来，云姿侧身一闪，手中药丸飞射而出，另一手也顺势抽掉头上的一枚发簪。簪子尖涂了剧毒，正刺中迎面冲上前的杀手手臂。

三两下后，已有两名杀手中毒倒地，余下四人皆不敢妄动。

云姿正准备拿出腰间药粉，不防却扑了空，眼神一扫发现药粉正掉在前方三步远的地方，距离虽近却难以取回。

那四名杀手一见云姿面上浮现忧色，心中窃喜，立刻不约而同地一起攻来。

却听“咣当”几声，四人兵器便哗哗落地，快得连对方动作都没看清，只觉得手腕发抖，手筋发麻。

云姿傻愣地站在原地，只是直直瞪着那从天而降动作快如闪电的紫衣人。只见紫衣衣摆随风而起，复又垂落，罩住了那双缀着金线的黑色长靴。

四名杀手被突如其来的程咬金打乱了阵脚，从地上爬起来后面面相觑，又见手中再无兵器，士气大减。

其中一杀手问来者何人。

云姿耳朵嗡嗡，隐约间只能听到那道似远又近的声音说道：“在下，明日城莫珩。”

那是云姿此生听过最好听的声音，也是云姿此生见过最令她留恋的背影。

她想，她始终只是一个庸人。

这一晚，云姿和莫珩就露宿在云州城郊外的树林里。

莫珩没想到会和云姿单独相处这么久，起初他只是路见不平，打算拔刀相助完就继续赶赴云州城。

直到那几个杀手撒腿而逃后，立于身后的云姿轻声问他：“你真的失忆了吗？”

莫珩回过头去，正迎上刺目的日头，看不清云姿的模样。

微风吹拂起她身上的白色锦衣，将她完美地藏匿于霞光之中，唯有那道声音微微抖动：“那……你是不是也不记得我了？”

正是这句话，留住了莫珩。

在这世界上，莫珩忘记的人有许多，认识他的人也有许多，只是身居高位无亲无故，所以能巨细无遗地说出他身上许多不为人知的事的人，是少之又少。

像这样一个男人，弱点不在旁人，而在他心里。一旦失忆，寻找记忆的道路只会更艰辛。

若是胭红还在，也许一切都会简单许多，因为连伯说，胭红是这个世上最后一个了解莫珩的女人。

只可惜这样一个对他知之甚详的女人，却下落不明。

直到云姿的出现，直到她一点一滴将莫珩的过去种种娓娓道来，令他心中残存的最后一点怀疑也荡然无存。

云姿令莫珩相信，她是仅次于胭红最了解他的女人。

比如云姿说，他左手掌心的掌纹只有一条横亘于正中间，将整只手掌一分为二，便是人们常说的断掌。

有这样掌纹的人，通常是命硬刑克并且注定不能平凡一生的。少数几个知道此事的人，都不免认为，他之所以无父无母无亲无友，便是因为这道掌纹。

云姿能道出此事，莫珩只是微讶，毕竟她不是唯一的知情者，也许是旁人透露给她的也说不定。

然而云姿缓缓别开脸时，又道："在你背后尾骨之上，有一红痣，呈玫红色。"

莫珩原本已经转向另一边的脚，蓦然顿住，一手竟忍不住想伸到背后去摸那颗痣的位置。

别说旁人不可能知道，就是莫珩自己，也是在前阵子沐浴更衣时偶然摸到此痣。当时他不以为意，并没有拿铜镜去照，所以不知道那颗痣呈玫红色。

可是这个素未谋面的云姿，竟然一语道破。

莫珩震惊地望住云姿，这才看清她的样貌。眉眼浓丽，眼中藏着几分羞赧，以及几分与她年纪极为不符的沧桑。鬓角青丝散乱，额头隐有薄汗，鼻下那张颜色浅淡的唇轻轻抿着，显得不逊与紧张。

莫珩眸色渐深，轻声问道："你再说一次？"

云姿颊边漾出梨涡，道："城主对云姿有恩，多年来又细心栽培，云姿自是心甘情愿为城主奔波，誓死效忠。"

3

莫珩对云姿的每一字每一句都尽信不疑，这很奇怪，也很反常。

因为自他醒来，他对任何事都是半信半疑的，只有连伯例外。

现在，又多了一个云姿。

莫珩问云姿可认得胭红。

云姿说：“那个女人是个贼，她偷了很多东西，然后就消失不见了。”

莫珩问她都偷了什么。

云姿道：“先是你的记忆，再来是云州城双胞城主的心，他们为了她一死一伤。后来她逃去了明日城，明日城城主师然也因她而殁。”

莫珩深深地望了云姿一眼：“难怪你之前说，若要找到胭红，就必须去明日城。原来那里才是她最后出现的地方。”

云姿道：“不，我那样说是因为咱们要先去寻回你的记忆，这比找到胭红更重要。普天之下，唯有一个人做得到这一点。”

莫珩微微蹙眉：“你知道我因何失忆？”

云姿道：“那是自然，几年前你曾派我潜伏于明日城，对于那里的一切我都很熟悉。你中的正是明日城世代相传的毒，对人身体无害，却可以洗刷掉人所有过往的记忆。”

树影被风吹得缭乱，树叶沙沙作响。莫珩独坐在大树下，闭目思索，试图从眼前匆匆掠过的景象中寻找些许蛛丝马迹。

坐在莫珩对面的云姿，和他相隔一堆篝火，火光跳跃，迷乱了她的眼。

云姿还记得，那年夏夜，她逃离山寨，就如同寨主儿子所说的一样，她的心大得可以装下十个山头，所以离开这座小寨子就成了必然会发生的事。

寨主的儿子在山脚将她拦下，却没有将她带回山寨，反而亲手将一个包袱递到她手里。

他说：“我知道自己留不住你，也没本事留住你。希望你离开这里以后，可以过得比在寨子里要好。”

云姿有些惊讶，却没有留恋，只是愧疚道：“对不起。”

“你没有对不起我，你只是……不再是当初刚来寨子里的那个女孩了。”

他的意思是，云姿变了，彻彻底底地变了，而改变她的就是野心。可是云姿却不这样想，她认为自己从未变过，只是不屑于再掩藏下去。

如此貌合神离的两个人，终于在这知了鸣声不绝的夏夜，分道扬镳。

后来，云姿在那隐士所在的小村落里隐匿三个月，直到遇见师然父子。之后的三年便致力于夺取师然的心为目标，却因计划败落在亲眼见到师然迎娶顾阑珊的那一刻，终于精神崩溃。

云姿不仅亲手害死了顾阑珊，连心上人师然也不愿放过，成全了这对亡命鸳鸯。

而明日城也即刻下达了追杀令，云姿自此亡命天涯。

以上，只是传说中的版本。

而在真正的版本中，却多了一个至关重要的人物。这个人，就是现在坐在云姿对面，对往事的一切都表现得分外无辜的莫珩。

云姿望着他，眼角酸涩，心想，若不是当年她不愿跟寨主的儿子回到山上，那么也就不会在山脚遇到几个流氓。如果不是那几个流氓十分难缠，那么她也不会错手杀死其中一个，被路过那里本不想多管闲事的莫珩撞见。

那么，那么……她的人生也就不会颠覆至此。

云姿清晰地记得，当莫珩将手递给跌坐在血泊中的她时，说过这样一句话：“你是我见过的最会杀人的姑娘。”

莫珩的眼中充满了惊喜与欣赏。那一刹那，云姿的胸口跳得很快，比刚刚杀人时跳得更快。

后来，云姿被莫珩带到那个不知名的村落里。村里有一群隐士避居，每个人都身怀独门绝技。这座村落是莫珩出资建造的。但凡是想隐退的江湖人，只要去求见莫珩，就会得到这般妥善的安置。从另一个角度来说，莫珩这也是在为自己的野心铺设前路，不费吹灰之力地笼络到一批人才。

莫珩让她在这些隐士中挑选一个作为老师，直到第一个任务出现。

云姿毫不犹豫地挑选了毒隐士。

莫珩问她为什么。她说："刀剑我不想用，我讨厌血腥。"

莫珩道："就算讨厌，也要学一些基本的功夫，比如轻功，比如暗器，最起码可以帮你逃命。"

云姿用了一个月的时间学习莫珩所说的基本功。她学得很快，并且不止一次地自问，为何要听从莫珩的安排？虽然他救了她，但她仍可以选择独自上路，自此自生自灭地生活。为什么偏偏要留在这里呢？

这个问题，终于在一个月后莫珩再度来到村落里验收成果时，云姿找到了解答。

她想，她是爱上了莫珩。

在这世上，能令一个女人心甘情愿地为一个男人效命，唯有爱情。但若要细究云姿为何会爱上莫珩，只能说，莫珩是云姿见过的唯一一个没有用轻蔑或可怜的眼神望过她的男人。在他眼中充满了欣赏，而且他有一座城，以及十座城也装不下的勃勃野心。

4

接近师然，对云姿来说并不困难。她只要像在山寨上一样，戴上面具，不做自己，便可以轻而易举地取信所有人。因为自懂事以来，她大多时候都是在做别人，唯有面对莫珩，才会见到陌生而又真实的自己。

从这个角度上来说，云姿爱上莫珩，也等于爱上了自己的真实。

云姿留在明日城城府三年。第三年师然迎娶了他从云州城带回的女人顾阑珊。云姿费尽心机调查顾阑珊的真实身份，也费尽了心机令所有人都相信，她为了和顾阑珊抢夺师然是不惜一切代价的。

就在这个时候，莫珩下达了新的指示，尽管那会将云姿推向风口浪尖。

云姿不悔，她冒着暴露自己的危险，从明日城的内部将其瓦解腐化只为尽快完成任务，返回莫珩身边。

然而，当师然和顾阑珊先后命丧黄泉后，云姿却失去了莫珩的消息。

——她成了弃子。

“你说，是我派你去明日城接近师然的？那为什么事后我没有接你回来？”莫珩的声音打断了云姿的回忆。

云姿扯出一个笑容：“因为那时候你正好麻烦缠身，自顾不暇。也是因为这样，明日城才会为了报复对你施以毒手，令你记忆全无。”

莫珩蹙起眉：“这样说来，失忆前的我并不是一个好人。”

云姿有些哑口无言，望着莫珩好一会儿说不出话，良久才道：“好人……你怎么会这样想？”

紧接着又急忙改口道：“哦不不，我不是那个意思。我的意思是说……到底是要做一个好人，还是要做一个坏人。其实这世上的人并非如此简单。很多人生来就不是好人，却一直在做善事。还有些人生来就面恶心善，总被人当作坏人而不得不做一些恶事。所以，你并不用计较这个，你只需要知道，在天启城城民们的心里，你是城主；在你的朋友心里，你是个值得信任的人；在……”

云姿本想说：“在我心里，你是独一无二的。”

然而，却被莫珩打断：“朋友？你是说师然吗？他不是已经被我害死了吗？呵呵……我想在他心里，我只是一个会随时出卖朋友信任的人。”

云姿无言。

第二天，云姿和莫珩起身前往明日城的城郊。这条路，云姿独自一人时走过很多次，手里会藏一把飞刀。刀剑未必每次都能沾血，却次次染着剧毒，泛着幽蓝色的光影。

莫珩问云姿：“你用飞刀的功夫是跟谁学的？”

云姿目不斜视地盯着前方：“你不记得了吗？是你给我介绍的师父。”

“哦。”莫珩皱着眉费力地分辨脑中一闪而过的画面，“我还以为是我教你的。”

云姿不动声色道：“怎么会，你是堂堂一城城主。”

“也是。我想我应该不会教你把毒涂在刀尖上。”

云姿不语，嘴角苦涩地抿起。

为何一个人失忆了连性情也会大变？

为何现在走在身边的这个男人，可以干净得像是一张白纸？

那失忆的药，真有净化心灵的作用吗？

莫珩站住脚，看向身侧的云姿：“你说我的失忆是因为明日城的一种毒药？那到底是什么药？”

“师家祖先研制的药，世代相传，据说吃了以后会令人忘记所有‘痛苦’。因为师家祖先认为，人最大的痛苦就是记忆。所以要令一个人快乐，就要从根本上抹杀他痛苦的根源。”

也许，师家祖先认为这世界上最快乐的人，大概就是记忆全无的小婴儿吧。因为只有婴儿的记忆是洁白无瑕的，还未沾染过尘世间所有的悲苦，那么也就无所谓痛苦了。

莫珩喃喃道：“是吗，可是为什么我还是不快乐，只想追寻自己的过往？”

云姿接不上话，她没有尝过这种感觉，难以身临其境地去品评，只有心里仿佛被针一下一下戳中般地刺痛着。

失忆，就是失去所有的记忆，那么这个记忆里也一定包括她了。

临近晌午，各怀心事的两人辗转来到城郊的竹寮前，却没有人上前一步去叫门。

云姿在犹豫什么，莫珩不清楚，他只是问道：“如果恢复了记忆，我又变回原来的那个我，那到底是好事还是坏事？”

不等云姿回答，莫珩又道：“也许师家人给我下了这种毒，也是为我好吧？”

云姿冷笑道：“不问一句就随便拿走别人的记忆，还要打着是为那人解除‘痛苦’的旗号，这不是为你好，是伪善。”

莫珩张了张嘴正要说话，却听“吱呀”一声，竹寮的门被人从里面打开。

立于门里那人线条冷硬得如同蜡像，除了身上随风微摆的靛蓝色长袍外，整个人的气质仿佛不属于人世一般，不带半点儿生气。

那双波澜不兴的眸子，缓缓扫过莫珩，最终落在云姿身上：“是你。”

云姿上前一步，正要道明来意，那人已经转身返回屋里，留下空敞的院门。

莫珩知道，这个人就是云姿所说这世上唯一一个可以解除师家祖传毒药的男人，也就是受命于明日城的幻术师——三分三。

“三分三”这种药，据说使用剂量不可超过三分三厘，否则就会中毒。而中毒者会发生口干舌燥、面颊潮红、心跳加快、瞳孔散大、昏迷等中毒症状，严重者可致死亡。

没想到，会有人以它为名。

这就是云姿第一次见到三分三时，对他最初的印象。

他是毒隐士唯一的儿子以及传人。在云姿追随毒隐士学艺那三个月里，二人日日相见，却话不投机，往往总是擦身而过而不会望彼此一眼。

对三分三来说，他是毒隐士的唯一传人，终有一天会名扬天下，自然不需要和一个只在此学艺数日的小姑娘寒暄太多。而对云姿来说，她只需要在最短的时间里学到最多的东西，以期为莫珩多分忧一些，便是好的。

直到那日，毒隐士接到莫珩的指示，对路经此处的师然父子下毒手，这才制造了云姿接近师然父子并施以援手的机会。

云姿将师然父子带到毒隐士面前，很快将师云救了过来。

师然感激万分，欲报答毒隐士。

毒隐士道："我将不久于人世，这个小姑娘我放心不下，请你带走，代为照顾。"

就这样，云姿成功地潜伏于师然身边。

而毒隐士，也被自己的话一语中的，没过多久就撒手人寰。

三分三没有像毒隐士一样投靠莫珩门下，而是收拾行囊起身前往明日城。毒隐士的师兄在那里身居幻术师一职，生平只与毒隐士交好，对他的儿子也不会怠慢。

三分三本想见过师伯之后就去闯荡天下，然而师伯却说他是可以继承幻术的不世人才，这才将三分三留在身边。

就这样，三分三住在明日城城郊的小竹寮里，每日温习用毒技能以及学习幻术，日子过得不快不慢，很是自得其乐。此时的他，是想不到会在这里和云姿重逢的，然而就是这种想不到，才使得日后的一切变故都超出了轨迹。

在明日城的日子，三分三见到云姿的次数远远超过从前。从只是投过去一眼，到定定地望住云姿一会儿，再到说上第一句话，又到两人可以聊上一刻钟的时间，直到最后云姿偶尔的劝慰，将三分三从丧父之痛中带了出来。

没人想得到毒隐士的死对三分三的影响这样大，也不知是三分三掩饰得太好，还是众人都太高估毒门的男人。

江湖传说，毒门男人无喜无悲，无情无恨，娶进门的女人大多死于试毒的过程。而毒门的男人却不会为其流下一滴眼泪，哪怕是牵动面上的神经也不曾有过。

毒门的男人当真如此绝情吗？

旁人不解，云姿却知道，那是因为他们自小食毒，面目神经早已僵化，不会哭不会笑，即便心中掀起滔天巨浪，外人也不能从表面窥伺一二。

所以，当云姿戳穿三分三对毒隐士的不舍时，可以想见这种洞悉一切的本事对三分三有多么大的震撼力。

也就是这种震撼力，令三分三在云姿不知何故受到明日城追杀时，毫不犹豫地伸出援手，将她救下。

因为此举，明日城大小姐师欣颜当着众人的面，打了三分三一巴掌。

师欣颜十分肯定云姿就藏在竹寮中，却始终找寻不到，气急之下转而羞辱眼高于顶的三分三。

却不想，三分三不只眼高于顶，还是块硬骨头。

直到众人退散后，三分三才将藏在竹寮密室中的云姿带出，声音平缓道："如果有朝一日你再回来有求于我，我会连这次的利息一起讨回来。"

云姿颔首，知道毒门男人从不念恩也不念情。毒隐士照顾自己三个月是因为莫珩的指示。三分三救下自己一命，也是因为她曾在他最痛苦的时候说了几句宽慰的话，如此简单。

云姿道：“你放心，我也希望自己不会再回到这里。因为只要不回来，那就说明我一切都好，不需要你的帮忙。毕竟，能找你帮忙的事，一定不是小事，不是好事。”

云姿离开了竹寮，一路逃往明日城外。即便路上多次遭到明日城派出的杀手伏击，她都没有生出过任何返回竹寮避世的念头。

她知道，若是三分三想藏一个人，哪怕是师欣颜把他杀了，哪怕是放把大火将这里烧了，那个人也会平安无事。但她更加清楚，能让三分三救下一命的代价，必是不便宜的，非金钱可买，非人命可偿。

所以自那天后，三分三再未见过云姿，直到这日清晨，他坐在屋里续写毒经时，听到院外细微动静，仿佛闻见那道熟悉的毒香，当即放下书册，起身去看。

果然在门前见到阔别已久的她，只是……身边多了一个男人。

三分三想，云姿一定不知道她身上有一种独特的气味，是用三种毒草和三种毒花配制而成的香料。当日云姿躲到竹寮时，由他亲手下在饭菜里。一经服过，终身气味不退，只有熟悉用毒且生来气味敏锐的人才闻得到。

不过，连三分三自己也说不清，为什么要下此毒香，或许只是一时手欠。

5

莫珩和云姿进屋之后，不等云姿为二人引见，闲坐在一边的三分三已经替二人道明来意：“莫城主，是来找回失去的记忆的？”

莫珩颔首：“云姿说，你是这世上唯一可帮助我的人。”

帮助？

三分三看向云姿，后者却神色木然，仿佛发生在这个屋里的任何事都与她无关。

三分三微扯嘴角："既然是云姿说的，那么明天便开始吧。"

莫珩神情一顿，问道："没有条件？"

三分三不答反问："请问莫城主能给在下什么条件？"

莫珩愣然。三分三需要什么呢？他对他一无所知。

三分三垂下眼，也不多为难："条件的事，在下自会和云姿谈，莫城主不必挂怀。明日午时，后厢药室里见。"说罢，便起身入了内堂。

留下神色微有疑惑的莫珩，以及自始至终都表现得置身事外的云姿。

莫珩知道，云姿和三分三之间必然是有什么他不知道的协议，或者不为任何人所知。只是，这又和他有什么关系呢？他的目的只是找回记忆，找回记忆中的那个女人，却不会和这里的人有任何关系，即便是云姿也一样。

也许，在某种程度上来说，他依旧是失忆前的那个莫珩，感情之于他只是负累，也是随时可以出售的。

只要到了明天，他就可以找回自我。

后来，直到许多事情已经走到无力挽回时，莫珩回想起今日的一切，才越发后悔没能阻止云姿，哪怕是只言片语的关心问候也没有。

所有变故，从云姿踏入三分三的房门那一刻开始，变得一发不可收拾。

三分三静坐在屋里，房门没锁，子时方过只听几声敲门声，他也没有应声，任由门外那个女人推门而入。

云姿关上门，站到桌前，眼中一片漠然，就如同此时正望着她的三分三一样。从这个角度来讲，他们都是生性冷漠自私的人，所以各啬于对人假以辞色，哪怕是微微一笑都觉得奢侈。

三分三道："我说过，若有朝一日你有求于我，我会连上次的利息一起讨回来。"

云姿自然记得："你放心，我也希望自己不会再回到这里。因为只要不回来，那就说明我一切都好，不需要你的帮忙。"

她若一切都好，自是不用回来。

所以，莫珩便是她的"不好"吗?

三分三望着云姿双眸的眼神，缓而慢地向下移动，越过瘦削的鼻尖、干涩的嘴唇、洁白的颈子，最终停留在衣襟相合的领口。

他的声音轻轻的，仿佛不存在这个人世般的冰冷："如果你不能熬过这个晚上，我也不会治好他。"

世界上再没有比这更公平的交易了。

随着衣服一件件坠于地面，随着烛火被三分三吹熄，随着那用了十几年的床榻吱吱呀呀地作响，随着门外寒风一下下地撞在门扉上，自始至终紧闭双眼的云姿都没有吭过一声。

她只是咬紧牙关默默忍受，就像忍受母亲去世，忍受山寨上孤独的日子，忍受在隐士村里的训练，忍受被莫珩遗弃在明日城等种种遭遇一样。

她知道，只要忍过今晚，明天一切都会变得不一样。

云姿曾不止一次地见到竖着走进三分三房间却横着被抬出去的女人。她们有些是自愿上门的，有的是来做生意的，也有的是为救自己一命的。

三分三的样貌放在人群中很是出类拔萃，偶尔走出竹寮总会招惹一些慕名而来的女人。她们着迷于他的不苟言笑，甚至满怀期望可以融化这座冰山，却并不知道他的无喜无怒并非性格使然。

自小服用毒草的毒门男人，总会时不时被体内的剧毒反噬。那种痛苦据说生不如死，只是看在外人眼里，他们的神情依然纹丝不动。

面部肌肉早因毒草而麻痹，失去了表现痛苦或欢乐的本能。

剧毒反噬的威力难以估量，每每此时三分三总会找上一两个女人彻夜欢好，以减轻痛苦。翌日再由竹寮中负责清扫后院的下人将已面色青黑、通体发紫的女人尸体抬走。

这些，是抱着征服男人的念头冒死扑火的傻瓜。

还有些女人，明知道三分三全身剧毒，却依然登门造访。她们大多受到仇家毒害，早已命不久矣，便本着命悬一线之际也要搏一搏的想法，希望可以借此以毒攻毒。

只是，在云姿的记忆中，最终能从毒门男人身下苟延残喘捡回一条命的，只有一人。

那就是三分三的母亲。

据说，三分三的母亲就是这样结识了毒隐士。

她自愿留在毒隐士的身边，为其生儿育女，更是自愿甘心地吞下递到她嘴边的每一颗毒药。

毒隐士保她平安，亲手料理了她的每一个仇家，令她再无后顾之忧。而她，连续数年为他以身试药，直到终于不堪负荷而咽气。

那时候的三分三，不过四五岁大。

云姿并不知道，毒隐士在弥留之际曾对面无表情立在床头的三分三说过，若这世上有哪个女人可以为毒门男人延续后代，那个女人就必然是云姿。因她体质特殊，也因她对毒性知之甚详，是生来适合嫁进毒门的女人。

三分三乍听此言不以为然，直到多年后的今天，当云姿带着莫珩出现在竹寮外，这段深埋在记忆深处的对话才破茧而出，盘桓在脑海中久久不散。

毒门的男人一出生就已身怀剧毒，除非每日照三餐般服食毒药压制，否则根本没有存活的可能。三分三想，也许这就是因为他们作恶太多而不得不世世代代遭受的诅咒。也许这就是为什么毒隐士临终前一定要将他托付给幻术师的原因吧？

毒隐士希望到了三分三这一代，可以摆脱命运的捉弄。

而三分三却只是希望，云姿可以熬过这晚的折磨。

毒药反噬的痛苦他比任何人都清楚，也曾见过身下的女人因耐不住痛苦而咬舌自尽，连流出的汗水也掺杂着血水。

房事之于他，等于一次又一次的屠杀，甚少感到过欢愉。

只希望，云姿可以例外。

闷热的床帐之内，男人身上发出难以形容的香气。

云姿闭着眼，思绪早已远去，脑中余下的零碎画面充满了裂痕。

那是她第一次见到莫珩自小成长的地方——天启城城府。那日深夜，她心中羞赧却偏要扬起眉梢故作风情地偎进莫珩怀中。当灼热的呼吸轻拂过她的面颊时，她着迷地望着挂在他嘴角的笑容，心中恍然这或许就是一生中最幸福的时刻。

这世上的大多数痛都是云姿厌恶的，但是唯有初夜之痛被她视若珍宝，更何况还是献给自己爱的男人。

云姿不知道和自己不爱的男人共度春宵，算不算是一种痛。她只知道当她的知觉从九霄云外飞回时，触目所及三分三痛苦而扭曲的脸，她是麻木的。

她此刻唯一的希望，便是见到第二天的太阳。

云姿没有辜负自己和三分三的期望，果然见到了第二天的太阳。但是不管是谁的期望都不重要，从今天开始一切都会变得不一样。

当云姿走出三分三的房间时才松了一口气，抬头看了看日头，有一种重获新生的感觉。

三分三站在屋内，他们之间相隔了一个门槛，却如同身处两个世界。

“你满足了我的要求，我也会满足你的。你让他准备一下，午时过后就可以开始为他施行幻术。”

云姿没有回头，她本想问三分三，为何提出这样的交换条件，然而话到嘴边又咽了回去。三分三就是三分三，三分三提出的条件唯有三分三才懂，她只需要选择同意或不同意，无所谓知道原因。

于她来说，他们只是做了一场交易，连朋友都算不上。

在启城陨灭前的那个春日，启城城府内的合欢花开得极美，凡是见过那一幕的人都终生难忘。

花园尽头云烟袅袅，穿着白衣纱裙的城府侍女款款而来，在花园深处那两个男子面前站住了脚步。

那个身穿蓝袍的是明日城城主师然，另一个身穿紫衣的正是莫珩。

师然背对着侍女，从头至尾没有回过头。莫珩则对她浅浅而笑，直到侍女行过了礼无声地越过二人。

此时此刻，谁也料不到这个侍女竟会在不久之后名动三城。

胭红，一个香味浓郁的名字，却配在一个半点儿脂粉不施的侍女身上。这就是莫珩对她最初的印象，虽然清清淡淡，却仍是留了痕迹。

在后来的秋收宴上，启城夫人有意将贴身侍女合欢赠予莫珩，只是话才说了一半，莫珩已站起身，笑意融融地将话接了过去："夫人指的可是身后那位白衣姑娘？在下那日在花园见到这位姑娘，便想问其芳名，又怕唐突佳人而作罢，事后真是万分后悔，想不到夫人今日突然提起……"

接下来一切都发生得太快，夫人身后的侍女合欢霍然晕倒，扰乱了场面。

而胭红，则神色仓皇地将她牢牢拥在怀里，眼里全然装不进莫珩。

据说，合欢醒来以后去找过莫珩，却无缘错过。合欢只是和莫珩的下人说了些让人听不懂的话，便失魂落魄地离去了。

再后来，合欢摇身一变成为启城城主的侧夫人，打破了启城城主和夫人鹣鲽情深至死不渝的爱情神话，而合欢也因此一跃成名，红遍三城。

然而，就在众人津津乐道于启城城主的三角爱情时，启城却发生了一场百年不遇的蝗灾。灾情严重，可一向生活过于安乐的启城高官们却拿不出急救措施。

面对来势汹汹的蝗虫，就连启城活得最久的老人也说："这一定是上天要亡启城。"

老人的话最终成为现实，前后不过数日。

启城城主偕同两位夫人先后赴死，与启城共存亡，而与侧夫人合欢情同姐妹的胭红，以及城府的老管家连伯是仅存的生还者。

胭红问连伯，启城为何会被一场蝗灾所灭。

连伯告诉胭红，启城的灭亡是三分天灾，七分人为。

胭红大惊，继续追问，连伯才道，当启城的田地被洗劫一空，城主一夜急白了头后，临近启城的三座城明日城、天启城和云州城非但没有及时援救，反而还哄抬物价，并紧闭物资运输，彻底断了启城借粮的后路。

启城内外，尸横遍野，启城城主心病成疾，很快死于这场饥荒里。膝下无子的城主一去，群龙无首，朝臣和百姓死的死，逃的逃，启城很快就成了空城。

胭红不懂，为何一个无论是经济还是军事都不足以和三城抗衡的启城，会在一夜之间成为众矢之的，有幸成为三城一致对外的箭靶子。

连伯说，那是因为启城占据了另三城之间最中心也是最有利的兵家要地，三城之中谁能拿下启城这块地，谁就拥有了军事话语权。而启城这样一个只有旅游业发达的小城，之所以可以在这夹缝中生存世代，只是因为另三城互相制衡的缘故。三城之中有谁敢轻举妄动，另两座城必然干预。

可如今，三城却首次达成了共识，启城的灭亡便属必然。

胭红和连伯走出了死人堆，离开了启城，一路步行到相隔最近的天启城，去找天启城城主莫珩。

连伯问胭红，为何要找莫珩。

胭红木然道："哦，没什么，就是想问问莫城主为什么不救启城吧。"

见到莫珩不过七日，莫珩就盘下了天启城的一座酒楼送给厨艺精湛的胭红，并且将暂住在酒楼里的连伯接进城府和胭红团聚。

可以说，莫珩已经从经济和人际上将一个女人垄断了。

而任何正常的女人，都会选择接受这种垄断，将天启城城府视为安身立命之所。

只可惜，胭红从不是个正常的女人，否则也走不出那座死城。

一个从死人堆里走出来的人，是可怕的。她的可怕就在于什么都不怕。而这个可怕的女人，很快就在一城之主莫珩深情告白时将其拒绝。

"城主，您是想胭红帮你寻摸个合心意的夫人吗？胭红见过的女子不少，能善解人意辅佐城主的却不多，思来想去，只有合欢，可她……已经死在了启城，她说她是为了启城而亡的，是陪葬，是追随，我身为她的妹妹却不能鼓起同样的勇气，所以至今不能释怀。"

合欢成了莫珩和胭红之间永远的心结。

如果这是个童话故事，合欢本该已经成为莫珩的妾侍，那么她便不用死在启城，就在她刚刚成为启城城主侧夫人不过百日花样年华的时候。

这一点，就跟天要亡启城一样，是逃不开的宿命。

莫珩不是个甘于认命的人，所以他试图做最后的争取。他抓着胭红的手，希望能再博得她一丝心动。

不想胭红却执着地问他：“城主当初为何要拒绝合欢？这也是合欢想问的，这件事改变了她的一生。”

莫珩无奈，只得道：“胭红，你真是个较真的姑娘……你们夫人说合欢喜欢我很多年，我却感受不到，我甚至记不得谁是合欢。但那日在启城城府的花园里，我却闻到经过我身边那个小姑娘身上的淡淡糯米香，后来中午吃的糯米糍和你身上的气味一样，我想那一定是你做的。而你说的合欢，我只记得在秋收宴上她身上的香味最突出，只是太浓郁了，并不适合我。”

胭红皱起眉道：“我并不是不擦花香，只是整日在厨房忙活，不想嗅觉被其他气味干扰。”

莫珩说：“这就是了，其实我的鼻子有些敏感，闻不得脂粉味，还好你只是叫胭红。”

合欢的一场暗恋终于毁在一次精心装扮上，这是胭红始料未及的事。

于是，胭红又将枪口掉转至三城见死不救一事上，她问莫珩，为何三城要置启城于危难而不顾，夜深人静时他们三位城主能否安然入睡？

莫珩叹道：“胭红，你知道什么是国家吗？维系国家的是政治，不是恻隐之心。”

接着他告诉胭红，最初提出袖手旁观这一主意的人，是云州城城主别云辛。

莫珩的坦白，直接改写了他和胭红，以及另两位城主的命运。

——这段和传说稍有相悖的故事，便是莫珩在接受第一次幻术施法后，找回的记忆。

6

第一次幻术施法结束后，莫珩就像每一个接受过幻术治疗的病人一样，脸上写满了怅然若失。

沉默，成了他唯一会做的事。

三分三已见怪不怪，幻术施法消耗了他太多精神，他很快转身进屋休息，并未理会失神的莫珩。

云姿将莫珩扶回房里后，为他倒了一杯水，塞进他的手心。见他不喝只是握着水杯，便又拿过杯子凑到他的嘴边。

“喝一口吧，保存些体力。”

莫珩抿了一口水，清水抚过他干裂的唇，像是抚过干裂的土地。

云姿从身上拿出一个金属盒，扭开盖子用无名指蘸了些里面的药膏，轻轻涂在莫珩的嘴上。

莫珩一惊，欲躲开，云姿拉住他：“是紫草膏，治疗伤口的，很有效。”

莫珩抿了抿嘴上的紫草膏，说道：“那年蝗灾，三城对启城见死不救，这一提议原本是我提出来的，是吗？”

云姿握着紫草膏的手微微一抖，全然想不到有朝一日要回答这个问题，所以一时未能掩饰住惊讶的情绪。

莫珩苦笑：“果真是我……虽然在幻术里，我对胭红说是别云辛，但我的直觉告诉我，是我。”

云姿无言，她想过如何为莫珩卖命，甚至原谅他将自己弃如敝屣的行为，却从未想过要如何安慰他的场面。她以为，像莫珩这样的男人是不需要人安慰的，能安慰他的东西唯有权力。只要她双手将他要的东西捧到他面前，就是对他最好的安慰。

要取悦这样的男人其实很难，也很简单。

这天晚上，云姿有些喜出望外——当她发现一个只爱权力的男人也需要女人抚慰时，她怎能不喜悦？

于是，她选择用人类最原始的方式表达她的抚慰。

这远远不同于上一夜和三分三在一起时的痛苦，尽管云姿很清楚地知道，也许莫珩根本不在乎此时此刻和他一同倒在帐下的女人是谁。

云姿抓住了每一时刻尽情享受这得来不易，觉得过去的一切苦难都是值得的，即便付出生命也在所不惜。

然而翌日清晨，当云姿醒来时，已穿戴整齐背对着她坐在床榻上的莫珩，却轻声说道："如果当时我对胭红坦白，说那场屠城的主谋是我，也许她就不会跑去找别云辛报复，她会留在天启城。因为我才是她要报复的那个人。那么，也许我就有可能留住她了，是吗？"

这一刻，云姿突然明白，就像合欢是胭红的死结一样，胭红也已成为莫珩的死结。

当云姿将这一想法告诉三分三时，三分三一边捣药，一边面无表情道："他又何尝不是你的死结？每个人都有死结，这很正常。"

一句轻描淡写的话，轻而易举地戳中了云姿的死穴。

她握紧拳头正要发作，却听门外传来细微的动静，而三分三也在同一时间放下了药碗，起身走了出去。

云姿在他眼中看到了防备，也随后跟了出去，躲在前厅入口的屏风后。

来人是一男一女，一叫钩吻，一叫香附，他们都是三分三的同门师兄妹。钩吻轻功绝顶，香附暗器超群，他们不约而同地来到此处，也不约而同地用同门叙旧为由在竹寮里住下。

云姿自认这一男一女和她与莫珩都毫无关系毫无交集，便不多理会，然而心中也有些警惕，毕竟能让三分三如此专注应付的人，本就不多。

当夜，云姿再度来到莫珩房中，将白日的事告知。

莫珩已不再失神，仿佛前日的事只是大梦一场，无须再多挂怀：“这二人前来，必是为了幻术秘籍。”

据说幻术师一向单传，即便上一任幻术师有三位弟子，也是如此。三分三便是那个单传，而钩吻和香附则必须尊重幻术师一门的法则，即日离去，自行闯荡。

也便是从那一年起，江湖上多了两位高手，他们仿佛从石头缝里凭空冒出来一样，无人得知来历。

云姿居无定所多年，自然知道这二人大名，只是不承想他们和三分三本属同宗。

云姿道：“只要他们不妨碍这次施法，他们争什么，和咱们无关。”

莫珩看向云姿，口中说的却是另外一件事：“我想去一趟明日城城府。”

云姿一惊：“何时？”

自从明日城城主师然突然去世后，明日城和天启城已划清界限，虽然在外人看来二城关系一如既往，不知内部和谐早已崩裂。

莫珩笑了：“现在。”

因为莫珩的一句话，一个时辰后云姿便和他一同潜入了明日城城府。

云姿不懂莫珩为何非要来此。莫珩说道：“你不是说这里是胭红最后出现的地方吗？我只是想来看一看，也许会想起什么也说不定。”

云姿提醒道：“可是胭红已经坠崖身亡，就算要去，咱们也应该去城府十里外的断崖。”

莫珩不语，转身向城府内部更深处潜入，云姿只得跟上。

两人越过一个转角，迎面撞上一个同样戴着面纱的男人。男人不由分说和云姿交起手来，几下之后双双摘下对方的面纱。

竟是钩吻。

三人一起离开城府，一同来到城府外不远的树林里。

不知出于何种信任，钩吻很快对莫珩、云姿道明来意，声称自己夜探城府为的正是幻术秘籍。他知道从三分三那里是绝对得不到的，就想来城府中找寻秘籍原本，希望获悉个中奥秘。

云姿道："这种幻术只对明日城特有的失忆药有效，其他的失忆症是无用的，就算你学会了幻术，也要找到对症下药的人才行。据我所知，在这世界上吃过这种药的人大多已经死了，你……"

钩吻打断云姿："我知道，那个药我已经拿到了。"

在云姿震惊的目光下，钩吻继续说："我会在恰当的时机下让香附吃下这种药，然后再在施行幻术时，改写她的记忆。"

究竟是什么原因会让一个男人兴起改写一个女人记忆的念头？

除了爱情，云姿想不出其他。

钩吻对莫珩提出条件："如果你们愿意帮我，我会得手得更容易些，那么我也会毫无条件地帮你找回记忆。"

接着，钩吻又对云姿说："至于你要的，我也有能力帮你做到。"

直到钩吻走远了，莫珩才问云姿她"要"的是什么。云姿耸肩说："我也不知道他指的是什么，也许是误会。"

莫珩不再追问。

在遇到钩吻之前，云姿从未想过自己的秘密会被人窥伺得如此清晰。她用了一整晚的时间去琢磨自己到底何时露出过破绽。直到后来看向铜镜，才豁然明白，必是她看向莫珩的眼神出卖了她，就像钩吻看香附的那种眼神。

他们所求一致，所以不会成为敌人。

只是云姿没想到，第二天香附也为了同样的原因前来找她。

那时，香附将云姿引出竹寮，两人一前一后来到前夜的那个小树林里。

就像钩吻的坦然一样，香附也很坦然，并且淡定。云姿不知道这是不是因为他们师出同门的缘故，连话都说得一模一样。只不过在香附的故事里，主角换成了三分三。

香附很早就爱上了三分三，但是三分三于她无情，所以香附想用同样的伪造记忆的方式对付三分三，希望云姿不要理会钩吻，转而帮她。

云姿找不到自己要帮香附的理由，就像她找不到帮钩吻的理由一样。对她来说这两个人都是过客，他们的故事也不应该掺入任何无关紧要的人。

所以云姿拒绝了香附。

但是香附却说："我在师兄的房里发现了女人的东西。我说的是二师兄，三分三。"

这句话成功留住了云姿的脚步。当时的她正转身离去，转身的同时撞上了不知何时站在十米之外的莫珩的眼神。

云姿吃惊之余，也来不及阻止香附说出更多的话，或者说香附早知道莫珩站在那里，她是故意说给莫珩听的。

"我知道，你喜欢的不是二师兄，是莫城主。我也知道二师兄一向是利字当头的人，除了明日城城主的吩咐，他是断断不会无缘无故为旁人效劳的，除非有足以收买他的交换条件。比如，女人。"

这样直白的拆穿，将云姿牢牢地钉在了地上。直到香附得逞地在她耳边轻笑道："你还是考虑一下我的提议吧，否则我保证不了自己说得更多。"直到原本冷眼旁观一切的莫珩也转身离去，直到树林里只听得到树叶沙沙声，云姿才跌坐在地，双手抱住膝盖颤抖着。

太阳落山时，云姿才拖着两条沉重的腿走回竹寮，一路来到莫珩的房间。

当一个女人在心爱的男人面前，被人拆穿她曾和另一个男人有过肌肤之亲的事时，那种通体透凉的感觉，云姿终于领教到了。

她宁愿被莫珩遗弃一百次，利用一千次，也好过这样赤裸裸地被他得知自己委身他人的事实……一次。

于是，当云姿已经想好为自己洗白的说辞时，才提起勇气来到莫珩面前。

她以为，她可以将谎言圆得足够真。

却不想，这并不是莫珩关心的重点。

莫珩的第一句话便是："我没想过，三分三帮我找回记忆的代价是这个。其实你并不需要这样做。"

这句话夺走了云姿在脑中杜撰的一切台词。

莫珩根本不在乎他们是否有过交易，他更在乎的是自己莫名其妙地欠了她一个人情，以及无力的愧疚感。

是的，此时莫珩的脸上写满了愧疚。

这深深地刺痛了云姿。

云姿深吸一口气，坐到桌前，扯着嘴角说："我和他从未有过那种交易，不过香附说的也没错。三分三为人做事是需要代价的，只是这个代价并非她猜测的那样。三分三……他曾答应过他父亲照顾我，但他并不愿意。于是我就对他说，只要他答应帮我做一件事，他父亲的遗愿就一笔勾销。他答应了，所以他才会为你施法。"

云姿站起身走到门口，一脚已跨出门外，微微眯眼对着门外刺目的日头："还有，我这辈子只有过一个男人，我的第一次给了他，日后的每一次也都给了他。只可惜这个男人已经把我忘了。"

云姿不知道自己是如何做到睁着眼说瞎话将台词一字不漏地背出的。她只知道即便这样的挣扎是无用的，她也会极力挽救到最后。

至于莫珩到底是否相信，云姿没有勇气知道。

一切都止于希望。

7

市井流传有关胭红和云州城城主别云辛的伤情故事，是这样的——

在别云辛眼里，胭红是个不被仇恨所拘束的奇女子，她没有因三城毁于别云辛的一个提议而恼怒和记恨，否则她便不会在别云辛遭受三十几个刺客行刺身受重伤之时，选择将他救下。

所以从这一刻起，别云辛对胭红一见钟情。

这样的一对相爱的男女原本是该受到上天祝福的，因为他们应验了一个道理：越是邪恶卑鄙的男人越会追求美好单纯的女人，因为单纯和美好总会无条件地包容邪恶和卑鄙。

这样的搭配之下出现的产物，注定是一场童话。

别云辛不知道的是，在胭红心里，要真正报复一个美男子，首先是要让他爱上自己，再用爱情的虐反复折磨他的灵魂。而要对付一位城主，首先是要让他主动把江山奉上，再将他的诚意践踏在脚下。

别云辛既是美男又是城主，理应双管齐下。

据说，在他们新婚当夜，忽来一场大火，城主别云辛死于火海。城主的胞弟别云州身体多处烧伤，而胭红则下落不明。

又据说，胭红在失踪之前曾留下一句话："若只要你的命，不足以慰藉启城的子民。毁了你，便等同毁了这座城。"

彼时，因为秋收宴上莫珩的错位青睐，和启城城主迎娶侧夫人一事，胭红和合欢同时扬名于三城。只可惜合欢很快香消玉殒，这样的扬名也很快被合欢的悲壮所取代。

此刻，因为胭红和别云辛的错位爱情和她的那句话，胭红得以再次扬名，锋芒远远盖过了当年的合欢。

毕竟，一个女人的悲壮，远远不如另一个女人在悲壮之余顺便毁了一座城的伟大。

这就是红颜薄命和红颜祸水的区别。红颜薄命博的是自己的命，而红颜祸水能祸害多少人却是未知之数，可能是一个男人，可能是一群男人，也可能是一座城池。

而古往今来多少祸水红颜都会成为舆论争相讨论的目标，胭红也不例外。

从这以后，云州城的女人们就被彻底改变了爱情观——以“一生一定要毁了一个男人”为终身目标，以“为自己牺牲性命”为择偶标准。

也就是从这天起，云州城突然多了十几个叫胭红的姑娘，她们是为了纪念这段爱情而改名的。

在这盲婚哑嫁的年代，“胭红”就代表了突破传统枷锁的神话，当童话被当作神话后，那便是一种信仰了。

信仰是难以被磨灭的，也许当云州城城灭之时，唯一能留下的只有曾经最美好的信仰。

——以上，是传说中的别云辛和胭红的故事。

在莫珩接受第二次幻术施法的梦境里，这两人的故事却是另一番光景——

就在胭红决定去云州城之前，莫珩为胭红讲了一个故事，一个关于莫珩的妹妹莫媛和别云辛的胞弟别云州的故事。

原本，莫媛在一次秋收宴上对别云辛一见钟情，让莫珩为她牵线说媒。

莫珩竭尽所能圆了莫媛这个心愿，然而当莫媛心花怒放地嫁到云州城后，那个在洞房之内掀开她盖头的男人却不是别云辛，而是双胞胎亲弟别云州。

莫媛痛苦万分，度日如年，尤其是在每日都能见到别云辛的情况下，更是心力交瘁，更不要说别云州对她的百般欺凌虐待。

莫珩请求胭红能代为宽慰莫媛，胭红虽不知自己能否做到，却十分同情莫媛为情所困的处境，便应了莫珩。

只是却不知何故，胭红到了云州城不久，那边就传来了云州城城主别云辛即将大婚的喜讯，而新娘子就是胭红。

同一时间，莫珩也接到了莫媛的家书，书中称别云辛要强娶胭红，胭红势单力孤不得不答应。

莫珩大惊，立刻派了数十名杀手前往别云州，血洗婚宴。

杀手虽无一生还，却成功地阻止了这场婚礼。

只是婚礼虽然被阻止，别云辛和莫媛夫妇也不知为何一起葬身于火海。别云州身受重伤，命悬一线。

胭红也下落不明。

后经多方打听，莫珩辗转得知，胭红是被明日城城主师然救走，后随他去了明日城，改名为顾阑珊。

只是这事过了不久，明日城那边就传来了明日城城主师然和顾阑珊的喜讯。

短短时日，接连两次喜讯，令莫珩不得不暗中去了一趟明日城，希望可以带走已经更名为顾阑珊的胭红。

只可惜他才将人带到半路，师然就突然杀出，莫珩和师然很快大打出手。

两虎相争必有一伤，而这一伤，正是莫珩。

为了救下莫珩，胭红只好以命相搏，冲向山崖。师然连忙去阻，却反被胭红用毒反制。

师然因此含恨咽气，但是胭红也被随后赶到的师欣颜以及追兵打下了山崖。

而莫珩，也自此失忆。想来应该是师欣颜下的手。

莫珩从连连梦魇的幻术中惊醒，接着就和上次施法后一样，失神良久，为了胭红的下落不明，为了过往记忆和传说的相去甚远，也为了一些悬而未决的疑点。

这晚，莫珩对云姿道："我想你说得对，我是该去那个断崖看看，也许能发现些什么。"

云姿却说："不必了，我已打听到她的下落。"

莫珩一惊，望向云姿的眼神充满了期待，那样的眼神是让人不忍辜负的。

云姿说："之前有人说在启城遗址见过她，后来她去了西秦以西円族，应该是为了逃避明日城和云州城的追杀。"

明日城和云州城为了胭红，相继折损两位城主，也难怪二城会如此。

是以，莫珩便有了前往円族的打算，只是心中还有些犹疑不决。

云姿追问缘由，莫珩喃喃道："不知为何，记忆中她的样貌，始终模糊。即便她现在就站在我面前，我也未必认得出。"

只记其事，不识其人，这到底算不算找回了记忆呢？连莫珩自己也说不清。

就在莫珩决定离开竹寮前往断崖的当口，却被突如其来的变故打乱了计划。

钩吻猝死于药房中，房间内门窗紧闭，看似不像有人来过。

像是钩吻这样毅力和决心都非常人所比的男人，在没有完完整整地得到香附之前，是不会甘心赴死的。

这个道理，这间竹寮里的人都明白，因为大家都是这种人。

自这天起，香附变成了杀死钩吻的最大嫌疑人，因为她的动机足够明确。

莫珩和云姿为了此事去找三分三时，三分三正在捣药，一如既往地淡然。

云姿说："虽然这样说很多余，但是我们还是希望你多小心香附，尤其是要小心她端来的食物。"

原则上说，三分三是百毒不侵的，所以天下任何一种毒药都不应该要得了他的命。但换句话说，这样一个百毒不侵的男人一旦中了毒，那便是全天下人都解不了的毒。比如明日城独有的失忆药，比如一些连三分三也叫不出名字的混合毒药。

毒和药本就是一线之隔，用对了是药，用错了就是毒。

三分三长叹一口气，很是忧心。他说道："香附失踪了。从昨晚开始我就没有见过她，今早竹寮里出了这么大事也没见她。她不是一个没交代就消失的人，除非有事发生。"

一直沉默不语的莫珩也蹙起了眉，这事太过蹊跷，也许现在仅仅是开始。

果然，不幸接踵而至。

当日下午，三分三在竹寮外的河边发现了香附的尸体，死状和钩吻一样，都是中毒而亡。

当云姿和莫珩赶到时，三分三已经将香附抱起，转身一言不发地走向竹寮，留下两人站在河边望着地上毒药稀释过的痕迹。

云姿一语道破莫珩心中的疑问："难道是他动的手吗？这里最熟悉地形和毒性的人就只有他，而且动机也足够。他们要夺走秘籍，坏了师门的规矩，他理应清理门户，将他们置于死地。"

钩吻和香附先后死于三分三最擅长的技能之下，在这里除了他以外还有谁能做到这步？

或者说除了三分三以外，还有谁最有动机和能力将他们置于死地？

只是有意思的是，三分三似乎无意掩饰这一点，甚至没有解释过半句。

接下来的那三日，竹寮中持续发生着翻天覆地的变化。

明日城城府不知如何获悉了钩吻和香附的事，先后派了官府的人前来调查，并请三分三频频回去官府问话。

莫珩不便出面，和云姿一直守在竹寮后院，足不出户。

直到事发后的第三日清晨，云姿起了大早，忙里忙外地整理行囊，又叫醒莫珩和三分三，对二人提议离开竹寮，出去避祸。

三分三望着云姿良久，心中明白她是怕这两条人命的事继续调查下去，会影响第三次幻术施行，而非担心他会被官府问罪。

她从来都是自私的，这一点从未变过。

所以，三分三随同莫珩和云姿离开竹寮一路向西赶往円族避祸时，连他自己也搞不懂为何要这么做，为何要成全云姿的自私。

即便官府要定罪，明日城大小姐师欣颜也会极力将他保全。原因很简单，幻术不能无人继承，最起码在他找到继承人之前，他不能死。

8

前往円族的路途并不顺利，莫珩一行三人在短短一日之内，就经历了三批杀手的追捕。

杀手们招招杀招，攻向莫珩。

几次之后，莫珩和云姿已有些体力不支，反观三分三，只是站在一旁仿佛颇有兴致欣赏风景似的，视眼前的杀戮于无物。

这些杀手都是冲着莫珩来的，连瞎子都看得出来。

只是为什么？为什么明日城城府不将目标对准接连犯下两件命案

的三分三，却对准莫珩？

这一点，在云姿搜杀手尸体时，找到了答案。

杀手来自中原朝廷，准确地说是来自中原皇帝宗和帝。

莫珩十分不解，因在他记忆中，他从未得罪过宗和帝，尽管他的记忆并不丰厚。

云姿思索了一会儿，为莫珩找到了解释："其实，在你失忆之前，你曾为宗和帝调查过一桩陈年旧事，那件事关乎着皇家的……丑闻。"

一个皇帝，一个男人，他最在乎的丑闻是什么？

除了"绿帽子"，莫珩再也想不出其他。

云姿继续道："当时你调查完这件事后就失忆了，可能宗和帝觉得你已经没有威胁，不会泄露他的秘密了，便没有对付你。可现在……"

现在，他已逐渐恢复记忆，尽管记忆的内容和宗和帝全然无关，宗和帝也决不能冒这个险。

他们都知道，杀戮不会停止，除非莫珩身首异处。

这个"知道"实现得十分之快，就在云姿思索如何帮莫珩脱身时，又一批杀手将他们三人团团包围。

这样的杀气，逼得栖息在四周树上的飞鸟也四散逃窜。

而能培养出这样杀气的杀手们，也绝对是数一数二的杀手。

除了宗和帝，普天之下还有谁有能力在同一时间内调动驱使他们为他卖命？由此可见，一个帝王要杀一个人的决心的可怕。

而莫珩，他只是一个成功的城主，一个将天启城治理得井井有条，令城民富足安康的好城主。这样的城主是不可能有时间有精力醉心武学的，除非他预感自己终有一天会被天下最顶尖的数十位杀手包围。

换句话说，如果倾尽全天下这么多顶尖杀手都不能制服一个功夫虽高逃命功夫却不高的城主，那必然是开了金手指。

所以，在这样残酷的客观条件下，莫珩很快败下阵来，而败下阵的代价便是遍体鳞伤。

一刀、两刀、三刀……

连莫珩都数不清自己挨了多少刀。

连帮他助阵的云姿也已濒临极限时，一道青色身影杀入包围圈，从他周身散出许多绿色烟雾，凡是被烟雾笼罩的杀手顷刻间纷纷倒地。

眼前一阵翻天覆地，接着视线一转，云姿已经被青色身影带到了安全地带。

不消说，这青色身影就是一直袖手旁观的三分三。

云姿一把抓住三分三的袖子："快去救他！"

三分三低头看了看云姿的手背，上面也有刀伤。

他掏出随身药瓶，漫不经心地打开它，将药粉倒在云姿的手背上。

云姿一把打翻药瓶大喊着："别管我了！你快去救他！"

三分三微微掀开眼帘："凭什么？"

云姿无语凝咽，怔怔地望着三分三。

却见三分三勾起嘴角："第一次我答应你为他施法，代价是你陪我一夜。这一次我要的……是一生。"

在云姿震惊的目光下，三分三俯下身子凑到她耳边轻吻："你若同意，我必保他周全；你若不愿，那便听天由命。"

良久，云姿扭开脸去，望向杀手圈中苟延残喘的莫珩，张了张嘴，无声地吐出一个字。

云姿不知道三分三是否听到那个连她自己都听不真切的字。她只知道下一秒，三分三就自身边消失了，再一眨眼，他已站到莫珩身边。

那些最顶尖的杀手懂得应付云姿的毒，却应付不了最顶尖的用毒高手的毒，毕竟这样的实战经验是终生难遇的。

他们一个个倒下，直到咽气之前都还在恍惚地思索，自己到底是中了哪一招，还有没有命吃一堑长一智？

幸运的是，三分三救出了莫珩。

不幸的是，三分三也因此受了重伤。

毕竟，一口气面对这么多顶尖杀手，于他也是第一次。

三分三伤得比莫珩要重，用毒过甚，自身总难免遭到反噬。

望着荒野中的一地尸体，闻着空气中飘浮着的毒药味，云姿来不及顾得许多，不由分说就脱掉了莫珩和三分三的衣服，分别换在杀手身上。

然后她又发现杀手中竟有女人，于是便又如法炮制地将自己的也换下。

她将这三个杀手的脸毁了容，伪装成两败俱伤的假象，这才喘了口气，将莫珩和三分三带离现场。

此后，三分三昏迷了七日，云姿就照顾了他七日。

在这七日内，莫珩的外伤已经好了许多，这都要归功于三分三的灵丹妙药。

可三分三却日趋严重。

如果三分三永远都醒不过来，云姿也不算违背了誓言，她的的确确陪了他一生。

然而三分三却醒了。

他清醒后的第一句话便是："现在我是没本事为他施法了，还得辛苦你了。"

三分三将幻术的要领和口诀教给云姿，云姿需要几日熟悉其中的章法。

幻术并不难，只是难在外人想不到会如此简单。但是即便再简单的技能，也需要熟能生巧。

云姿欠缺的只是熟能生巧的过程，以及一次实践机会。

后来直到三分三咽气了，云姿才明白，三分三教自己幻术并非怕耽误了第三次施法，而是心中明了自己大限将至，罢了。

而就在三分三咽气的前一刻，云姿也一直陪在他身边，他们说了许多话。

云姿喂他喝了一杯水，坐在床沿，柔声细语道："其实，香附很爱你，而钩吻也很爱她。如果香附不是那么爱你，她和钩吻应该能成为一对神仙眷侣。只可惜，他们都太执着，到死也不肯放手。"

三分三一眨不眨地望着云姿的侧脸，眼神沉静如水。

这令云姿想到，或许他们就像钩吻和香附一样，如果没有莫珩，那么她和三分三也会是一对神仙眷侣。

只是造化弄人，她和三分三总是在错误的时间相遇，所以注定不是彼此正确的那个人。

云姿轻叹着："哎，若不是他们如此执着，我也不用杀了他们。若不是我在竹寮中找到了你炼制的毒药，我也没本事杀了他们。若不是你也被自己的毒药反噬，我也没机会喂你吃下这么多毒药。只是没想到钩吻和香附只沾了一点就一命呜呼的毒药，你却要吃这么多天才有效果。"

云姿握着三分三的手安抚道："你放心，你的幻术我会帮你传承下去。明日城若是知道我是你唯一的传人，就算和我有深仇大恨也不会再追杀我了。毕竟他们老祖宗的遗志比任何事都更重要。到时候，我就会以明日城幻术师的身份在那小竹寮里安身，不用再过着被人追杀的日子。我还可以帮莫珩一点一滴地从内部瓦解明日城，成为对他最有用的女人，他必然不会亏待我。"

男人功在社稷，女人工于心计。

就像云姿，她勾画着美好的蓝图，将每一个人都算计在内，并且成功地做到了这一切。

“不过你放心，我是不会丢下你的。我答应过你，我会陪你一生，就一定会做到。”云姿对三分三笑着，神情温柔。

三分三也漾出笑容，声音沙哑道：“好。”

三分三咽气之后，云姿将他火化，并将骨灰撒于空中。然后和莫珩继续上路，向西而去，前往円族，去寻找那身世成谜的胭红。

一路上再无杀手，因为宗和帝已经达到了目的，这令莫珩和云姿很顺利地来到了目的地。

円族就在眼前，距离他们不过三里。

云姿告诉莫珩，胭红就在前方。

莫珩却停下了脚步。

云姿不懂，莫珩说道：“我想在这里找回余下的记忆。我想记起她的模样。这样……当我见到她，就能在第一时间认出她。”

云姿看着眺望西方的莫珩，笑道：“好。”

9

莫珩很快接受了第三次幻术施法，由云姿操刀。

他也很快见到了胭红。

胭红面对着莫珩，笑容恬淡，眼角上扬。

她说：“我这个人没什么志向，只想着三顿温饱，一路到老，事业不见得要做得多红火，只要比其他人活得都长寿就够了。”

莫珩笑看她道：“真好，我也有这个心愿，这是不是就叫作白头偕老？”

胭红很是无措、紧张。莫珩只得握住她的手腕，打开了她紧握的拳头，慢慢抚平，翻过手背，一路抬起，凑到嘴边，轻轻一吻。

胭红登时惊了，抽回了手，连忙站起身后退两步，又被身后凳子绊得踉跄出去。

莫珩不急不忙地伸手一拽，把她稳住，接着站起身将她揽在身侧："怎么这么不小心，你这样怎样与我白头偕老。"

胭红闪现惊慌的眼神，是停留在莫珩脑中最后的记忆。

接着镜头一转，两人身着和方才不同的衣衫，站在和方才不同的屋子里，依旧是面对面。

莫珩对胭红说道："等莫媛的事解决以后，你回来了，咱们便成亲。"

而胭红的五官，也在此时逐渐清晰，而不再仅止于那双似曾相识的眼眸。

她竟是——云姿。

莫珩从这幻境中猛然惊醒，来不及消化任何事，正要回过身去抓立于身后施法的云姿，却在转身的瞬间，迎面接住无力倒入怀中的她。

鲜血一股脑地喷在莫珩胸前，云姿已经面色铁青，嘴角的血迹呈青黑色。

云姿气若游丝地极力要抓住莫珩的手，张着嘴说不出一个字，脑中迅速回忆所有细节，霍然间明白了一切——她在竹寮中找到置钩吻和香附于死地的毒药并非巧合，那是三分三安排的；她在照顾三分三时屡次下毒得手并非巧合，那是三分三心知肚明的；她即将为莫珩施行第三次幻术并非巧合，那也是三分三的用心良苦。

云姿明白，三分三一定是在自己照顾他并且下毒的同时，也给自己下了一种无人能解的慢性毒，而且他相信除了他，她一定找不到第二个人能解此毒。

三分三甚至猜到了，莫珩将会想起云姿就是胭红的“事实”。

但就算莫珩想起一切也于事无补，因为倘若三分三不死，云姿便无事，便要履行她对三分三许下的“一生”的承诺。

那么，莫珩和“胭红”便是一场虚无。

反之，倘若三分三死了，云姿便也命不久矣，不出几日就会追三分三而去。就算她可以让莫珩想起她就是“胭红”，也再无可能再续前缘，徒留遗憾罢了。

可以说，云姿虽善于布局，工于心计，但三分三却更胜一筹。

10

莫珩抱着奄奄一息的云姿赶到円族时，经过打听迅速找到了隐居在此的一对善于用药的隐士夫妇。

当隐士夫妇见到他们的刹那，莫珩也认出了那位丈夫——明日城城主师然。

双方都很震惊。

震惊过后，师然夫妇二话不说就开始着手为云姿治疗。

云姿缓过一口气时，便将莫珩支开，似是有话要对师然夫妇说。

师然夫妇明白，这事必然关乎“胭红”。

果然，当云姿得知自己无药可救时，便向他们二人求了个不情之请：“我知道，我冒充夫人的身份很是卑鄙，我也知道用幻术伪造记忆是罪不可恕的事。我只是……一个可怜的求爱不遂的蠢女人。这辈子别无所求，就只希望我爱的男人也可以爱我。我不知道为什么他失忆之后一直对‘胭红’念念不忘，许是有人对他编造了他和‘胭红’曾经有情的谎言，令他对此尽信不疑。我只知道，这是我的一次机会，唯一的一次机会，既然他相信自己深爱着‘胭红’，那么只要我变成‘胭红’，便可以得偿所愿……”

话说了一半，云姿咳了许久。

师夫人连忙端上一杯水喂她喝下，轻声安慰道：“我们都明白，也都能理解，就像我要急于摆脱这个名字一样，我们也会帮你隐瞒下去，告诉他，你就是‘胭红’。”

或许对莫珩来说，对云姿来说，只有“云姿就是胭红”，才能成全每一个人的梦。

既然是梦，就不该打碎，就该成全。

云姿咽气之前见了莫珩最后一面，她用尽最后一口气对他说：“我原来想，就这么陪你走下去，一起去寻找‘胭红’。虽然我知道咱们永远都找不到，但是可以一直陪着你，看着你如何思念‘她’，心里就觉得很好过。我不告诉你我是谁，只是出于怨恨，怨恨你当初放我离开，怨恨你曾经的遗弃，所以即便在外面风餐露宿也不想回头找你。只是那天……当我知道你离开城府出来寻我时，又不争气地一路相随，陪你去寻找……我自己。”

断断续续地说完这些话，云姿就神情安详地在莫珩怀里咽了气。

莫珩抱着她逐渐冰冷的尸体，呆坐了一整日，后被师然夫妇打晕。

醒来后，莫珩表现得很平静，许是心中早有觉悟寻找胭红之路本就是一条不归路，寻找失去的爱情本就意味着一场悲剧。

毕竟，曾和胭红有过瓜葛的男人，下场都很凄惨。

三人合力将云姿埋葬后，莫珩问师然，他的夫人来自何方。

师然说，自从失去胭红，他就辗转来到円族，并被她渐渐开解远离了悲伤，后来结成夫妇。

莫珩又问师然，当年别云辛死于火海后，为何云姿没有回天启城找自己，反而跟随师然去了明日城，还很快传来喜讯。

师然说，那是因为云姿和莫珩早有共识，去明日城只是为了帮莫珩搜寻可以瓦解明日城的机密，只是在机密得手并要随莫珩返回天启城时，被明日城的追兵阻止。师然因此受了重伤，云姿掉下山崖下落不明。后来，师然将城主之位传给年仅七岁的儿子师云，自己则隐居于此，并对外宣称“师然夫妇相继身亡”的假消息。

师然的解释，抹平了莫珩残留的所有疑虑。

翌日，莫珩不告而别。

后来许多年过去了，当“胭红”已经成为西秦乃至红遍中原的传奇时，明日城在城主师云和姑姑师欣颜的治理之下蒸蒸日上。云州城城主别云州也极力将它维持在别云辛还在世时的繁华，至于天启城却因群龙无首而走向没落，鸟兽四散。

有人说，在云州城的郊外见过别云州为胭红立下的衣冠冢。

有人说，在启城遗址找到过胭红的故居和遗物。

也有人说，在西秦以西的円族，听过一首关于胭红的歌谣。而作这首歌谣的人，正是在西秦和円族边境拔地而起的那座“胭红城”的主人——公子因旨。

更有人说，公子因旨无论是声音、身形、谈吐，还是对胭红念念不忘的那份心思，都像极了失踪多年的天启城城主莫珩。

只是公子因旨终日戴着金属面具，无人可窥伺庐山真面目，是以他究竟是否就是莫珩一事，始终无人能证实。

胭红和公子因旨，一个相继毁了三位城主，另一个则创造了一座城。

胭红城和公子因旨也因此成为了西秦的当世传奇之一，与和胭红有关的“红颜劫”一说并驾齐驱。